dtv

Das Flugzeug eines honorigen Geschäftsmanns und Expolitikers aus Südtirol explodiert nahe Triest. Sprengstoffspuren am Wrack der Cessna lassen Commissario Laurenti rasch ein Verbrechen vermuten. Dann wird ausgerechnet während der Trauerzeremonie ein Goldtransporter auf der Autostrada A4 brutal überfallen und gekapert. Das Gold gehörte dem Firmenimperium des Getöteten – dass hier ein Zusammenhang bestehen muss, liegt auf der Hand. Es dauert nicht lange, und die Ereignisse im sonst so beschaulichen Dreiländereck Italien-Österreich-Slowenien überschlagen sich …

Veit Heinichen, geboren 1957, arbeitete als Buchhändler und für verschiedene Verlage. 1994 war er Mitbegründer des Berlin Verlags und bis 1999 dessen Geschäftsführer. 1980 kam er erstmals nach Triest, wo er heute lebt. Seine Krimis um Proteo Laurenti wurden verfilmt, in mehrere Sprachen übersetzt und u. a. mit dem Premio Franco Fedeli, dem Preis für einen der drei besten italienischen Krimis des Jahres, sowie dem Radio-Bremen-Krimipreis ausgezeichnet.

Veit Heinichen

Im eigenen Schatten

Ein Proteo-Laurenti-Krimi

Deutscher Taschenbuch Verlag

Von Veit Heinichen
sind im Deutschen Taschenbuch Verlag erschienen:
Gib jedem seinen eigenen Tod (20516)
Die Toten vom Karst (20620)
Tod auf der Warteliste (20756)
Der Tod wirft lange Schatten (20994)
Totentanz (21161)
Die Ruhe des Stärkeren (21235)
Keine Frage des Geschmacks (21422)

MIX
Papier aus verantwortungsvollen Quellen
FSC® C019821

Ungekürzte, vom Autor neu durchgesehene Ausgabe 2015
Deutscher Taschenbuch Verlag GmbH & Co. KG, München
Lizenzausgabe mit Genehmigung des Paul Zsolnay Verlags

Umschlagkonzept: Balk & Brumshagen
Umschlagfoto: Matteo Carassale/SIME/Bildagentur Schapowalow
Satz: Eva Kaltenbrunner-Dorfinger, Wien
Druck und Bindung: Druckerei C.H.Beck, Nördlingen
Gedruckt auf säurefreiem, chlorfrei gebleichtem Papier
Printed in Germany · ISBN 978-3-423-21576-3

If men define situations as real,
they are real in their consequences.
Dorothy Swaine Thomas,
William Isaac Thomas, 1928

Der Wein ist deshalb so gefährlich,
weil er nicht die Wahrheit ans Tageslicht bringt,
sondern gerade ihr Gegenteil:
Er enthüllt die vergangenen, vergessenen und
erledigten Geschichten
der Menschen, und nur bedingt ihren gegenwärtigen Willen.
Er bringt willkürlich all die flüchtigen Gedanken ans Licht,
mit denen man vor längerer oder kürzerer Zeit gespielt
und die man wieder vergessen hat.
Er spottet der Absicht, irgendetwas zu streichen,
er liest alles aus dem menschlichen Herzen,
was trotz der Streichung immer noch lesbar geblieben ist.
Es ist weit leichter, ein falsches Indossament auf einem Wechsel
durch Streichung ungültig zu machen.
Kurz, unsere ganze Geschichte bleibt für immer irgendwie lesbar,
und der Wein liest alles laut vor und schreit es in die Welt hinaus,
ohne sich um die Korrekturen zu kümmern,
die das Leben später hinzugefügt hat.
Italo Svevo, 1923

Aus heiterem Himmel

Zu viel Alkohol, zu wenig Schlaf. In aller Herrgottsfrüh stieg Spechtenhauser aus dem Mercedes und wankte zum Hangar des Sportflughafens bei dem kleinen Ort Prosecco hinüber. Gäbe es am Himmel Alkoholkontrollen wie Samstagnacht in der Stadt, hätte er seinen Abflug sicherlich verschoben. Den Hangar aus Wellblechplatten hatten noch die Alliierten Ende der Vierziger erbaut, als sie nach dem Krieg das Free Territory of Trieste, ein erstes UN-Protektorat, verwalteten; er hätte längst einer grundlegenden Renovierung bedurft.

Ratlos betrachtete Spechtenhauser das Schloss und den Schlüssel in seiner Hand. Hatte hier jemand eingebrochen? Der Wachdienst fuhr nachts zweimal vorbei und sah nach dem Rechten, seit der alte Mann versprochen hatte, die Gebühren dafür zu übernehmen.

Die Torflügel öffneten sich mit blechernem Gerumpel, die Morgensonne fiel auf den Lack der einmotorigen Leichtflugzeuge, die in der vordersten Reihe standen. An keinem konnte Spechtenhauser Spuren eines Einbruchs entdecken, auch die Werkbank und die Vorhängeschlösser an den Werkzeugschränken waren unversehrt, genauso wie das Treibstofflager draußen. Während er seine beiden Fiat-Flugzeuge aus den dreißiger Jahren kontrollierte, musste er sich wiederholt aufstützen, was ihn belustigte. Sein kurzes dunkles Lachen verklang im Hangar. Dann raffte er sich wieder auf und nahm die zweimotorige Reims-Cessna F406 Executive unter die Lupe. Das Fahrwerk war in Ordnung, und nirgendwo entdeckte er Spuren von Gewaltanwendung. Zufrieden schloss er die Kabinentür auf, zog sich die Treppe hinauf und ging leicht gebückt zwischen den sechs ausladenden Ledersesseln nach vorne zum Cockpit, wo er sich auf den linken Pilotensessel fallen ließ. Er war in seinem Leben schon besoffener geflogen, und damals waren die Maschinen technisch lange nicht so ausgereift gewesen. Heute konnte einem eigentlich nichts mehr passieren, und der Flug dauerte ohnehin nicht lang.

Die in leuchtendem Rot und Matterhornweiß lackierte Cessna war ein komfortables Flugzeug, das 1989 in Reims in Frankreich gebaut worden war. Spechtenhauser hatte sie einem säumigen Schuldner abgenommen und damit ein blendendes Geschäft gemacht, doch setzte er sie nur für lange Distanzen ein oder wenn er Passagiere an Bord hatte. Müsste er sich nicht an vorgeschriebene Flugrouten halten, könnte er nach einer halben Stunde bereits auf der Landebahn des Flughafens Bozen aufsetzen. Zweihundert Kilometer Luftlinie waren es nur, doch selbst über den Wolken war die Freiheit nicht mehr grenzenlos. Mit der Fiat C.R.20 von 1931, an der er die Läufe der Maschinengewehre hatte verschweißen lassen müssen, würde ihn das ganze Regelwerk kaltlassen. Sie hatte weder Sprechfunk noch Radar und erst recht keinen Bordcomputer. Gute Augen, ein Kompass, ein Höhenmesser und eine Tankuhr genügten. Mit ihr war Spechtenhauser am liebsten unterwegs, sie war zwar nur halb so schnell wie die Reims-Cessna, doch flog man auf Sichtweite und mit einer Landkarte auf dem Schoß, wohin es einem beliebte. Und genau deshalb hatte er sich vor vielen Jahren entschieden, keine langen Strecken auf verstopften Autobahnen mehr zu machen.

Heute war ein großer Tag: In Spechtenhausers Aktenkoffer lagen drei fällige Schuldscheine, die eine Million wert waren. Und am Nachmittag würde er das größte Geschäft seines Lebens einfädeln, das er bis jetzt mit achthunderttausend Euro vorfinanziert hatte. Sein Plan war raffiniert. Alle würde er aufs Glatteis führen, die bisher unverschämt von seiner Großzügigkeit profitiert hatten. Es würde ein Fest werden.

Und bevor er zurückflog, erwartete er am Flughafen die Lieferung seines Weinguts bei Eppan. Der Stauraum der Maschine war groß genug für die einzeln in Holzkistchen verpackten Riservas ausgewählter Spitzenjahrgänge, die er nun endlich verlagerte. In seinem Alter trank man keinen Fusel mehr.

Spechtenhauser schaltete die Zündung ein und überprüfte die riesige Instrumententafel vor sich. Um fünf nach sechs startete er den linken Propeller, rollte die Cessna F406 behutsam aus dem Hangar hinaus, stieg aus, um die Tore wieder zu schließen, und startete anschließend den zweiten Motor. Er warf einen Blick über den Flugplatz. Für diese Maschine war die Graspiste verdammt knapp, die als Start- und Landebahn diente. Es hatte alle seine politischen Verbindungen gebraucht, um die Sondergenehmigung zu erhalten, doch nicht umsonst hatte er über lange Jahre Opfer gebracht und sich als Senator in Rom um die Belange des Volks gekümmert.

Per Sprechfunk nahm Spechtenhauser Kontakt mit dem Tower des dreißig Kilometer entfernten Regionalflughafens Triest/Ronchi dei Legionari auf, gab sein Reiseziel durch und erhielt die Auskunft, dass das herrschende Hochdruckgebiet wolkenlosen Himmel frei von Turbulenzen bis nach Bozen garantierte. Die Sonne stand in seinem Rücken. Nach einem letzten Check schob er den Gashebel nach vorne und löste dann die Bremse. Am Sonntagmorgen um sechs Uhr und zwölf Minuten hob die Cessna ab und gewann rasch an Höhe. Bei voller Geschwindigkeit hatte sie eine Steigleistung von fünfhundertvierundsechzig Metern pro Minute.

Die Bewohner der Gemeinde Aurisina auf dem Karst wurden unsanft geweckt. Um sechs Uhr und vierzehn Minuten zerriss der Knall einer Explosion den friedlichen Morgen, ein Feuerball stand am Himmel. Die qualmenden Trümmer der Maschine hagelten auf den österreichisch-ungarischen Soldatenfriedhof, wo in einer Doline die Gebeine Gefallener des Ersten Weltkriegs bestattet waren. Leichtere Teile der Reims-Cessna prasselten weiter entfernt in die Vorgärten und auf die Dächer der Häuser am Dorfrand, deren Bewohner im Morgenmantel herausgestürzt waren und nun blass vor Schrecken auf der Straße standen. Ein Streifenwagen der Polizia di Stato hatte sich auf der Rückfahrt zum Kommissariat von Sistiana befunden, wo die Polizisten ihre Nachtschicht mit dem üblichen Papierkram zu beschließen hatten. Nur per Zufall waren sie in der Nähe gewesen und noch vor den Carabinieri aus der nahen Kaserne an der Absturzstelle eingetroffen, denen sie die Sache liebend gerne überlassen hätten. Die beiden Männer schimpften über ihr Missgeschick, verständigten das Polizeipräsidium in Triest und sperrten weiträumig die Zufahrt ab.

»Was geht mich ein Flugzeugabsturz an? Das ist Sache der Luftfahrtbehörde«, beschwerte sich Vicequestore Proteo Laurenti, als sein Telefon ihn um halb sieben aus dem Schlaf riss.

Den Sonntag hatte er am Meer verbringen wollen. Mit Laura, die in langen Ehejahren gelernt hatte, sich von den Notrufen, die ihren Mann weckten, nicht mehr stören zu lassen, sich umdrehte, die Decke über den Kopf zog und weiterschlief. Laurenti hingegen zwangen sein Pflichtgefühl und eiserne Selbstdisziplin auf die Beine, auch wenn er erst spät zu Bett gegangen war.

»Ich wusste nicht, wen ich sonst verständigen sollte«, entschuldigte sich die männliche Stimme in der Zentrale kleinlaut. »Die Vorschriften besagen, dass bei Abstürzen an alles gedacht werden muss.«

»Und das überlässt man am liebsten den Vorgesetzten«, raunzte der Commissario. »Raus mit der Sprache.«

Laurenti ließ sich die Absturzstelle beschreiben und legte grußlos auf. Unter der Dusche fand er dann endgültig ins

Leben zurück. Auf der Fahrt hielt er kurz an einer Bar, um einen Espresso zu trinken, und um sieben Uhr bog er in Aurisina am Wegweiser in Richtung des Soldatenfriedhofs ab, wo er vor dem rot-weißen Plastikband parkte, mit dem die Kollegen das Sträßchen blockiert hatten. Zwei Feuerwehrwagen standen am Straßenrand, die Besatzungen hatten keine Brandgefahr ausgemacht und warteten auf Anweisungen. Anwohner grüßten den Commissario, den sie aus der Osteria in Santa Croce kannten. Dort würde zur Mittagszeit am Tresen wohl heftig über den Vorfall diskutiert werden; die Tatsache, dass auch der Leiter der Kriminalpolizei eingetroffen war, ließ der Phantasie freien Lauf.

Die Kennung am Rumpf der Zweimotorigen war noch lesbar, die Besatzung des Streifenwagens hatte sie bereits durchgegeben, und vom Flughafen traf die Auskunft ein, dass der Funkkontakt zwei Minuten nach dem Abheben abgebrochen war. Als sie exakt tausendzweihundert Meter Flughöhe erreicht hatte. Der Pilot hieß Franz Xaver Spechtenhauser, war siebenundsechzig Jahre alt und ein erfahrener Flieger gewesen. Er wohnte nur drei Kilometer entfernt in einer Villa auf dem Karst. Laurenti kannte ihn flüchtig. Ein einflussreicher Mann aus Südtirol, der sich vor über dreißig Jahren hier niedergelassen hatte. Eine seiner Töchter bewohnte ein exklusives Haus über der Bucht von Duino, die andere lebte im vierzig Kilometer entfernten Seebad Grado.

Der Commissario forderte Kriminaltechniker, den Zivilschutz und die Spurensicherung an; auch Hunde sollten sie mitbringen. Die weitverstreuten Trümmer zusammenzutragen, konnte Tage dauern. Ohne sie aber ließ sich die Ursache des Unglücks nicht feststellen. Und den zerfetzten Leichnam einzusammeln, war ein delikates Geschäft und forderte bei der zu erwartenden Hitze schnelles Handeln, bevor sich Ameisen, Raubvögel, Wildschweine, Füchse und Schakale darüber hermachten. Als er aufgelegt hatte, fuhren zwei Wagen der Flugsicherheit heran. Laurenti informierte die Insassen in knappen Worten und sagte, er würde die Tochter des Piloten in Duino verständigen.

Kein Schrei ohne Not

»Für derartigen Mist verschwendest du das bisschen Geld, das du verdienst, und wir können nicht einmal richtige Möbel anschaffen.«

Xenia war außer sich, Schweiß stand ihr auf der Stirn, der Puls raste. Voller Verzweiflung schleuderte sie die kleine Schmuckschachtel gegen die Wand. Dann zerbrach die Tischplatte unter ihrem zielgenauen Karatehieb, und nach der halbvollen Weinflasche zersplitterte auch der Teller mit den Spaghetti neben der Tür des Wohnzimmers. Die Tränen der Tomatensoße rannen über die weiße Wand, an der ein paar Nudeln hängen geblieben waren.

»Liebe ist doch kein Gefängnis. Seit Jahrhunderten heiraten die Menschen«, murmelte Zeno bedrückt. Der tief gebräunte junge Mann wagte sich nicht von seinem Stuhl zu rühren. Dem Chaos aus Scherben und Speiseresten zu seinen Füßen schenkte er keinen Blick. Er fixierte Xenia und wusste, dass er wieder einmal denselben Fehler begangen hatte. Ihre Augen flackerten wild, die Haut über den Knöcheln ihrer verkrampften Hände schimmerte hell.

»Ich will wissen, was du verkauft hast, um diese idiotischen Ringe zu bezahlen. Und ich habe dir schon tausendmal gesagt, dass ich es hasse, eingesperrt zu werden«, sagte die junge Frau gepresst.

Der Gefühlsausbruch der Kommissarin mit dem streichholzkurzen hellblonden Haar war so vorhersagbar gewesen wie der schwere Hagelsturm, der am Vortag im Collio mehr als die Hälfte der Blütenstände von den noch zarten Trieben der Weinstöcke gerissen hatte. Xenia litt unter dem Stress im notorisch unterbesetzten Kommissariat, wo sie sich vergebens bemühte, fehlendes Personal durch doppelten Einsatz auszugleichen. In Zeiten einer dahinsiechenden Wirtschaft gab es immer mehr Schlaumeier, die versuchten, mit kleinen Gaunereien ihr Budget aufzubessern. Immer wieder Verhöre, bei denen die Verdächtigen rasch geständig waren, sobald sie begriffen, dass ihnen dies vor Gericht Vorteile brachte. Alles Routine, doch interessante Fälle, welche die Polizistin herausgefordert hätten, gab es keine.

»Beruhige dich, mein Schatz. Es wäre doch nur vernünftig«, sagte Zeno versöhnlich.

»Vernunft? Jetzt fängst du schon wieder an. Hast du eigentlich eine Ahnung davon, in welcher Welt du lebst?« Wie ein Tiger im Käfig raste sie drei Schritte vor und wieder zurück. Unversehens krachte ihr Mobiltelefon gegen die Wand hinter dem jungen Mann und zersplitterte. »Fünfunddreißig Jahre bin ich alt, und wir befinden uns mitten im Krieg. Dollar und Pfund gegen den Euro. Die Mafia hat das Finanzwesen übernommen und wäscht unter aller Augen Milliarden an schmutzigem Geld. Bankrotte Banken werden gerettet und treiben mit ihren Wetten trotzdem noch und völlig ungesühnt ganze Volkswirtschaften in den Abgrund. Die Bevölkerung wird geopfert. Eine Spielhölle ist das, in der ein paar wenige daran verdienen, unsere Zukunft zu ruinieren. Und wir beide sind notorisch pleite. Siehst du überhaupt, wie wir hausen? Schäbige Möbel vom Flohmarkt, nicht einmal für den Mist von Ikea reicht unser Geld. Aber dir fällt nichts anderes ein, als von Perspektiven zu reden, die es nicht gibt.«

Xenias Stimme überschlug sich. Ihr nächster Schlag mit der bloßen Faust traf die Türfüllung. Ein Bilderrahmen mit einem Foto der beiden vor einem Sonnenuntergang fiel zu Boden und zersplitterte, Putz bröckelte von der Wand.

Zeno machte vorerst keinen Versuch mehr, seine Freundin zu besänftigen. Nur seine dunklen Augen folgten ihr.

»Gut hat sie gelebt, die Generation vor uns. Und nichts dafür getan, dies zu erhalten oder etwa weiterzugeben. Zukunft? Vergiss es. Die Bank hat mir heute die Kreditlinie gekürzt, und dieser Waschlappen von Filialdirektor faselte von Anweisungen aus der Zentrale. Wir stehen vor Trümmern. Wie die, die mir meine Eltern hinterlassen haben.«

»Sicher nur ein Versehen. Red morgen nochmals mit ihm.«

»Was weißt denn du schon? Du hast nicht einmal einen festen Job und kaufst goldene Ringe. Als kleiner Aushilfslehrer hangelst du dich von Monat zu Monat, und bist auch noch glücklich darüber, wenn in letzter Minute ein Anruf kommt, mit dem sie dir für ein paar Wochen den nächsten Vertretungsjob anbieten. Für ein paar Kröten, von denen du nichts zurücklegen kannst.«

»Du übertreibst, Xenia. Ich liebe dich, das ist alles.« Ratlos strich Zeno sich mit beiden Händen über den fast kahlen Kopf, dessen schwarzes Haar er alle paar Tage mit dem Elektrorasierer trimmte. Seine Stimme klang verzagt, seine Widerrede würde ohnehin kein Gehör finden.

»Schweig! Irgendjemand verdient sich dumm und dämlich an der Misere der anderen. Und du denkst immer nur an solchen Quatsch wie Heiraten und Kinderkriegen, die keinen Platz in dieser Welt hätten. Für Ordnung müssen wir sorgen, kämpfen für Transparenz, Gleichheit, Gerechtigkeit, Eintracht, Demokratie. Steck dir dein Harmoniebedürfnis irgendwohin, du Herr der Ringe.«

Xenia wischte sich den Schweiß von der Stirn und tat einen Schritt durch die geschlossene Tür, deren Füllung am Boden lag und unter ihrem Schritt knirschte. Von einem Schränkchen nahm sie die Schlüssel des Bootes, steckte ein Päckchen Tabak samt Papierchen und Feuerzeug ein. Die Haustür flog hinter ihr ins Schloss. Um die Lichter, die in den beiden Häusern gegenüber angeknipst wurden, um die offenen Fenster, in denen sich die Köpfe neugieriger Nachbarn abzeichneten, scherte sie sich einen feuchten Kehricht.

Müde, angespannt und hungrig war sie nach Ende ihres Dienstes nach Hause gekommen. Als Letztes hatte ausgerechnet sie einem besinnungslos knutschenden Paar Einhalt gebieten müssen, das sich, umgeben von Spannern, auch noch vor dem Eingang zur mittelalterlichen Kirche Santa Maria delle Grazie schon fast alle Kleider vom Leib gerissen hatte. Gemeinsam mit einem Kollegen hatte sie die beiden in den Dienstwagen verfrachtet und den Vorfall anschließend im Kommissariat auf der Isola della Schiusa vorschriftsmäßig zur Anzeige gebracht. Ein Triestiner und eine Frau aus Udine, das würde Schlagzeilen machen, waren sich die beiden Städte doch in steter Missgunst verbunden. Und diese geilen Idioten hatten nichts Besseres zu tun gehabt, als den Verstand unter den Augen der Touristenströme in diesem Badeort zu verlieren, den sie offensichtlich als Niemandsland empfanden.

Trotz der späten Stunde hatte Zeno ihr eine Pasta zubereitet und war vor Zuneigung übergequollen, während sie rasch zwei Gläser Wein hinunterstürzte, in der Hoffnung, damit ihren Adrenalinspiegel zu senken.

Als die hochgewachsene Frau in der Dunkelheit verschwand, hallten nur noch ihre wütenden Schritte durch die stille Via delle Pleiadi. Einmal noch leuchtete ihr Gesicht in der Finsternis auf, als sie kurz verharrte, um sich eine Zigarette anzustecken.

»Schon wieder ein neuer Tisch«, seufzte Zeno erschüttert und hob deprimiert die kleine Schachtel mit den Ringen auf, nach denen er wochenlang gesucht und sich dafür auch noch unter Wert von seiner LP-Sammlung und dem Plattenspieler getrennt hatte, für den er keinen Saphir mehr auftreiben konnte. Dann holte er Kehrschaufel und Mülleimer.

Wegen des immer gleichen Themas hing der Haussegen schief. Die schweren Wolken würden sich erst wieder heben, wenn Xenia sich nach ein paar Stunden abreagiert hatte. Kein Wort würde sie dann über den Vorfall verlieren, sondern sich irgendwann im Schlaf an ihn schmiegen und am Morgen gutgelaunt erwachen.

Seit drei Jahren waren sie zusammen, und seit elf Monaten lebten sie zur Miete in diesem unscheinbaren Häuschen in einer unbelebten Nebenstraße des Ortsteils Grado Pineta, nur hundert Meter vom langen Sandstrand und dem kleinen Hafen entfernt, in dem ihr Boot lag. Zeno wusste genau, dass Xenia die Fassung nur verlor, wenn sie litt. Panische Raumangst hatte ihr der Psychologe einst bescheinigt und ironisch behauptet, damit könne sie für den Rest des Lebens Invalidenrente beantragen. Im Beruf konnte sie die Klaustrophobie mit extremer Selbstdisziplin in Schach halten. Doch wenn sie konnte, vermied sie geschlossene Räume. Mit ihr zum Shoppen in Einkaufszentren zu fahren, wie es ganz normale Paare taten, um die Zeit bis zum Fernsehabend totzuschlagen, war schlicht unmöglich, zu viele Menschen. Und bevor sie einen Aufzug betrat oder mit anderen Leuten eine Rolltreppe teilte, war sie bereits im Treppenhaus verschwunden, egal wie viele Stockwerke sie zu bewältigen hatte.

»Warum zum Teufel hat sie mich damals laufenlassen? Hätte sie nach Vorschrift gehandelt, müsste ich ihre Ausbrüche heute nicht ertragen und wäre ein freier Mensch«, schimpfte Zeno, während er die Spaghetti von der Wand las und vergebens die Spuren der Tomatensoße zu entfernen versuchte. Anschließend schaffte er die Trümmer des alten Tischs hinaus. Beim Trödler hatten sie für wenig Geld bereits zwei andere gekauft, den ersten zum Einzug, den zweiten sechs Monate später, und erst vor kurzem diesen hier.

Das Schuljahr hatte wie immer mit der letzten Maiwoche geendet. Ob er auch im nächsten an der gleichen Schule wieder einen Job fände, würde Zeno erst ein paar Tage vor Ende der Sommerferien erfahren. Prekariat bedeutete, gedemütigt zu werden, jederzeit abrufbar zu sein und jeden Plan für die Zukunft sogleich aus den Gedanken zu verbannen. Nicht einmal drohen konnte man, wenn man monatelang auf den Lohn warten musste. Der Schwächste übernahm das Beschäftigungsrisiko selbst und die Versicherungsleistungen dazu, selbst wenn der Arbeitgeber die öffentliche Hand war und keine Eile hatte, Schulden zu begleichen. Geld für einen Anwalt war ohnehin keines da. Für die Hochsaison hatte Zeno eine Stelle als Aushilfskellner in einem der unzähligen Hotelrestaurants gefunden. Dieses Mal sogar in einem Viersternekasten, mit einem Großteil an Stammgästen aus Österreich, welche der Hotelier als einigermaßen zivilisiert bezeichnete und die nicht mit den Trinkgeldern knauserten. Doch bis dahin sollten noch drei Wochen vergehen, welche Zeno nutzte, um Xenia allabendlich zu bekochen, den Gemüsegarten zu pflegen oder mit dem Motorboot zum Fischen aufs Meer hinauszutuckern. In Zeiten anhaltender Finanzkrisen war es ein Glück, wenn man sich selbst versorgen konnte. Auch Xenias Gehalt war trotz ihres hohen Dienstgrades nicht üppig. Dass die Bank auch noch die Kreditlinie einer Beamtin zusammenstrich, war ein starkes Stück; sicherere Kundschaft gab es nicht.

Trotz ihrer gelegentlichen Ausbrüche war Zeno hoffnungslos in die hübsche Blonde mit ihren leuchtend blauen Augen verliebt. Er wusste, dass Xenia nichts dafürkonnte, und solange er selbst ruhig blieb, war es mit dem Aufräumen danach meist erledigt. Und wenn sie unbeschwert war, konnte man mit ihr Pferde stehlen.

Vor zwei Wochen erst hatten sie ihren fünfunddreißigsten Geburtstag gefeiert. Damals war der junge Sizilianer schlauer gewesen und hatte seinen brennenden Wunsch, dank der amtlichen Zeremonie sich noch enger mit ihr zu vereinen, für sich behalten. Dabei hätten die Freunde auf der Party bei seinem Antrag sicher begeistert applaudiert.

Kein Schrei ohne Not. Das zweistöckige Haus der Familie Zannier hatte hundert Meter vom Ortskern entfernt gelegen und war bis auf die Grundmauern eingefallen. Die Dachsparren des Gebäudes ragten aus den Trümmern wie dürre Arme, die verzweifelt um Hilfe baten.

Am 6. Mai 1976 hatten um 21 Uhr 06 heftige Erdstöße die Kleinstadt Gemona am Auslauf des Kanaltals fast komplett zerstört. Auf der Mercalli-Skala wurde das einminütige Beben mit Stufe zehn gemessen, die Richter-Skala schlug auf sechs Komma vier aus. Das Epizentrum hatte am Monte San Simeone gelegen, und noch fünfhundert Kilometer weiter waren Erdverschiebungen registriert worden. Fast tausend Menschen hatten bei der Katastrophe ihr Leben verloren, und über fünfundvierzigtausend das Dach über dem Kopf. In den Tagen darauf rückten Helfer aus halb Europa an. Die ersten Rettungskräfte aber – Sanitäter, Feuerwehrleute und Soldaten –, die aus Triest und dem südlichen Friaul angefahren waren, kämpften sich keine Stunde nach dem Unglück schon mühsam durch die Trümmer der Häuser voran und suchten nach Überlebenden. Immer wieder vernahmen sie verzweifelte Rufe, halberstickte Schreie und Klagelaute von Menschen, die unter Steinen, Balken und Schutt begraben lagen.

Xenia Lepore, Bibliothekarin der Stadtbücherei, war im siebten Monat schwanger gewesen. Im Wohnzimmer in der ersten Etage war sie in einem Ohrensessel in die Lektüre des Romans ›Todo modo‹ von Leonardo Sciascia versunken, als das Unheil ausbrach. Instinktiv war sie aufgesprungen, die Treppe hinunter zur Haustür gerannt, doch bevor sie den Fuß auf die Straße setzen konnte, hatte ein herabstürzendes Mauerstück die Achtundzwanzigjährige unter sich begraben. Als sie wieder zu Bewusstsein kam, herrschte um sie herum Dunkelheit. Sie wusste nicht, wie lange sie ohne Bewusstsein gewesen war. Die Luft war voller Staub und die bleierne Stille erdrückend, ein schweres Gewicht lastete auf ihrem Körper, nur die linke Hand konnte sie bewegen, langsam zu ihrem Gesicht führen und eine Strähne ihres langen Haares aus dem Mund ziehen. Ihr Speichel schmeckte nach Blut. Xenia Lepore hustete, ihre Augen brannten, die Nase war verstopft. Sie lag auf der Seite und versuchte, ihren Körper wahrzunehmen. Wo waren ihre Beine? Die Zehen? Das Knie? Ihr rechter Ellbogen, ihre Hand? Und ihr Bauch mit dem ersten Kind? Jetzt spürte sie den Schmerz: Ein heftiger Stich im Nacken ließ sie laut aufstöhnen. Sie erschrak, als sie ihre eigene Stimme hörte und hielt einen Moment inne. Dann begann sie zu schreien, so laut sie konnte.

Um vier Uhr siebenunddreißig stieß Xenia Ylenia Zannier den ersten Laut ihres Lebens aus. Zwei blutige Hände umfassten ihren kleinen Siebenmonatskörper und übergaben ihn einem Sanitäter mit einer Rotkreuzbinde über dem Ärmel seiner Uniform. Der Militärarzt wischte sich mit dem Unterarm den Schweiß von der Stirn und stapfte müden Schrittes zum Waschbecken. Eine Frau steckte ihm eine Zigarette in den Mund, während er seine Hände im Sanitätszelt desinfizierte. Bevor der Arzt sich dem nächsten Opfer zuwandte, tat er drei tiefe Züge, noch einmal schweifte sein Blick zu dem leblosen Körper auf dem Operationstisch. Die junge Mutter hatte ihren letzten Atemzug gemacht, kaum dass er die Nabelschnur durchtrennt und sie kurz darauf die kleine Stimme vernommen hatte. Die Wiederbelebungsversuche des Arztes waren vergeblich gewesen, die offene Wunde des Kaiserschnitts klaffte auf dem Unterbauch der Verstorbenen. Zwei Männer hoben den Leichnam auf eine Trage und brachten ihn hinaus.

Gewürztraminer

»Franz war ein warmherziger, bescheidener und stets hilfsbereiter Mann, der uns allen gezeigt hat, dass man durch harte, kontinuierliche Arbeit reich werden kann, dass reich zu sein keine Schande und dass Eigentum anzuhäufen nobel ist. Die vielen treuen Freundschaften – wir kennen uns noch aus der Zeit, als du ein junger Senator der Südtiroler Volkspartei warst, Franz, und ich dem Drängen vieler Verzweifelter nachgab, um mich der Verantwortung zu stellen und zur Rettung des Landes in die Politik zu gehen …« Der Premierminister hielt einen Augenblick inne und betupfte mit einem weißen Taschentuch die Augenwinkel, dann räusperte er sich und ließ den Blick über die Menge gleiten, die sich im ausladenden Kirchenschiff drängte. In dem frühchristlichen Fußbodenmosaik stritten ein Hahn und eine Schildkröte um einen Schatz, das Symbol des Lebens im Kampf mit dem der Unterwelt, der Häresie, die das Licht der Wahrheit scheut.

»An was ist er eigentlich gestorben?«, fragte der gelangweilt dreinblickende Herr mittleren Alters in einer mittleren Stuhlreihe, dessen Haar längst einen neuen Schnitt und neue Färbung benötigt hätte.

»Gewürztraminer!«

Ein spitzes Lachen zerriss die andächtige Stille und wurde als Echo mehrfach zurückgeworfen.

Mit hochrotem Kopf richtete der Sitznachbar rasch die himmelblaue Krawatte, die aus dem Jackett geschlüpft war, das über seinem Bauch spannte.

Für einen Sekundenbruchteil schien die Zeit in der mittelalterlichen Basilika von Aquileia zu verharren, bis sich schlagartig Hunderte von trauernden Menschen umdrehten, um den Schnösel auszumachen, der sich diese respektlose Grobheit erlaubt hatte. Auch die beiden Fabrikanten aus dem Friaul wandten sich sofort um. Keiner der beiden verzog eine Miene. Mittelständische Unternehmer in der Stuhlproduktion bei Manzano, die vorwiegend vom Export lebten und deren Geschäfte noch immer unter dem eklatanten Nachfrageeinbruch der vergangenen Jahre litten. Um Politik hatten sich die Industriellen höchstens dann gekümmert, wenn es darum ging, eigene Interessen durchzusetzen. Den Verblichenen kannten sie nur aus den Medien und von einem Abend, an dem er beim örtlichen Rotary-Club einmal als Gast geladen war und einen Vortrag über sein beispielhaftes Leben hielt. Doch wie der Großteil der Anwesenden fühlten sie sich zur Präsenz verpflichtet: Nur wer sich drückte, fiel auf. Die Fernsehkameras schwenkten über die Köpfe.

»Niemand, und ich wiederhole es, niemand wage es, die Ehre dieses Mannes zu verletzen, den wir zu Grabe tragen, und der sich um das Land verdient gemacht hat wie wenige andere!« Die Stimme des Premierministers knatterte durch die Lautsprecher wie die Salve aus einer automatischen Waffe. »Eine solche Respektlosigkeit dulden wir nicht. Verlassen Sie auf der Stelle diesen Ort der Andacht.«

Niemand rührte sich. Der Fabrikant konnte auf die Verschwiegenheit seines Sitznachbarn zählen – wie einst in der Schulbank versuchten sie krampfhaft, das Lachen zu unterdrücken, sie bissen sich auf die Lippen, hatten Tränen in den Augen und blickten angestrengt ins Leere. Als sich nach einer halben Minute niemand erhob, fuhr der Regierungschef mit bebender Stimme fort. Sein Auftritt hatte einiges von der perfekten Inszenierung eingebüßt.

»Die vielen treuen Freunde, die deiner heute gedenken« – wieder räusperte er sich – »und sich in Treue und Dankbarkeit noch einmal um dich versammelt haben, beweisen, welch ein besonderer Mensch du warst. Unsere Wertschätzung und Freundschaft sind dir ewig sicher. Wir werden dich niemals vergessen.« Nun schneuzte sich der Regierungschef auch noch. »Cavaliere Franz Xaver Spechtenhauser, wir gedenken deiner in stiller Andacht.« Den sperrigen Nachnamen hatte er betont langsam und fast perfekt ausgesprochen.

Die Anwesenden erhoben sich gesenkten Hauptes.

»Ciao, Franz! Ruhe in Frieden.« Die Worte des Regierungschefs durchbrachen wie heiseres Bellen die Stille. »Ti voglio bene!«

Die monumentale Orgel stimmte die Fuge aus dem Mozart-Requiem an. Der Erzbischof und Metropolit von Gorizia trat an den Altar und hielt die Messe. Doch schon nach seinen ersten Worten erhob sich der Premier von seinem Platz in der ersten Reihe. Acht breitschultrige Männer, die in den Seitenschiffen hinter den mächtigen steinernen Säulen versteckt das Geschehen kontrolliert hatten, formierten sogleich einen menschlichen Sperrgürtel um ihn und bahnten den Weg zur gepanzerten Limousine, die ihn zum Dorfsportplatz brachte. Vor drei Wochen erst war auch der Papst nach seinem Besuch des einstigen Bollwerks gegen die Barbaren aus dem Norden, von denen auch Seine Heiligkeit abstammte, von dort abgeflogen. Der dumpfe Lärm anschwellender Helikopterrotoren durchbrach den Klang der Orgel in der Basilika von Aquileia und entfernte sich.

»Streut meine Asche ins Meer, wenn es so weit ist«, knurrte Proteo Laurenti und wischte sich den Schweiß von der Stirn.

Es war kurz vor elf Uhr, das Thermometer zeigte für die Jahreszeit außergewöhnliche einunddreißig Grad.

»Mir ist nicht nach Witzen zumute.« Neben ihm stand Xenia Ylenia Zannier und beobachtete missgelaunt die Edellimousinen mit Kennzeichen von Norditalien bis hin zur Hauptstadt.

Die dicken Wagen aus vorwiegend deutscher Produktion entfernten sich, sobald ihre Fahrgäste ausgestiegen waren.

Einige Fahrzeuge kamen aus Bayern, Kärnten, Slowenien und dem kroatischen Teil Istriens.

Die Leiterin des Kommissariats im Badeort Grado war müde und nervös. Nur ein paar Stunden hatte sie in der Nacht noch geschlafen, als sie nach einer langen Tour mit dem Boot durch die Lagune ruhiger geworden war. Und bevor sie ihren Dienst am frühen Morgen antrat, hatte sie den Inhaber eines Telefonladens aus dem Schlaf geklingelt, um ein neues Gerät aus den preiswerten Sonderangeboten zu kaufen. Ihr Blick schweifte unstet von den Schaulustigen, die sich hinter der Absperrung drängten, über die grauen Häupter der unzähligen Herren, die sich meist in Begleitung energischer älterer Damen oder nur verhalten aufgedonnerter, noch unverwelkter Schönheiten entfernten. Die Polizistin trug im Gegensatz zu ihrem Kollegen aus Triest Uniform. Bei der Einsatzbesprechung hatte sie von Polizeipräsident und Präfekt die Anweisung erhalten, für die Einhaltung der Sicherheitsmaßnahmen um die Trauerfeier herum zu sorgen. Der Distrikt jenseits der Straße gehörte nicht in ihre Zuständigkeit. Beamte, die dem Innenministerium direkt unterstellt waren, hatten den gepflasterten Vorplatz und den Sperrgürtel unter ihrer Kontrolle. Und auf dem Campanile, von dem der Blick unbegrenzt übers flache Land und die Lagune schweifte, waren mit bloßem Auge die Umrisse der Scharfschützen samt ihren Präzisionsgewehren zu erkennen.

»Nimm's gelassen, Xenia.« Laurenti lächelte. »Dies ist kein Ort für ein Attentat. An die Spitzenpolitiker kommt eh keiner ran, sonst säßen nicht so viele Greise am Ruder. Und alle anderen könnte man anderswo leichter umlegen. Es ist Teil des Spiels: Die Herrschaften fühlen sich umso wichtiger, je mehr Brimborium um sie veranstaltet wird.«

Er war in Begleitung von Pina Cardareto, einer ehrgeizigen Inspektorin aus seinem Kommissariat, von Triest herübergefahren, um sich die Trauergäste anzusehen, die Franz Xaver

Spechtenhauser das letzte Geleit gaben. Der Mann, dessen Nachname ihm fast einen Kieferbruch bescherte, wenn er ihn aussprechen musste, war bedauerlicherweise in seinem Zuständigkeitsbereich ums Leben gekommen – und den Auswertungen der Spezialisten zufolge war es kein Unfall gewesen.

Während der Commissario sich mit der Kollegin unterhielt, die ihn um eine Handspanne überragte, streifte seine mit Bluejeans und dottergelbem T-Shirt bekleidete Mitarbeiterin über den Platz.

»Die Alternativen aus dem Black Block wollen Unruhe stiften, heißt es. Eine Meldung, die wir heute früh erhalten haben.« Xenia zeigte auf ein mit großen farbigen Lettern beschriftetes Leintuch, das aus dem Fenster eines der Häuser in der Zufahrtsstraße hing. »NO C/TAV« lautete das Motto und war gegen den Regierungschef und zugleich auch die dringend geforderte Hochgeschwindigkeitstrasse der Eisenbahn gerichtet, über die seit Jahren nur diskutiert wurde. »Die Leute sind sauer«, murmelte Xenia, nahm die Schirmmütze ab und fuhr sich mit einem Taschentuch über die Stirn. »Es wäre verständlich, wenn sie hier Randale machten. Der ganze Club fährt in dicken Dienstwagen vor, nur weil einer von ihnen mit seinem Privatflugzeug abgestürzt ist. Mit den Mitteln, die dieser überdimensionierte Sicherheitsaufwand kostet, könnte man drei Schulen renovieren.« Xenia wurde vom kurzen Aufheulen einer Sirene übertönt, als der gepanzerte Audi vorfuhr, dem der Premier entstieg, der sein strahlend weißes Gebiss bleckte und dann von tiefer Trauer ergriffen mit gesenktem Haupt über den Platz schritt.

»Wo wird Spechtenhauser eigentlich beigesetzt?«, fragte Laurenti.

»Die Töchter haben sich Gott sei Dank für eine Urnenbestattung in seinem Geburtsort in Südtirol entschieden – nur ein Grab neben Ötzi«, sagte Xenia mit bitterem Lächeln.

»Stell dir vor, wir müssten für die Wagenkolonne auch noch die Strecke zum Friedhof absperren. An einem Freitag! Gestern war ein Feiertag nördlich der Alpen, und die ersten Touristen haben pünktlich zum Auftakt der Saison die Autobahn verstopft. Der alte Spechtenhauser hat gewusst, wofür er ein eigenes Flugzeug hatte.«

Laurenti achtete genau darauf, wie seine Kollegin den Namen des Toten akzentfrei über die Lippen brachte. Sie könnte ihn tausendfach wiederholen, nicht einmal mit Hilfe eines Logopäden würde er das schaffen. »Seine Schlauheit hatte ihre Grenzen, Xenia. Die Spezialisten haben Sprengstoffspuren gefunden. Er wurde abgestürzt. Kurz nach dem Start.«

»Glückwunsch, Kollege. Hattest du vor seinem Tod schon einmal mit Spechtenhauser zu tun?«

Laurenti schüttelte den Kopf. »Ich bin ihm gelegentlich in einer Osmizza auf dem Karst begegnet. Er wohnte bei San Pelagio, eine seiner Töchter begleitete ihn. Die aus Duino, glaube ich. Sie sind kaum auseinanderzuhalten.«

»Gar nicht so schwer, wenn man sie ein bisschen kennt. Eine hat die Narbe einer alten Verletzung am Unterarm, die andere eine kleine Zahnlücke zwischen den Schneidezähnen.«

Auf Laurentis Bitte hin hatte Xenia nach dem Flugzeugabsturz am frühen Morgen Magdalena Spechtenhauser in Grado über das Unglück informiert. Während die Polizistin um schonende Worte rang, hatte Magda längst verstanden, dass etwas Schreckliches passiert war.

»Wissen die beiden schon, dass es kein Unfall war?«, fragte Xenia schließlich.

Laurenti nickte. »Ich habe es Gertraud gestern Abend telefonisch mitgeteilt. Sie war außer sich und wiederholte mehrmals, ihr Vater sei ein Wohltäter gewesen und habe keine Feinde gehabt.«

»Wir sind von Selbstlosen umzingelt! Gott hab ihn selig.« Xenia verdrehte die Augen.

Laurenti verbiss sich jeden Kommentar. Unmöglich konnte er ihr von dem streng vertraulichen Bericht erzählen, den er zufällig im Flur vor dem Büro eines Kollegen von der Abteilung für Delikte mit politischem Hintergrund gefunden und natürlich unerlaubt eingesehen hatte, bevor er ihn zurückgab.

Spechtenhauser war darin als eine der grauen Eminenzen genannt, die dank ihrer Firmenbeteiligungen angeblich von den Spannungen zwischen dem Kosovo und Serbien sowie von den ethnischen Konflikten in Bosnien-Herzegowina profitierten. Dann sollten, zumindest dem Bericht mit dem Stempel des bundesdeutschen Nachrichtendienstes zufolge, stets unzählige Lastwagen illegal die Grenzen überfahren, weil die Sicherheitskräfte an den Brennpunkten im Landesinneren zusammengezogen wurden. Für die verbliebenen Wächter der Schlagbäume gab es Bargeld, das sie dazu motivierte, im richtigen Moment in die falsche Richtung zu schauen. Waffen, Drogen, Menschen und alles andere, was reichen Profit versprach. Handel, legal oder illegal, kannte keine Grenzen und keine Nation. Die Ausschreitungen wurden von den Bossen geschürt, die den unterschiedlichsten Ethnien angehörten und meist im Ausland residierten: in Zürich, Ljubljana, München, Hamburg, Wien, Triest. Der Bericht war bereits vier Jahre alt, und Laurenti fiel es schwer, ihm zu glauben. Zu oft schon hatten sich Geheimdienste als krude Konstrukteure falscher Tatsachen entpuppt.

»Wo sind die Zwillinge eigentlich?« Er schaute sich um.

Auf dem Vorplatz der Basilika von Aquileia hatte er sie nicht gesehen. Nur ihr Halbbruder Nikolaus war inmitten der Nobellimousinen in schwarzer Lederkluft auf einer röhrenden Moto Guzzi Aquila Nera vorgefahren, die er so knapp am Rand der Anfahrt abgestellt hatte, dass selbst die Eskorte des Premiers abbremsen musste, weshalb der Fahrer des vordersten Wagens kurz die Sirene antippte. Doch keiner der Beamten hatte gewagt, den Sohn zur Ordnung zu rufen.

»Wenn sie Trauer tragen, sind die Biester noch hübscher. Trudi und Magda haben den Seiteneingang genommen. Zusammen mit Spechtenhausers erster Frau. Sie wird von einem Mann begleitet, der sicher fünfzehn Jahre jünger ist und sich als Anwalt vorstellte, doch kann man förmlich riechen, dass die beiden anderes verbindet. Und Professor Moser war auch bei ihnen«, berichtete Xenia.

Laurenti kannte ihn. Moser, etwa so alt wie Spechtenhauser, stammte auch aus Südtirol und wohnte ebenfalls in einer luxuriösen Villa auf dem Karst. Der Mann war der Patenonkel der Zwillinge und Geschäftspartner des Verstorbenen gewesen.

»Magdalena sagte, sie wollten den Trauergästen erst beim anschließenden Empfang auf dem Gehöft begegnen. Auch du solltest dort hingehen, Proteo, sie erwarten über dreihundert Personen.« Die Kommissarin blickte auf das Funkgerät in ihrer linken Hand, das plötzlich aufgeregt zu knarren begann. »Entschuldige mich bitte einen Augenblick.«

Xenia hielt das Gerät ans Ohr und entfernte sich ein paar Schritte.

Laurenti sah, wie sie sich schon beim ersten Wortwechsel hektisch umschaute. Die Konversation blieb kurz. Mit einer energischen Geste winkte die junge Polizistin drei Beamte herbei, die ihr unterstellt waren. Aus dem Augenwinkel nahm Laurenti wahr, dass auch andere Polizisten sich plötzlich aufgeregt in kleinen Grüppchen zusammenfanden, Befehle erteilt wurden und die Beamten im Laufschritt entschwanden. Xenia vorneweg, sie winkte ihm nicht einmal mehr.

Goldrausch

Im Gefängnis, so wollte es der Gesetzgeber, sollten Straftäter auf ihre Wiedereingliederung in die Gesellschaft vorbereitet und zu einem rechtschaffenen Leben in Freiheit befähigt werden. Jeder Einzelne der Gruppe, die in den letzten Monaten von zwei Männern zusammengestellt worden war, die Direktor und Einstein genannt wurden, war wegen guter Führung vorzeitig und auf Bewährung entlassen worden. Im Knast hatten manche von ihnen den Schulabschluss nachgeholt oder ein Handwerk erlernt: Koch, Schreiner, Informatiker.

Einstein, in dessen Personalausweis der Name Salvatore Cassara eingetragen war, 1967 in Bagnara Calabra geboren, hatte acht Jahre wegen besonders schweren Raubes abgesessen und war einst nur deshalb aufgeflogen, weil einer der Mittäter gegenüber einer neuen, begehrenswerten Bekanntschaft mit der Genialität des Coups geprahlt hatte. Leider war dem Mann dabei entgangen, dass es sich bei der verführerischen Dame um eine Polizistin handelte, die der Staatsanwalt auf ihn angesetzt hatte. Zwei Kunstwerke hatten die Ganoven am helllichten Tag so kaltblütig aus Saal 9 der Galleria Nazionale d'Arte Moderna in Rom gestohlen, dass die Medien fast bewundernd über den Raub berichteten. Es habe sich um eine Auftragstat gehandelt, behauptete Einstein während der Verhandlung, den Auftraggeber könne er aber selbst nicht benennen, weil er ihn persönlich nie kennengelernt habe. Selbst seine Gage habe er anonym per Post erhalten, nebst der Anleitung, wie er vorzugehen habe, und ergänzt um die Drohung, dass es ihn teuer zu stehen komme, wenn er den Auftrag nicht oder anders ausführen werde. Er habe schließlich aus schierer Angst gehandelt. Die Meisterwerke von Amedeo

Modigliani und Giacomo Balla galten bis heute als verschollen. Erschwerend hatte eine frühere Ermittlung gegen ihn gewogen, der zufolge er während eines Raubüberfalls auf ein Mailänder Juweliergeschäft in der Galleria Vittorio Emmanuele alle Spuren mit einer Bombe beseitigt haben sollte und mit ihnen auch die unzähligen Fensterscheiben in der berühmten Einkaufspassage. Die Anklage hatte sich auf die Videoüberwachung gestützt, auf der Einstein eindeutig erkennbar war – allerdings weder als er das Geschäft betrat, noch als er es wieder verließ. Im Übrigen wurden dem Einbrecher, der sein Physikstudium in Triest nie abgeschlossen hatte, große Nähe zu einem Exponenten der Lega Nord und zu einem kalabresischen Clan nachgesagt, der bei den Bautätigkeiten für die EXPO 2015 in Mailand abkassierte. Im Knast von Tolmezzo hatte er Direktor kennengelernt; Robert Unterberger hieß der Zweiundvierzigjährige mit bürgerlichem Namen und stammte aus Bozen, ein skrupelloser Stratege, Schachspieler und ein Pokerass mit abgebrochenem Jurastudium, der die meisten seiner acht Jahre auch in diesem Gefängnis vor den Toren der Kleinstadt am Fuß der Karnischen Alpen abgesessen hatte.

»Sturmtruppen« nannte sich die Gang aus fünfzehn Männern. Der Titel war einer launigen Comicserie entlehnt, welche die deutsche Wehrmacht im Zweiten Weltkrieg während der Besatzung Italiens verulkte, Obrigkeitshörigkeit als Nationalcharakter anprangerte, Essgewohnheiten und aufgezwungene Enthaltsamkeit aufs Korn nahm und vor allem sich über die lausige Schlagkraft ihrer Feinde lustig machte. Das verstanden alle in der Gruppe.

Sie waren von einem Triestiner mit Stirnglatze rekrutiert worden, der wegen seines blonden Vollbarts und des bis zur Schulter wallenden Haares Arcangelo gerufen wurde, Erzengel; Mimmo Oberdan hieß er offiziell und war mit seinen zweiundfünfzig Jahren der Älteste unter den Männern. Er hatte mehrmals wegen Betrügereien und Körperverletzung eingesessen und war ein alter Kunde von Commissario Laurenti, mit dem er sich duzte, seit sie im gleichen Ruderverein aktiv gewesen waren. Sein Abitur hatte er auf dem Nautischen Gymnasium gemacht, und alle waren davon überzeugt gewesen, dass er später zur See fahren würde. Doch zur Überraschung seiner Eltern war er stattdessen einer Kooperative beigetreten, die im Triestiner Hafen bei der Be- und Entladung der Frachtschiffe tätig war. Mimmo hatte es zum Kranführer gebracht – aufgrund seiner Nebentätigkeiten, wie er die krummen Geschäfte nannte, von denen er einfach nicht die Finger lassen konnte, hatte man ihn nach einigen Jahren aber hinausgeworfen. Seine Verhaftungen, wenn sie Laurenti zufielen, verliefen unüblich und unspektakulär. Der Commissario griff meistens zum Telefon, um den Halunken in eine Bar zu bestellen, wo sie ein paar Gläser Wein zusammen tranken. Währenddessen erläuterte Laurenti ihm den Grund ihres Treffens und übernahm auch die Rechnung, bevor Mimmo ihn widerstandslos und ohne Handschellen begleitete, um wieder einmal für längere Zeit Urlaub vom freien Leben zu nehmen.

Seit zwei Jahren aber sei er sauber, hatte er behauptet, als er Laurenti vor Wochen zufällig über den Weg gelaufen war. Er habe inzwischen eine Anstellung als Baggerführer bei einer Tiefbaufirma gefunden, welche die Ausschreibung für den Ausbau der Autobahn A4 um eine weitere Fahrspur gewonnen habe. Und deshalb wohne er derzeit im Friaul zur Miete. Zwei Zimmer in einem Gehöft eines kleinen Weilers von nur vierzig Einwohnern und einer einzigen Trattoria, in der es sich aber ordentlich speisen lasse. Das Kuhkaff namens Pampaluna befinde sich nicht allzu weit von San Giorgio di Nogaro entfernt, von wo er es nur ein paar hundert Meter zur Baustelle habe. Gewiss, da sagten sich Fuchs und Hase Gute Nacht, auch nicht die geringsten Versuchungen gebe es dort, sodass er sich restlos auf seine Arbeit konzentrieren könne. Es sei billig, und er brauche Geld. Die Arbeit in der Knastschreinerei sei nun wirklich sittenwidrig schlecht bezahlt gewesen.

Vier benachbarte und mit einfachen Stockbetten ausgestattete Ferienhäuser, zu denen unter windschiefen alten Pinien ein ungepflegter, sandiger Weg führte, gaben den fünfzehn Männern Unterkunft. Mehr als dreimal so viele hatte der Erzengel zur Rekrutierung dem Direktor und Einstein über Monate in karg möblierten und kühl ausgeleuchteten Fastfood-Lokalen öder Einkaufszentren vor den Toren österreichischer Kleinstädte vorgeführt. Einige der Männer, die zu den »Sturmtruppen« gehörten, hatten die Sezessionskriege im ehemaligen Jugoslawien mitgemacht und wussten, wie man Befehle ohne Widerrede ausführte. Auch den beiden glatzköpfigen Südtiroler Brüdern war das klar; für Ordnung und Disziplin und gegen Schmarotzer, »undeutsches Benehmen« und Ausländer waren Ignaz und Johann Pixner, die Naz und Jo gerufen wurden, oft genug handgreiflich geworden. Auch die anderen, egal ob sie aus Rumänien stammten, aus dem Friaul, Slowenien, Apulien oder den Marken, waren Kämpfer.

Jeder hatte seinen von Einstein und Direktor klar vorgegebenen Job. Jeder wusste, wie viel er dabei verdiente und dass er die anderen nach diesem lukrativen Coup nicht wiedersehen sollte.

Im Sommer war Eraclea Mare vor den Türen Venedigs gleichermaßen ein Eldorado für heile Familien und alleinerziehende Mütter aus dem Norden, doch im Mai herrschte in dem gesichtslosen Strandbad – wenig mehr als ein Pinienwald mit Campingplätzen, Bungalowsiedlungen und einem langen Sandstrand – noch Flaute. Touristen waren nur vereinzelt zu sehen, die Lokale schwach besucht, und das Meer war den meisten zum Baden zu kalt. Doch niemand schenkte den Männern besondere Aufmerksamkeit, die zu einem Weiterbildungsseminar in zwei weißen Kleinbussen angefahren waren, deren Karosserie die Aufschrift einer Südtiroler Baufirma trugen: »Franz buggelt fescht – Der Ötzi am Bau«. Ein stilisierter Steinzeithammer diente als Logo. Den Schriftzug hatten sie bei einem Drucker in Bratislava übers Internet bestellt und an eine Hoteladresse liefern lassen. Die beiden Chefs, Direktor und Einstein, hatten sich vor Vergnügen auf die Schenkel geschlagen: Trotz aller Überwachungskameras und Abhörtechniken war es kaum schwieriger geworden, Spuren zu verwischen, sofern man gewieft genug die politischen Grenzen in Europa zu nutzen verstand – und natürlich die richtigen Kreditkarten zur Hand hatte.

Kein Ortsbewohner wunderte sich darüber, die Männer nach Volleyballspielen am Strand zusammensitzen zu sehen, wo einer der Vorgesetzten Vorträge hielt und mit einem Stock Skizzen in den Sand zeichnete, die er später mit dem Fuß wieder verwischte. Und auch, dass sie gemeinsame Ausflüge machten, von denen sie erst abends wieder zurückkamen, war nichts Ungewöhnliches. Von den Deutschen in Südtirol war man ohnehin überzeugt, dass sie anders tickten als der Rest des Landes.

Jahrzehntelang hatten die Behörden die Augen vor dem Wandel verschlafen und den Ausbau der A4 verschleppt. Halb Osteuropa drängte über diese Trasse von Triest nach Venedig und von dort weiter in Richtung Lombardei, Frankreich, der Schweiz oder nach Süden. Und in die Gegenrichtung steuerten die Lkw den Hafen von Triest an, um die Weiterfahrt auf einer der unzähligen Fähren in die Türkei fortzusetzen. Die europäische Industrie hatte ihre Lagerhaltung auf die Straße verlegt. Ware, die sich nicht bewegte, band Kapital und minderte die Renditen. Neunzehn Millionen Schwerlastwagen und über fünfzig Millionen Autos oder Lieferwagen mit Kennzeichen aus Ungarn, Rumänien, Bulgarien und der Ukraine, Moldawien, Slowenien und Kroatien zwängten sich jährlich durch das einhundertvierzig Kilometer lange Nadelöhr, zweihunderttausend am Tag. Die Regierung in Rom strafte den hochproduktiven Nordosten des Landes mit Ignoranz, und dessen Volksvertreter entwickelten besonderen Elan meist dann, wenn es darum ging, die brennenden Probleme nicht zu lösen. Viel zu spät hatte man sich schließlich zum Ausbau um eine weitere Fahrspur in beide Richtungen durchgerungen, ohne aber die Finanzierung zu sichern. Bis die Bauarbeiten in ein paar Jahren beendet wären, würde diese überlastete Ost-West-Achse noch weitere schwere Unfälle mit unzähligen Todesopfern zu verantworten haben, stundenlange Verspätungen und schwere wirtschaftliche Schäden verursachen. Erst kurz vor dem totalen Kollaps rückten die Baumaschinen an vereinzelten Streckenteilen an und trugen die Erde der enteigneten Flurstücke ab. Weitere Behinderungen, Teilsperrungen und Staus waren die Folge. Doch nicht immer wurde auf den Bauabschnitten gearbeitet. Wenn die öffentliche Hand mit den Zahlungen im Verzug war, standen die schweren Maschinen still – dafür florierten die Umsätze der Rechtsanwaltskanzleien.

Am 27. Mai 2011 schlossen sich Punkt sieben Uhr dreißig hinter dem weißen gepanzerten Mercedes-Kleintransporter mit der Zwillingsbereifung an der Hinterachse die schweren Tore der Filiale der Banca d'Italia in Vicenza. Drei Männer saßen in dem Werttransporter, dessen Ziel die Aurum d.o.o. in einem Städtchen im kroatischen Teil der istrischen Halbinsel war. In Triest mussten die Sicherheitsleute vor der Grenze und hundert Kilometer, bevor sie den Goldschmiedebetrieb erreichten, ihre Waffen abliefern. Sie hatten keine Lizenz, sie auch im Ausland zu tragen. Einmal im Monat unternahmen sie die strengster Geheimhaltung unterliegende Fahrt auf der gleichen Strecke, aber an unterschiedlichen Wochentagen und zu den unterschiedlichsten Uhrzeiten mit unterschiedlichen Mengen des Edelmetalls, doch stets eskortiert von einer Limousine mit drei weiteren Wachleuten an Bord.

Heute transportierten sie die bisher größte Menge an Goldbarren, und die Männer scherzten darüber, dass sich diesmal ein Überfall wirklich lohnen würde. Doch kurz darauf schimpften sie, weil die Fahrt auf einen Freitag gefallen war. Bereits bei Mestre, vor den Toren Venedigs, verdichtete sich der Verkehr derart, dass es immer wieder zum Stillstand kam, obgleich sich die Fernfahrer an das penibel überwachte Überholverbot für den Schwerlastverkehr auf der ganzen Strecke hielten. Der weiße Werttransporter, dessen einzige Kennung auf dem Dach angebracht war und der über GPS-Ortung und Sprechfunk in Verbindung mit der Zentrale stand, kam auf der linken Fahrspur kaum schneller voran. Heute war an frühen Feierabend nicht zu denken. In dieser monotonen Tiefebene, die manchmal von Flussläufen und Kanälen durchbrochen wurde, säumten Hunderte uniforme Industrieflachbauten die Autobahn. Dazwischen wechselten sich Pappelwälder, Getreidefelder, Obstplantagen, Weingärten mit brachliegendem Land und verlassenen Gehöften ab.

Auch die Männer des Begleitfahrzeugs maulten: Zwei Familienlimousinen mit deutschen Kennzeichen hatten sich knapp vor ihnen auf die Überholspur gedrängt und gaben sie, trotz der wütend flackernden Lichthupe hinter sich, nicht mehr frei, solange sich am Horizont noch ein Fahrzeug abzeichnete. Für die siebzig Kilometer von Mestre bis Latisana hatten sie eineinhalb Stunden gebraucht, bis Triest dauerte der Transport unter diesen Bedingungen ewig, und an einem langen Wochenende war vor der kroatischen Grenze auch noch mit heftigen Wartezeiten zu rechnen.

Bei der Fahrt über das Flussbett des Tagliamento zog ein

Sattelschlepper direkt vor dem Begleitfahrzeug dreist auf die Überholspur. Nicht einmal mehr eine Notbremsung konnte verhindern, dass dieses vom Auflieger gegen die mittlere Leitplanke gedrückt wurde, sich um die eigene Achse drehte und im Sekundenbruchteil von zu dicht aufgefahrenen Fahrzeugen wie ein Tennisball auf die rechte Spur geschleudert wurde, wo es ein Schwerlaster aus der Türkei trotz Vollbremsung zermalmte. Die beiden deutschen Wagen schalteten die Warnblinkanlage ein und hielten mit ausreichendem Abstand auf dem Standstreifen. Der Sattelschlepper aber, der den Unfall verursacht hatte, entfernte sich mit Vollgas und verließ ungehindert die Autobahn bei der Abfahrt Latisana.

Aus den Rückspiegeln hatten die beiden Sicherheitsleute im Führerhaus des Werttransporters mit ansehen müssen, wie ihre Kollegen in die Leitplanke krachten und über die Fahrspuren geschleudert wurden. Sie waren blass vor Entsetzen und fluchten, doch anhalten durften sie nicht. Der sichere Transport der Ladung hatte Vorrang, die strengen Vorschriften der Versicherung verboten jede Hilfeleistung. Geld verlangt Opfer. Leben zu retten, ist teuer. Der Funkspruch an die Kollegen blieb ohne Antwort. Rasch gab der Beifahrer die Meldung an die Zentrale durch, beschrieb in klaren Worten den Lkw und wo er die Autobahn verlassen hatte, damit die Polizei ihn stoppen konnte. Aus dem Lautsprecher vernahmen sie die lehrbuchmäßige Anweisung, die Fahrt auf keinen Fall zu unterbrechen. Ein neues Begleitfahrzeug würde aus Triest angefordert werden und das Geleit direkt an der Mautstelle übernehmen. Im Rückspiegel wurde die Unfallstelle auf der leeren Autobahn hinter ihnen immer kleiner.

»Ich hoffe, es ist nicht so schlimm, wie es aussah. Sonst …« Mit fast tonlos hervorgestoßenen Worten unterrichtete der Mann auf dem Beifahrersitz den Kollegen im fensterlosen Laderaum.

»Was sonst?«

»Wenn du es gesehen hättest, würdest du nicht fragen.« Er biss sich auf die Unterlippe.

Der Verkehr lockerte sich nun ein wenig, der Fahrer beschleunigte.

»Das ist mir in zwanzig Jahren nicht passiert«, schimpfte er und hieb mit der Hand aufs Lenkrad. »Viele hunderttausend Kilometer bin ich gefahren und habe alles erlebt, was man sich vorstellen kann. Einmal bin ich sogar überfallen worden.«

Am rechten Rand der Autobahn lag hinter einem rot-weißen Bauzaun einer der Bauabschnitte zur Erweiterung der Trasse, doch außer zwei Landvermessern in orangefarbenen Jacken und ihrem Gerät schien dort niemand zu arbeiten, obgleich die Erdschicht für den folgenden Unterbau der neuen Fahrspur längst abgetragen war.

Die Uhr zeigte fünf Minuten vor elf, als ein weiterer Lastwagen unvermittelt auf die linke Fahrspur ausbrach und der Fahrer des weißen Mercedes-Lieferwagens jäh abbremsen musste. Wütend betätigte er die Lichthupe. Die Tachonadel sank auf siebzig Stundenkilometer und fiel rapide weiter.

»Heute sind alle verrückt! Notier das Kennzeichen«, schrie er seinem Kollegen zu und hielt die Faust auf der Hupe. »Gib es durch. Die Bullen sollen hier endlich einmal durchgreifen. Scheißbulgare!«

»Sinnlos«, winkte der Beifahrer ab. »Die tun sowieso nichts. Hör auf zu hupen und halt mehr Abstand.« Er zog die Waffe aus dem Holster. »Wenn wir auf seiner Höhe sind, jag ich ihm einen Schreck ein.« Grimmig klopfte er mit dem Lauf der Beretta gegen das gepanzerte Seitenfenster, das in keine Richtung einen Schuss durchgelassen hätte.

»Tu das«, pflichtete ihm sein Kollege bei. »Aber ordentlich.«

»Macht keinen Mist«, mahnte die Stimme aus dem Laderaum.

Das schwere Fahrzeug vor ihnen hatte einen offenen Muldenauflieger und transportierte Schrott aus Gusseisenteilen. Dem Chauffeur schien das Leben anderer so egal wie das Lkw-Überholverbot und die ausgeschilderte Videoüberwachung der Trasse. Sehr langsam zog er endlich in die Mitte zurück, und es schien, als würde er allmählich doch die Fahrspur freigeben. Dann verlangsamte er befremdlicherweise weiter. Der Fahrer des Werttransporters scherte schließlich auf die Standspur aus, um ihn zu überholen, doch zog auch der Lastwagen nach rechts.

»Verfluchte Kacke«, schimpfte der Beifahrer. »Wenn wir wenigstens die Fenster öffnen könnten, dann würde ich dem Schwein ein paar Kugeln in die Reifen pusten.«

Sein Kollege bremste, der Abstand vergrößerte sich auf über hundert Meter.

»Gib einen Funkspruch durch«, rief der Mann aus dem Laderaum.

»Und was soll ich sagen? Ein Arschloch von vielen ...«, zeterte der Beifahrer. »Lassen wir ihn davonziehen. Hinter uns ist ohnehin keiner mehr. Soll er sich austoben, und wenn ich ihn irgendwann einmal erwische, dann wird er sein blaues Wunder erleben. Darauf kann er sich verlassen.«

Schweißperlen rannen dem Fahrer von den Schläfen, als er plötzlich wieder heftig auf die Bremse steigen musste. Abrupt hatte der Schwerlaster seine Fahrt verlangsamt, der Abstand zwischen den Fahrzeugen verringerte sich rasch. Zweihundert Meter voraus lag die Brücke bei Casali Bratta an der Provinzialstraße, die von Pampaluna nach Córgnolo führte, auf der ein riesiger Bagger stand. Dann hob sich langsam die Ladepritsche des Schwerlasters vor ihnen, und auf einen Schlag hagelten die ersten Teile Metallschrott auf die Autobahn, bis sich schließlich die ganze Ladung vor ihnen auftürmte, während sich die Pritsche wieder senkte und der Lkw erkennbar Fahrt aufnahm. Der Werttransporter holperte ein paar Meter über die Teile aus Eisenguss und kam direkt nach der Brücke zum Stehen. Mit kreideweißem Gesicht griff der Fahrer zum Mikrofon, doch bevor er das erste Wort hervorstoßen konnte, senkte sich eine riesige Baggerschaufel über den Mercedes-Transporter und stieß ihn um wie ein Spielzeugauto. Die Männer im Führerhaus wurden übereinander geworfen, der Beifahrer spürte den heißen Kaffee aus der Thermoskanne im Nacken, aus dem Laderaum drangen die Schreie des Kollegen, der von der umstürzenden Ladung begraben wurde. Die Karosserie kreischte, als fühlte sie Schmerz, während die Baggerschaufel das auf der Beifahrerseite liegende Gefährt zum Fuß der Brücke bugsierte und schließlich mit einem Hieb das gepanzerte Seitenfenster sprengte. Die gleißende Sonne fiel in den Transporter, ein Maskierter warf eine Gasgranate hinein. Im dichten Qualm rangen die Sicherheitsleute um Atem, während eine kaum verständliche Stimme aus dem Lautsprecher des Funkgeräts krächzte.

»Zu viel Action auf zu großem Gebiet«, hatte der Direktor zum Abschluss der letzten Einsatzbesprechung gesagt. »In dieser friedlichen Gegend sind nicht genug Beamte stationiert, und bis die Verstärkung bekommen, sind wir längst über alle Berge.«

Die Männer der Sturmtruppen hatten am Morgen des Vortags ihr Quartier in Eraclea Mare penibel gereinigt, desinfiziert und frei von Fingerabdrücken dem Vermieter übergeben. Sie waren gut vorbereitet und verständigten sich über Mobiltelefone mit rumänischen SIM-Cards. Während des Aufenthalts hatten sie die Koordination der einzelnen Aktionen abgestimmt und das nötige Arbeitsgerät besorgt.

Tomaž, der Tom gerufen wurde und aus der slowenischen Kleinstadt Novo Mesto stammte, ein wegen Diebstahl vom Dienst suspendierter Polizist, der sein Geld zuletzt als Rauswerfer in einem Bordell neben dem Casino von Nova Gorica verdiente, hatte vergangene Nacht die Fluchtfahrzeuge besorgt. Unverdächtige, bejahrte Mittelklasseautos, die er mithilfe von Beppe, einem Hilfsarbeiter in einer Stuhlfabrik im Friaul, und Val, Hafenarbeiter aus Koper, jenseits der Grenze gestohlen und schließlich vor einem Einkaufszentrum abgestellt hatte. Es würde dauern, bis die Fahrzeuge in den internationalen Datenbanken auftauchten. Auf dem gleichen Parkplatz würden sie auch die beiden Kleinbusse zurücklassen, nachdem sie die Folien mit dem Schriftzug der Baufirma abgezogen und den Innenraum penibel gereinigt hatten.

Renzo, der aus Bari stammte, musste zusammen mit den Brüdern Jo und Naz, zwei stämmigen Kerlen aus Franzensfeste in Südtirol, die beiden Lkw auftreiben. Sie hatten mehr als die Hälfte ihres Dienstes in der gleichen Alpini-Division geleistet, der ältesten Gebirgsjägertruppe der Welt. Auf die krumme Bahn waren sie schon während der Militärzeit geraten, als sie Waffen, Sprengstoff und technisches Gerät aus den Kasernen hinausschmuggelten. Sie setzten sie später bei skrupellosen Überfällen auf Geldboten und betuchte Kaufleute ein, in deren Villen sie nachts trotz eingeschalteter Alarmanlagen eindrangen und mit Waffengewalt brutal die Öffnung der Safes erzwangen, bevor sie die Flucht mit den Limousinen der Opfer antraten. Aus dem Rückspiegel beobachteten sie die Detonation der Handgranaten im Innenraum, und einen Kilometer später stiegen sie in ein anderes Auto um.

Der Sattelschlepper, mit dem das Begleitfahrzeug ausgeschaltet wurde, war leicht aufzutreiben gewesen. Eine Stunde vor dem Einsatz. Schwieriger war, den beladenen MAN-Vierachser mit offenem Muldenauflieger zu finden, doch nach langer Fahrt über die Landstraßen hatte Jo sogar die Wahl zwischen einem Kieslaster gehabt, den er am Ufer des Tagliamento ausmachte, und dem Lkw voller Stahlschrott, dessen bulgarischer Fahrer am Rande eines Autobahnparkplatzes ein Nickerchen machte, das er, geknebelt und gefesselt, noch einige Stunden in einem Gebüsch fortsetzen sollte.

Den Scania-Sattelzug, in den der Werttransporter verfrachtet wurde, hatte hingegen der Erzengel schon vor Tagen in einer Scheune des Gehöfts bei Pampaluna untergestellt, und den Raupenbagger hatte er am frühen Morgen nur ein paar hundert Meter über die brachliegende Baustelle bewegen müssen. Alles war perfekt eingefädelt.

Einstein hatte ihnen wiederholt eingeschärft, dass keiner der Männer der Sturmtruppen eine Waffe tragen würde. Nicht einmal Alexandrù, der ehemalige Securitate-Mann aus Pitești, der in Rumänien für dreihundert Euro monatlich am Renault-Fließband gestanden hatte, wo er Sitze in die Billigmodelle Dacia Logan und Sandero montierte. Auch nicht Ante, der kroatische Schweißer aus einer staatlichen Werft bei Rijeka, Enver, ein Bauarbeiter aus dem Kosovo mit UÇK-Vergangenheit, Pek, der serbische Bäcker, und Bob, der aufgrund eines EU-Gesetzes zur Reduzierung der Fangflotten arbeitslose Fischer aus Ancona. Sie mussten während der Flucht die Ware im Werttransporter umpacken, nachdem die Sicherheitsleute überwältigt und ruhiggestellt waren.

Alle Mitglieder der Sturmtruppen trugen einheitliche blaue Arbeitsoveralls, Sturmhauben und Handschuhe, die sie nach dem Einsatz verbrennen sollten. Und noch in Eraclea Mare hatte der Direktor jedem Einzelnen die erste Hälfte seiner Gage in bar ausbezahlt. Sein Aktenkoffer war prallvoll mit gebrauchten Geldscheinen gewesen. Was die Übergabe des Rests des vereinbarten Betrags betraf, so würden sie per SMS verständigt, sobald alle in Sicherheit waren.

10 Uhr 21. Renzo zuckte nicht einmal mit der Wimper, als er den Sattelschlepper aus der Kolonne zog. Er konnte den Wagen nicht verfehlen. Im Rückspiegel sah er, wie das Begleitfahrzeug vom Auflieger gegen die Leitplanke gequetscht

wurde und Karosserieteile davonflogen. Voller Genugtuung bremste er erst ab und gab dann mit einem Ruck den Weg für den ramponierten Pkw frei, der von nachfolgenden Autos vor einen roten Lkw auf die rechte Spur geschleudert wurde. Der Verkehr auf der A4 in Richtung Triest stand schlagartig still, der Unfallort wurde im Rückspiegel immer kleiner. Kein Fahrzeug folgte ihm. Ohne anzuhalten passierte Renzo die Mautstelle nach der nächsten Abfahrt auf der Fahrspur mit der elektronischen Gebührenabbuchung. Einen Kilometer später hielt er in einer Parkbucht und stieg mit einem Sturzhelm auf dem Kopf auf der Beifahrerseite aus. Mit der Ducati, die er im Morgengrauen gestohlen und dort abgestellt hatte, brauste er zurück zur Autobahn. Planmäßig detonierte der Sprengsatz im Fahrerhaus, als er auf der Auffahrt war.

Auch in Richtung Venedig war der Verkehr zum Erliegen gekommen. Gemächlich fuhr Renzo auf der Standspur am Stau vorbei. Auf Höhe der Unfallstelle stoppte er, um sein Werk zu begutachten. Eine Massenkarambolage. Ein Massaker. Er hörte Schreie und sah Menschen, die betroffen neben ihren Fahrzeugen standen, während Männer mit Brecheisen sich hektisch abmühten, die Türen des weißen Schrotthaufens zu öffnen und die Insassen zu befreien. Aus der Ferne näherte sich Sirenenlärm. Renzo legte den Gang ein und drehte das Gas auf. Eine halbe Stunde später stellte er das Motorrad vor dem Bahnhof Venezia-Mestre ab. Im Treppenhaus des nahen Parkhauses entledigte er sich der Motorradkluft und verließ es in Jackett und Bügelfaltenhosen wieder. Das Timing war perfekt. Keine zehn Minuten wartete er auf dem Bahnsteig, bis der Schnellzug nach Rom einfuhr. Kaum hatte er seinen reservierten Platz eingenommen, tastete er zufrieden nach dem Geldbündel. Fünfzigtausend waren ein verdammt guter Stundenlohn, und mit Eintreffen der zweiten Rate müsste er sich erst einmal keine Gedanken mehr um die Zukunft machen. Schnell verdiente Kohle mit wenig Risiko.

Selbst wenn man ihn erwischte. Verkehrsdelikte kosteten selten mehr als eine deftige Geldstrafe und den Führerschein. In Bologna und Bari würde er umsteigen und schließlich nach insgesamt acht Stunden Bahnfahrt seine Heimatstadt Monopoli in Apulien erreicht haben. Der Sommer gehörte ihm.

10 Uhr 23. Die telefonische Anordnung des Direktors, der als Landvermesser verkleidet mit Einstein die Regie führte, war knapp und klar. Aus dem Führerstand des gelben Raupenbaggers auf der Brücke hatte der Erzengel durchs Fernglas beobachtet, wie Renzo aus der Kolonne der Schwerlastwagen ausscherte und das Begleitfahrzeug ausschaltete. Zufrieden startete er den Bagger, hob die riesige Schaufel über das Geländer und kontrollierte am Fuß der Brücke noch einmal den Abstand zu dem Feldweg, auf dem ein weißer Sattelzug mit Laderampe stand, auf dessen Auflieger in großen roten Lettern »Teşekkür Ederim İtalya« stand. Den Schriftzug hatte der Erzengel selbst aufgeklebt. Dann wandte er sich um und verfolgte das Manöver des Schrottlasters, mit dem sich Jo abrupt vor den Werttransporter gedrängt hatte. Die Ladepritsche hob sich, und kurz vor der Brücke begannen die ersten Stücke der Ladung auf die Fahrbahn zu kullern. Der Mercedes-Lieferwagen holperte über den rostbesetzten Schrott, der sich wie eine Lawine auf die Fahrbahn schob. Ein Hieb mit der Baggerschaufel warf den Werttransporter um. Der Erzengel schwenkte den Hydraulikarm zu dem gepanzerten Seitenfenster, das er eindrückte wie Knäckebrot. Pek warf die Tränengasbombe in den Innenraum, Männer mit Gasmasken zogen zwei Sicherheitsleute heraus, fesselten und knebelten sie mit Isolierband, stießen sie zu einem Maisfeld hinüber und schlugen sie nieder. Der Erzengel lenkte die Baggerschaufel unter den Lieferwagen und stellte ihn wieder auf die Räder. Jim, ein Bosnier, kletterte auf den Fahrersitz und steuerte das ramponierte Gefährt, das der Erzengel mit dem Bag-

ger in den Lkw bugsierte. Die schweren Stahlplatten, mit denen der Auflieger ausgekleidet war, setzten den Sender des Werttransporters außer Gefecht. Bevor sich die Luke schloss, stiegen vier Männer in den Laderaum.

10 Uhr 48. Mit qualmenden Auspuffrohren setzte sich der Lkw mit dem türkischen Kennzeichen in Bewegung. Drei Minuten früher als von Einstein geplant. Gleich bei San Giorgio di Nogaro musste er auf dem Autobahnzubringer abbremsen. Streifenwagen überholten ihn mit Sirenengeheul, ein Krankenwagen folgte dichtauf. Gegen die Fahrtrichtung bogen sie auf die leere Fahrbahn ein.

Der Erzengel hingegen stieg auf der Brücke in einen gestohlenen Wagen mit slowenischem Kennzeichen, als die Einsatzfahrzeuge an dem Schrott auf der Fahrbahn vorbeimanövrierten; einer der Streifenwagen stoppte. Auf dem Kirchplatz von Córgnolo tauschte er den Wagen und traf zwanzig Minuten später am Flughafen Ronchi dei Legionari ein, wo er eilig eincheckte. Jo und Tomaž standen bereits in der Schlange vor der Sicherheitsschleuse. Pek und Beppe tranken an der Bar dahinter einen Espresso. Einstein und den Direktor entdeckte er aber erst, als der Shuttlebus zum Flugzeug bereits vorgefahren war. Sie trugen Anzug und Krawatte.

Knapp, dachte der Erzengel. Verdammt knapp.

11 Uhr 24. Der Sattelschlepper verließ die Autobahn bei Gemona und bog in einen Waldweg ab. Nachdem Ignaz Pixner aus dem Führerhaus gestiegen war und dann die Ladeluke geöffnet hatte, warfen seine vier Kumpane den bewusstlosen dritten Sicherheitsmann von der Pritsche. Die blutverkrusteten Beine des Schwerverletzten standen unnatürlich von seinem Körper ab, die Hände waren ihm auf den Rücken gefesselt.

Mit flinken Handgriffen zogen die Männer den türkischen Schriftzug, der übersetzt »Danke schön, Italien« lautete, vom

Auflieger ab und beklebten das Gefährt eilig mit riesigen bunten Punkten, als transportierte er Fruchtdragees. Das neue Kennzeichen stammte aus Wien. Die Barren reinen Goldes, von denen jeder Einzelne etwas kleiner war als ein Tetra Pak mit Milch und je zwölfeineinhalb Kilo wog, hatten die Männer während der Fahrt in Holzkistchen umgepackt, die sonst für edle Flaschen vorgesehen waren. Eines nach dem anderen wurde in zwei Lieferwagen eines Großwinzers aus dem Collio verladen. Die Ladepapiere wiesen einhunderteinundzwanzig Flaschen Ribolla Gialla aus. Das Gewicht war beachtlich, das Ladevolumen klein. Über die Landstraße fuhren die Lieferwagen Richtung Udine und von dort weiter über Palmanova in Richtung Grado. Um 11 Uhr 50 setzte Ignaz den Sattelzug wieder in Bewegung und fuhr zurück auf die Autobahn nach Norden. Die vier anderen Banditen teilten sich zwei Kleinwagen und überholten ihn schon bald.

Wer hatte die strenge Geheimhaltung unterlaufen? In der Zentrale des Werttransportunternehmens in Vicenza herrschte Panik, die Mailänder Versicherungsgesellschaft hatte umgehend einen Spezialisten auf den Weg geschickt. Auch bei der Banca d'Italia war Alarm ausgelöst worden. Die Polizeipräsidien im Nordosten ordneten Straßensperren an und schickten alle verfügbaren Streifenwagen hinaus. Schon eine Dreiviertelstunde nach dem Ausbleiben der regelmäßigen Signale des Peilsenders auf dem Dach des Werttransporters waren im Umkreis von hundert Kilometern alle Verkehrsadern abgeriegelt, lange Staus bildeten sich vor den Kontrollposten. In den Nachrichtensendungen hatte die Meldung über den Coup die Rebellion in Libyen und Ägypten auf die hinteren Ränge verwiesen, und über die Zeremonie in Aquileia wurde erst vor der Wettervorhersage berichtet. Den Wert der Beute bezifferte man auf über fünfzig Millionen Euro. Der Sprecher lieferte in dramatischem Tonfall eine genaue

Beschreibung des türkischen Sattelschleppers, von dem vermutet wurde, dass sein Ziel der Hafen von Triest war, von dessen Molen jährlich Hunderttausende Lkw Richtung Istanbul verschifft wurden. Die Überlebenschancen der Sicherheitsleute aus dem Begleitfahrzeug hingen angeblich an einem seidenen Faden.

Drei Wagen der Polizia Stradale rasten mit Blaulicht und Sirene an Ignaz Pixner vorbei und blockierten am nächsten Rastplatz die Fahrspuren, wo sie den Verkehr zur Kontrolle ausleiteten. Drei Männer, in kugelsicheren Westen und mit Maschinenpistolen bewaffnet, standen am Rand, während die anderen noch die Markierungen aufstellten, mit denen sie die Durchfahrt verengten. Den nächsten Sattelzug zogen sie bereits heraus.

Knapp, dachte Naz und schob die Transportpapiere wieder hinter die Sonnenblende. Das war verdammt knapp. Oder war es etwa das perfekte Timing, von dem der Direktor immer wieder während der vergangenen zwei Wochen geredet hatte? Er betastete den dicken Umschlag in seiner Jackentasche.

Um dreizehn Uhr dreißig parkte er das Gefährt jenseits der Grenze auf dem Autobahnrastplatz Dreiländereck. Ab Freitagabend herrschte Fahrverbot für den Schwerlastverkehr. Niemand würde sich darüber wundern, wenn der Sattelzug übers Wochenende dort stehen bliebe. Naz ging zur Raststätte und bestellte ein kleines Bier. Die österreichischen Fernsehnachrichten erwähnten den Überfall noch nicht. Dann ging er zum Parkplatz zurück und stieg in einen Pkw, dessen Schlüssel unter der Fußmatte lagen. Am Villacher Knoten bog er in Richtung Ljubljana ab. Nachdem der Stau vor dem Karawanken-Tunnel sich aufgelöst hatte und er auf slowenischem Hoheitsgebiet war, atmete er tief durch. Eine halbe Stunde später betrat er das Terminal des Flughafens Ljubljana/Brnik.

»Wie viele waren es? Menschenmassen sind so schwer zu schätzen«, sagte Pina Cardareto, als sie zurück zum Wagen schlenderten, nachdem die Trauergäste allmählich den Vorplatz der Basilika von Aquileia verlassen hatten.

»Tausend vielleicht«, sagte Proteo Laurenti. »Ein einflussreicher Mann und steinreich. Nur besonders alt ist er nicht geworden. Mit 67 Jahren an einem frühen sonnigen Morgen durch eine Explosion vom heiteren Himmel geholt zu werden, hatte er sich ganz gewiss nicht erträumt.«

Er warf Pina Cardereto den Autoschlüssel zu, die ihn geschickt auffing. Laurenti saß auf dem Beifahrersitz, schaltete das Funkgerät ein und wählte zugleich auf dem Mobiltelefon die Nummer seines Büros. Die Inspektorin schob den Fahrersitz ganz nach vorne, damit sie mit den Füßen die Pedale erreichte. Wegen des Stimmengewirrs aus dem Lautsprecher legte der Commissario die freie Hand auf das andere Ohr und erfuhr endlich von seiner Assistentin, dass auch die Kollegen in Triest ein dichtes Netz an Straßensperren in der Stadt und dem Umland errichteten. Türkische Fernlaster wurden zu Hunderten kontrolliert, die Istanbul-Fähren würden heute nur mit Verspätung ablegen können.

»Und noch etwas«, teilte Marietta aus dem Büro mit. »Die Sprengstoffspuren sind inzwischen analysiert und bestätigt: C4, über einen Höhenmesser gezündet. Und Inspektor Battinelli hat die Aussagen von zwei Frühaufstehern aufgenommen, die den Knall gehört haben. Einer will sogar die Explosion gesehen haben.«

»Können wir nicht ein einziges Mal einen ganz normalen Mord haben, eine liebende Gattin, die ihren Mann erlöst? So wie im Fernsehen.«

»Unwahrscheinlich. Wir Frauen machen das unauffälliger. Ein Totenschein des zuständigen Arztes und wahnsinnig viele Tränen, basta! Aber keine Ermittlungen«, sagte Marietta.

»Wart's ab, bis ich dir eines Tages den Kaffee zubereite, meine Liebe. Hast du den Befund schon an den Staatsanwalt weitergeleitet?« Laurenti stellte sich das fahle Gesicht des jungen Mannes vor, der erst am Anfang seiner Karriere stand. Warum zum Teufel hatte ausgerechnet dieser Dottor Lorusso am Tag des Absturzes Dienst gehabt?

»Als Geschenk fürs Wochenende. Den Bericht hat er säuerlich auf den Schreibtisch geworfen, und während ich noch vor ihm stand, griff er zum Telefon und rief seine Frau an. Mein Gott, was hat der sich gewunden, nur weil die versprochene Bergwanderung in Südtirol ins Wasser fiel.«

»Ruf ihn gleich noch einmal an und bitte ihn um einen Termin gegen fünf oder spätestens morgen früh«, sagte Laurenti nach einem flüchtigen Blick auf die Armbanduhr.

»Er wird noch von mir träumen.«

»Bleib züchtig, aber lass ihn nicht entwischen, Marietta«, sagte er und legte auf.

So, wie sich seine Assistentin in den letzten Wochen kleidete, war sie seit geraumer Zeit wieder auf Pirsch. Selbst im Büro irritierten ihre freizügigen Dekolletés so manchen Kollegen. Und dieser Jungspund von Staatsanwalt aus gutbürgerlicher Familie befände sich in höchster Gefahr, würde Marietta es nur darauf anlegen.

»Wohin?« Pina Cardareto startete den Alfa Romeo.

»Wir statten der Kollegin einen Besuch ab.« Durch ein kurzes Telefonat erfuhr er den Standort der Straßensperre, die Xenia mit ihren Männern an der Landstraße zwischen Grado und Monfalcone errichtet hatte.

»Sie verstehen sich offensichtlich ziemlich gut.« Pina Cardaretos Stimme klang schnippisch. War sie neidisch, weil Laurenti zwar ihre Arbeit schätzte, aber stets formale Distanz bewahrte, obgleich sie nun fast sieben Jahre an seiner Seite arbeitete? Mit den meisten anderen Kollegen pflegte er einen lockereren Umgang.

»Sie ist eine hervorragende Polizistin. Ich kenne Xenia, seit sie in Triest die Polizeischule besuchte. Sie tat in Padua Dienst und in Palermo. Und parallel zu ihrem Job studierte sie Politikwissenschaft. Später wurde sie nach Rom versetzt, dann nach Ostia. Sie hat alle Prüfungen mit Auszeichnung bestanden. Dann kam sie in den Norden zurück. Squadra mobile bei uns in Triest, anschließend Leiterin der Wasserschutzpolizei in Duino und jetzt ist sie die Chefin des Kommissariats in Grado. Sie hat den dritten Dan in Judo und ich weiß nicht welchen in Karate. Sie hat mehrere Kurse in Japan gemacht.«

»Grado? Komisch, dass sie das nach solchen Einsätzen nicht langweilt.« Pina rümpfte die Nase.

Die Inspektorin war selbst eine besessene Kampfmaschine und trainierte mehrmals die Woche Wing Tsun Kung Fu. Warum sich die zwergenhafte Kalabresin ausgerechnet eine Kampftechnik ausgesucht hatte, die vorwiegend auf Tritttechniken basierte, blieb Laurenti ein Rätsel. Sie und Xenia wie im alten Rom im Kolosseum aufeinanderzuhetzen, wäre den Göttern gewiss ein Fest gewesen.

»Von ihrem Äußeren her hätte die Zannier fast Model werden können«, fuhr Pina nach einer kurzen Pause fort. »Eins fünfundachtzig groß, blond, blauäugig, nur ihr Hintern ist ein bisschen … na ja, neunundneunzig, sechzig, hundertfünfzehn, schätze ich.«

Laurenti tat, als hätte er nicht zugehört. »Wer weiß, wie lange es sie hält? Sie spricht vier Sprachen, mich würde es nicht überraschen, wenn sie sich eines Tages um eine Stelle bei Interpol oder bei einer anderen europäischen Behörde bewerben würde. Das Beste wäre aber, wenn sie bei der nächsten Personalrochade wieder zu uns nach Triest käme.«

»Wenn überhaupt, dann ziehe ich Männer als Vorgesetzte vor.«

»Machen Sie es wie Xenia. Warum verschwenden Sie Ihr Talent, Pina? Belegen Sie Weiterbildungskurse, knüpfen Sie Verbindungen ins Ministerium und zu den richtigen Kollegen, die Sie auf den Seminaren kennenlernen. Bisher haben Sie doch nie einen Hehl daraus gemacht, dass Sie so schnell wie möglich von hier wegwollten. Was hält Sie? Die Welt ist groß.«

Pina Cardareto rümpfte die Nase, ihre Hände am Lenkrad verkrampften sich so sehr, als wollte sie das Steuer aus dem Wagen reißen und das Tattoo, ein durchgestrichenes Herz mit dem Schriftzug »basta amore«, auf ihrem angespannten Bizeps schien fast zu platzen. Der Commissario hatte ihren wunden Punkt erwischt. Was hielt sie? Wenn sie ihre Freizeit nicht dem stahlharten Kampfsporttraining widmete, warf sie zur Entspannung bissige Comics aufs Papier, die wenig schonend den Alltag in der Dienststelle behandelten. Manch einer ihrer Kollegen wechselte kein überflüssiges Wort mehr mit ihr, weil er sich schlecht getroffen fühlte. Und sie schrieb sozialkritische Theaterstücke, die nur selten ein Happy End hatten. Die berufliche Erfahrung kam ihr dabei sehr zu Hilfe. Seit einiger Zeit wurden die Stücke sogar von Laienschauspielergruppen aufgeführt und fanden bescheidenen Anklang. Darüber hatte Pina endlich auch Freundschaften geschlossen, die sie opfern müsste, wollte sie beruflich weiterkommen.

»Hat dieser Supercop auch ein Privatleben?«, fragte sie misstrauisch.

Laurenti war verblüfft, dass ausgerechnet Pina diese Frage stellte. Jeder wusste, dass die ehrgeizige und verbissene Inspektorin bisher eine Beziehung nach der anderen in den Sand gesetzt hatte.

Auf der Brücke über den Canale Isonzato musste Pina

scharf abbremsen. Beim Wegweiser zu der kleinen Straße nach Fossalon, wo vier Kilometer weiter der Kanal in die Adria mündete, hatte sich ein Stau vor der Straßensperre gebildet.

»Soll ich an der Schlange vorbeifahren?« Pina ließ das Fenster herunter und griff nach dem Blaulicht.

»Wir haben keine Eile. Demokratie erlaubt Privilegien nur im Notfall.« Auch Laurenti öffnete die Seitenscheibe.

»Manche Privilegien sparen Steuergelder, Commissario.«

»Alle anderen erhöhen die Steuerlast, Pina.«

Zwischen Wohnmobilen und Pkw mit dänischen, österreichischen und deutschen Kennzeichen waren auch einige der dunkelblauen Limousinen eingekeilt, die von Aquileia herübergefahren waren und kurz nach der Kontrolle auf einen Weg zu dem Gehöft des Verstorbenen abbogen. Der provisorische Parkplatz auf der Wiese vor dem dreiflügligen Gebäude füllte sich allmählich. Im Hof, den man von der Straße gut einsehen konnte, waren weiß gedeckte Tafeln aufgebaut. Tücher schützten das Buffet vor der Sonne. Das Personal des Catering-Services stand abseits bereit, während am Hoftor schwarzgekleidete Angestellte den Gästen den Weg wiesen.

Die Polizisten aus dem Kommissariat in Grado hielten die Fahrzeuge nur kurz auf, warfen einen Blick auf die Papiere, die Insassen und in den Fond, und winkten sie dann gleich weiter. Pina hielt ihre Polizeimarke ans Fenster, als sie endlich an der Reihe waren, worauf der uniformierte Kollege salutierte und zur Seite trat, damit sie passieren konnten.

»Fahren Sie rechts ran«, sagte Laurenti und öffnete die Wagentür, bevor der Alfa Romeo zum Stehen kam.

Xenia Zannier blätterte soeben die Papiere des Fahrers einer der blauen Limousinen durch und schlenderte gemächlich um den Wagen herum. Ein Mann auf dem Rücksitz ließ die Scheibe herunter, streckte das kahle Haupt heraus und wedelte mit seinem Parlamentarier-Ausweis. Ganz offensichtlich ein kostenbewusster Abgeordneter. Die Kommissarin antwortete mit einem versteinerten Lächeln und schenkte ihm keine weitere Beachtung. Als sie einmal um den Wagen herumgegangen war, gab sie dem Fahrer wortlos die Dokumente zurück, hielt jedoch mit ausgestrecktem Arm seine Weiterfahrt auf. Zwei helle Lieferwagen mit dem Schriftzug einer bekannten Kellerei aus dem Friaul hatten sich an den Wartenden vorbei bis zur Sperre vorgedrängelt. Der Fahrer im ersten Wagen erklärte, sie transportierten Ware für den Empfang. Xenia winkte sie durch und gab endlich auch dem Prominenten freie Fahrt.

»Eigenartige Ortswahl für eine Straßensperre«, sagte Laurenti zu seiner Kollegin. »Du willst dir wohl die Trauergemeinde zum Feind machen.«

»Die klassische Entscheidung eines Schreibtischtäters in der Zentrale, der die Gegend nicht kennt, aber auf den Meter genau befiehlt, wo wir den Posten einzurichten haben. Und mit sich reden ließ er auch nicht. Der Plan sei von Experten erstellt, hat er behauptet.« Xenia Zannier war mit Laurenti ein Stück von der Straßensperre weggeschlendert, wo niemand ihr Gespräch belauschen konnte. »Deswegen stehen wir genau hier, während sich an der nächsten Kreuzung jetzt jeder verdrücken kann, der uns aus der Ferne sieht. Und diese feinen Herrschaften hier maulen natürlich gleich los, wenn sie einmal ein paar Minuten warten müssen. Die Anweisung lautet, auch die Wohnmobile zu überprüfen. Also kontrollieren wir.«

»Wirklich eine geniale Idee, eine solche Menge Gold auf den Campingplatz mitzunehmen. Bei aufziehendem Sturm lassen sich mit den Goldbarren die Zeltnägel beschweren, damit man nicht weggeweht wird.«

»Sicherer als eine Bank, die vor der Pleite steht. Die Prominenz sollen wir selbstverständlich durchwinken, die führt nie Böses im Schilde.«

»Vermutlich durchleuchten sie bereits die Dateien nach den einschlägig bekannten Spezialisten. Ein solcher Coup verlangt einen erheblichen Organisationsaufwand, das können nicht viele. Damit reduziert sich die Zahl der Verdächtigen schlagartig.«

Die Kommissarin warf einen Blick auf die Kolonne vor dem Kontrollposten, in der eine dunkle Limousine hupte. »Und da sollen wir die Wagen der Trauergäste einfach nicht kontrollieren?«

»Ich muss dieser Tage Moser und die beiden Zwillinge wieder vernehmen. Die Spezialisten haben eindeutige Spuren von Hexogen gefunden.«

»C4 also? Idiotensicher handhabbar, wird vorwiegend beim Militär verwendet.«

»Besorg dir die Liste der Geladenen bei der Trauerfeier, Xenia. Da gibt's mehr als nur ein paar fragwürdige Gestalten darunter.«

»Der Überfall ist Gott sei Dank nicht in meinem Zuständigkeitsbereich passiert, und den Absturz des Flugzeugs hast du am Hals. Wenn du mich fragst, dann haben die Gauner das Gold ein paar Minuten nach ihrem Fischzug in allernächster Nähe versteckt und sich erst einmal ohne die Beute verdrückt. Fabrik- und Lagerhallen gibt es hier so viele du willst, von denen derzeit weiß der Teufel wie viele zum Verkauf stehen. Leer, verlassen, verödet. Und nachts dienen deren unbeleuchtete Höfe zum Stelldichein, weil die jungen Leute sich keine eigene Wohnung leisten können. Wer weiß, wie viele Kinder dort schon auf der Rückbank eines Kleinwagens gezeugt wurden?«

»Als gäbe es keine romantischeren Orte.« Laurenti hatte sein erstes Kind in einer lauen Vollmondnacht unterhalb der Festungsmauer der kleinen Wehrkirche von Monrupino gezeugt. Das behauptete zumindest seine Frau.

»Fast jede Nacht treffen Anrufe von Anwohnern ein, weil

an irgendeiner Karre die Stoßdämpfer ächzen. Dabei wissen die Leute ganz genau, dass es dort nichts mehr zu stehlen gibt. In einer dieser Lagerhallen lagert jetzt die Beute. Je weniger Hektik die Banditen verbreiten, desto sicherer sind sie.«

»Mit Gold bezahlt man keine Rechnungen. Gauner sind ungeduldig. Jeder will seinen Anteil. Glaub bloß nicht, dass sie keine Spuren hinterlassen.«

»Schade, dass wir beide die Ermittlungen nicht führen können«, lächelte die große Blonde und schaute auf Laurenti hinunter. »Endlich mal ein spannender Fall. Zusammen hätten wir einen Mordsspaß. Übrigens sollen wir am Nachmittag auch in Sachen Alkohol am Steuer großzügig sein. Nicht alle Geladenen haben einen eigenen Chauffeur.«

»Mit so was hast du schon einmal eine Entscheidung fürs Leben getroffen«, feixte Laurenti. Xenia fragte ihn oft um Rat, wenn sie Krach mit ihrem Lebensgefährten hatte. Wider alle Vorschriften hatte sie Zeno Capuni vor einigen Jahren bei einer nächtlichen Verkehrskontrolle in Duino ohne Alkoholtest davonkommen lassen. Und drei Tage später waren sie sich dann zufällig in Monfalcone wiederbegegnet, wo der junge Mann sie zum Kaffee einlud.

Wieder standen zwei Lieferwagen des Spechtenhauserschen Weinguts in der Schlange der wartenden Fahrzeuge. Die Kommissarin rief den Beamten zu, sie mögen auch diese durchwinken.

»Manchen Anordnungen kommst du also doch nach«, neckte Laurenti sie.

»Trauernde sind durstig.« Seine Kollegin hob die Achseln, das Lächeln entschwand aus ihren Gesichtszügen. »Wenn du nur wüsstest! Zur Zeit herrscht dermaßen dicke Luft zu Hause. Zeno hat mir schon wieder einen Heiratsantrag gemacht.« Die Trümmer ihres blinden Wutausbruchs erwähnte sie mit keinem Wort. »Vielleicht sollte ich mich um eine andere Stelle bewerben. Weit weg …«

»Dabei seid ihr eigentlich ein schönes Paar.« Laurenti schaute den Lieferwagen nach. »Habt ihr morgen Abend schon etwas vor? Lass uns alle zusammen essen gehen. Das heitert die Stimmung wieder auf. Laura und mir täte das auch ganz gut.«

Pina Cardareto startete den Wagen, sobald sie sah, dass ihr Chef sich näherte. Warten gehörte nicht zu ihren Stärken.

»Wir mischen uns unter die Gäste, Pina«, sagte Laurenti. »Spitzen Sie die Ohren und halten Sie die Augen offen.«

Sie waren längst nicht die Letzten, die zu dem alten Gutshof fuhren, in dem keine Kuh und kein Schwein im Stall stand, und von dem aus kein Feld bewirtschaftet wurde. Franz Xaver Spechtenhauser hatte sein Hauptquartier daraus gemacht und die Wirtschaftsgebäude für die Spechtenhauser Capital Familienholding umgebaut.

Pina parkte den Alfa Romeo auf einer Wiese vor der Einfahrt. Sie gingen an zwei Männern einer privaten Sicherheitsfirma vorbei durch das Tor und reihten sich in die Schlange der Gäste ein, die die Auffahrt herunterreichte. Zwei in schwarze Dirndl gekleidete Blondinen mit runden Gesichtern und etwas zu großen Nasen, hochgestecktem Haar und schwarzen Hütchen, von denen ein Schleierchen über die Augen hing, nahmen vor dem Haupthaus die Beileidsbekundungen entgegen.

Laurenti reichte ihnen stumm die Hand, während Pina ein paar unverständliche Worte murmelte, bevor sie ihrem Chef folgte. Sein Mitgefühl hatte er längst kundgetan, als er Gertraud vor zehn Tagen die Nachricht vom Flugzeugabsturz überbrachte. Frühmorgens hatte er lange an der Tür zur Villa über der Felsenbucht von Duino geklingelt, bis sie ihm unwirsch und nur mit einem leichten Morgenmantel bekleidet die Tür öffnete, aber so schlagartig verstummt war, als könnte sie Gedanken lesen. Mit einem stummen Zeichen hatte sie ihn hereingebeten, während ein schlanker, unbekleideter und tief gebräunter Mann um die fünfzig die freistehende Treppe zum Salon heruntertapste. Als er Laurenti bemerkte, fuhr er sich mit der Hand durch das kurzgeschnittene schwarze Haar, um dann schnell sein halberigiertes Glied zu bedecken und kehrtzumachen. Noch während der Kommissar berichtete, hatte Gertraud zum Telefon gegriffen. Fast zeitgleich musste die bestürzende Nachricht die Zwillinge erreicht haben. Ihre Schwester Magdalena war bereits im Bild. Xenia in Grado war schneller gewesen.

Mit festem, weißem Leinen waren die Tische gedeckt, die im ausladenden Hof zwischen den drei Flügeln des Gebäudes aufgebaut waren. Schwarzlivrierte Kellner standen wie Pinguine grüppchenweise im Schatten des Hauptgebäudes. Zwei schenkten Schaumwein in Gläser, die sofort beschlugen. Das Buffet unter den Sonnenschirmen war noch nicht eröffnet. Die Gäste mussten sich gedulden, bis die Zwillinge ihre Rede gehalten hatten. Über dem Hinterland bauten sich schwarze Wolken vor den Alpen auf, doch über das Meer spannte sich der azurblaue Himmel.

»Wie eine Hochzeit auf dem Lande«, flüsterte Pina ehrfürchtig.

»Sie hätten sich etwas besser anziehen können. So sieht doch jeder der feinen Gesellschaft, dass Sie ein Bulle sind. Streifen Sie ein bisschen herum, Pina.«

Männer in dunkelblauen oder schwarzen Anzügen mit weißen Hemden, goldenen Manschettenknöpfen und meist ergrautem Haar standen in kleinen Gruppen zusammen und redeten leise. Ihre Krawatten waren blau wie der Himmel oder blau wie das Logo der tonangebenden Partei. Oder sie waren grün, dann ragten oft auch Einstecktüchlein gleicher Farbe aus der Brusttasche ihrer Sakkos. Wichtig fühlten sich die Herren alle. Und ihre Körpersprache, die Gestik, mit der sie Vertraulichkeiten austauschten, glich sich unabhängig von der Farbe ihrer Krawatten. Die dazugehörigen Damen musterten die neu eintreffenden Begleiterinnen wichtiger Amtsträger oder einflussreicher Geschäftsmänner.

Laurentis Blick schweifte hinüber zu der schmalen Straße, die zum Hof führte, und von wo sich ein dumpfes Donnern näherte. Ohne zu bremsen lenkte der Fahrer mit dem schwarzen Helm die Maschine auf der Zufahrt zwischen den beiden Gorillas hindurch, schlug einen Bogen an den Kondolierenden vorbei und hielt schließlich direkt neben den Zwillingen, wo er den Motor nach einem letzten Aufdrehen des Gasgriffs endlich absterben ließ. Nikolaus Spechtenhauser, der Erstgeborene des Verstorbenen, hängte lässig den Sturzhelm und seine schwarze Lederjacke an den Rückspiegel und küsste beide Schwestern auf die Wangen. Kühl begrüßten die Zwillinge den Mann mit dem weit über die Brust aufgeknöpften Hemd und dem goldenen Ring im Ohrläppchen. Er ging grußlos durch die Menge der Gäste und steuerte auf eine auffallend attraktive und elegante Dame zu, deren Alter Laurenti nicht schätzen konnte. Teuer und stilsicher war sie gekleidet und von einem deutlich jüngeren Mann sportlicher Statur begleitet, der ihn an den Nackten auf der Treppe in Gertraud Spechtenhausers Haus denken ließ. Dieser hier war aber in feinstes Tuch gekleidet. Die Frau umarmte den Motorradfahrer innig. Laurenti schloss daraus, dass es sich um die erste Gattin des Verstorbenen handelte.

Die Zwillingsschwestern traten vor das Buffet, und allmählich verstummten die Gäste. Gertraud Spechtenhausers Stimme war klar und getragen. Während sie ihre Rede begann, winkte Magda den Halbbruder herbei, der sich mit einem Glas Spumante in der Hand fast widerwillig zu ihnen gesellte.

»Nikolaus, Magdalena und ich, die Kinder von Franz Xaver Spechtenhauser, danken Ihnen von Herzen, dass Sie heute gekommen sind, um Abschied von unserem Vater zu nehmen. Sein überraschender Tod hat uns alle zutiefst erschüttert. Es ist schwer, mit einem solchen Verlust zu leben. Es ist unmöglich, die Lücke zu füllen, die unser Vater in unser aller Mitte gerissen hat. Nicht nur in die Mitte seiner Familie, auch in eure, seine engsten Freunde, seine treuesten Geschäftspartner, seine langjährigen politischen Mitstreiter. Unser Vater hatte große Ideale. Und er hat uns gelehrt, diesen auch dann zu folgen, wenn er es nicht mehr kann …«

Laurenti horchte auf. Politische Aktivitäten Spechtenhausers waren ihm neu. Überhaupt hatte er sich erst seit gestern Nachmittag intensiver für ihn interessiert, nachdem klar geworden war, dass er nicht Opfer eines Unfalls war.

»Er war ein weise vorausschauender Mann, der versuchte, böse Überraschungen zu vermeiden. Und er hat ein großes Imperium hinterlassen. Doch niemand muss fürchten, dass seine Geschäfte nicht fortgeführt würden, dass seine großen humanistischen Ideale mit seinem Ableben jetzt nur noch eine Erinnerung wären. Schon vor Jahren hat unser Vater Magdalena und mich in die Geschäfte einbezogen, wir haben täglich mit ihm zusammengearbeitet. Auch in Bozen und Meran hat er vorgesorgt, wo, wie Sie alle wissen, Donna Rita Carli, Nicks Mutter, die Geschäfte führt. Franz Xaver Spechtenhauser hat sich immer vor Zwietracht gefürchtet …«

Zwietracht? Diesem vorbildlichen Humanisten hat es also doch nicht an Feinden gemangelt, dachte Laurenti.

Gertraud unterbrach ihre Rede, schneuzte sich flüchtig und kam dann auf den Überfall auf der Autobahn zu sprechen. Als sie die Menge des Raubgoldes benannte, sah Laurenti, wie Nikolaus Spechtenhauser den Spumante in einem Zug hinunterstürzte. Manche der Gäste flüsterten aufgebracht, doch sie verstummten sogleich wieder, als die Blonde fortfuhr.

»Gold, das unserem Vater gehört«, sagte Gertraud.

Ihrem Halbbruder entfuhr ein lauter Rülpser. Manche der Gäste flüsterten.

»Sie sollen es hier erfahren, liebe Freunde, nicht aus den Nachrichten. Ja, unser Vater hat vor vielen, vielen Jahren eine Beteiligung an einer Goldschmiede in Istrien erworben. Er liebte seine Heimat, das Südtirol, die autonome Provinz Bozen, er liebte die autonome Region Friaul-Julisch Venetien. Und er liebte Istrien, wo ebenfalls Menschen der unterschiedlichsten Ethnien zusammenleben. Cavaliere del Lavoro, diese hohe Auszeichnung, wird niemandem ohne besondere Verdienste verliehen.«

»Auch Nazis drücken mal ein Auge zu, wenn's ums Absahnen geht.« Drei Männer, die hinter Laurenti standen, grinsten breit, was dem Commissario nicht entging.

»Die Ordnungskräfte haben die Umgebung abgesperrt.« Gertraud zeigte zur Straße hinüber. »Sie werden die Täter bald fassen. Aber Sie, liebe Freunde, bitte bleiben Sie hier und essen und trinken Sie mit uns. Unser Vater hat fröhliche Feste immer geschätzt.«

Auf ein Zeichen Magdas nahmen die Kellner die Tücher vom Buffet, das vor Köstlichkeiten strotzte, und schenkten die prämierte Ribolla Gialla von Spechtenhausers Weingut aus dem Collio aus. Die beiden Schwestern zogen sich zurück, während ihr Bruder Nick einem Kellner winkte und sich nachschenken ließ. Mit dem vollen Glas ging er zu seiner Mutter, die einen Knopf an seinem Hemd schloss.

»Déformation professionelle, Commissario? Oder gehören Sie zu den geladenen Gästen?«

Gundolf Moser, der seit seiner Kindheit »Spaltkopf« genannt wurde, überragte ihn deutlich. Der Siebzigjährige trug in der Mitte seiner Stirn eine breite und gut zwei Zentimeter tiefe Delle, ein Auge starrte nach rechts oben und folgte dem anderen nicht. Dennoch ließ sich in diesem entstellten Gesicht ein freundliches Lächeln erkennen.

»Ertappt, Professor Moser«, gab Laurenti zu, reichte ihm die Hand und versuchte, nicht auf das kranke Auge des fast zwei Meter großen Mannes zu starren. »Der Wein ist zu gut, als dass man ihn auslassen sollte. Dazu die Gesellschaft wichtiger Menschen, was will man mehr?«

»An Freunden mangelt es Ihnen doch nicht, Commissario. Sie hier zu sehen, lässt mich eher vermuten, dass es Erkenntnisse gibt, die mir noch nicht bekannt sind. Und im Übrigen empfehle ich Ihnen den Gewürztraminer von Spechtenhausers Südtiroler Weingut, in dem sein ganzes Herzblut steckt. Sie werden erstaunt sein.«

Laurenti kannte Moser von offiziellen Anlässen, Empfängen beim Präfekten anlässlich des Tags der Republik, auch der jährlichen Zeremonie zur Feier des Bestehens der Polizia di Stato wohnte der Mann aus Südtirol stets bei, seit er dank seines wirtschaftlichen Aufstiegs zu den Persönlichkeiten des öffentlichen Lebens der Stadt gehörte. Moser war während seines Militärdienstes nach Triest versetzt worden, wo er Dienst im Faro della Vittoria, dem weißen Leuchtturm, geschoben hatte. Später studierte er Physik und noch als junger Mann hatte er mit seinem besten Freund, Franz Xaver Spechtenhauser, das heute als Sonar Communications Bozen Washington SpA firmierende Unternehmen gegründet. Und Laurenti wusste auch, dass Gundolf Moser über die Geschicke der Zwillingsschwestern wie ein Löwe wachte.

»Professore, solange die definitive Absturzursache nicht geklärt ist, tun wir gut daran, nichts auszuschließen. Deshalb kam ich zur Trauerfeier nach Aquileia. Und da ich schon unterwegs war, eben auch hierher. Sonst nichts«, log Laurenti. Es war weder an der Zeit noch der richtige Ort, dem Mann die jüngsten Erkenntnisse der Kriminaltechniker mitzuteilen. »Aber ich wollte Sie demnächst ohnehin noch einmal aufsuchen, sobald es Ihre Zeit zulässt.«

»Zeit, Laurenti?« Moser lachte auf. »Solange der Allmächtige meiner Meinung ist, habe ich Zeit, so viel ich will. Das erste Ziel im Leben heißt nicht, Reichtum zu erwirtschaften, sondern Zeit zu haben, wann und für was man will!«

»Nichts für ungut, Professor Moser: Sie sagen das wie ein Milliardär, der die Vorzüge des Sozialismus anpreist.«

»Besuchen Sie mich, wann es Ihnen passt. Mit intelligenten Menschen zu philosophieren, war mir schon immer ein Vergnügen.«

Der Commissario wechselte das Thema. »Spechtenhausers Sohn kannte ich bisher noch nicht.«

»Nikolaus?« Mosers linkes Auge fixierte den Polizisten eine Sekunde lang. »Aus erster Ehe. Ein begnadeter Maler und Pianist, der leider nicht weiß, wohin mit seinem Talent. Trotz seiner zweiundvierzig Jahre fehlt ihm das Selbstvertrauen. Franz trennte sich von der Familie, als der Sohn sieben war. Seine Mutter, eine außergewöhnliche Frau, hat ihn sehr verwöhnt. Zu seinem Vater hatte er so gut wie keinen Kontakt mehr. Sehr schade. Früher habe ich Franz deswegen heftig ins Gewissen geredet. Das ist vielleicht der einzige Bereich, in dem er total versagt hat. Soll ich Sie mit ihm bekanntmachen?« Moser machte eine Kopfbewegung in seine Richtung und hob den Arm, doch dann besann er sich. »Nein, warten Sie einen besseren Moment ab. Nick ist heute sehr labil. Er wird noch einige Tage hier verbringen, bevor er nach Meran zurückfährt. Die Kinder haben viel zu regeln. Ich helfe ihnen dabei und versuche, die Interessen auszugleichen, so wie Franz es im Testament festgelegt hat. Und auch Donna Rita verfügt gottlob über einen kühlen Verstand.«

Zwei weißhaarige Herren im blauen Zweireiher waren herangetreten, die Moser als Abgeordnete aus Udine vorstellte. Ihr Händedruck glich Spülwasser. Prominente Beerdigungen dienten oft weniger dem Gedenken an die Verblichenen als dafür, die richtigen Kontakte für die Zukunft zu pflegen. Laurenti verabschiedete sich sogleich.

Rückzug

Einstein hatte mit seiner Strategie vor allem auf den Faktor Zeit gesetzt. Knappe Zeit. Die Verkehrshinweise im Radio vermeldeten anfangs, dass die Autobahn wegen eines schweren Unfalls für Stunden gesperrt bliebe und es wegen der Rettungsarbeiten auch in der Gegenrichtung kaum ein Durchkommen gebe. Nur Fahrzeuge, die erst später in diese Richtung eingebogen waren, befanden sich vor ihnen. Radarkontrollen oder Streifenwagen waren jetzt nicht zu fürchten. Nach einer Viertelstunde hatten Einstein und der Direktor bereits die Ausfahrt Flughafen hinter sich gelassen, wenig später die Mautstelle Lisert vor Triest passiert und waren dann ins Industriegebiet von Monfalcone gefahren, wo sie auf dem Parkplatz eines Einkaufszentrums den Wagen abstellten, die Toilette aufsuchten und sich umzogen, um kurz darauf mit einem anderen Auto zum Flughafen zurückzufahren.

Zwei durchschnittliche Geschäftsleute in Anzug und Krawatte, Aktenkoffern voller Architekturpläne in den Händen, gingen strammen Schrittes zum Abfertigungsschalter. Auch an der Security-Schleuse des kleinen Flughafens waren sie die letzten Reisenden für diesen Flug. Direktor stellte beruhigt fest, dass außer den Kontrolleuren noch keine Polizeikräfte die Reisenden überprüften.

Einstein musste seinen Koffer öffnen. Ein Uniformierter wies ihn auf das Schweizermesser hin und stellte ihn vor die Wahl, es außerhalb zu deponieren oder in einen Plexiglasbehälter für unerlaubt mitgeführte Gegenstände zu werfen, der schon halb gefüllt war. Es war eine der Vorsichtsmaßnahmen, mit denen Einstein kontrollierte, ob die Meldung des Überfalls bereits eingegangen war. Wären die Security-Leute am Flughafen von Polizisten flankiert gewesen und hätten sich auch für den Rest des Inhalts seines Koffers interessiert und die Unterlagen durchgeblättert, hätte er sich für das Messer entschieden, das Terminal verlassen und es sich eine Viertelstunde später in der ausladenden Kajüte der »KF 2 Poppa Schatzele«, der stattlichen Segelyacht eines Zahntechnikers aus Bozen, bequem gemacht, die in der Marina Hannibal bei Monfalcone lag. Dort hätte er gemütlich die Zeit verstreichen lassen, bis sich die Hysterie der Ordnungskräfte wieder legte. An Bord fehlte es an nichts.

Direktor schimpfte in seinem harten Südtiroler Dialekt wie ein Rohrspatz, als man auch ihn vor die Wahl stellte, den Flug zu nehmen oder eine Flasche Grappa aus dem Handgepäck zurückzulassen. »Und am Abend sauft ihr Scheißitaliener das alles selbst«, schnauzte er deutlich vernehmbar im Weitergehen.

Erzengel war der Erste, der den Bus zum Flugzeug bestieg. Pek, Beppe, Jo und Tomaž standen wie Fremde in der Warteschlange. Zwei von ihnen hatten von München kurze Anschlussflüge gebucht. Pek flog nach Belgrad weiter, zur Familie. Beppe nach Barcelona, von wo er noch am gleichen Tag die Fähre nach Ibiza besteigen wollte, um dort lange auszuspannen. Jo hingegen wollte den Bus zum Münchner Hauptbahnhof nehmen und dort den EC nach Süden, wo er in Franzensfeste, der einzigen Haltestelle dieser Verbindung zwischen Brenner und Brixen, aussteigen wollte. Seit seiner Entlassung vor einigen Monaten war er den Besuch in seinem Elternhaus schuldig geblieben. Zumindest seine Mutter würde sich freuen. Tomaž hatte sein Auto, einen fast neuen Kleinwagen koreanischer Produktion, von einem Freund in einem Parkhaus beim Franz-Josef-Strauß-Airport abstellen lassen. Von dort würde er zusammen mit dem Erzengel nach Österreich fahren, wo sie in einem feinen Etablissement absteigen wollten und sich schon jetzt auf die jungen Damen aus Osteuropa freuten.

Auf Einstein und den Direktor wartete ein Allerweltswagen vor dem Flughafenterminal, ein silbergrauer Audi von einem Autoverleiher in Pordenone, der in den letzten Tagen auf dem Weg nach Norden mehrere stationäre Radarkontrollen mit deutlich überhöhter Geschwindigkeit durchfahren hatte. Am Steuer saß eine üppige Schönheit mit kurzgeschorenem, feuerrotem Schopf und einem schwarzen Tattoo im Nacken, das eine Fledermaus darstellen sollte. Auf dem Beifahrersitz eine schmale Brünette mit nicht minder langen Beinen.

Alle zweiundsiebzig Sitze in der Turboprop ATR 72 von Air Dolomiti nach München waren belegt. Geschäftsreisende und Touristen aus dem Nordosten des Landes, aus Slowenien oder Kärnten nutzten die vier bequemen Verbindungen täglich zum Münchner Flughafen, der ein ideales Drehkreuz war. An Bord wurden gute Weine von zuvorkommenden, adretten Stewardessen selbst in der Economy serviert, auch ein zweites Glas, wenn jemand danach verlangte.

Das Flugzeug rollte soeben zur Startbahn, als der Alarm das Sicherheitspersonal am Flughafen erreichte. Der die Dienststelle leitende Kommissar der Polizia di Stato und sein Kollege von der Guardia di Finanza überschlugen blitzartig die knappe Zeit, die seit dem Überfall auf der Autobahn vergangen war. Unmöglich, dass die Täter bereits in dem Flugzeug saßen, auch wenn für den Check-in an diesem kleinen Flughafen nur vierzig Minuten angegeben wurden. Nach einer raschen Überprüfung der Passagierliste entschieden sich die beiden Beamten schließlich dagegen, die Maschine aufzuhalten und sich womöglich Übereifer vorwerfen lassen zu müssen.

Fünfzig Minuten später aber, als im Terminal jeder einzelne Passagier und jedes einzelne Gepäckstück noch penibler als sonst unter die Lupe genommen wurden, sich vor den Check-in-Schaltern und den Security-Schleusen lange Schlangen gebildet hatten, und die Anzeigetafel erste Verspätungen bei den Abflügen verkündete, sollten die beiden Vorgesetzten sich hartnäckig gegenseitig die Schuld für diese Entscheidung zuschieben: Ein Mann des Reinigungspersonals, der den Haltesteig für den Flughafenbus vor dem Warteraum aufkehrte, hatte einen zweisprachigen Personalausweis aus der Autonomen Provinz Bozen gefunden, ihn eingesteckt und erst, nachdem er mit dem Gate fertig war, abgegeben. Das Dokument war auf einen Johann Pixner ausgestellt, der zuletzt in der Strafvollzugsanstalt von Tolmezzo gemeldet gewesen war, wo der Zweiunddreißigjährige bis vor drei Monaten wegen eines bewaffneten Raubüberfalls auf einen Geldboten in Trento eingesessen hatte. Davor hatte er in Saltaus nördlich von Meran residiert. Sein Vorstrafenregister wies außerdem Verurteilungen wegen Körperverletzung und rassistischer Übergriffe gegen Italiener in Südtirol auf, die er zusammen mit seinem jüngeren Bruder Ignaz verübt hatte. Ein notorischer Fall, der sich im Knast gegen alle Erwartungen zum Besseren entwickelt hatte und wegen guter Führung nach vier Jahren Vollpension entlassen worden war. Danach tauchte Johann Pixner in keinem Melderegister mehr auf. Die Auflage, sich einmal in der Woche bei der Polizei zu melden, hatte er bis auf die vorige Woche zuverlässig erfüllt – zuletzt bei der Questura in Triest.

Schwerer Raubüberfall passte ins Schema, und dass der Mann plötzlich weitere drei Jahre Knast riskierte, weil er gegen die richterliche Verfügung das Land verließ, sprach erst recht für seine Beteiligung. Welcher Gangster träumte nicht davon, bei einem Jahrhundertcoup abzukassieren? Der Leiter der Flughafenpolizei machte sofort Meldung.

Es ging Schlag auf Schlag. Die Maschine war soeben gelandet, als der Anruf bei den Kollegen und kurz darauf das amtliche Fax bei den Bayern eintrafen. Als aber in München die Anweisung erfolgte, dass jeder einzelne Fluggast samt Gepäck kontrolliert werden musste, verließen die Passagiere am Terminal schon den Transferbus. Die Uniformierten bauten sich am Ausgang auf, nachdem die ersten Reisenden ohne Handgepäck ihn bereits passiert hatten.

Jo Pixner beobachtete aus dem Fenster des Flughafenbusses zur Stadtmitte zwei Polizeiautos, die vor dem Terminal vorfuhren. Er ließ sich in seinen Sitz sinken und vertiefte sich in die Lektüre einer Boulevardzeitung, die in der Tasche an der Rücklehne des Vordersitzes steckte. Er tastete nach dem dicken Briefumschlag und war einen Augenblick erleichtert. Doch dann durchsuchte er aufgeregt Hosen- und Jackentaschen und konnte sich nur mit Mühe zur Ruhe zwingen. Wo zum Teufel war sein Personalausweis? Die Hände unter der Zeitung verborgen, blätterte er heimlich die Geldscheine durch. Nochmals durchsuchte er jede einzelne Tasche. Nichts. Fieberhaft versuchte er sich zu erinnern, wann er das Dokument zuletzt in Händen gehalten hatte: beim Verlassen der Abflughalle, als er es zusammen mit der Bordkarte der Dame an der Abfertigung überreichte, die ihm eine gute Reise wünschte, nachdem sie es zurückgegeben hatte. Wo nur hatte er das Dokument verloren? Noch am Flughafen oder erst in der Maschine? Was geschah, wenn jemand es fände und natürlich bei den Bullen ablieferte? Er musste seinen Plan auf jeden Fall ändern. Falls man ihn mit dem Überfall auf den Werttransporter in Verbindung brachte, würden die Deutschen ganz sicher auch den Hauptbahnhof und die Bahnreisenden überwachen.

Jo linste aus dem Fenster des Busses und dann auf seine Armbanduhr. Zwei finster dreinblickende Polizisten in Kampfanzug, kugelsicheren Westen und mit MPs bewaffnet, standen breitbeinig vor dem Ausgang und musterten mit kaltem Blick jeden, der das Gebäude verließ. Frauen passierten, ohne kontrolliert zu werden. Sie hielten zwei Männer auf, die in etwa seiner Personenbeschreibung hätten entsprechen können: Mitte dreißig, groß, kahlköpfig, muskulös. Genervt zeigten diese ihre Ausweise vor und öffneten die Koffer. Ein dritter Polizist schlenderte herum und hatte schon mehrfach einen Blick auf den Bus geworfen, den nach Jo kein anderer Fahrgast mehr bestieg. Eine Ewigkeit verging, bis der Busfahrer endlich den Motor anließ und die Türen des Fahrzeugs sich mit dem Schmatzen der Hydraulik schlossen. Als der Bus endlich anfuhr, sah Jo gerade noch Einstein und den Direktor aus dem Terminal kommen, die unter den Augen der Polizisten von zwei kreischenden Weibern begrüßt wurden.

Fieberhaft ging Johann Pixner die Möglichkeiten durch: Das Mobiltelefon mit der rumänischen SIM-Card hatte er auf Geheiß Einsteins sofort nach dem Überfall zerstört und in einen Gully geworfen. So gut wie keine der Telefonnummern der Leute, die ihm hätten helfen können, hatte er im Kopf. Auch sein Bruder war noch nicht erreichbar, wenn er sich an Einsteins Befehle hielt. Ohne Ausweis war nicht daran zu denken, ein neues Telefon samt Karte zu kaufen. Und einen Leihwagen würde ihm auch niemand aushändigen. Jo hatte die Taschen voller Bargeld und müsste stehlen, um aus der Klemme zu kommen. Als der Fahrer des Flughafenbusses zum Mikrofon griff und fragte, ob einer der Fahrgäste ein Taxi am Münchner Nordfriedhof benötigte, war Jo der Erste, der sich meldete.

Das Auge

Mein Gott, dieses Auge. Die Iris schillerte in zartdunklen, bernsteinfarbenen Tönungen, das Weiß der Pupille war jungfräulich rein, nur ein kleines Äderchen durchzog es wie die Blutspur eines angeschossenen Hasen den unberührten Schnee. Gundolf war von diesem Anblick bis zur Besinnungslosigkeit ergriffen. Jegliches Zeitgefühl verlor er, wenn er Gertis warmen Atem an seinem Bauch spürte. Seine Hände lagen an ihrem Kiefer, und wenn er schließlich zärtlich ihre Stirn streichelte oder den weichen Hals hinab, stieg ein bis vor kurzem noch ungekanntes Glücksgefühl in ihm auf. Ihr Fell war viel kürzer und trotzdem weicher als das strohfarbene, dicke Haar seiner Mutter, nach dem er nicht mehr greifen durfte, seit man ihn vor zwei Jahren eingeschult hatte. Selbst dann nicht, wenn er sich einsam fühlte. Die Eltern waren sich einig darin, dass er jetzt ein richtiger Mann werden und keine Schwächen mehr zeigen sollte. Auch wenn sie sonst kaum einmal ein Wort wechselten, das nicht mit der Arbeit auf dem abgeschiedenen Hof über Dreikirchen zu tun hatte, von wo der Ausblick weit über das Eisacktal schweifte.

In dem engen und niedrigen Stall schwebte noch immer der Geruch der frisch gemolkenen Milch, die seine Mutter nebenan zum Filtern in einen Holztrichter goss. Der achtjährige Gundolf, das jüngste der elf Kinder, musste wie jeden Abend den Mist auf einer hölzernen Schubkarre hinausbugsieren und frisches Stroh ausstreuen. Niemand mehr würde den Stall nach dem Melken betreten. Die drei älteren Brüder waren nicht aus dem Krieg zurückgekehrt, die kleineren mussten ihre Arbeit erledigen. Gerti war das einzige Stück Vieh, von dem vor dem Krieg noch zwölf im Stall gestanden hatten.

Nach den kargen Worten der Eltern zu schließen, waren die Zeiten härter geworden. Als Südtirol nach dem Ersten Weltkrieg an die Italiener gefallen war, hatten diese ihre Vorstellungen der reinen Rasse in der Viehzucht durchzusetzen versucht und nur noch die Zucht von Pinzgauern und Grauvieh erlaubt. Aber der alte Moser, Gundolfs Vater, war stur geblieben und hatte einige Pustertaler Sprinzen behalten. Trotz des Sizilianers, der in der Carabinieri-Uniform, von einem Adjutanten aus dem Veneto begleitet, die Höfe inspizierte und dabei die Hand aufhielt. Kein einziges Mal waren sie abgezogen, ohne zwei Käselaibe mitzunehmen. Und nach dem 8. September 1943 schlug der Rassenwahn der Nazis auch bei der Viehzucht durch. Männer mit dem Hakenkreuz an den Ärmeln der Uniformjacken kontrollierten regelmäßig die Höfe all jener, die dageblieben und nicht ins Reich umgesiedelt waren, wie es der Pakt zwischen Hitler und Mussolini vorgesehen hatte.

Sie machten strenge Zuchtvorschriften; am liebsten hätten sie Kühe in der Gestalt des Deutschen Schäferhunds in den Ställen gesehen. Gundolfs Vater, der ein Bein verloren hatte, war als Kriegsversehrter am Ende nicht einmal mehr für den Volkssturm tauglich gewesen, doch Gerti konnte er retten. Er versteckte sie in einer Hütte im Wald auf der Alm bei Briol; alle anderen Rinder hatten die Nazis abgeholt. Sie gab karge zwölf Liter Milch am Tag. Den Käse, den Gundolfs Mutter dort oben auf langen Brettern zum Reifen auslegte, tauschte der Vater bei Nachbarn oder in der Stadt im Tal gegen Schweinefleisch, Speck, Schmalz und Mehl. Doch wenn Moser an solchen Tagen nach Sonnenuntergang nach Hause kam, war sein Atem schwer von Schnaps und saurem Wein, und sein Blick so leer, als hätte er zuvor seine Seele an einem Kleiderhaken vergessen. Geld legte er nur selten auf den Tisch, die Mutter nahm es sogleich an sich.

Die Augen von Gundolf Moser starrten in zwei verschiedene Richtungen. Das linke war unbeschädigt und freundlich, das andere schien für die Leute, die ihm begegneten, nach rechts oben aus seinem Kopf fliehen zu wollen. Über der Iris lag ein regengrauer Schleier. Der Huftritt der roten Kuh hatte sein Stirnbein zertrümmert, als er gerade auf den Melkschemel steigen wollte, den er hinter Gerti aufgestellt hatte, während er ihren Schwanz anhob.

Hart war er gegen die Wand des engen Stalls getaumelt und in den Dung auf der Schubkarre gesunken. Lorenz, der Viertälteste, hatte ihn schließlich gefunden, nachdem Gundolf nicht zum Abendbrot erschienen war. Aus vollem Hals schrie er nach der Mutter, die mit den anderen Geschwistern in den Stall gelaufen kam. Mit blutüberströmtem Gesicht und heruntergelassener Hose hatte der ohnmächtige Junge im Mist gelegen. Mit ihren kräftigen Armen hob sie den Kleinen auf und trug ihn in den Hausflur hinaus, wo sie ihn auf eine hölzerne Bank am Fuß der Stiege legte, die zu Küche und Kammern hinaufführte. Mit eiskaltem Wasser hatte sie Gundolf vom gröbsten Dreck gesäubert, sein Gesicht gewaschen. Sie war sogar beruhigt gewesen, als dem Jüngsten trotz des flachen Atems ein Seufzer entfuhr, als sie die Wunde an der zerschmetterten Stirn reinigte. Ihr Sohn lebte – solange er Schmerz spürte, konnte man ihn noch retten. Harti, Jochi, Lorenz und Heimo sollten den alten Lastschlitten aus der Scheune holen, Stroh auf der Holzpritsche auslegen und eine Decke darauf, damit sie den Kleinen über den steilen verschneiten Weg hinunter nach Villanders zum Doktor bringen konnten. Den Schlitten zu bremsen, verlangte die ganze Kraft der Jungs, während die Mutter an der Deichsel ihn zu lenken versuchte. Unten im Dorf war dann auch plötzlich der Vater da. Zwei Knopflöcher seiner Hose standen offen, am Haus des Doktors hätte er mit seiner Krücke beinahe die Tür eingeschlagen.

Erst am fünften Tag hatte der Arzt erlaubt, dass man den Jungen ins Krankenhaus nach Brixen transportieren durfte. Gundolfs Stirnbein blieb für immer eingedrückt. Eine tiefe Kerbe zog sich vom Ansatz der linken Augenbraue über seine rechte Stirnhälfte. Der Huf hatte ihn wie ein Axthieb erwischt, und sein rechtes Auge sollte für immer in eine andere Richtung blicken. Aber Gundolf lebte. Und als er nach einem Monat wieder auf den Hof kam, musste er den Stall nicht mehr ausmisten, dafür wurde er mit dem anbrechenden Frühling wieder zur Schule in Barbian geschickt. Seine Mitschüler verspotteten ihn wegen der Entstellung, doch Gundolf scherte sich kaum um sie. Er lernte eifrig.

»Frühaufsteher sind die besseren Menschen, sie haben mehr vom Tag, Commissario«, sagte Professor Gundolf Moser freundlich und warf ihm ein Handtuch zu.

Laurenti hatte ihn nach einem nervenaufreibenden Telefonat mit dem Staatsanwalt noch am Abend angerufen. Moser war nicht im Geringsten überrascht und erklärte, dass er jeden Morgen um fünf Uhr auf den Beinen sei. Je früher der Kommissar komme, desto mehr Zeit hätten sie. Und wenn er wolle, könne er seine Badehose mitbringen; zum Tagesbeginn ein paar Längen zu schwimmen, kläre die Gedanken und stähle den Körper.

Nur selten verzichtete Laurenti im Sommer auf sein morgendliches Bad im Meer. Am liebsten ging er mit Taucherbrille, Schnorchel und Harpune los und blieb, wenn die Termine es zuließen, gut eine Stunde im Wasser der Adria. Er war ein guter Schwimmer, doch Pools mochte er nicht, und noch seltener stand er freiwillig zu früher Stunde auf. An diesem Morgen aber klingelte er bereits um Viertel nach fünf am Tor der Villa, die am Ortsrand von Repen gelegen war.

Nachdem er einer jungen weiblichen Stimme mit fremdem Akzent seinen Namen in die Gegensprechanlage gesagt und das stählerne Tor sich summend geöffnet hatte, tat sich vor ihm ein langer, mit Platten in Grabsteingröße und aus dem Marmor des Karsts gelegter Weg auf. Er führte vorbei an einer Remise, in der ein Bentley Arnage neben einem AMG Mercedes ML 63 und einem VW Golf standen. Es musste der Alltagswagen Mosers sein. Alle drei Autos trugen zu Laurentis Erstaunen deutsche Kennzeichen. RO für Rosenheim bei München. Sie sich zu merken, war leicht, sie unterschieden sich lediglich in der letzten Ziffer. Vor dem Eingang einer enormen Villa aus den achtziger Jahren erwartete ihn das Dienstmädchen. Die zierliche junge Frau hatte asiatische Züge, sie ging ihm voran über eine riesige Veranda, auf der eine Sitzgruppe für gut und gern zwanzig Personen stand, bis zu einem Weg, der sich im Park hinter dem Haus verlor.

»Der Professore ist unten am Swimmingpool, Signore«, sagte sie und wies in die Richtung einiger sorgsam beschnittener Büsche.

Laurenti staunte über das Ausmaß des Grundstücks und beneidete Moser um seine Gärtner, die hier Tag für Tag jeden einzelnen Grashalm mit der Nagelschere trimmten und jedes vom Baum gefallene Blatt entfernten. Zu Hause war das, wenn er die Zeit dazu fand, seine Aufgabe, denn der Schwiegermutter sollten auf Lauras Geheiß alle unnötigen Lasten abgenommen werden, und auch die Kinder hätten Wichtigeres zu tun als Rasenmähen. Er kannte die Ausreden seiner beiden Töchter und seines Sohns auswendig, wenn es darum ging, zu Hause Hand anzulegen. Der Jüngste pflegte als angehender Koch wenigstens seinen Gemüsegarten, obwohl Laurenti die Pflanzen herausgerissen hatte, für die er Marco eigentlich hätte verhaften müssen; bereits eins fünfzig waren die Cannabissträucher hoch gewesen. Ein bisschen Bewegung schadetete nicht, doch Laura fand stets neue Aufträge für ihn: Ecken, die er vergessen hatte, Äste, die abgesägt werden müssten, weil sie den Blick behinderten oder ihr Laub auf die Terrasse mit dem Essplatz vor dem Salon fiel.

Moser stand im Bademantel vor einem enormen Schwimmbecken und begrüßte ihn mit einem freundschaftlichen Klaps auf die Schulter. Als Laurenti sich umgezogen hatte, zog der Alte bereits gemächlich eine Länge nach der anderen.

Das Wasser war kühl. Um sich aufzuwärmen, zog Laurenti die erste Bahn mit aller Kraft durch, dann fand auch er seinen Rhythmus. Einmal rief Moser ihm etwas zu; er wollte wissen, ob der Commissario sich wohlfühle. Die weiteren Bahnen schwammen sie fast synchron. Der alte Mann war prächtig in Form und zeigte keine Ermüdungserscheinungen.

»Sie schwimmen besser, als ich dachte, Laurenti«, sagte Moser anerkennend. »Hier ist ein Bademantel, und das Frühstück kommt auch, wie ich sehe.«

Trotz seiner siebzig Jahre war der Hüne durchtrainiert, auch sein blondes Haar war noch voll, unter dem das rechte Auge mit der verschleierten Iris irgendwo in den Himmel starrte. Er führte seinen Gast zu einem gedeckten Tisch, an dem die Asiatin auftrug. Sie war mit einem Elektroauto herbeigefahren, wie Laurenti es aus großen Hotelanlagen kannte. Die Morgensonne gewann bereits an Kraft, als sie Tee einschenkte.

»Eine Tasse grüner Tee, Laurenti«, sagte Moser, als hätte er seine Gedanken erraten. »Damit beginnt man den Tag, den Espresso können Sie danach trinken. Wo waren wir gestern stehengeblieben? Ach ja, die Zeit. Zeit ist das höchste Gut, mein Lieber. Sie zu haben beinhaltet alles.«

»Spechtenhauser hatte sie nicht«, sagte Laurenti trocken und schaute zu einer Linde hinüber, deren sich öffnende Blüten einen betörenden Geruch verströmten. Aus allen Bäumen und Sträuchern drang Vogelgezwitscher. An den Stämmen waren Nistkästen befestigt, die geschäftig angeflogen wurden.

»Franz hatte Zeit im Überfluss. So viel, dass er nicht damit aufhörte, immer mehr Vermögen anzuhäufen, obgleich er es nicht mehr brauchte. Das war sein Ein und Alles.«

»Und welche Geschäfte machte er? Soweit ich weiß, sind Sie sein Teilhaber, Professore.«

»Wir besitzen gleich große Anteile an einem Unternehmen, das wir in den Siebzigern gegründet haben. Die Sonar Communications Bozen Washington SpA, ein führendes Unternehmen der Kommunikationstechnologie. Franz betreibt aber noch eine Menge anderer Geschäfte und hält Beteiligungen, über die ich nicht Bescheid weiß. Er führt sie unter dem Dach der Spechtenhauser Capital, der Familienholding.« Der alte Mann sprach, als lebte sein Kompagnon noch. »Unsere Wege außerhalb der Sonar haben sich irgendwann getrennt. Ich mochte seine Methoden nicht.«

»Welche Methoden?«

Moser lächelte überlegen. »Mit der Frage habe ich gerechnet. Und damit haben Sie sich auch verraten, mein Bester. Gibt es etwas, das ich noch nicht weiß? Rücken Sie schon raus damit.«

»Neulich sagten Sie, dass er ein hervorragender Flieger war und über die besten Flugzeuge verfügte.«

»Die Maschinen parken im Hangar des Sportflughafens von Prosecco. Im Sommer nahm Franz am liebsten den himmelblauen Fiat-C.R.20-Doppeldecker aus dem Jahr 1931. Er hatte ihn in der Tschechei aufgetrieben und von Grund auf renovieren lassen. Ein Flugzeug, von dem nur zweihundertfünfzig Exemplare gebaut wurden. Wassergekühlter V12-Zylinder-Motor mit vierhundertzehn PS und einem Tank, der für den Flug nach Bozen und zurück ausreicht. Die Läufe der beiden 7,7-Millimeter-Maschinengewehre musste er allerdings zuschweißen lassen. Sein Exemplar trägt groß die Nummer 17 auf den Flügelenden. Außerdem steht im Hangar noch eine Fiat C.R.32, die er dem Erben eines Piloten abgehandelt hatte, der dem Heimwehr-Fliegerkorps der Ersten österreichischen Republik angehörte. Sie wird, soweit ich weiß, noch renoviert. Sonst flog Franz eine zweimotorige Reims-Cessna mit sechs Sitzplätzen und einer Reisegeschwindigkeit, die größeren Distanzen angemessen war.«

»Und mit der er abstürzte«, bemerkte Laurenti. »Wohin wollte er fliegen? Eine längere Strecke?«

»Keine Ahnung.« Der Spaltkopf zuckte die Achseln. »Sie müssen wissen, Commissario, früher, als wir noch freundschaftlich miteinander verkehrten, legte er gut und gern hundertfünfzigtausend Kilometer im Jahr mit dem Auto zurück. Irgendwann aber hatte er von den überfüllten Autobahnen die Nase voll. Und damit kommen wir wieder auf den Faktor Zeit: Zum Erreichen des ökonomischen Maximums müssen Geschwindigkeit und Entfernung in einer bestimmten Korrelation zueinander stehen. Ab einer gewissen Distanz ist fliegen günstiger, selber fliegen. Und jetzt raus mit der Sprache, Commissario.«

»Es war kein Unfall, Professore.« Laurenti entging nicht, wie das gesunde Auge des Alten ihn schlagartig zu durchbohren schien und sein Gesichtsausdruck sich einen Moment verhärtete.

»Was Sie nicht sagen, Laurenti. Er war ein erfahrener Pilot.« Moser nahm schnell wieder seine entspannte Haltung ein.

»Er wurde abgestürzt. Kaum, dass er zwölfhundert Meter Flughöhe erreicht hatte. C4, Sprengstoff, meist im militärischen Gebrauch. Fällt Ihnen dazu etwas ein, Moser?«

Der Alte zuckte lächelnd die Schulter. »Nein, Laurenti. Oder sagen wir besser, vieles und nichts zugleich. Es ist ein Plastiksprengstoff. Wir haben damals Semtex verwendet.«

»Kein großer Unterschied.« Laurenti hob die Brauen. »Wer ist wir?«

»Wir Deutsche in Südtirol. Bei den Attentaten in den fünfziger und sechziger Jahren gegen die italienischen Besatzer. Die Bumser, wie sie genannt wurden, verwendeten meist C3 oder Semtex. Keine Sorge, ich hatte nichts damit zu tun.«

Natürlich wusste Laurenti von den Sprengstoffanschlägen, mit denen Sezessionisten sich einst von Italien wegbomben wollten. Selbst heute zündelten noch manche populistisch, sobald es ums Absahnen ging, drohten mit dem Anschluss an Österreich, und Rom und Wien bezahlten. Und Brüssel melkten sie so meisterhaft, dass andere neidisch wurden. Sogar für den Erwerb von Geranien zur Verschönerung der Dörfer sollte es laut Zeitungsberichten Zuschüsse geben. Noch immer lebten einige der früheren Bombenleger im nahen Österreich, weil sie keinen Fuß nach Italien setzen durften, wo sie lange Haftstrafen abzusitzen hätten, jenseits der Grenze aber blieben sie unbehelligt.

»Hatte Spechtenhauser damit zu tun?«

»Unsinn. Zu jung. Er wurde 1944 geboren, Laurenti. Auch wenn er der Bewegung viel Sympathie entgegenbrachte und seine politische Karriere darauf aufbaute. Senator in Rom war er bis 1992, obgleich er längst hier auf dem Karst wohnte. Unserer Firma haben seine Beziehungen durchaus geholfen. Aber was seinen Tod betrifft, schließe ich einen politischen Hintergrund aus. Das ist zu lange her.«

»Was dann?« Laurenti staunte über die Gelassenheit seines Gegenübers und seine scheinbare Offenheit und Unbefangenheit, dank derer er ein Thema nach dem anderen auf den Tisch blätterte.

»Ich habe bereits erwähnt, dass sich unsere Wege vor langem getrennt haben. Über seine aktuellen Geschäfte weiß ich nur am Rande Bescheid.«

»Können Sie sich wirklich nicht vorstellen, wer ihm nach dem Leben trachtete? Kaum jemand kannte ihn besser als Sie, Professore.«

»Ich werde darüber nachdenken, Commissario.«

»Und der Goldraub gestern Vormittag? Steht der in irgendeinem Zusammenhang? Immerhin ein herber Schlag für sein Imperium.«

»Das Imperium steckt das weg wie einen Schluck Hustensaft. Für das Gold muss entweder die Versicherung aufkommen oder das Werttransportunternehmen. Und so, wie sich der Goldpreis zurzeit entwickelt, wird da auch noch ein Geschäft daraus!«

»Endlich einmal ein neues Motiv, Moser.«

Der Professor lächelte verhalten. »Donna Rita, seine erste Frau, und die Zwillinge werden die Unternehmen nahtlos weiterführen. Es kann nur um ihn allein gegangen sein.«

»Die anderen Geschäfte also, Professore? Frühere oder aktuelle? Was glauben Sie?« Laurenti hörte das Schlagen der Kirchturmuhr im nahen Dorf. Er zählte sechs Schläge der hellen Glocke.

»Wir sprachen vom Faktor Zeit. Haben Sie davon genügend, Commissario? Spechtenhausers Geschichte ist nicht kurz.«

Xenia hatte Laurenti am Samstagvormittag vergeblich zu erreichen versucht und schließlich mit Laura verabredet, dass die beiden zum Abendessen nach Grado kommen sollten. Das Meer sei vergangene Nacht großzügig gewesen, der Grill im Garten stünde bereit. Nur Mückenmittel sollten sie mitbringen.

»Aber bitte erspart Zeno und mir eure Dienstgespräche«, hatte Laura gesagt. »Oder redet wenigstens Klartext, sodass auch wir Normalsterbliche folgen können.«

Proteo und Laura waren schon um neunzehn Uhr in den Ortsteil Grado Pineta eingebogen und der Via delle Pleiadi bis ans Ende gefolgt. Den Aperitif wollten sie während eines Ausflugs mit dem Motorboot nehmen, dabei noch einen Sprung ins Meer machen und erst mit dem Sonnenuntergang zurückkommen. Die Ebbe hatte den Tiefststand erreicht, mit Seegras überwucherte Sandrücken hoben sich aus dem Wasser, Schilfbüschel ragten heraus, und unzählige Kitesurfer nutzten die Brise. Wie die Berserker schossen sie auf den vom Gleitschirm gezogenen Brettern so dicht an ihnen vorbei, dass die Gischt ins Boot spritzte, das Xenia behutsam durch die Fahrrinne hinaus in tiefere Gewässer steuerte. Proteo Laurenti zog die Flasche Spumante aus der Kühltasche und schenkte ein.

»Letzte Nacht sind wir zum Fischen rausgefahren. Xenia liebt das. Im Winter geht sie sogar allein. Die Weite des Meeres tut ihr gut. Nicht wahr, Schatz?«, sagte Zeno. In der Aussprache des jungen Mannes mit dem kurzgeschnittenen schwarzen Haar und dem dunklen Teint schwang unverkennbar die Melodie des Mezzogiorno mit.

»Und hattet ihr Glück?« Das Paar scheint sich gottlob wieder einmal versöhnt zu haben, dachte Laurenti.

»Und wie! Ihr werdet sehen. Jetzt beginnt die Saison der Makrelen. Und eine Zahnbrasse von zwei Kilo haben wir auch gefangen«, berichtete Zeno stolz. »Und dann die Telline. Das Wasser ist zwar noch ein bisschen frisch, aber drüben vor der Punta Sdobba kaum einen Meter tief, und in der Nacht ist auch kein anderer da, der stört. Du spürst die Muscheln schon unter den Füßen, fährst horizontal mit einer Art Rechen durch den Sand und ziehst sie einfach raus.«

»In Wahrheit war nur ich im Wasser, für Zeno ist es noch zu kalt«, ergänzte Xenia spöttisch, schaltete den Außenborder ab und ließ das Boot ausgleiten. »Unter vierundzwanzig Grad erfriert er. Seine Badesaison ist von Ende Juni bis September.«

»Telline? Die Alten behaupten, dass diese Muscheln sich erst in den Achtzigern in der nördlichen Adria breitgemacht haben. Wie auch immer, in sauberen Gewässern vermehren sie sich rasch.« Laurenti leckte sich die Lippen. »Lange nicht gegessen.«

Laura steckte den Fuß ins Wasser. »Warm würde ich es auch noch nicht nennen.«

»Etwa zwanzig Grad.« Xenia, leerte ihr Glas, zog das T-Shirt über den Kopf und sprang hinein.

»Ich habe heute früh um fünf bereits in einem ungeheizten Swimmingpool geschwommen«, sagte Laurenti. »Nichts gegen das Meer.« Er ließ sich hintenüber ins Wasser fallen.

Laura glitt vorsichtig von der Badeleiter hinein.

Nur Zeno blieb im Boot und legte nicht einmal sein Hemd ab. Der Spott der anderen war ihm sicher.

»Mein Liebster ist Sizilianer«, sagte Xenia und strich ihm zärtlich über das getrimmte schwarze Haar. »Heißblütig, aber nicht unverfroren. Dafür ein großartiger Koch. Wo wart ihr eigentlich an meinem Geburtstag? Wisst ihr, wie er die Gerichte für mich taktvoll genannt hat? Das Menü der Verschütteten.«

Zeno grinste über das ganze Gesicht.

»Besser als Kaiserschnitten.« Laurenti kannte Xenias sarkastischen Humor. »Was gab's denn?«

»Riesenberge hat dieser Wahnsinnige aufgefahren.« Xenia lachte hell, und das Blitzen in den Augen verriet den Stolz auf ihren Lebensgefährten. »Die wildesten Konstruktionen hat er aus den Zutaten gebaut. Und sobald man eines der Gebilde auch nur antippte, brach es ein. Keine Ahnung, wie er das gemacht hat. Das Pinzimonio stand auf Stelzen, die Parmigiana hatte er wie eine Pyramide aufgeschichtet, und das Fritto misto erst … Jedes Mal musste ich als Erste zugreifen, während die Gäste sich auf meine Kosten amüsierten. Dieser Kerl ist schlicht verrückt.« Sie umschlang Zeno mit ihren langen Armen.

»Mir läuft das Wasser im Mund zusammen. Aber es war der Tag von Patrizias Abreise.«

»Was?« Xenia machte Augen. »Wohin? Ihr Baby ist doch gerade erst ein Jahr alt.«

Sie startete den Außenborder und richtete den Bug des Bootes auf die erste Boje, bei der die Fahrrinne durch das flache Gewässer zum Hafen anfing.

»Das habe ich ihr auch gesagt.« Laura strich eine lange Strähne ihres nassen Haares hinter das Ohr. »Ein Wahnsinn, mit einem Kleinkind eine Seereise zu unternehmen. Aber Proteo hat ihr zugeraten, und gegen die beiden kommt niemand an. Selbst meine Mutter ...«

»Was hat denn der General dazu zu sagen?« Laurentis Blick flackerte angriffslustig. Seit Lauras Mutter im Haus war, fühlte auch er manchmal Raumnot. Der alten Frau entging nichts, und für alles hatte sie einen Kommentar. Er nannte seine Schwiegermutter nur selten beim Namen, damit konnte er meist die Herrschaftsverhältnisse im Haus wieder ins Lot bringen: »General, Signora Camilla, Urgroßmutter Gnadenlos« und manchmal sogar »friulanischer Duce«.

»Wenn ich es richtig verstehe«, sagte Zeno, »dann hat Patrizia sich entschieden, Gigi mit seiner Tochter zu begleiten?«

»In der Tat.« Lauras Stimme war voller Unmut. »Was ist, wenn das Kind mitten in einem Sturm auf hoher See krank wird? Patrizia ist so chaotisch wie Proteo und genauso unbekümmert. Als wäre das die natürlichste Sache der Welt, hat sie ihren Beschluss eine Woche vor der Abreise beim Mittagessen verkündet. Gigis Arbeitsrhythmus als erster Offizier auf dem Containerschiff der Italia Marittima besteht aus vier Monaten Dienst und anschließend zwei Monaten Ferien. Ihr wisst ja, dass Patrizia jedes Mal, wenn der Vater ihres Kindes auf See war, ihm Hörner aufgesetzt hat.«

»Es ist auch nicht einfach, in ihrem Alter so lange allein zu sein«, unterbrach sie Proteo.

»Zuerst der arme Kerl von der Forstbehörde, den sie eiskalt abservierte, kurz bevor Gigi zurückkam«, begann Laura ihre Aufzählung. »Die kleine Barbara war gerade vierzehn

Wochen alt. In jenem Sommer aber haben sie sich wieder zusammengerauft, und Patrizia schien wie beim ersten Mal bis über die Ohren verliebt zu sein. Kaum aber war der arme Kerl wieder aufgebrochen, schleppte sie einen Raffaele an, einen Medizinstudenten. Gigi kam zurück, und alles lief wieder glatt. Zwei Monate später aber folgte schon der Nächste, Matteo heißt er, Violinist im Orchester des Teatro Verdi, und vom ersten Tag an schlief er bei uns. Dreieinhalb Monate lang führte er sich auf, als wäre er Niccolò Paganini in Person und ließ sich nach Strich und Faden bedienen. Meine Mutter wurde beinahe verrückt, denn er behandelte sie so rotzig, als gehörte er zur Familie. Er gab ihr die Wäsche zum Waschen und verlangte, seine Hemden sorgfältiger als die der anderen zu bügeln. Auf die Idee, ihr einmal einen Strauß Blumen zu schenken, kam er aber nie. Wenn ihr wüsstet, was ich mir anhören musste.«

»Ich versteh dich nicht, Patrizia war in dieser Zeit doch außergewöhnlich fröhlich«, widersprach Proteo Laurenti.

»Kaum näherte sich Gigis Schiff dem Heimathafen, hat sie dem Geiger den Laufpass gegeben.«

»Endlich mal eine, die weiß, was wahre Treue bedeutet«, sagte Xenia. »Und dann, so nehme ich an, hat sie Gigi wieder die Stange gehalten. Wie hieß der Nächste? Wenn ich mich nicht verzählt habe, fehlt noch einer.«

»Guglielmo.« Laurenti lachte. »Den hat Patrizia ziemlich zackig zum Teufel geschickt, als sie dahinterkam, dass er noch eine andere hatte. Das Geschrei hättet ihr hören sollen, mit dem sie morgens um drei das ganze Haus aus den Federn holte.« Er klopfte sich vor Vergnügen auf die Schenkel. »Der Trottel hat allen Ernstes behauptet, er sei bis in die finstersten Ecken seiner Seele treu und könne sie niemals betrügen.«

»Lassen wir das«, winkte Laura unwirsch ab. »Auf jeden Fall folgten zwei weitere idyllische Monate mit Gigi, bis sie uns vor vollendete Tatsachen stellte. Ihren Job hatte sie bereits gekündigt.«

»Vollendete Tatsachen würde ich das nicht nennen. Sie hatte seit Wochen über ihren Plan gesprochen. Es ist nur gut, wenn sie etwas von der Welt sieht. Und deine Mutter ist auch entlastet. Aber wie sind wir denn auf dieses Thema gekommen?«

»Auf jeden Fall habt ihr meinen Geburtstag verpasst …« Xenia drosselte den Motor und ließ das Boot zum Anleger gleiten.

»Meiner ist übermorgen«, sagte Laura, »und ich gehe jede Wette ein, Proteo vergisst ihn auch dieses Mal.«

Die Dämmerung war übers Land gesunken, als sie über den Sandstrand zurück zum Haus gingen. Die junge Polizistin und der Mittelschullehrer mit befristetem Arbeitsvertrag hatten es vor einem Jahr gemietet und im Garten Gemüsebeete angelegt. Unter einer alten Linde hing ein Moskitonetz über einem wurmstichigen Doppelbett aus Eichenholz, das die beiden für wenig Geld auf dem Flohmarkt ergattert hatten. Im Lichtschein der flackernden Fackeln sah es besonders romantisch aus. In einer Ecke des Gartens stand ein von Zeno selbstgemauerter Grill, in dem während ihres Ausflugs das Feuer aus Olivenholz niedergebrannt war und eine schöne Glut bildete.

Zeno tischte zuerst rohe Telline auf, kleine Muscheln mit glattem, weißem, fast dreieckigem Gehäuse und schmackhaftem, zartem Fleisch. Proteo und Laura hatten eine Kiste Weißwein vom Karst mitgebracht. Während die Fische auf dem Grill brutzelten, servierte Zeno eine Pasta mit Telline, fein gehacktem Knoblauch, Petersilie und einem Hauch frischer Peperoncini. Laura war begeistert und ließ sich beschreiben, wie er die handgemachten Nudeln zubereitete, wozu sie selbst viel zu ungeduldig war. Und während er die Fische auftrug, schimpfte Zeno über das Essen in der Schulkantine, weil die Schüler fast alle viel zu dick waren. Der Fraß würde ihm wenigstens nicht fehlen, falls er im nächsten Schuljahr dort keine Anstellung mehr fände.

Nachdem sie die köstlichen Fische verspeist hatten, konnte Xenia es sich doch nicht verkneifen, nach Proteos Gespräch mit Spechtenhausers Geschäftspartner zu fragen. Laura protestierte, doch Laurenti versprach, dass die Geschichte nicht viel mit dem üblichen Polizeialltag zu tun und selbst ihn ziemlich verblüfft habe.

Die Morgensonne gewann rasch an Kraft, während die beiden Männer fast wie alte Freunde am Pool saßen.

»Sehen Sie, Laurenti, Sie sind trotz Ihres Berufs ein dem Leben zugewandter Mensch. Deswegen spreche ich gerne mit Ihnen, auch wenn es sich um eine tieftraurige Angelegenheit handelt, in der ich Ihnen zu meinem absoluten Bedauern vermutlich nicht im Geringsten helfen kann. Sie, Commissario, haben Familie, was mir versagt geblieben ist, übrigens weder aus biologischen Gründen noch weil ich anders gepolt wäre. Es gibt noch immer genügend junge Damen, die mich meines Geldes wegen herausfordern, und nicht alle Angebote schlage ich aus. Doch Kinder will ich mit keiner von ihnen. Meine Gattin verstarb sehr früh. Sie hatte den Wunsch nach einer riesigen Familie, ich auch. Und dann diagnostizierte man diese verdammte Krankheit erst, als es bereits zu spät war. Ich hätte es als Verrat empfunden, mit einer anderen Frau eine Familie zu gründen. So wurde die von Franz zu meiner. Ich bin der Patenonkel der Zwillinge, und zu den beiden Mädchen habe ich trotz des Zerwürfnisses mit Spechtenhauser immer einen von väterlicher Liebe geprägten Kontakt gehalten. Bis heute. Gertraud und Magdalena fragen mich bei allem um Rat. Der Zuspruch dieser hübschen Gören gibt auch mir Kraft. Ihre Vornamen habe übrigens ich einst vorgeschlagen; in meinem Heimatdorf Bad

Dreikirchen ist den beiden Heiligen je eine Kapelle geweiht. Es hatte freilich seine Gründe, dass die Eltern sie akzeptierten. 1976, als sie geboren wurden, hatte Franz ernste juristische Probleme im Ausland und fühlte sich auch persönlich nicht mehr sicher. Ich bin eine Bürgschaft für die Mädchen eingegangen und hätte zeitlebens für sie eingestanden, wenn ihrem Vater etwas zugestoßen wäre. Und wenn der Tag kommt, werden sie auch mich beerben. Obgleich sie es heute nicht mehr brauchen. Aber so bleibt die Firma, unser Lebenswerk, in einer Hand.«

»Welche Probleme?« Laurenti hatte die Hand gehoben, um den Redefluss Mosers zu unterbrechen.

»Fragen Sie ruhig, Commissario, wenn Sie etwas nicht verstehen. Sie sollen wissen, wer Franz war. Es wird Ihre Arbeit erleichtern.« Moser lachte kurz auf. »Vielleicht auch verkomplizieren, falls die Erinnerung mit mir durchgeht. Sparen Sie sich das Wühlen im Archiv, in Italien hatte er keine Probleme. Spechtenhauser hat in den siebziger Jahren Medikamente in großem Stil nach Jugoslawien exportiert. Er pflegte beste Verbindungen zu einem hohen Parteibonzen des Tito-Regimes, der ordentlich mitverdiente und in die Schweiz floh, als der Fall hochging. Doch was ist passiert? Medizin, deren Haltbarkeitsdatum längst überschritten war. Franz nahm sie von Pharmakonzernen und Großhändlern tonnenweise fast zum Nulltarif ab und verschacherte das Zeug mithilfe seiner Verbindungen an den Staatshandelskonzern Progress nach Jugoslawien. Veraltet, schädlich, giftig. Wer Glück hatte, starb schnell, andere leiden bis heute an den Folgeschäden. Ein Akt der Wohltätigkeit, Laurenti. So hat er es dargestellt und sich hemmungslos daran bereichert.«

Moser war aufgebracht. Er hatte sich in seinem Sessel aufgerichtet, sein Gesichtsausdruck war angespannt, das linke Auge fixierte hart den Polizisten. Als er bemerkte, dass er für einen Augenblick die Fassung verloren hatte, entfuhr ihm ein kaum hörbares Seufzen, dann sprach er mit ruhiger Stimme weiter.

»Unbrauchbare und höchst gefährliche Medikamente in ein bedürftiges Land liefern, das von korrupten Parteibonzen beherrscht wird. Abkassieren, Verbindungsleute schmieren und sich einen feuchten Kehricht um die Tragweite der eigenen Handlung kümmern. Spechtenhauser bekam ganz einfach den Hals nicht voll. Er wurde in Jugoslawien in Abwesenhenheit zu zehn Jahren verurteilt, doch seine Geschäfte liefen weiter. Abgesessen hat er natürlich keinen einzigen Tag, denn es ist ja da drüben passiert.« Moser machte eine unwirsche Handbewegung Richtung Osten. »Feindliches Ausland. Kommunisten. Tito. Ein Jahr zuvor, 1975, war der Vertrag von Osimo unterzeichnet worden, mit dem Italien und Jugoslawien offiziell die Grenzziehung nach dem Zweiten Weltkrieg besiegelten, obgleich sie seit Jahrzehnten harte Realität war. Dieser Schlussstrich war ein gefundenes Fressen für Nationalisten, Rassisten und Extremisten, Kommunisten, Faschisten und Neofaschisten. Ein paar Jugos zu vergiften, wurde hier kaum als Delikt angesehen, und darüber berichtet hat auch niemand. Spechtenhauser war fein raus. Ich aber wollte mit all diesen Dingen nichts zu tun haben. Man hängt viel zu schnell mit drin. Das war der Moment, in dem unser Verhältnis sich änderte. Vor bald fünfunddreißig Jahren haben sich unsere Wege außerhalb der Sonar getrennt.«

»Trotzdem wurden Sie der Patenonkel der Zwillinge.«

Moser winkte der Asiatin, die in diskretem Abstand gewartet hatte, bis die Herren den Tee getrunken hatten, um dann ein opulentes Frühstück aufzutragen und den Espresso zu servieren. Eine riesige Schüssel mit frischen Erdbeeren und ersten Aprikosen thronte in der Mitte des Tisches, Platten von Südtiroler Speck, Bergkäse, Rührei mit Wildkräutern, Butter und Sauerteigbrot nahmen den restlichen Platz ein. Laurenti war keine deftigen Speisen am frühen Morgen gewohnt und hielt sich ans Obst, während sein Gastgeber mächtigen Appetit zu haben schien.

»Ja, natürlich. Franz war seit unserer Jugend mein engster Freund. Später wurden wir erfolgreiche Geschäftspartner. Die Sonar führten wir bis zu seinem Tod ohne Konflikte, die Vorstandsposten dort sind heute solide besetzt – Donna Rita wird jetzt den stellvertretenden Vorsitz des Aufsichtsrats übernehmen. Uns über die Geschäfte und Ziele zu verständigen, war nie ein Problem gewesen. Aber ansonsten hatten wir uns nichts mehr zu sagen. Skrupellosigkeit und Unberechenbarkeit gehen Hand in Hand. Ich bin ein Fanatiker des rechten Winkels, Laurenti. Die Zwillinge konnten nun wirklich nichts dafür.«

»Und wo ist deren Mutter?«

»Paola Righi hieß sie. Das ist noch ein anderes Kapitel, mein Lieber.« Mosers Blick funkelte. »Sie starb vor drei Jahren bei einem Autounfall, drüben im Collio. Gerade mal fünfzig Jahre alt. Nachmittags, bei der Rückfahrt von einem Mittagessen mit irgendwelchen Geschäftspartnern auf seinem dortigen Weingut. Ein Baum auf schnurgerader Strecke. Franz war am Steuer und sturzbesoffen, niemals aber hätte er einen anderen fahren lassen. Magda zog sich im Fond des Wagens nur leichte Verletzungen zu. Eine kleine Narbe am Unterarm ist ihr geblieben. Trudi war im Büro. Dank seiner Prominenz blieb Franz der Alkoholtest erspart. Bei der Beerdigung schien Spechtenhauser dann ziemlich unberührt zu sein. Entweder hatte er es noch gar nicht begriffen, oder es war ihm egal. Möchten Sie noch einen Espresso?«

Laurenti nickte. »Also mangelte es ihm nicht an Feinden, Professore.«

»Wir haben von Zeit gesprochen, Commissario. Seit der Jugoslawien-Geschichte ist zu viel Zeit vergangen. Wenn ihm jemand deshalb nach dem Leben trachtete, hätte er es viel früher erledigt. Und weder Magda noch Trudi haben sich wegen des Todes ihrer Mutter ihrem Vater gegenüber gehässig gezeigt.«

»Andere Geschäfte? Die Goldschmiede in Istrien? Seine Verbindungen nach Kroatien, Slowenien und so weiter?«

»Schauen Sie, Laurenti, die Sache ist recht einfach. Nach der Auflösung Jugoslawiens geriet seine Verurteilung noch mehr in Vergessenheit. Die Kroaten sehen sich nur als Rechtsnachfolger, wenn es um altes Vermögen geht, die Slowenen genauso wie die Bosnier und Mazedonier, die Serben leiden an partieller Amnesie, der Kosovo will in die Unabhängigkeit und Montenegro befindet sich fest in russischer Hand. Sie kämpfen alle mit anderen Problemen als mit alten Strafsachen, doch für Investoren, die ihnen gefallen, breiten sie ihre Arme ganz weit aus.« Moser machte mit den Fingern eine Bewegung, als zählte er Geld. »Und die behandeln sie gut, solange es sich rechnet. Spechtenhauser kam schon wieder ins Geschäft.«

»Und Sie, Professore?«

»Nennen Sie mir das Motiv, Commissario!« Moser lachte heiter. »Wir haben uns zwar menschlich voneinander entfernt, doch hat er mir persönlich nie etwas Böses angetan. Im Gegenteil, nur vereint konnten wir die Firma zu einem führenden Unternehmen machen.«

»Was produziert eigentlich diese Sonar Communications Bozen Washington SpA?«

»Wir sind weltweit die Nummer eins in Sachen Kommunikationstechnologie.«

»Telefontechnik, Internet?«

»Wir entwickeln Systeme für Regierungen. Unkontrollierter Umgang mit Informationen kann ganze Staaten gefährden.«

Laurenti kratzte sich am Hinterkopf. »Überwachung? Abhörsysteme? Digitale Kommunikationsauswertung?«

Er wusste, dass einige wenige Firmen diesen Markt beherrschten. So hatte ein französisches Unternehmen daran verdient, dem libyschen Tyrannen Gaddafi ein Überwachungssystem zu liefern, mit dem er sein Volk kontrollierte, und nach dem Umsturz damit, die Technologie wieder auszuschalten. Auch in Italien waren private Firmen dick im Abhörgeschäft. Immer wieder drangen geheime Informationen an die Öffentlichkeit. So hatte der Premierminister seine deutsche Kollegin mit einem Ausdruck belegt, die sich nicht einmal die Korrespondenten der großen deutschen Zeitungen in Rom wörtlich zu übersetzen trauten: »La culona inchiavabile«. Als arbeiteten die Journalisten im diplomatischen Dienst oder hätten sich freiwilliger Selbstzensur unterworfen.

Aber selbstverständlich dominierten amerikanische Firmen den Markt des großen Ohres und griffen hemmungslos auf europäische Datenbanken zu. Die letzten Idealisten, die noch vom Schutz der Privatsphäre faselten, waren untergegangen wie die Titanic und wollten es noch immer nicht wahrhaben.

»Immerhin ist es dem Vatikan gelungen, die Hackerangriffe dank unserer Hilfe zu vereiteln. Es geht um Betriebsgeheimnisse, Staatsgeheimnisse. Nennen Sie es, wie Sie wollen, Commissario.« Mosers Redefreude setzte an diesem Punkt einen Augenblick aus. »Ein delikates Geschäft im Dienst der öffentlichen Sicherheit. In stürmischen Zeiten wie diesen ist Stabilität ein hohes Gut.«

»Auch C4-Sprengstoff wird von Regierungen eingesetzt, Professore.«

»Und auch von Terroristen oder Mafiosi.«

»Es wird mir also kaum erspart bleiben, Spechtenhausers Firmen einzeln zu durchleuchten, um ein Motiv zu finden.«

»Viel Vergnügen. Da brauchen Sie einige Mitarbeiter.«

»Die bezahlt der Steuerzahler, Moser. Staatsanwaltschaft

und Polizei arbeiten im öffentlichen Interesse und sind Garanten der Demokratie. Doch was ist eigentlich mit Spechtenhausers Sohn?«

»Nikolaus? Nein, der bringt so etwas nicht zustande.« Der Spaltkopf entspannte sich wieder. »Er ist falsch auf dieser Welt. Niemand versteht ihn. Wie ich bereits angedeutet habe, ist er ein begnadeter Maler, aber seit er 28 ist, hat niemand mehr ein Gemälde von ihm gesehen. Damals hat er versucht, Hand an sich zu legen. Heute malt er wie ein Besessener, sobald jedoch ein Werk vollendet ist, betrinkt er sich oder kokst sich zu und übergibt es den Flammen. Seine andere große Begabung ist die Musik, er komponiert, doch zeichnet er nichts auf. Und selbst das Meraner Aluna-Quartett hat ihn rausgeworfen, weil er die Musiker in den Wahnsinn trieb. Nick will vergessen, und darin ist er bis zur Selbstzerstörung exzellent.«

»Wirklich eine harmonische Familie, diese Spechtenhausers.«

Triest war seit jeher ein neurotisches Inferno, von dem aus sich die Psychoanalyse Anfang des zwanzigsten Jahrhunderts auch nach Italien verbreitete. Kontrastreich, widersprüchlich, komplex war diese Stadt, voller Erwartungen und Enttäuschungen durch falsche Glücksversprechen kommerzieller Art oder mit nationalistischem Hintergrund. Und später sollte die von hier ausgehende Reformpsychiatrie in ganz Europa zur Abschaffung der Irrenhäuser führen, in denen die Insassen wie Vieh gehalten worden waren. Doch die Situation in Südtirol schien kaum weniger komplex zu sein. Wieder hörte Laurenti die Glocken von Repen zur vollen Stunde, dieses Mal zählte er sieben Schläge.

»Nikolaus tut mir leid.« Moser hatte die Stimme gesenkt und sich zu ihm hinübergebeugt. Sein fester Griff umfasste den Unterarm des Commissario, als wollte er ihn abführen. »Er ist sehr sensibel. Mit den Geschäftsmethoden seines

Vaters ist auch er nicht zurechtgekommen. Nachdem Franz der Familie von Nicks bestem Freund den Hof samt Ländereien abgenommen hatte, weil sie ihre Schulden bei ihm nicht mehr begleichen konnte, hat er kein Wort mehr mit ihm geredet. Der Junge hat das nicht verkraftet. Mit zwei Röhrchen Schlaftabletten hat er versucht, sich aus dem Staub zu machen. Doch Donna Rita hat ihn rechtzeitig gefunden. Mich wundert, dass er überhaupt zur Beerdigung gekommen ist. Wahrscheinlich hat seine Mutter ihn dazu überredet. Sie ist eine sehr starke Frau, und ihrem Mann blieb sie stets verbunden. Sie unterstützte ihn sogar, als er sie verließ, um in Triest ein neues Leben zu beginnen. Und sie hat ihm zu seiner zweiten Ehe geraten, wenn nicht sogar dazu gedrängt – mit der Frau, mit der Franz sie einst betrogen hatte. Rita ist seine wirkliche Verbündete. Ohne ihr Mitwirken hätte er sein Imperium schwerlich so auszubauen vermocht. Sein grenzenloses Vertrauen zeigt sich auch darin, dass er ihr den Vorsitz der Spechtenhauser Capital, der Familienholding, übertragen hat, und da reden wir über ein wirklich enormes Vermögen. Ich befürchte, Sie werden sich die Zähne an ihr ausbeißen.«

»Wollen Sie sagen, dass Spechtenhauser professionell Geld verliehen hat? Wucher?«

»Das ist zu einfach, Commissario. So billig kommen Sie nicht zu einem Tatmotiv.«

»Eine Menge Immobilien hat er besessen, zu denen er auf die immer gleiche Art gekommen ist«, erzählte Laurenti beim Dessert. »Wenn einer seiner Schuldner mit den Ratenzahlungen nicht mehr nachkam, übernahm Spechtenhauser dessen Eigentum. Sein Trick war einfach: Der Südtiroler Geschäftsmann verlangte keine Wucherzinsen von Menschen mit Liquiditätsproblemen. Er sprang äußerst zuvorkommend ein, wenn die Banken längst zynisch abwinkten, oder blasierte Filialdirektoren Sicherheiten forderten, die dem Kredit gleichkamen. Spechtenhauser, behauptet der Professor, habe stets bessere Konditionen geboten als die Finanzinstitute. Doch bevor er den Kredit auszahlte, sah er sich die Unternehmen ganz genau an, ließ Grundbesitz und Gebäude erheblich unter dem Marktwert schätzen und mit dem Einverständnis ihrer Eigentümer als Pfand auf seinen Namen registrieren. Danach hieß es für den alten Fuchs nur noch abzuwarten. Unternehmer, die vielleicht wieder auf die Beine kamen, ließ er von vornherein abblitzen. Er verlieh sein Geld nur, wenn er die Pleite innerhalb eines Jahres kommen sah. Und einen zweiten Kredit räumte er nicht einmal mehr dann ein, wenn die Leute sich verzweifelt vor seine Füße warfen.«

»Ganz schön ausgebufft«, sagte Xenia. »Er hat nicht einmal gegen bestehendes Recht gehandelt. Die Banken haben ihm geradezu in die Hand gespielt. Zeno und ich wären auf ihn reingefallen.«

»Nur haben wir nichts zu verpfänden«, warf Zeno ein.

»Dieser Professor Moser ist interessant. Ein kultivierter Mann, der sich fest im Griff hat, sogar bei heiklen Themen ist er ruhig geblieben.« Der Knall des Korkens fiel genau in seine Sprechpause. »Stellt euch vor, selbst als ich ihn trotz aller Skrupel doch nach seiner Entstellung gefragt habe, ist er gelassen geblieben. Er sei zu einer Zeit auf einem ärmlichen Bergbauernhof groß geworden, da der medizinische Standard nicht dem heutigen entsprach. Eines der vielen Missgeschicke seiner Jugend, wie er sagte. Andere trügen die Narben in ihrer Seele, was ihm Gott sei Dank erspart geblieben sei. Als er erklärte, dass es den meisten Menschen peinlich sei, ihn danach zu fragen, obgleich sie ständig das kranke Auge anstarrten, hat er aus voller Seele gelacht. Geschäftlich habe es ihm bisweilen sogar Vorteile gebracht, wenn sein Gegenüber gedanklich mehr mit der Entstellung beschäftigt gewesen sei als mit den auszuhandelnden Details. ›Die Menschen sind so banal‹, hat er fröhlich gerufen. Nach der Verletzung, die er sich als Achtjähriger zugezogen habe, wurde er immerhin zur Schule geschickt. Später machte er eine Mechanikerlehre, holte das Abitur nach, und 1957 wurde er trotz der Behinderung sogar zum Wehrdienst eingezogen. Wir Italiener hätten bei den Südtirolern halt kein Auge zugedrückt, hat er gescherzt. Moser, ein Mann der Berge, verpflichtete sich zur Marine und wurde irgendwann nach Triest geschickt, um ausgerechnet Dienst am Faro della Vittoria zu schieben.«

Den weißen Leuchtturm hatten die Faschisten als Zeichen des Triumphs errichten lassen, weil dem Königreich Italien nach dem Ersten Weltkrieg die irredenten Gebiete zugefallen waren: Südtirol und Triest. In Bozen stand als Pendant ein monumentales Denkmal auf der Piazza della Vittoria, wo die Ordnungskräfte noch heute Neonazis und Neofaschisten auseinanderhalten mussten wie zerstrittene Cousins.

»Moser meint, Italien hätte den Südtirolern keinen größeren Dienst erweisen können, als die Region nach dem Ersten Weltkrieg zu annektieren. Immerhin fließen wegen der ethnisch geschürten Spannungen und der Bombenanschläge neunzig Prozent der Steuereinnahmen nicht nach Rom, und die höchsten Immobilienpreise im Land werden in Bozen bezahlt. Die Stadt sei ein idealer Firmensitz, behauptet er, wenn man den Autonomiestatus der Provinz so zu nutzen verstand wie Spechtenhauser. Moser hat ihn bereits beim Militär kennengelernt. Er entstammte einer mittelständischen Familie aus Laas, die nach Kriegsende nicht wie alle anderen darbte, sondern zu ungeahntem Reichtum gekommen war, über dessen Ursprung bis heute spekuliert wird. Böse Stimmen behaupteten gar, dass der Vater mit einer Bande 1944 Gold der italienischen Nationalbank aus der Festung Franzensfeste abgegriffen und ins nahe Graubünden transportiert habe. Franz Spechtenhauser jedenfalls habe stets genügend Mittel gehabt, um sich während seines Militärdienstes von allen lästigen Einsätzen freizukaufen. Und er habe auch die Kapitalbasis zur Gründung des gemeinsamen Unternehmens eingebracht. Und er hat sich zielstrebig in die Politik gestürzt. Als Scharfmacher der Autonomiebewegung im Wahlkreis Meran-Vinschgau war er bis Anfang der neunziger Jahre Senator in Rom. Spechtenhauser war der Kaufmann und der Politiker, Moser der Entwickler mit internationalen Verbindungen.«

Laurenti ließ sich von Xenia eine Zigarette drehen.

»Trotz all der Offenheit, mit der dieser hagere Hüne diese Geschichten erzählt hat, bleibt er am Ende so undurchdringlich wie sein Blick aus dem gesunden Auge. Diese Südtiroler sind wirklich mit allen Wassern gewaschen«, sagte er abschließend. »Der Spaltkopf hat mir ordentlich zu denken gegeben.«

»Und was ist eigentlich mit dem Goldraub?«, unterbrach ihn Zeno, und auch Laura horchte wieder auf.

»Seit wann findet ihr Gefallen an unserem Beruf?«, hakte Xenia ein.

»Die Nachrichten haben immerhin von einem Jahrhundert-Coup gesprochen.«

»Es ist ein riesiger Berg, der bewegt werden musste.« Laura breitete beide Arme aus.

»Ach was, das Volumen ist relativ bescheiden«, erklärte der junge Lehrer. »Das ist nicht wie in ›Goldfinger‹ mit 007. Damals haben sie alle darüber gelacht, weil die Kilobarren aus Fort Knox viel zu groß waren. Das spezifische Gewicht von Gold ist verdammt hoch. Die Menge, die vom Volumen her einem Liter Wasser entspricht, würde über neunzehn Kilo wiegen.«

»Richtig«, sagte Laurenti. »Das hat man uns in einem Rundschreiben mitgeteilt. Handelsübliche Kilobarren sind noch um ein Drittel kleiner als eine Tafel Schokolade. Das Material, das von der Banca d'Italia kommt und industriell verarbeitet wird, wiegt vierhundert Feinunzen. Das macht in etwa zwölfeinhalb Kilo und ist nicht größer als vier Zigarettenschachteln.«

»Glaub ich nicht«, sagte Laura verblüfft und überschlug die Menge im Kopf. »Eineinhalb Tonnen Gold entsprächen dann gerade mal vierundzwanzig Stangen Zigaretten.«

»In diesem Fall waren es einhunderteinundzwanzig Barren. Der Coup wurde mit Insiderwissen und von langer Hand geplant«, sagte Laurenti. »Mehr wissen wir auch nicht. Aber es scheint, dass die Banditen nur auf die richtige Gelegenheit gewartet haben. Eine bessere hätte es in tausend Jahren nicht gegeben. Als hätten sie Spechtenhauser genau dafür umgelegt.«

»Wie die Hand Gottes«, rief Xenia. »Aber da stimmt was nicht. Hast du nicht gesagt, dass der Leichnam nur vier Tage zuvor zur Bestattung freigegeben wurde? Zu wenig Zeit, es ist reiner Zufall, dass die Trauerfeier auf den Tag des Transports gefallen ist.«

»Außer es gibt jemanden hinter den Kulissen, der beides zu steuern vermochte«, sagte Laurenti nachdenklich. »Immerhin war es Spechtenhausers Gold, das gestohlen wurde.«

»Jemand aus der Familie?«, fragte seine Kollegin. »Das käme rasch ans Licht. Ich erinnere mich an andere Fälle. Vor ein paar Jahren kam in Arezzo ebenfalls ein Bagger zum Einsatz, mit dem eine Gang ganz dreist gleich die ganze Hauswand einer Goldschmiede eingerissen und den tonnenschweren Tresor abtransportiert hat. Und in Triest wurde die Besatzung eines Werttransporters ausgeschaltet, als sie vor dem Grenzübertritt die Waffen ablieferten.«

»Das erbeutete Gold sollte auch damals zu dieser Aurum d.o.o. transportiert werden«, ergänzte Laurenti. »Doch in beiden Fällen wurden die Täter etwas später gefasst. Ein Clan der Camorra. Keine Einheimischen. Wenn es sich wieder um die Neapolitaner handelt, dann halten die uns hier im Nordosten für ziemlich dumm. Sie werden sich wundern.«

»Vielleicht sind es diesmal ja die Kalabresen«, bemerkte Zeno trocken.

»Warum geht das Gold eigentlich nach Kroatien?«, fragte Laura.

»Eine Goldschmiede in Vodnjan, Istrien. Die Lohnkosten dort sind nur halb so hoch. Der Betrieb produziert den Krimskrams, der in Poreč, Rovinj oder auf der Insel Rab den Touristen angedreht wird. Und in den Flughafenshops in halb Europa.«

»Und ich war der festen Überzeugung, das Zeug würde in Asien fabriziert«, sagte Laura. »Du hast mir übrigens schon ewig keinen Schmuck mehr geschenkt.«

Die Jagd beginnt

Ab Freitagabend liefen die Computer in der Sonderermittlungskommission heiß, deren Schaltzentrale in Windeseile in einem kaum genutzten Hangar des Flughafens Triest/Ronchi dei Legionari eingerichtet worden war. Beamte aus den vier Polizeipräsidien der Region, aus Pordenone, Udine, Goriza und Triest, waren abkommandiert worden, und natürlich hatte die zuständige Abteilung des Innenministeriums eigene Leute delegiert, Spezialisten, die weniger leger gekleidet waren und einen arroganten Umgangston pflegten.

Der Großteil dieses Stabs kannte sich schon von früheren Sondereinsätzen. Es waren Experten mit Erfahrung in verschiedensten Fachgebieten, bei Auslandseinsätzen und mit Spezialausbildung, die in besonders schweren Fällen zusammengezogen wurden. In Sachen organisierter Kriminalität dienten Gesetzgebung, Ermittlungstechniken, Analysemethoden und die Schlagkraft der Sicherheitskräfte auch den Kollegen anderer europäischer Staaten zum Vorbild. Bei weitem nicht überall galten ähnliche Standards, vor allem dort nicht, wo Bevölkerung und Politiker das eigene Land trotz aller Globalisierung des Verbrechens für unbeteiligt hielten. Diese Borniertheit nahm zu, je weiter man nach Norden kam. Dabei genügte es, den Finanzflüssen zu folgen: Warum sollten ausgerechnet die wichtigsten Märkte keine maßgebliche Rolle bei der Steuerung der gigantischen Renditen spielen? Um die Zusammenhänge zu verstehen, galt es als Erstes den Finanzflüssen zu folgen. Die organisierte Kriminalität war ein internationaler Großkonzern mit einflussreichen Lobbyisten, und wo Ermittlungsbehörden weisungsgebunden von der Politik waren, kam schlicht und ergreifend weniger ans Tageslicht.

Die Spezialisten in Ronchi unterstanden Ermittlungsrichter Battista Malannino, einem Mann von Kleiderschrankformat mit gelblichem Schnauzbart, dessen Anzug im Glencheck-Muster am Bauch spannte. Seine Sondervollmachten vermieden Kompetenzkonflikte zwischen den beteiligten Behörden. Im Moment aber wollte sich ohnehin niemand hervortun. Bei dem nun offiziell festgestellten Wert des geraubten Goldes von über einundsechzig Millionen Euro riss sich niemand darum, die Verantwortung allein zu tragen. Täglich in den Medien zitiert zu werden, unablässig nichtssagende Seifenblasen in Fernsehinterviews abgeben zu müssen sowie ständig zu idiotischen Talkshows eingeladen zu werden, hätten zwar Gesicht und Namen desjenigen bekanntgemacht, doch wenn die Täter nicht binnen weniger Tage dingfest gemacht wurden, schlug dies rasch ins Negative um.

Commissario Proteo Laurenti hatte mit Erleichterung zur Kenntnis genommen, dass sein Name bei der Konferenz der leitenden Beamten, zu der er am frühen Morgen gerade noch rechtzeitig nach dem Frühstück mit Gundolf Moser eingetroffen war, von seiner Chefin nicht genannt wurde. Sie hielt ihn offenbar für inkompatibel in der Zusammenarbeit mit den Leuten aus dem Ministerium. Außerdem hatte er den Mord an einer wichtigen Persönlichkeit aufzuklären, auch wenn Tote keine Eile hatten. Zudem brachte die Polizeipräsidentin Spechtenhauser noch nicht in Zusammenhang mit dem Raubgold, und der Commissario war weit davon entfernt, seine Vorgesetzte darauf aufmerksam zu machen. Doch musste er einen seiner Mitarbeiter, Inspektor Gilo Battinelli, an die Sonderkommission ausleihen.

Ab Freitagnachmittag wurden die Passagierlisten der Flüge, die nach der Tat Triest/Ronchi dei Legionari verlassen hatten, bis ins letzte Detail durchleuchtet. Am Samstagmorgen trafen nach und nach die vollständigen Bänder der Videoüberwachung des Flughafens ein sowie die Aufzeichnungen des Safety-Tutors, der Streckenabschnittskontrollen auf der Autobahn, und der Webcams aus den umliegenden Gemeinden. Die Beamten der Arbeitsgruppen harrten auf unbequemen Stühlen vor den Monitoren aus, um sie auszuwerten. Nur die Daten der privaten Telefongesellschaften ließen noch auf sich warten, trotz der Verfügung des obersten Ermittlungsrichters; wenn kein Profit winkte, handelte die Privatwirtschaft meist langsamer als staatliche Einrichtungen.

Elf Maschinen hatten innerhalb des zuerst untersuchten Zeitfensters abgehoben. Zwischen zehn und vierzehn Uhr gingen die Flüge nach Catania, Palermo, Neapel, Cagliari, Valencia, München, London, Birmingham, Rom, Genua und Mailand. Emsig gaben Beamte die Namen der Passagierlisten in die Datenbanken ein, und für lange Momente war aus ihrer Ecke lediglich das Klappern der Tastaturen und verhaltenes Gemurmel zu vernehmen, während am anderen Ende des Hangars sechs nebeneinandergestellte Biertische als Konferenztisch dienten, um den sich der Führungsstab versammelt hatte und frühere Erfahrungen zusammentrug. Große Banküberfälle und spektakuläre Einbrüche, Raubzüge auf Werttransporte hatten seit Beginn der Krise stark zugenommen, doch einfache Bürger, die unter der galoppierenden Finanzkrise litten, konnten in diesem Fall ausgeschlossen werden. Sie stahlen höchstens etwas aus Nachbars Garten, Klamotten in Outlet-Villages oder Lebensmittel in Supermärkten, um ihre Familien durchzubringen, versuchten sich an kleinerem Versicherungsbetrug oder hielten sich mit Schwarzarbeit über Wasser, deren sich manchmal auch Polizisten bedienten. Für größere Steuerhinterziehung fehlten ihnen die Mittel. Delikte von Menschen, die bei den Ermittlern manchmal auf Mitgefühl stießen, Alltag einer gesunden Nation. Der perfekt inszenierte Überfall auf der A4 nötigte den Beamten dagegen Respekt ab.

Die konzentrierte Ruhe im Hangar dauerte vier Stunden, bis die Aufmerksamkeit der Kollegen von den zunehmend lauter werdenden Kommentaren aus der Ecke der Beamten vor den Monitoren angezogen wurde. Immer wieder liefen die Bilder der Kameras am Flughafen ab und wurden anhand der Passagierlisten mit den Datenbanken der Behörden gegengecheckt. Dann wurden die aufgeregten Gespräche in der Computerecke noch vom Lärm der Laserdrucker verstärkt, und die Polizisten konnten kaum erwarten, bis die Geräte die noch warmen Blätter ausspuckten.

Zweiundsiebzig Passagiere waren auf die Turboprop ATR 72 von Air Dolomiti nach München gebucht gewesen und alle hatten, angeschnallt in den bequemen moosgrünen Ledersesseln, ihren Flug angetreten. An der kahlen Wand aus Stahlbeton klebten die frisch ausgedruckten Fotos und Lebensläufe von fünf Reisenden. Die Kollegen bildeten einen Halbkreis und kommentierten sie aufgeregt, bis der Ermittlungsrichter Einhalt gebot.

»Wir sind hier doch nicht im Spielcasino. Ruhe bitte.« Malannino, der massige Mann mit dem riesigen Schnauzbart, trat zu der Polizistin nach vorne, der die Gruppe an den Bildschirmen unterstand. »Würden Sie die Freundlichkeit haben, auch uns einzuweihen?«

»Fünf Gesichter, fünf Leben, Capo«, sagte die spindeldürre, kleine Frau mit fahlem Teint und ersten grauen Haaren, deren Uniform zwei Nummern zu groß geraten schien. Trotz ihrer Anspannung sprach sie leise, doch in der aufmerksamen Stille war ihre Stimme klar vernehmbar. »Viel Erfahrung, und alle in derselben Maschine. Lesen Sie selbst. Das ist kein Zufall.«

»Mimmo Oberdan.« Der oberste Ermittlungsrichter las den Namen vor. »Arcangelo genannt. Gebürtig und wohnhaft in Triest, zweiundfünfzig Jahre alt, Vorstrafen wegen Diebstahl, Betrug, Unterschlagung, Körperverletzung. Strafvollzug im Triestiner Coroneo, in San Vittore, danach Padua, Poggibonsi, Tolmezzo. Der Mann hat einiges von der Welt gesehen. Respekt, Kollegin.«

Die Polizistin nahm das nächste Blatt von der Wand, bevor der mächtige Mann es greifen konnte, hielt es hoch, und verkündete selbst, dass es sich um Johann Pixner handelte, der seinen Personalausweis auf dem Flughafen verloren hatte. Auch seine Biografie wies als letzten Wohnsitz die Justizvollzugsanstalt in Tolmezzo aus. Über Beppe und Pek gab es weniger zu sagen: ein paar Diebstähle, Schlägereien – junge Kerle, die sich in der globalisierten Welt ohne Erfolg zu behaupten suchten. Doch alle hatten ihre Strafe im selben Knast abgesessen, wenn auch zu unterschiedlichen Zeitpunkten. Immerhin ein Anhaltspunkt. Über Tomaž Novak lag in Italien nichts vor. Allerdings war auf den Videoaufnahmen aus der Abflughalle zu sehen, dass er sich länger und durchaus vertraut mit Mimmo Oberdan unterhielt. Zufällige Begegnung oder alte Bekanntschaft?

»Und die anderen?« Ganz ohne zeremonielles Vorgesetztengemecker kam der Ermittlungsrichter doch nicht aus. Seine anschließenden Anweisungen erfolgten prompt und mit bestechender Klarheit. »Es müssen mindestens doppelt so viele am Überfall beteiligt gewesen sein. Geben Sie sich Mühe. Ich will, dass jedes einzelne Gesicht der Passagiere mit unserer Database abgeglichen wird. Das Flughafenpersonal kann gut gefälschte Papiere nicht erkennen. Und stellen Sie bei den slowenischen Kollegen eine Anfrage über diesen Tomaž.«

Haftbefehle wurden ausgestellt, die Gesuchten zur Fahndung bei Interpol ausgeschrieben und die deutschen Behörden direkt mit dem nötigen Material versorgt. Dennoch, so unterstrich der große Boss, sollten mit nicht minderer Aufmerksamkeit auch die Passagierlisten der restlichen Flüge durchgegangen und die peniblen Personenkontrollen in der ganzen Region noch verstärkt werden. Die Bande, die einen solchen Coup landen konnte, war dreist – und München verdammt nah.

Das Büro des Staatsanwalts lag im zweiten Stock des neoklassizistischen Gerichtspalasts, in dem täglich über tausend Menschen beschäftigt waren und der wohl das Gebäude mit dem stärksten Publikumsverkehr der Stadt war; mehr als Rathaus und der Dom von San Giusto zusammen aufbrachten. Am Samstagmorgen aber gab es kein Gedränge am Eingang. Proteo Laurenti zog den Dienstausweis hervor und legte seine Waffe unter den Blicken des ihm unbekannten Beamten in einen Korb, bevor er die Sicherheitsschleuse passierte und sie anschließend wieder einsteckte. Ein dummes Procedere, aber so lauteten nun einmal die Regeln.

Er kannte den Weg auswendig, steuerte um die kolossalen Marmorsäulen herum, auf denen die ganze Last des wuchtigen Gebäudes zu liegen schien, und nahm die breite Treppe, ohne erst auf den engen Aufzug zu warten, der vielleicht gekommen wäre, vielleicht aber auch nicht.

Dottor Cosimo Lorusso war bei weitem noch keine vierzig Jahre alt und klagte ständig über die schier unmenschliche Arbeitsbelastung, doch aus den Regalen seines engen Büros schillerten die grellgelben Rücken seiner drei Romane; auf den ersten Blick waren es mindestens fünf Exemplare jedes Titels. Ob er sie überführten Tätern schenkte, damit sie sich die Zeit im Gefängnis verkürzen konnten? Ihre strenge Anordnung widersprach dem Chaos auf dem Schreibtisch, die Aktendeckel stapelten sich beträchtlich und ließen keinen freien Platz, an dem er sie zum Studium hätte öffnen können. Der Bildschirm auf dem Nebentisch war schwarz, als Proteo Laurenti kurz vor Mittag eintrat und sich reckte, um hinter den Bergen an Unterlagen endlich das wirre Haarbüschel auf dem Kopf des Mannes zu entdecken, der zu seinem Bedauern diesen Fall in der Hand hatte. Lorusso wäre Laurenti wegen seiner Unsicherheit nicht unbedingt unsympathisch gewesen. Hätte er ihn auf einer Party oder bei einem Abendessen mit Freunden kennengelernt, wäre er ihm sicher mit freundlichem Ratschlag begegnet. Das teigige, bleiche Gesicht unter dem zerzausten dunkelblonden Schopf wollte nicht so recht zu seinen fahrigen und unkoordinierten Gesten passen. Proteo Laurenti vermutete die Ursache dieser auffälligen Motorik in der Überlastung, der Dottor Lorusso ausgesetzt war. Er stammte aus Gallipoli im Süden Apuliens und stand am Beginn seiner Karriere, deren Möglichkeiten er vermutlich nie nützen, sondern baldmöglichst einen Job anstreben würde, in dem es keinen Bereitschaftsdienst gab. Dabei sicherte die Verfassung die absolute Unabhängigkeit der Staatsanwaltschaft, die, falls Ermittlungen politisch unbequem wurden, von keinem Minister, von keiner Regierung ausgehebelt werden konnte; erst kürzlich hatte die amerikanische Botschaft in Rom verbittert gegen diese Unantastbarkeit interveniert, weil sie die Interessen der USA beeinträchtigte und Ermittlungen gegen gesetzeswidrige Operationen der CIA in Italien politisch nicht verhindert werden konnten. Dottor Cosimo Lorusso jedoch war kein couragierter Mann, der eine solche Herausforderung nutzen wollte, und es fehlte ihm an Erfahrung.

»Ich sollte an diesem Wochenende eine lange Wanderung auf dem Ritten machen, Commissario«, sagte er resigniert. »Ein Bergzug oberhalb von Bozen, wo es einen wunderschönen Höhenweg gibt, den man von dem Wellnesshotel aus gehen kann, das meine Frau so liebt. Und Sie halten mich in Triest fest.«

»Das ist nicht meine Schuld, Staatsanwalt.« Sein Gegenüber war eben doch nur ein arriviertes Söhnchen, das gerade die weite Welt entdeckte und sich einbildete, das definitive Glück gefunden zu haben, nur weil er die Rechnungen dieser

Beautyfarm mit der goldenen Kreditkarte begleichen durfte. Laurenti zog den Stuhl an die Seite des Schreibtischs. Er wollte dem Staatsanwalt in die Augen schauen können, ohne um die Aktenstapel herumlinsen zu müssen. »Die Auswertungen der Kriminaltechnik verlangen schnelles Handeln. Außerdem sind derzeit die nächsten Angehörigen Spechtenhausers in der Gegend versammelt, und ich könnte mit jedem Einzelnen von ihnen sprechen, ohne große Reisekosten zu verursachen. Die Sachlage hat sich verändert. Sprengstoff, ein Mordfall. C4, Dottor Lorusso.«

»C4?« Der Mann nahm die Brille ab und reinigte die Gläser mit dem Hemdzipfel.

»Ein militärischer Sprengstoff, sehr handhabungssicher. Dieses Zeug wird von Profis verwendet und auch von Terroristen. Beim Attentat von Peteano zum Beispiel, 1972 ...«

Drei Carabinieri hatten damals bei dem von ferngesteuerten Rechtsextremen bis ins Detail geplanten Attentat ihr Leben verloren, und auf dem Karst bei Aurisina war in einem der Bunker der Nazibesatzung ein riesiges Waffendepot gefunden worden, das vor nicht allzu langer Zeit angelegt worden war. Zwei Tage später das Gleiche in einer zwei Kilometer entfernten Grotte. Weitere Verstecke fanden sich fast zeitgleich im Friaul auf Friedhöfen bei Udine, in San Vito al Tagliamento und in der Gegend von Verona.

Laurentis Blick ruhte auf dem jungen Gesicht. Der Staatsanwalt war noch nicht einmal geboren, als die CIA in Zusammenarbeit mit der Nato, dem britischen MI6 und dem willfährigen italienischen Geheimdienst die »Strategie der Spannung« zur Verunsicherung breiter Teile der Bevölkerung inszeniert hatte, der Hunderte unschuldige Menschenleben zum Opfer fielen. Neofaschisten verübten die Bombenanschläge unter falscher Flagge, welche die Geheimdienste als Terror von links propagierten. Mit dem streng geheimen Stay-behind-Programm sollte angeblich die Demokratie in

Westeuropa vor der vorrückenden kommunistischen Gefahr aus dem Osten geschützt werden. Mindestens einer der Rechtsextremisten hatte mehrfach finanzielle Zuwendungen aus Bayern erhalten, dessen Ministerpräsident Franz Josef Strauß dicke Geldpakete an europäische Rechtsextremisten verteilte, wie ein deutsches Nachrichtenmagazin im Fernsehen enthüllt hatte. Und es kam noch dicker: Bei den damaligen Ermittlungen hatte sich herausgestellt, dass italienische Neofaschisten zusammen mit einer deutschen Neonazi-Wehrsportgruppe und kroatischen Ustascha-Anhängern in einem Trainingslager im Bayerischen Wald geschult worden waren.

»Piazza Fontana in Mailand, die Attentate in Florenz, Rom, Piazza della Loggia in Brescia. Auch die unbeirrbaren Untersuchungsrichter Giovanni Falcone und Paolo Borsellino wurden von der Mafia mit dem fast gleichen Sprengstoff ermordet – RDX oder Royal Demolition Explosive, dem Hauptbestandteil von C4. Und letztes Jahr, Sie erinnern sich, Dottor Lorusso, haben die Kollegen im Hafen von Gioia Tauro einen Container mit sieben Tonnen dieses Materials entdeckt, das vom Iran kam und nach Syrien sollte. Damit hätte man den ganzen Hafen in die Luft jagen können. Auch die Islamisten schätzen diesen Sprengstoff.«

»Beliebt wie Kinder-Schnitten.« Dämlich grinsend lehnte der Staatsanwalt sich zurück. »Das Teufelszeug wird also von allen verwendet. Und es sich zu besorgen, scheint auch kein Hexenwerk zu sein. Das bedeutet also noch gar nichts, Commissario. Weshalb diese Eile?«

»Spechtenhauser wurde schlicht und ergreifend abgemurkst, und zwar von einem Profi. Das ist kein Roman.« Sein Blick schweifte wieder über die Buchrücken im Regal. Laurenti hatte mit Mühe jedes dieser dünnen Bücher zu Ende gelesen: Märchen für Erwachsene, Morde aus kleinlicher Habgier oder Eifersucht. Stets in einer vordergründig heilen Familie angesiedelt, welche dank der Verhaftung der Übeltäter durch einen jungen Staatsanwalt aus einer gutsituierten Rechtsanwaltsfamilie in Apulien nie in Frage gestellt wurde. Die Realität gaben sie kaum wieder.

»Wir brauchen Durchsuchungsbefehle für sein Anwesen, Dottor Lorusso. Und zwar bevor jemand dort etwas verschwinden lassen kann. Wenn es nicht bereits zu spät ist.«

»Spechtenhauser kam vor über einer Woche zu Tode.« Der Staatsanwalt richtete sich abrupt in seinem Stuhl auf, sein Tonfall klang auf einmal sehr entschieden und den Nachnamen des Südtirolers sprach er fast so perfekt wie Xenia aus. »Genug Zeit zum Aufräumen. Warum haben Sie das nicht früher gefordert?«

»Bis gestern ging man davon aus, dass es ein Unfall war.«

»Glauben Sie etwa, dass der Mörder zur Familie gehört?«

»Können Sie es ausschließen, Staatsanwalt?«

»Das wird Staub aufwirbeln, darüber sind Sie sich doch hoffentlich im Klaren? Spechtenhauser war nicht irgendwer, und seine Angehörigen pflegen beste Verbindungen.«

»Wollen Sie sich von denen etwa Untätigkeit vorwerfen lassen?«

Lorusso dachte nach, dann rollte er sehr langsam mit seinem wackligen Schreibtischstuhl zum Nebentisch, auf dem der Computer stand, suchte unter einem Papierstapel nach der Tastatur und schaltete das Gerät fast widerwillig ein.

»Wann erscheint Ihr nächstes Buch, Dottor Lorusso?«, fragte Laurenti, um die Zeit zu überbrücken.

Der Blick des Staatsanwalts klärte sich, ein Lächeln umspielte seine Mundwinkel. »Ach, mein Lieber«, sagte er versöhnlich. »Das geht nicht von heut auf morgen. Ich weiß zwar, wer der Täter ist, kenne sein Motiv. Aber es zu schreiben, braucht seine Zeit. Da geht es ums Detail. Auf dem Ritten, wo es kühler ist, hätte ich daran arbeiten können. Wenn Sie mir das Wochenende nicht mit dieser Sache verdorben hätten, die meines Erachtens auch Zeit bis Montag gehabt hätte.« Lorusso griff zur Tastatur und rief die Vorlage für den Durchsuchungsbefehl auf.

Auch auf Laurentis Schreibtisch war die Fahndungsmeldung gelandet, die von der Sonderkommission am Flughafen erarbeitet worden war. Er pfiff durch die Zähne, während er die Liste durchging. Sein Finger blieb auf einem Namen stehen: Mimmo Oberdan war einer der Passagiere des Flugs nach München gewesen, und im Knast hatte er nachweislich Kontakt zu mindestens zwei anderen Personen gehabt, für die ebenfalls ein internationaler Haftbefehl ausgestellt worden war. Hatte der Erzengel also nur kurz mit seinen guten Vorsätzen durchgehalten und war so rasch schon rückfällig geworden?

Laurenti griff zum Telefon und wählte die Nummer des Kollegen der Antimafiaabteilung, den die Polizeipräsidentin zusammen mit Gilo Battinelli in den Hangar delegiert hatte. Daniele Furlan war ein Jugendfreund Lauras und, wie sie, in San Daniele del Friuli aufgewachsen. Er hatte nach Tolmezzo geheiratet, wo seine Frau mit den beiden Kindern lebte, die der Mann an diesem Wochenende nicht besuchen konnte. Er kannte den Erzengel fast genauso gut wie der Commissario, den Furlan jedes Mal um Hilfe bei der Festnahme gebeten hatte, als er noch für Eigentumsdelikte zuständig gewesen war und Mimmo wieder einmal etwas ausgefressen hatte.

»Hast du ihn bereits eingelocht?«, fragte Furlan sofort, als er nach dem dritten Rufton abnahm.

»Nein. Ich wollte mich lediglich vergewissern, ob er nicht rein zufällig in dem Flieger saß.«

»Das schließe ich hundertprozentig aus. Wir haben die Videobänder des Flughafens analysiert. Der Erzengel kennt die anderen sehr gut aus dem Knast. Findest du es also normal, dass sie im Flughafen während des Eincheckens, an der

Sicherheitskontrolle und im Wartesaal so taten, als wären sie Fremde? Nicht einmal Blicke haben sie gewechselt. Mit einem anderen, diesem Novak, hat er dafür die ganze Zeit geredet. Der aber saß nicht in Tolmezzo.«

»Also einstudiert?« Laurenti hob die Augenbrauen.

»Weißt du, wo er sich aufhält?«

»Mimmo ist mir vor ein paar Wochen zufällig über den Weg gelaufen. Er sagte, dass er eine Anstellung als Baggerführer beim Ausbau der A4 gefunden habe.«

»Als was?«

»Baggerführer, habe ich gesagt.«

»Und auf der A4? Das passt wie die Faust ins Tiramisu, Proteo.«

»Er wohnt dort in irgendeinem Kaff, dessen Name mir nicht mehr einfällt. Irgendetwas mit Mond.«

»Pampaluna etwa?«

»Richtig. Eine kleine Wohnung in einem Gehöft.«

»Danke. Das hilft uns weiter.«

Der Commissario wählte Oberdans Nummer, eine Ansage informierte, dass sein Gerät ausgeschaltet war. Er schickte ihm eine SMS mit dem Text: »Es wird Zeit für ein Glas Wein, Mimmo. Melde dich.«

Mariettas Schreibtisch war verwaist gewesen, als er sein Büro betreten hatte, doch die Schwaden von Zigarettenrauch und ein Blick auf ihren Aschenbecher hatten genügt, um den Commissario davon zu überzeugen, dass seine Assistentin nicht weit sein konnte. Laurenti war gerade dabei, einen Espresso aus der Maschine zu lassen, als er das Klappern ihrer High Heels im Flur vernahm, und kniff die Augen zusammen, als sie eintrat, um nicht von dem knalligen Orange ihres extrem kurzen, rückenfreien Sommerkleids geblendet zu werden. Wie eine zweite Haut umspannte es die tief gebräunten Rundungen Mariettas, und in ihrem beinahe bis zu den

Zehen ausgeschnittenen Dekolleté verschwand eine schwere Goldkette, die ihr Chef bisher noch nie an ihr gesehen hatte. Auch an ihrem rechten Handgelenk trug sie einen Armreif, der offensichtlich vom selben Goldschmied gefertigt worden war.

Laurenti stieß einen Pfiff aus. »Du raubst mir den Atem, Marietta«, sagte er, während sie eine Körperdrehung vollführte, als befände sie sich auf dem Laufsteg. »Was war die Gegenleistung?«

»Neidisch, Commissario? Es gibt Männer, die sind süchtig nach mir.« Marietta legte kokett die linke Hand in ihren Nacken unter dem hochgesteckten schwarzen Haar, aus dem sich eine feine Strähne gelöst hatte. »An einem sonnigen Samstag, an dem alle anderen am Strand liegen, kann man sich den Dienst auch angenehm gestalten, findest du nicht?« Ihre Stimme war ein sanftes Gurren.

»Soll ich dir einen Liegestuhl bringen lassen?« Laurenti stellte seine Tasse ab.

»An den Rive und auf der Hochstraße ist das helle Chaos ausgebrochen. Wegen der Straßensperren staut sich der Schwerlastverkehr bis zur Abzweigung der Autobahn. Die armen türkischen Fernfahrer müssen sich allerhand anhören, dabei ist es ja nicht ihre Schuld, wenn die Fähren nicht beladen werden.«

»Du könntest dort einen Bauchtanz vorführen, das beruhigt die Gemüter, meine Liebe. Und du würdest es in den Lokalnachrichten sicher auf den ersten Platz bringen. Aber davor musst du bitte einiges für mich tun.«

»Alles, was du willst, Chef.« Sie schmachtete ihn an wie schmelzendes Erdbeereis mit künstlichen Aromastoffen.

»Ich brauche die Handelsregistereinträge aller Firmen Spechtenhausers und auch jener, an denen er nur beteiligt ist. Ferner frag bitte die Kontostände ab, hier ist der Wisch vom Staatsanwalt, der Untersuchungsrichter hat ihn abgezeichnet, ohne einen Blick darauf zu werfen …« Er schob ein Blatt über den Tisch.

»Die Banken sind am Samstag geschlossen. Und meine Schicht endet um vierzehn Uhr. Heute kann ich nicht länger bleiben, ich bin verabredet.«

»Mit dem Goldschmied vermutlich.«

Anzüglich lächelnd hob Marietta den Busen, als sie Laurentis Blick auf ihr Dekolleté bemerkte.

»Eine wirklich schöne Kette. Es muss die große Liebe sein.«

»Wie viele Colliers könnte man wohl aus eineinhalb Tonnen Gold schmieden?«

»Leg sie auf die Küchenwaage und rechne es aus. Endlich hast du einen reichen Mann gefunden, Marietta. Betrüg ihn nicht, wie all die anderen.«

»Wenn mich mein Traummann seit Jahrzehnten verschmäht, muss ich mir anders behelfen.« Wieder setzte sie diesen Hundeblick auf, doch dann änderte sie rasch ihre Haltung. »Dass meinem Chef der Schmuck gefällt, nehme ich selbstverständlich mit Freude zur Kenntnis. Das steigert unweigerlich die Lust an der Arbeit.«

»Also, erledige das mit den Banken gleich Montagvormittag. Aber vorher lass bitte die Melderegister seiner Angehörigen raus, samt Strafregister und dem ganzen Kram. Und auch von dem Anwalt, der Spechtenhausers erster Frau nicht von der Seite weicht. Galimberti heißt er, seinen Vornamen kenne ich nicht, aber du wirst ihn schon finden. Schau ins Anwaltsregister. Und frag bitte auch bei den Kollegen in Bozen nach, ob irgendwelche Vorfälle gemeldet wurden, die mit der Familie zu tun hatten. Das Gleiche brauche ich natürlich von Gundolf Moser.«

»Wie schreibt sich der?«

Laurenti buchstabierte. »Recherchier bitte auch im Internet, was dort über diese Herrschaften zu finden ist.«

»Ich liege dir zu Füßen, mein Herr.«

»Lass den Quatsch, Marietta, und mach dich ans Werk.«

Die Nuklearkatastrophe in Japan, der Umsturz in Tunesien sowie der Aufstand gegen den Tyrannen in Libyen, die Unruhen in Syrien, der Tod des Terrorfürsten Osama Bin Laden durch die Kugeln einer amerikanischen Spezialeinheit in Pakistan, die Massenproteste im Jemen und in Ägypten, die Ehec-Epidemie in Deutschland durch verseuchtes Gemüse, der drohende Bankrott Griechenlands, die Ausschreitungen bei den Demonstrationen gegen die Sparmaßnahmen der Regierungen in Spanien und Portugal und die Affären des Premierministers und einiger seiner Minister waren auf den Titelseiten der Tageszeitungen zu Marginalien geworden. Die Presse schrieb: »Spektakulärster Raubzug aller Zeiten«, »Jahrtausendcoup dreister Verbrecher« oder gar von der »Finalen Schlacht des organisierten Verbrechens«. Einer der beiden Sicherheitsmänner aus dem Begleitfahrzeug des Goldtransporters hinterließ eine Frau und drei kleine Kinder. Sein Foto stand schwarz eingerahmt neben einer Aufnahme des Tatorts. Ein riesiger gelber Bagger war auf einer Autobahnbrücke zu sehen, seine abgesenkte Schaufel reichte fast bis zu einem mächtigen Haufen Schrott hinab, der die Fahrspuren blockierte. Ein drittes Foto zeigte einen kahlköpfigen jüngeren Mann mit buschigen Augenbrauen und stämmigem Hals. Es stammte ganz offensichtlich aus dem Personalausweis eines der Tatverdächtigen: Johann Pixner, einunddreißig Jahre alt, aus Campo di Trens, zu Deutsch Freienfeld, einer kleinen Gemeinde in der Provinz Bozen. Arbeitsloser Metzgergeselle, Vorstrafen wegen Körperverletzung, Überfällen und Einbrüchen, die er zusammen mit seinem Bruder Ignaz verübt hatte. Auch die deutsche Polizei fahndete nach ihm.

Pina Cardareto hatte Wochenenddienst und stand, kaum

dass ihr Chef sie gerufen hatte, auf der Schwelle seines Büros. Laurenti legte die Zeitungen zur Seite und gab ihr mit einer Handbewegung zu verstehen, dass sie sich setzen möge, doch die kleine Inspektorin blieb wie angewurzelt und mit verschränkten Armen vor seinem Schreibtisch stehen. Wie immer trug sie Jeans und T-Shirt, im Gürtelholster steckte die schwere Beretta, die sie meisterlich zu bedienen wusste. Doch dass diese Kampfmaschine sich einmal in einem Gespräch mit ihrem Vorgesetzten entspannte, war bisher nie vorgekommen.

»Dieser Spechtenhauser macht Arbeit, Pina. Ich werde mich bei den Kollegen jenseits der Grenze über ihn erkundigen. Doch Sie werden ihn sehr rasch genauer kennenlernen.«

»Da er tot ist, eine Hausdurchsuchung also. Haben Sie den Durchsuchungsbefehl?«

»Erfasst.« Er reichte ihr das Blatt über den Schreibtisch, weshalb die Inspektorin ihre gusseiserne Haltung aufgeben und zwei Schritte auf ihn zu machen musste. »Bedenken Sie, dass der Mann vor über einer Woche umgekommen ist. Seine Angehörigen werden einiges im Haus verändert haben. Andererseits hatten sie aber eine Menge zu tun, die laufenden Geschäfte, die Trauerfeier, Buffet bestellen, Honneurs machen, die Betroffenheit falscher Freunde. Falls es etwas zu beseitigen gab, dann haben sie es in Eile getan. Bereiten Sie sich gut vor, Pina. Die Haushälterin soll Ihnen öffnen. Ohne Vorankündigung. Ich würde nicht darauf wetten, dass Sie allein sein werden. Seine Exfrau und sein Sohn sind auch in der Gegend. Seien Sie auf der Hut, die Zwillinge werden sofort zur Stelle sein, wenn sie Lunte riechen. So gesittet sie alle wirken, rechnen Sie damit, auf einen Schlag den Werwolf vor sich zu haben.«

»Auch ich kann die Zähne zeigen, Commissario.« Mit einem gehässigen Lächeln entblößte sie ihr Gebiss.

»Nehmen Sie drei Kollegen mit und lassen Sie sich Zeit.

Ich nehme an, er hatte ein Büro im Haus. Akten, Kontoauszüge, Geschäftspapiere, Terminkalender. Stöbern Sie in den Papierkörben. Falls er einen Computer hatte, nehmen Sie ihn mit. Fordern Sie eine Liste seiner Telefonate an, suchen Sie den Safe. Außerdem will ich wissen, was er am Abend vor seinem Tod getan hat. Nein, rekonstruieren Sie bitte den ganzen Tagesablauf. Wen hat er wo gesehen? Mit wem gesprochen?«

»Und nachher verwendet das der Staatsanwalt für seinen nächsten Roman.« Die Kleine wippte kampflustig mit dem Fuß.

»Haben Sie etwas von ihm gelesen?«, fragte Laurenti verblüfft.

»Ich werde ihn karikieren. Ein ideales Objekt für einen Comic.«

»Passen Sie auf, dass er Sie nicht wegen Ehrverletzung verklagt.«

»Was noch?«

»Ich möchte auch wissen, was Spechtenhauser gegessen und getrunken hat.«

»Das hat der Gerichtsmediziner längst in seinen Bericht gefasst. Magen- und Darminhalt geben präzise Auskunft.«

»Und mit wem.« Laurenti überging ihre Bemerkung. »Spechtenhauser hatte bei seinem Absturz immerhin noch eins Komma sechs Promille im Blut. Um sechs Uhr morgens.«

»Vielleicht hatte er Angst vorm Fliegen und musste sich Mut antrinken.«

»Nehmen wir einmal an, er ist um fünf Uhr morgens aufgestanden, Pina. Wir wissen, dass er frisch rasiert war und Kaffee getrunken hat, bevor er das Haus verließ. Spechtenhauser war kein Mann, der ein Glas Wein ausschlug, wog über hundert Kilo und war ein guter Esser. Wenn er gegen Mitternacht zu Bett gegangen ist, dann hatte er einen Vollrausch gehabt. Hat er sich den allein angesoffen oder nicht?

Schauen Sie in den Müll. Stehen Weinflaschen rum? Lassen Sie die auf Fingerabdrücke untersuchen. Nicht immer schenkt nur der Gastgeber ein. Gewürztraminer vermutlich, mindestens vier Flaschen. Verstanden?«

»Was? Wie viel?«, frage Pina mit gerunzelter Stirn. »Wie heißt der?«

»Gewürztraminer.« Er buchstabierte. »Von seinem Weingut in Südtirol.« Laurenti wusste, dass die kleine Kampfmaschine am liebsten Bier trank. »Noch etwas, Pina. Ich war in aller Frühe bereits am Flugplatz von Prosecco. Der Mann soll trotz seines Alters ein äußerst versierter Pilot gewesen sein und hatte fast so viele Flugstunden auf dem Buckel wie ein Berufspilot der Alitalia. Im Hangar stehen noch zwei Maschinen aus seinem Eigentum, wahre Antiquitäten aus den dreißiger Jahren. Mit viel Aufwand restauriert. Die Kollegen von der Kriminaltechnik haben sie untersucht: nicht die geringste Spur von Sprengstoff. Woher wusste der Attentäter, dass Spechtenhauser an diesem Morgen die große Maschine nehmen würde? Zweimotorig, Platz für sechs Passagiere, ideal für längere Reichweiten – obwohl er angeblich nur nach Bozen fliegen wollte. Im Sommer nahm er dafür sonst lieber die offene Fiat C.R.20 mit den zugeschweißten Maschinengewehren an Bord. Der Täter war also informiert und hatte genügend Zeit, die Cessna zu manipulieren.«

»Familie vermutlich. Also doch eine Geschichte für den Staatsanwalt.« Bevor es wieder versteinerte, zeichnete ein freches Aufblitzen das Gesicht der Inspektorin. »Haben die keine Sicherheitskontrollen an diesem Flugplatz?«

»Pina, das ist ein Sportfliegerverein, da hat Zugang, wer will. Ein Wachdienst fährt jede Nacht zweimal zur stets gleichen Zeit vorbei. Das hindert nun wirklich keinen. Und die Schlösser am Hangar sind auch kein allzu großes Problem. Spechtenhauser war der einzige Profiflieger dort.«

»Wir suchen also wie immer nach etwas, von dem wir

nicht wissen, was es ist. Wollen Sie etwa auch seine Firmenräume auseinandernehmen?«

Laurenti hob die Achseln. »Wenn es nötig ist, warum nicht?«

»Können Sie mir eigentlich sagen, weshalb die Zwillinge, ihr Halbbruder und auch seine Mutter Autos mit deutschem Kennzeichen fahren? Alle Mercedes, bis auf die Moto Guzzi.«

Rasch nahm er ein Blatt und schrieb die drei Autonummern auf, die er in der Remise von Gundolf Moser gesehen hatte. Alle begannen mit RO-S und unterschieden sich nur in der letzten Ziffer auf dem Nummernschild. »In etwa so?«, fragte Laurenti und hielt das Blatt hoch.

»Ja.« Die Kleine war perplex. »Nur die Zahlen sind andere.«

Den Polizeibeamten, die am Ausgang des Terminals postiert waren, konnten sie dank der stürmischen Begrüßung durch die beiden Damen, die sie dort vor dem Audi mit geöffnetem Wagenschlag erwarteten, elegant ausweichen. Eine üppige Rothaarige trug die Schirmmütze eines Generals der Roten Armee und warf sich, vor Entzücken kreischend und trotz der gewagt hochhackigen Schuhe, auf den Direktor, während Einstein von der zierlichen, sonnengebräunten Brünetten abgeknutscht wurde. Die Beine der Fräuleins waren lang, was man von ihren Röckchen, unter denen der Ansatz der Höschen hervorblitzte, kaum sagen konnte. Selbst bayerische Polizisten drückten bei so viel rührseliger Anmut ein Auge zu und kontrollierten die beiden Passagiere nicht.

Aus dem Augenwinkel nahm der Direktor am Seitenfenster des anfahrenden Flughafenbusses Johann Pixner wahr, dann ließ Robert Unterberger sich auf den Beifahrersitz fallen, während Salvatore Cassara den Platz neben seiner sonnenverwöhnten Schönheit einnahm und den Polizisten freundlich zulächelte, während er die Wagentür schloss. Die Rote setzte sich hinters Steuer, lenkte den Audi gemächlich aus dem Parkverbot und hielt sich während der Fahrt zur Autobahn streng ans Tempolimit. Nachdem sie die Abzweigung Richtung Salzburg genommen hatte, nahm sie die Mütze ab und warf sie ihrem Beifahrer auf den Schoß.

»Vierzig Euro musste ich dem Trödler dafür bezahlen, etwas Blöderes ließ sich nicht finden.«

»Die macht was her. Leg sie so auf die Hutablage, dass man Hammer und Sichel sieht.« Der Direktor reichte sie Einstein nach hinten und steckte sich die erste Zigarette nach dem Flug an. »Und du, Anita, hältst dich penibel an die Verkehrsregeln. Auch wenn wir eine Stunde länger brauchen sollten.«

»Aber sicher, mein Schatz.« Der Feuerschopf hauchte ihm einen Kuss zu und schaltete die Stereoanlage ein. Der Song ›Once in a Lifetime‹ der Talking Heads, mit dem Refrain »Same as it ever was« ließ die Bordlautsprecher vibrieren. »Auf der Herfahrt hast du schon alle Rekorde gebrochen«, sagte Anita. »Die Österreicher werden dich fürs Guinness-Buch vorschlagen. Mit den Fotos aus den Radarkontrollen wirst du ein ganzes Album füllen können.«

»Diesmal ist es etwas anderes. Spätestens südlich der Alpen ist mit einer Menge Kontrollen zu rechnen.«

Vor drei Tagen, am Dienstag, hatten sie den Audi in Pordenone gemietet und waren mit der Absicht, unterwegs möglichst viele Andenken zu hinterlassen, nach München gedonnert, wo sie zwei Zimmer im Bayerischen Hof bezogen. Die beiden Männer hatten lediglich ihre Kleidung in den Schrank gehängt, getragene Hemden und Unterhosen in die Schubladen gestopft, das Necessaire im Badezimmer deponiert, waren dann stante pede mit dem Taxi zum Flughafen gefahren, um die nächste Maschine nach Venedig zu nehmen und nach Eraclea Mare zurückzufahren, wo sie am Nachmittag wieder zu den Sturmtruppen stießen. Die Damen hatten lediglich die Aufgabe, während der nächsten beiden Tage, bevor sie morgens das Zimmer verließen, die gebrauchten Kleidungsstücke der Männer im Zimmer zu verstreuen, etwas Rasierschaum am Waschbecken zu verschmieren und die Betten so zu zerknüllen, dass dem Zimmermädchen ihre Abwesenheit nicht auffiel. Ansonsten sollten Anita und Titti sich in München auf der Maximilianstraße beim Shoppen vergnügen, dem sie ausgiebig nachgekommen waren. Am Freitagmorgen hatten sie die Koffer gepackt und die Rechnung beglichen und waren gemütlich zum Flughafen gefahren.

»Endlich Ferien in Grado. Die ganzen letzten Jahre wollte

ich schon dahin«, sagte der Zweiundvierzigjährige zufrieden, streifte mit Daumen und Zeigefinger die Glut von der Kippe in den Aschenbecher und zerbröselte den Tabak bis zum Filter. Seit er als Junge zu rauchen begonnen hatte, löschte der Direktor seine Zigaretten so.

»Doch jedes Mal ist dir etwas dazwischengekommen. Du warst einfach zu beschäftigt«, sagte Einstein, der sich vom Rücksitz zu seinem Kompagnon nach vorne beugte. »All diese Verpflichtungen gegenüber dem Staat …«

Robert Unterberger war nicht nur wegen des Feuermals, das von seiner linken Wange über den Hals bis zum Genick lief, ein einprägsamer Typ: Seine roten Haare waren im Gegensatz zu dem Feuerschopf seiner Gefährtin ungefärbt, und ein Heer von Sommersprossen sprenkelte seine Nase. Deutsch und Italienisch redete er unverkennbar mit Bozner Akzent und meist nur in knappen Sätzen, wie er es einst von seinem Vater übernommen hatte. Nur manchmal ließ er sich unerwartet zu ausgiebigem Geplauder hinreißen und schien ein ganz anderer zu werden als der Unteroffizier, der fast bellend keine Nachlässigkeit durchgehen ließ. Jener Ton, mit dem er sich schnell auch im Gefängnis durchgesetzt hatte, nachdem er wegen schweren Subventionsbetrugs, Steuerhinterziehung, Geldwäsche und Erpressung zu acht Jahren verurteilt worden war. Dabei habe er nichts anderes getan als alle in Südtirol, hatte er im Gerichtssaal behauptet, und außerdem habe die Republik Italien und nicht die Provinz Bozen den Schaden gehabt. Dort müsse sein Fall eigentlich verhandelt werden, denn in Mailand, wo man seiner Meinung nach einen korrupten Politiker nach dem anderen davonkommen ließ, sei man parteiisch. Der humorlose italienische Richter zeigte dafür kein Verständnis, er ordnete sogar an, dass Unterberger seine Strafe im Gefängnis von Tolmezzo absitzen musste. In strenger Isolationshaft, gemäß einem Paragrafen des Strafvollzugsgesetzes, der meist bei Mafiamitgliedern zur Anwendung kam. Es stand fest, dass er nicht allein gehandelt haben konnte. Hafterleichterung wäre erst möglich, wenn er mit den Behörden zusammenarbeitete und die anderen verpfiff; als gäbe es in Südtirol organisierte Kriminalität.

Außenkontakt war den Gefangenen im Isolationstrakt nur sehr eingeschränkt gestattet. Vor den Fenstern der Zellen waren Blenden angebracht, die jede Form der Kommunikation verhinderten. Keine eng beschriebenen Zettelchen mit Befehlen an den Clan ließen sich dort hinauswerfen und nicht einmal mit Handzeichen Mitteilungen machen. Die einzigen Gesprächspartner waren wortkarge Gefängnisbeamte und die Anwälte, die sich nach erfolgter Verurteilung kaum mehr blicken ließen. Erst recht nicht Ernesto Galimberti, da er kein Honorar erwarten durfte. Unterberger war nach zwei Jahren so weichgekocht, dass er auspackte, worauf drei weitere Personen festgenommen wurden: ein Immobilienmakler, eine Steuerberaterin und ein Finanzpolizist der Dienststelle Meran. In den Medien hatte der Fall hohe Wellen geschlagen. Die nächsten drei Jahre verbrachte der Direktor in Anerkennung seines Geständnisses in einer Viererzelle und belegte ein Schulungsangebot zum Informatiker. Er brauchte dringend Training für sein logisches Denkvermögen, nachdem Poker zu spielen untersagt war und sich für die Schachpartien im ganzen Knast kein adäquater Gegner auftreiben ließ. Der zehn Jahre ältere Mimmo Oberdan, den er wegen dessen Haarpracht vom ersten Anblick an Arcangelo, den Erzengel, genannt hatte, wurde sein engster Freund, und auch Salvatore Cassara sollte er im normalen Strafvollzug kennenlernen. Kein einziges Mal war es ihm gelungen, Einstein beim Schach zu schlagen. Allerdings wurde dieser zwei Jahre vor Unterberger entlassen.

Ganz selten wurde auch der Name des Direktors ausgerufen, wenn im Gefängnis die Post verteilt wurde. Wer sollte ihm schreiben? Mit den Eltern hatte er schon kurz nach dem Abitur gebrochen, weil diese bürgerlichen Spießer, als die er sie beschimpfte, seine politischen Neigungen nicht akzeptierten. Seine Geschäftsfreunde hatte er verpfiffen, und die Kameraden der rechtsextremen Splittergruppe hatten Unterberger zum Abschuss freigegeben, nachdem er schon bald den einst mit stolzgeschwellter Brust geleisteten Treueschwur auf das Großdeutsche Reich nicht mehr respektierte. Er hatte verstanden, dass sie mit ihrem dumpfen, rassistischen Gegröle nur um sich selbst kreisten und keinen Schritt nach vorne machten. Diese Entscheidung hatte er Senator Spechtenhauser, der damals vielen dieser Gruppen unterm Tisch Geld zusteckte, um sich Wählerstimmen zu sichern, geradewegs ins Gesicht gesagt, was den Alten zu seinem Erstaunen jedoch nicht gegen ihn aufbrachte. »Dann pass auf, dass deine ehemaligen Kameraden dir nicht die Eier abschneiden, und schreib dich in Trient an der Universität ein«, hatte der Senator befohlen. »In Jurisprudenz, damit du später unsere Sache verteidigen kannst. Intelligent genug bist du, wir brauchen clevere Leute. Wenn du finanzielle Hilfe benötigst, wende dich an mich. Aber unter einer Bedingung: Lass deine Griffel von meinen Töchtern.«

Unterberger war vierundzwanzig gewesen und Magdalena, eine der Zwillingstöchter des Senators, erst siebzehn, als er sie in einer rustikalen Diskothek in der Pustertaler Gemeinde Sand in Taufers abgeschleppt hatte. Nach wenigen Tagen war der alte Spechtenhauser bereits im Bilde gewesen über die Eskapade seiner Tochter, die er in Südtirol aufs Internat geschickt hatte. Er unterband die Geschichte sofort, doch den Kontakt hatten die beiden nie restlos verloren. Und ein paar Tage vor seiner Entlassung hatte Unterberger von Magda einen Brief erhalten. Seinen Entschluss, sich irgendwann, wenn er endlich einmal wieder zu Geld gekommen war, in ihrem Hotel in Grado einzubuchen, hatte er bereits bei der Lektüre ihrer belanglosen Worte gefasst, mit denen sie die viele Arbeit während der Badesaison beschrieb. Vor fast genau einem Jahr.

An der Haltestelle Nordfriedhof wartete ein Taxi auf Johann Pixner, das er erst bestieg, nachdem er auf der Straße hinter dem Flughafenbus kein verdächtiges Fahrzeug ausmachen konnte. Die Bullen hatte er fürs Erste abgehängt.

»Rosenheim, Stadtmitte, bitte«, sagte er knapp.

Der erste Ortsname, der ihm einfiel. Weit genug von München entfernt, und wo er zur Weiterreise ein anderes Taxi nehmen würde.

»Barzahler? Ich nehme keine Kreditkarten.« Der Fahrer warf einen skeptischen Blick in den Rückspiegel.

»Kein Problem.«

»Und wohin genau?«

»Rathaus.«

Jo kannte sich nicht in der Stadt aus, doch die Angabe stellte den Fahrer zufrieden, der das Ziel in das Navigationsgerät eingab und seinen Wagen dann sehr gemächlich in Bewegung setzte.

»Da hätten Sie auch vom Flughafen direkt hinfahren können«, sagte der Mann.

»Wenn man alles im Voraus wüsste, würden Sie immer noch auf einen Fahrgast warten.«

Der Fahrer machte nicht die geringsten Anstalten, das Tempolimit zu überschreiten. »Heute stehen die Blitzer an allen Ecken«, sagte er. »Wirtschaftskrise – der Staat braucht Geld. Aber von mir kriegt die Merkel nichts.«

»Mhm.« Jo antwortete mit einem Grunzen. Nur mit Mühe konnte er sich dazu zwingen, nicht ständig einen Blick aus dem Heckfenster zu werfen.

Als der Taxifahrer auf seine Kommunikationsversuche kaum längere Antworten erhielt, drehte er das Autoradio lauter. Die Klänge bayerischer Volkmusik waren eine Wohltat, Pixner entspannte sich. Zur vollen Stunde vermeldeten die Nachrichten einen Jahrhundertraub in Italien, und dass sogar in Deutschland nach den Tätern gefahndet werde.

»So ist er, der Italiener«, sagte der Taxifahrer. »Was nicht niet- und nagelfest ist, das nimmt er mit. Wir Deutsche waren damals leider nicht lange genug dort, um denen unseren Ordnungssinn einzutrimmen. Wo kommen Sie denn her, mein Herr?«

»Schwaz in Tirol«, log er. »Da gibt's die feschesten Madeln von ganz Österreich.« Dies wusste er aus Erfahrung.

Sein Dialekt überzeugte den Fahrer davon, dass er kein italienischer Goldräuber sein konnte.

Eine Dreiviertelstunde später beglich Jo den Fahrtarif und rundete den Betrag auf. Langsam überquerte er den Vorplatz der Stadtverwaltung, bis das Taxi außer Sichtweite war, und machte dann kehrt. Wenig später fand er einen Platz in der rustikalen Klosterstube eines alteingesessenen Wirtshauses, bestellte eine Brezel und ein Weißbier, das er in zwei Zügen leerte. Aus der Speisekarte wählte er eine Portion gekochtes Ochsenfleisch mit Wirsing, Kartoffeln und Kren.

»Durst ist schlimmer als Heimweh«, sagte die stämmige Kellnerin im geblümten Dirndl, aus dem ihr schlaffer Busen hervorquoll, als sie ihm das nächste Glas servierte. »Ihr Essen kommt auch gleich.«

Jo bedankte sich mit einem Lächeln. Er grübelte über die nächste Station seiner Reise. Aus Deutschland musste er raus, das war nach den Radionachrichten klar. Und jetzt schon nach Italien zurückzufahren war keine gute Idee. Zwar mangelte es ihm nicht an Verstecken, wenn er erst einmal in Südtirol wäre, doch nur eine Personenkontrolle unterwegs genügte, und sein Traum vom neuen Reichtum zerplatzte wie eine Seifenblase. Zwischen Rosenheim und Franzensfeste allerdings lag Österreich, eine sichere Bank.

Während er das Essen mit großen Bissen verschlang, kam endlich die Erleuchtung. Die Nacht würde er in angenehmer Gesellschaft unter einer Adresse verbringen, wo der einzige Ausweis, den man vorzeigen musste, eine gefüllte Brieftasche war. Geld hatte er genug. Er betastete den dicken Umschlag in der Tasche seiner Jacke, die er trotz der Temperatur nicht abgelegt hatte. Dann bestellte er zufrieden noch ein Weißbier.

»Durst wird durch Bier erst schön, mein Herr«, sagte die Kellnerin diesmal und trug seinen blankgeputzten Teller ab. Ihre Hände waren vom Gläserspülen gerötet.

»Da ham S' sicher recht«, sagte Jo. »Und zahlen tät ich dann auch, bitte.«

Die Hitze war drückend, als er das Wirtshaus verließ und die Augen wegen der grellen Sonne zusammenkniff. Am Kiosk erstand er zwei Boulevardzeitungen und ein Sportmagazin. Ein paar Minuten später saß er auf dem Rücksitz eines Taxis, dessen Fahrer zufrieden war, als er das Ziel hörte; nach Salzburg waren es achtzig Kilometer, der Tagesumsatz erfuhr eine merkliche Steigerung, schon deshalb, weil der Fahrgast den Preis vorher ausgehandelt und vorgeschlagen hatte, den Taxameter ausgeschaltet zu lassen.

Eine Stunde später stieg Pixner am Fußballstadion aus und warf die Zeitungen in den Müll. In der UEFA Europaleague zwischen Juventus und Austria Wien hatten die Italiener zu seinem großen Bedauern gewonnen. Und wieder wartete Jo, bis das Taxi sich entfernt hatte, um schließlich den Bus bis zum Südtiroler Platz vor dem Hauptbahnhof zu nehmen, von wo er den Rest des Wegs zu Fuß machte. Nur ein einziges Mal war er bisher in dem Bordell gewesen, trotzdem hätte er mit geschlossenen Augen hingefunden.

Am Grenzübergang Tarvis wurden alle Fahrzeuge von der Südautobahn in den ehemaligen Zollbereich ausgeleitet und von den österreichischen Grenzbeamten kontrolliert. Ein langer Stau hatte sich auch in Gegenrichtung gebildet, wo die Italiener die Reisenden nach Norden überprüften. Ein paar Tage lang war Schluss mit Schengen. Der blaue Audi des Autoverleihers in Pordenone durfte nach einem Blick der Polizisten auf die Papiere der Insassen und in den Kofferraum weiterfahren.

Die nächste Kontrolle erfolgte zwanzig Kilometer später an der Mautstelle Ugovizza und dauerte länger. Selbst die Fahrspur für die Fahrzeuge mit Telepass, dem elektronischen Abbuchungssystem, war von Polizeikräften abgeriegelt. Den Reisenden in Richtung Norden jedoch wurde noch mehr Geduld abverlangt: Acht Kilometer weit standen die Fahrzeuge Stoßstange an Stoßstange, und viele der Fernfahrer machten sich begründete Sorgen, dass sie ihr Fahrtziel wegen des sich mit jeder Minute nähernden Wochenendfahrverbots nicht mehr erreichen würden.

Direktor und Einstein, die feuerrote Anita am Steuer, deren großzügiges Dekolleté die Polizisten besser überzeugte als ein Diplomatenpass, und Titti, die zierliche Brünette im Fond, waren bester Laune, obgleich sich die Fahrt hinzog.

»Ich gehe jede Wette ein«, sagte Einstein, »dass uns auf der langen Geraden vor der Ausfahrt Tolmezzo die nächste Kontrolle bevorsteht, dann spätestens wieder bei der Abfahrt Palmanova, direkt hinter der Mautstelle.«

»Und dann geht's im Schrittempo weiter«, hakte der Direktor ein. »In Cervignano werden sie uns rausziehen, in Aquileia ebenfalls und am Ortseingang von Grado erst recht. Will jemand wetten?«

»Den Aperitif gibst sowieso du aus«, flötete der Rotschopf.

»Ich kann's kaum erwarten. In ein, zwei Stunden spätestens. Hängt alles von den Bullen ab. Und vor dem Abendessen machen wir es uns noch ein bisschen bequem, nicht wahr, Kleine.«

»Eins achtundachtzig, Süßer. Ich werde mich zu dir hinunterbücken.«

»Warst du eigentlich schon einmal in dem Hotel?«, fragte Titti mit heller Stimme.

»Nein, aber ich weiß, dass es gut geführt ist. Es gehört einer alten Freundin. Sie wird Augen machen, wenn sie uns sieht.«

»Sofern sie die Reservierung nicht schon entdeckt und für dich im Keller ein Zimmer mit vergittertem Fenster vorgesehen hat«, sagte Einstein.

»Es war Liebe«, behauptete der Direktor. »Sie hat mich nie vergessen. Ihr Vater war gegen unsere Verbindung und hatte ihr von einem Tag auf den anderen verboten, mich zu sehen. Ich gebe zu, mich hat das auch nicht kaltgelassen. Vor achtzehn Jahren immerhin. Du weißt doch, wie die Erinnerung funktioniert: Man vergisst nur das nicht, was man begehrt und nicht bekommen hat. Sie war gerade erst siebzehn.«

»Und habt ihr euch tatsächlich nie wiedergesehen? Wie heißt sie eigentlich?«

»Magda.« Der Direktor besann sich kurz. »Nur zufällig bei irgendwelchen Weinfesten oder Ähnlichem. Aber da war immer ein Aufpasser in ihrer Nähe. Und manchmal hat sie mir einen Brief oder eine Karte geschrieben.«

Kurz vor neunzehn Uhr checkten sie endlich ein. Vom Balkon der beiden Suiten im vorletzten Stock des mitten in dem Badeort gelegenen Hotels hatte man freien Blick auf die Lagune. Noch während er an der Rezeption Ausweis und Kreditkarte vorlegte, bestellte Robert Unterberger zwei Flaschen Champagner mit vier Gläsern hinauf, und Einstein reservierte fürs Abendessen einen Tisch auf der Dachterrasse.

»Ist die Chefin im Haus?«, fragte der Direktor und winkte beschwichtigend ab, als er den unsicheren Blick des Rezeptionisten sah. »Eine rein private Frage.«

»Die Signora ist heute verhindert. Die Trauerfeier für ihren Vater. Kann ich ihr etwas ausrichten?«

»Nein, keine Sorge. Wir sind schließlich die ganze Woche hier. Ich werde ihr sicher über den Weg laufen.«

»Wusstest du etwa von dieser Beerdigung?«, fragte Einstein.

Die beiden Männer hatten sich zum Aperitif verabredet, während Anita und Titti sich für den Abend herausputzten. Sie schlenderten durch die Fußgängerzone und ließen sich an einem Tisch vor einer Enoteca an der Viale Europa Unità nieder.

»Natürlich«, sagte der Direktor. Seine Mundwinkel zuckten vor Vergnügen.

»Er soll ein einflussreicher Mann gewesen sein.«

»Allerdings. Die Trauerfeier fand heute früh in der Basilika von Aquileia statt, und du kannst davon ausgehen, dass alles dort war, was Rang und Namen hat, und eine ganze Menge Bullen.«

»Ach ja? Und weshalb hast du davon nichts gesagt?«

»Damit die Disziplin nicht nachließ. Du hast doch selbst bemerkt, dass erstaunlich wenig Polizei und Carabinieri unterwegs waren. Alle abkommandiert als Aufgebot für die Prominenten. Wir hatten es dadurch leichter, aber das sollte niemand zur Nachlässigkeit verführen.«

»Manchmal muss ich über dich rätseln«, sagte Einstein. »Ich dachte, wir hätten absolute Offenheit vereinbart. Überlegenheit und Stärke durch Eintracht.«

»Es hätte keinen einzigen Mann in der Truppe erspart. Und zu unserem Nachteil hat es uns erst recht nicht gereicht.«

»Und weshalb wusstest du von dieser Trauerfeier? Wir haben die letzten zwei Wochen doch jede Minute zusammen verbracht.«

»Es stand in der Zeitung, mein Lieber. Hast du sie etwa nicht gelesen? In jeder Bar lag sie aus. Die haben fast den gleichen Zirkus wie beim Papstbesuch veranstaltet.«

»Gestern war ich durchgängig damit beschäftigt, noch einmal jedes Detail unseres Plans durchzugehen. Nachdem wir die Bungalows übergeben hatten, dachte ich an nichts anderes mehr.«

»Und ich wollte dich auf keinen Fall irritieren. Bis jetzt ist alles besser gelaufen als geplant. Trinken wir darauf, dass der zweite Teil so weitergeht.«

»Tom, so eine hast du noch nie gehabt«, rief der Erzengel gutgelaunt und versetzte dem Fahrer einen so heftigen Schlag auf den Arm, dass dieser das Lenkrad verriss. Der Kotflügel des weißen Kleinwagens aus koreanischer Produktion schrammte gegen die Wand der eng gewundenen Abfahrt des Parkhauses. Ein Strich weißen Autolacks ergänzte die verschiedenfarbigen Kratzer, die andere Fahrer schon als Andenken am Beton hinterlassen hatten.

»Mensch, pass auf«, schimpfte Tomaž. »Der Wagen fast ist neu.«

»Erzähl mir nicht, dass er dir gehört. Wo hast du ihn geklaut?« Zusammen mit Beppe und Val hatte Tom in der Nacht vor dem Coup auf der anderen Seite der Grenze die Kleinwagen gestohlen, mit denen alle, außer den Männern mit den Lkw, verduftet waren.

»Tatsächlich gehört mir.«

»Wirf ihn weg! Mit dem Geld, das du heute verdient hast, kannst du dir ein richtiges Auto kaufen.« An Toms slowenischen Akzent und den eigenwilligen Satzbau hatte Mimmo sich in den letzten beiden Wochen gewöhnt.

»Große Wagen viel zu auffällig. Als ich Polizist war, haben

wir überprüft alle Autos über zwei Liter Hubraum. Wenn sie nicht irgendwie protegiert waren, die Besitzer.«

»Und wie kam die Karre hierher?«

»Jemand hat ihn gebracht nach München.«

»Ganz schön leichtsinnig. Jeder Mitwisser ist eine Gefahr, Tom.«

»Dieser nicht, ganz ruhig. Und was macht diese Maria, zu der es dich zieht wie Sau zum Eber, so besonders? Glaub bloß nicht, das ich nicht gute Weiber kenne. In dem Schuppen in Nova Gorica, in dem ich die letzten Jahre gespielt habe den Aufpasser, werden sie wöchentlich ausgewechselt. Du hast nicht Ahnung, welche Ware so ankommt.«

»Davon hast du wohl kaum profitiert. Diese Weiber müssen Geld verdienen. Von Türstehern halten die nichts. Ware, die sich nicht bewegt, kostet nur Geld.« Der Erzengel hielt seine Fäuste vor sich und spannte mehrfach das Becken an. »Meine Freundin Maria hingegen saugt dir bis zum Koma den letzten Tropfen aus den Eiern.«

Tomaž Novak steckte den Parkschein in den Automaten an der Ausfahrt und fädelte den Wagen behutsam in den Verkehr ein. Mimmo Oberdan schaute zum Terminal hinüber, wo die grimmigen bayerischen Polizisten noch immer die Passagiere kontrollierten.

»Wart ihr bei der slowenischen Polizei eigentlich auch so kleinlich?«, fragte der Erzengel.

»Bei Italienern jedenfalls wir haben nie Auge zugedrückt«, sagte Tom. »Woher kennst du sie?«

»Wen?«

»Diese Olympiasiegerin im freien Blasen. Woher kommt sie? Ukraine, Moldawien?«

»Maria? Rumänien. Vom Schwarzen Meer. Sie ist einmalig. Angefangen hat sie vor ein paar Jahren in Komen bei Antonio, danach war sie in Portorož, Piran und Sežana. Sie hat mich fast süchtig gemacht. Wer Maria hat, braucht keine andere Frau mehr. Die sind nur eifersüchtig, wollen zum Abendessen ausgeführt werden, Komplimente, Blumensträuße und anderes unnützes Zeug. Trotzdem machen sie eine Szene nach der anderen. Rechne bloß mal zusammen, wie viel das alles kostet, bis du sie endlich flachlegen kannst. Maria ist dagegen preiswert, und ihre Mädchen haben die beste Ausbildung genossen. Seit sie in Österreich ist, haben wir uns nicht mehr gesehen.«

»Kennst du den Weg? Wie heißt das Kaff?« Tom nahm ein Navigationsgerät aus dem Ablagefach und reichte es dem Erzengel. »Gib Ziel ein.«

»In vier Stunden sind wir dort. Nimm die Autobahn Richtung Landshut. Bis zur österreichischen Grenze sind es einhundertdreißig Kilometer. Gib gefälligst Gas, ich habe Hunger.«

»Ich die Geschwindigkeitsbegrenzung nicht überschreite, wegen die Polizei.«

Mimmo fummelte noch immer am Navigationsgerät herum. »Weißt du etwa, wie man Voitsberg schreibt? Oder heißt es Wolfsberg, Voitsau, Wolfenberg, Wolfersdorf oder Wolfenstein? Voiperting oder Wolperding? Verdammt. Sie hat Volgsberg gesagt, da bin ich mir sicher. Aber dieses Scheißgerät gibt es nicht her.«

»Hat deine Maria nicht gesagt, wo das ist?«

»Doch, in der Nähe von Graz, Richtung Klagenfurt, Kärntner Straße. Es ist ganz einfach zu finden. Fahr an der nächsten Raststätte raus, damit ich sie anrufen kann.«

Tomaž beugte sich zu seinem Beifahrer hinüber und zog ein Mobiltelefon aus dem Handschuhfach. »Ruf an. Ich hoffe, du weißt Nummer.«

Der Erzengel kam aus dem Staunen nicht heraus. Sein eigenes Telefon bekam er erst in Triest wieder. Einstein hatte allen verboten, ein anderes Gerät mit sich zu tragen, bis auf das mit der rumänischen SIM-Card, das er eine Stunde vor dem Überfall jedem Einzelnen ausgehändigt und dabei fünfzehn Mal wiederholt hatte, dass sie es sofort nach der Tat vernichten mussten. Irgendwo in einen Fluß oder eine Mülltonne sollten sie die Trümmer werfen, nicht weiter als zehn Kilometer von der Autobahnbrücke entfernt. Für die Behörden war es angeblich kein Problem, selbst ausgeschaltete Apparate abzuhören oder zerlegte Geräte zu orten. Tomaž aber hatte sich nicht nur den Wagen nach München bringen lassen, sondern auch ein Telefon.

»Maria, hier Mimmo. Alles in Ordnung? Ich hoffe, du sehnst dich nach mir.« Die Verbindung ließ zu wünschen übrig und die Sprachkenntnisse noch mehr. Er hob die Stimme. »In ein paar Stunden sind wir da, aber wie heißt das Kaff noch einmal?« Er deckte mit der freien Hand sein Ohr ab. »Wie?« Der Erzengel schüttelte den Kopf. »Sprich lauter, ich kann dich kaum verstehen. Besser, ich suche es auf einer Landkarte. Was hast du gesagt? Okay, wir finden das schon. – Was? – Ja, ich rufe an, sobald wir in den Ort kommen.«

Dann gab er erst einmal Graz als Zielrichtung auf dem Navigationsgerät ein.

»Hast du's?«

»Sie spricht kaum Italienisch und ich kein Deutsch. Wenn wir in der Gegend sind, fragen wir einfach. Kein Problem.«

Die Ortseinfahrten vieler dieser Städte glichen sich wie ein Haar dem anderen: Breite Zubringerstraßen führten durch Gewerbegebiete, die von Einkaufszentren gesäumt waren, an denen in riesigen Lettern die immergleichen Markennamen prangten. Und in Grenznähe gab es so viele Bordelle wie Sand an den Stränden von Grado und Lignano. Jede Preisklasse stand im Angebot, und manche dieser Häuser umwarben ihre Kunden sogar mit guter Küche und noblen Getränken »all inclusive«. Doch der Erzengel war ganz auf Maria fixiert, die er schon viel zu lange vermisste und von der er seinen ganz persönlichen Service bekam. Tom hingegen war noch immer nicht davon überzeugt, dass er bei ihr etwas bekam, was es in einem slowenischen Puff nicht auch gab. Und Mimmo hatte das Kaff noch immer nicht im Navigationsgerät gefunden.

Nach der Brücke über den Inn befanden sie sich auf österreichischem Hoheitsgebiet und fuhren ins Zentrum einer Kleinstadt, wo vor einhundertzweiundzwanzig Jahren ein schnauzbärtiges Kind geboren wurde, das später mit seinen Mitläufern die ganze Welt in den Abgrund stürzen sollte. Tomaž parkte nahe der verkehrsberuhigten Zone und folgte Mimmo zu einem rustikalen Wirtshaus, wo sie zu Mittag aßen. Immer noch traute er ihm nicht zu, dieses Shangri-La der Sinne zu finden.

Gegen sechzehn Uhr fuhren sie nordwestlich von Graz auf eine Tankstelle, wo der Erzengel eine Straßenkarte kaufte. Er faltete sie auf der Kühlerhaube auf und ächzte. Sein Blick fiel auf eine Menge Ortschaften mit Namen, die sich vor seinem Auge fast glichen. Er fand ein Voitsberg in der Nähe von Graz. Wieder telefonierte er mit Maria und bat sie vergebens, den Namen der Stadt zu buchstabieren.

»Mensch, Maria«, rief der Erzengel endlich erleichtert. »Voiperting heißt das Nest, ich hab's gefunden.« Sein Finger durchstieß beinahe das Papier. »Hier ist es«, sagte er zu Tom, der die Hoffnung bereits aufgegeben hatte. »Vierzig Kilometer noch, und du kannst deine Wandernutten im Puff von Nova Gorica vergessen, Tom. Fahr schon los, gib den Rössern die Peitsche.«

Kaum hatten sie das Ortsschild hinter sich gelassen, hielten sie, wie mit Maria verabredet, bei der ersten Möglichkeit. Mimmo drückte die Wahlwiederholung. Ihre Stimme klang so klar und deutlich aus dem Lautsprecher, dass selbst Tomaž sie verstehen konnte. Sie sprach wirklich nicht gut Italienisch, doch ihre Angaben schienen so eindeutig zu sein, dass höchstens ein Analphabet nicht folgen konnte.

»Was siehst du auf der rechten Seite?«

Mimmo las den Schriftzug eines Geschäfts vor. »Baumax.«

»Und auf der linken?«

»OBI.«

»Prima«, sagte Maria. »Und vor euch?«

»Dänisches Bettenlager, Lidl, Holland Blumenmark, Schlecker.«

»Sehr gut. Immer geradeaus. OMV-Tankstelle, dann Kika, McDonald's, Bipa, Raiffeisenbank.«

Tomaž fuhr los.

»Dann kommen Billa, Hofer«, fuhr Maria fort, als sie an einer Ampel hielten. »Spar, DM, Penny, Gasthaus, dann Post, und nach der Sparkasse biegt ihr in die kleine Straße Richtung Bahnhof. Das dritte Haus ist eine Schlosserei und dann ein Friseursalon, dort parkt ihr.«

»Kein Problem. Gleich sind wir da. Lass das Wasser in den Whirlpool.« Mimmo legte auf, als die Ampel auf Grün schaltete.

»Hast du's?«, fragte Tom stirnrunzelnd.

»*Immer geradeaus*«, radebrechte Mimmo und klopfte sich vor Vorfreude auf die Schenkel.

Die Namen der Geschäfte stimmten ungefähr. Eine kleine Straße bog bereits vor dem Postamt ab. Der Erzengel wies Tom den Weg, eine Schlosserei fand sich nicht. Sie drehten um, fuhren auf der Hauptstraße weiter und fanden endlich das Schild mit der Aufschrift »Schlecker«. Die nächste Kreuzung lag hundert Meter weiter, und auch in dieser Seitenstraße gab es weder eine Schlosserei noch einen Friseursalon.

»Wo zum Teufel sind wir?« Tom fasste sich an den Kopf.

»Ich rufe noch einmal an. Am besten, wir fahren zurück zum Ausgangspunkt.«

Auch der nächste Versuch scheiterte, erneut gingen sie zurück auf los. Der Erzengel schimpfte laut. Tomaž war der Meinung, dass sie sich in einer Stunde auch in Ljubljana in einem extravaganten Etablissement vergnügen könnten, wo er mit geschlossenen Augen hinfände. Doch Mimmo ließ nicht locker. Nachdem sie fast alle Straßen dieser Kleinstadt durchfahren und keine Schlosserei gefunden hatten, beschlossen die beiden Männer, in einem Café Central etwas zu trinken und dort zu fragen. An einem Tischchen saßen zwei junge Türkinnen mit seidenen Kopftüchern, gelb das eine, das andere violett, sie unterhielten sich auf Deutsch und tranken Cappuccino mit Schlagsahne. Beim Bier wählte Mimmo erneut Marias Nummer.

»Verarschst du uns etwa?«, fragte er ärgerlich. »Deine Angaben stimmen nicht.« Er legte die Hand auf das freie Ohr und hob automatisch die Stimme, worauf sich die Türkinnen nach ihm umwandten. »Warum bloß kannst du nicht besser Italienisch, Süße? Ich verzehre mich nach dir. Also beschreib es noch einmal, und zwar ganz langsam. Hier ist leider niemand, der übersetzen könnte.« Er schaute sich suchend um.

Die Türkin mit dem gelben Kopftuch gab ihm ein Zeichen, worauf er das Mobiltelefon vom Ohr weghielt. Marias Stimme, welche die Geschäfte aufzählte, drang klar und deutlich aus dem Lautsprecher.

Die junge Frau mit dem violetten Kopftuch fragte den Erzengel in gutem Italienisch, ob sie behilflich sein könne.

Der Erzengel reichte der Türkin leicht beschämt das Gerät.

Die Unterhaltung dauerte eine Minute. Die junge Frau konnte ihr Lachen kaum unterdrücken, sagte glucksend ein paar Sätze zu ihrer Freundin, die nun ebenfalls zu kichern begann. Dann erklärte sie den beiden Männern, wo ihr Irrtum lag.

»Ihr seid schlicht und ergreifend in der falschen Stadt. Hier seid ihr in Voiperting.«

Tom schlug mit der Hand auf den Tisch, und der Erzengel errötete, während er sich verlegen durchs schulterlange

Haar strich, das die Stirnglatze leuchten ließ. Er räusperte sich mehrfach.

»Und wo müssen wir hin?«

»Nach Wolperting. Das ist ganz einfach zu finden. Fünfzig Kilometer weiter westlich, nehmt die Autobahn Richtung Klagenfurt. Nach der Ausfahrt kommen die Geschäfte, deren Namen ihr bereits kennt, und nach der Sparkasse biegt ihr links in die kleine Straße. Soll ich es aufschreiben?«

»Wir finden das schon«, winkte Mimmo ab.

»Das nächste Mal lernt ihr am besten deutsch, bevor ihr in Österreich in den Puff wollt.«

»Brauchen wir nicht«, sagten Mimmo und Tom wie aus einem Mund.

Johann Pixner war bester Laune, doch etwas benebelt, als er um 8 Uhr 02 den Zug nach Innsbruck bestieg. Sein Aufenthalt hatte ihn ein kleines Vermögen gekostet, von dem er keinen Euro bereute. Der Nachtclub war eine sichere Adresse gewesen, zudem hatte er ausreichend zu Abend gegessen und sich nach Strich und Faden bedienen lassen. Er hatte gut daran getan, einen frühen Zug zu wählen. Die Titelseiten der Sonntagszeitungen im Bahnhof berichteten von dem Goldraub, auch sein Konterfei war eingeklinkt. Doch am Tag des Herrn hatten zu dieser Stunde noch nicht allzu viele Menschen die Zeitung gelesen.

Zwei Stunden hatte Jo am Nachmittag von der Bar aus die Mädchen in dem verglasten Swimmingpool begutachtet, der in der Decke eingelassen war. So wie der liebe Gott sie geschaffen hatte, planschten sie im lauen Wasser; die dicken Glaswände des Planschbeckens wirkten wie ein Vergrößerungsglas. Den Kopf auf ein weiches Kissen gebettet, fläzte sich Jo auf einem roten Plüschsofa und ließ sich von Zeit zu Zeit einen frischen Drink servieren. An diesem heißen Frühsommernachmittag waren außer ihm kaum Gäste in dem Club. Der Barkeeper, der sich mit dem Namen Chris vorgestellte hatte, meinte, das Geschäft beginne erst, wenn die Männer mit ihren Familien zu Abend gegessen und eine Ausrede gefunden hätten, weshalb sie noch einmal aus dem Haus müssten. Wenn Jo eine der nackten Schönheiten im Pool besonders gefiel, fragte er nach ihrem Namen. Mirage, Adina, Yang, Ivana und Claudia hatte er sich eingeprägt und schließlich den Preis der Kaiser-Lounge ausgehandelt, von der man durch das breite Fenster Bar und Gäste beobachten konnte, ohne selbst gesehen zu werden. Sicherer ging es nicht.

Zuerst hatte er Mirage bestellt. Die üppige schwarze Schönheit ließ das Wasser in den Whirlpool ein, während Jo die Speisekarte studierte und sein Abendessen orderte, das er in zwei Stunden allein einzunehmen gedachte, bevor er die nächste Dame kommen lassen wollte. Die Wand zierte eine Darstellung Alexandrias zur Zeit des römischen Imperiums, aber Johann Pixners Aufmerksamkeit galt allein Mirage, die ihn lächelnd und mit zielsicheren Handbewegungen einseifte, während er genüsslich ihre riesigen Brüste knetete.

»Hoscht du an geilen Tuttn, du braune Sau«, grunzte Jo genüsslich. »Tua langsam, sunsch kimmi i glei.«

Die Nigerianerin schenkte ihm ihr schönstes Lächeln. Den breiten Dialekt des Südtirolers verstand sie so wenig wie die Russin Ivana, die zierliche Chinesin Yang und die schmächtige Rumänin mit fast knabenhaftem Körper und dem Künstlernamen Adina, die er sich alle drei hatte zum Nachtisch servieren lassen. An diesem Abend war Jo Pixner ganz gegen seine sonstige Haltung zum Internationalisten geworden. Erst nach Mitternacht hatte er sich eine zweite Flasche Wein und eine magische Pille servieren lassen, die von Claudia hereingebracht wurden. Die Blondine war so groß wie er, trug ein einladend freizügiges Dirndl und behauptete, sie stamme aus dem Salzkammergut. Claudia leistete ihm dann auch den zweiten Tag Gesellschaft und langweilte sich zu Tode. Ihr Freier schlief die meiste Zeit und am Abend tauschte er sie gegen Yasmina aus, ein Thaimädchen von makelloser Statur.

An sie dachte Jo noch, als er im Bordbistro ein Bier und ein Paar Frankfurter bestellte, während der Zug langsam in den Bahnhof Wörgl einfuhr. Auf dem Bahnsteig warteten zwei Polizeibeamte darauf, dass die aussteigenden Fahrgäste die Tür freigaben. Jo stürzte das Bier hastig hinunter, stopfte die beiden Würstchen samt Semmel in die Jackentasche und strebte rasch zum anderen Ende des Waggons. Als der Pfiff des Schaffners die Abfahrt signalisierte, sprang er auf den Bahnsteig hinunter und schloss in großen Schritten zu den anderen Reisenden auf. Beflissen half er einer alten Dame mit ihrem Gepäck und verwickelte sie in ein Gespräch. Am Bahnhofsausgang schaute er sich nach einem Taxi um, aber der Halteplatz war verlassen. Verärgert zog er Würstchen und Semmel aus der Jackentasche und warf sie in einen Abfalleimer.

Nur mit Mühe gelang es ihm, einen freundlichen Ton zu finden, als er dem nächsten Fahrer sagte, der Zug nach Innsbruck sei soeben vor seiner Nase abgefahren. Auf den Brenner wolle er, aber nicht über die Autobahn, sondern über die alte Römerstraße, die über Hall in Tirol, Aldrans, Lans, Sankt Peter und Matrei führte. Der Taxifahrer murrte, die Autobahn sei bequemer, doch als Jo einen Zwanziger auf den ausgehandelten Fahrpreis drauflegte, willigte er ein. Johann Pixner musste nach Südtirol, wo er sicheren Unterschlupf finden und an seinem Alibi basteln konnte. Und in Brenner, im Dorf, fände er gewiss eine Mitfahrgelegenheit für die letzten Kilometer.

Er kannte die Strecke aus der Zeit, als er mit dem Motorrad einen Alpenpass nach dem anderen abgefahren hatte. Stilfser Joch, Reschenpass, Gavia, Mendelpass. Auf der überfüllten Brennerstraße unten im Tal kämpfte sich Stoßstange an Stoßstange die unter der Sonne glänzende Blechkarawane voran. In Hennenboden spendierte er dem Taxifahrer eine Cola, ging pinkeln und suchte vergeblich nach einer Telefonzelle. Selbst in den Bergen gehörte diese segensreiche Einrichtung der Vergangenheit an, seit die Welt mit Antennen gespickt und der Kosmos mit Satelliten übersät war. Der schwach befahrene Umweg aber endete in Matrei, wo sie sich in die Kolonne auf der Bundesstraße einreihen mussten, um die letzten siebzehn Kilometer zur Grenze im Stop-and-go zurückzulegen.

»Süd-Tirol ist NICHT Italien«, stand dreizeilig auf einem rot-weiß-roten Schild, das die österreichischen Nationalfarben wiedergab. Die Tafel stand unmittelbar hinter der Grenze auf italienischem Boden. Jo hatte sich an dem in Brutalarchitektur errichteten Outlet-Center des Orts absetzen lassen, dessen Parkhaus von beiden Ländern befahren werden konnte. Ein verzweifelter Versuch, das Dorf zu retten, in dem gerade noch zweihundert Menschen lebten, und das jahrzehntelang gut von der Grenze gelebt hatte.

Naserümpfend nahm Jo die Pakistani in ihren weißen Gewändern, Ägypter und Türken zur Kenntnis, die im Dorf die Mehrheit auf den Gehwegen stellten. Was zum Teufel wollten die eigentlich in diesem Kaff, das die meisten Einheimischen längst verlassen hatten? Als 1998 die Grenzbarrieren der Schengenzone zum Opfer fielen, hatte man nach und nach Carabinieri, Zollbeamte und Soldaten abgezogen. Die ehemaligen Kasernen standen verlassen mit zugemauerten Fenstern und Türen hinter der riesigen Eisenbahnanlage, an der früher die Lokomotiven der Züge nach Süden abgekoppelt und durch italienische ersetzt wurden. Hotels, Restaurants und Cafés hatten eines nach dem anderen dichtgemacht. Die letzten Überlebenden im Dorf warben mit Riesenrabatten auf Alkoholika und zweifelhafte Lederwaren, während sich die Blechlawine auf der Autobahn achtlos vorbeiwälzte.

»Scheißeuropa«, knurrte Pixner, als ihm zwei Türken entgegenkamen, die erst auf die Straße flüchteten, als sie begriffen, dass der breitschultrige, glatzköpfige Mann nicht ausweichen würde. Ein paar Schritte weiter betrat er eine schmucklose Kneipe und bestellte ein Weißbier. Auf dem Tresen lag die meistgelesene Tageszeitung der Region, auch sie berichtete von dem Goldraub im Friaul. Den Mut, sie zu öffnen und sein Konterfei abgedruckt zu sehen, brachte er dieses Mal nicht auf. Jo bat darum, ein Telefonat führen zu dürfen, doch die gelangweilte Kellnerin verwies ihn auf die

Autobahnraststätte, wo eine öffentliche Telefonzelle zu finden sei.

Fünfzig Meter zurück auf österreichischer Seite befand sich eine Lokalität, wo er früher mit seinen Kameraden zum »Polinnen ficken« gegangen war, wie sie es genannt hatten. Doch dieses Etablissement öffnete erst am fortgeschrittenen Abend. Jos Laune sackte in eisige Tiefen, nur fünfzig Kilometer war er noch vom Ziel entfernt, wo er endlich den dicken Briefumschlag deponieren konnte, nach dem er regelmäßig tastete. Und wo er entspannt über den gelungenen Raubzug nachdenken und eine Strategie entwickeln konnte, seinen Kopf aus der Schlinge zu ziehen.

Sein Magen knurrte, widerwillig stapfte er zur Raststätte hinüber. Er scheute die Reisenden, die sehr wahrscheinlich die Zeitungen gelesen oder Fernsehnachrichten gesehen hatten. Doch bevor er eintrat, tat sich eine unerwartete Lösung auf. Die halb geöffnete Fahrertür eines gelben Kleinwagens mit deutschem Kennzeichen zog seinen Blick an. Der Schlüssel steckte, und fünfzig Meter weiter stritt der noch sehr junge Fahrer lauthals mit seiner Freundin, die ihn heulend und laut schluchzend anbrüllte, dass er ein mieses Schwein sei, das nur anderen Weibern nachschaue. Jo Pixner sah mit einem Blick in den Rückspiegel, dass sie den Diebstahl ihres Wagens noch nicht bemerkt hatten, als er auf die Autobahn einbog.

»Im Autoradio wurde soeben gemeldet, dass Ratko Mladić, einer der meistgesuchten Männer der Welt, gefasst wurde. Er konnte sich fast sechzehn Jahre der Verhaftung entziehen. Die Serben wollen sich der Europäischen Union annähern, und auf einmal geht's«, sagte Živa Ravno aufgeregt.

Sie trug ein perfekt sitzendes, sommerliches Kostüm und ein cremefarbenes dezent ausgeschnittenes Top. Sie strahlte, als sie Laurenti umarmte, der nicht wusste, ob ihre gute

Laune der Nachricht der Festnahme des »Schlächters vom Balkan« zu verdanken war, wie der Kriegsverbrecher von der Presse genannt wurde, oder weil sie sich über das Wiedersehen freute.

»Am Ende macht Geld alles möglich. Irgendjemand hat nicht mehr für ihn bezahlt, oder es springt jetzt mehr dabei raus, wenn man ihn ausliefert.« Laurenti küsste die kroatische Oberstaatsanwältin auf die Wangen. »Als Erstes wird Serbien Zugang zu den EU-Fonds bekommen. Milliarden. Zukünftige Geschäfte. Weder die Amerikaner noch die Franzosen, die Deutschen und die Russen können mir weismachen, dass sie all die Jahre seinen Aufenthaltsort nicht kannten.«

»Ich kann dir ein Lied davon singen«, erwiderte die Staatsanwältin sarkastisch. »Wie im Fall Ante Gotovina, der vom Klerus gedeckt wurde. Seine Verhaftung auf Teneriffa war geschickt eingefädelt, sodass sie nicht zu Hause stattfinden musste. Unsere Beitrittsverhandlungen mit der EU haben am Tag darauf begonnen. Dabei hat man in Rumänien und Bulgarien die alten Schergen nicht einmal angetastet.«

Živa Ravno und Proteo Laurenti hatten sich zuletzt vor mehr als vier Jahren gesehen und nur sporadisch und nur dienstlich miteinander telefoniert. Doch nie hatte es langer Anläufe bedurft, obwohl sich das Verhältnis zwischen ihnen einst brüsk abgekühlt hatte. Živa hatte damals, zusammen mit der Nachricht über ihre Beförderung zur Sektion gegen organisierte Kriminalität nach Zagreb, Laurenti auch gleich den Laufpass gegeben. Vier Jahre hatte ihre Affäre gedauert, während der sie sich meist in Hotels entlang der istrischen Küste trafen. Sie hatten im Mittelpunkt unzähliger Gerüchte gestanden, ohne dass die Schwatzbasen sich jemals auf handfeste Beweise stützen konnten. Dabei hatten sie doch nur die Übereinkunft der Innenministerkonferenz der Adria-Anrainerstaaten beim Wort genommen, mit der eine enge grenzüberschreitende Zusammenarbeit der Behörden vereinbart wurde. Grenzen der Kooperation hatten die Politiker nicht beschieden.

Zu Živas rundem Geburtstag vor einem Monat war es dem Commissario schließlich gelungen, das Eis zu brechen. Vierzig rote Rosen hatte er ihr ohne Absender ins Büro geschickt, worauf sie umgehend zum Telefon gegriffen hatte, um sich bei ihm zu bedanken. Über eine halbe Stunde hatten sie geplaudert und sich nicht um die Leute vor der Bürotür gekümmert, die sie dringend zu sprechen suchten. Tag und Nacht verbrächte sie am Schreibtisch, hatte die Generalstaatsanwältin behauptet, und manchmal träume sie sogar von dem unverschämten Grinsen in den Visagen der Schwerverbrecher mit weißem Kragen. Jetzt rätselten die Kollegen, denen sie vorgesetzt war, auch noch, woher sie die Zeit für einen Liebhaber nähme. Nur wegen eines Blumenstraußes. Taten, als bangten sie, die stets nach der letzten Mode gekleidete Frau, die ihr langes schwarzes Haar meist zu einem dicken Zopf geflochten trug, vergeude ihre besten Jahre ausschließlich mit Arbeit.

Kaum hatten sie den Aperitif bestellt, kam Živa sofort zum beruflichen Anlass ihres Treffens.

»Dieser Franz Xaver Spechtenhauser, nach dem du gefragt hast, taucht in unseren Unterlagen als Teilhaber einiger Unternehmen auf. Er ist Mehrheitsgesellschafter der Aurum d.o.o. in Vodnjan, ferner besitzt er Anteile an einer Import-Export-Handelsgesellschaft mit Sitz in Zagreb sowie einer Holding, die wiederum selbst Finanzbeteiligungen der unterschiedlichsten Art hält. Das Übliche, wenn du so willst. Einige dieser dubiosen Geschäftemacher, die sich in Kroatien mit krummen Methoden bereichert haben, sind inzwischen aufgeflogen, andere wurden aus dem Weg geschafft. Manche wird es nie erwischen, außer wir stoßen bei irgendeiner ganz anderen Ermittlung zufällig auf sie. Meine Behörde hat damit mehr als genug zu tun. Wir arbeiten Tag und Nacht, können gegen den eklatanten Personalmangel aber dennoch nicht ankommen. Das ist Teil des Systems: Die Politiker halten uns kurz, damit wir nicht zu viel aufdecken. Vor allem was deren eigene Verstrickungen angeht.«

»Bei uns ist es nicht besser«, sagte Laurenti. »Zu jedem Quartalsende wird selbst der Sprit für die Streifenwagen knapp, weil das Innenministerium sich Zeit mit den Budgetzuweisungen lässt, von den Personalengpässen erst gar nicht zu reden. Allerdings hat noch kein Staatsanwalt deshalb gegen die Minister Anklage wegen Behinderung der Ermittlungen erhoben. Das wäre etwas für dich.«

»Ein kurzes Leben inbegriffen.«

Proteo Laurenti hatte die längere Anfahrt gehabt: Von Triest waren es einhundertachtzig Kilometer nach Otočec gewesen, während Živa Ravno von Zagreb aus kaum siebzig Kilometer zurücklegen musste. An der Grenze nach Slowenien war sie an der Schlange der Wartenden vorbeigefahren, der mürrische Blick des kroatischen Grenzpolizisten hatte sich schlagartig in übertriebene Freundlichkeit gewandelt, als sie ihm den Dienstausweis unter die Nase hielt.

»Danke, dass du mich hierhergelotst hast, Proteo.« Živa lächelte, nahm einen Schluck von ihrem Glas und legte ihre Hand auf seinen Unterarm. »Andernfalls wäre ich auch an einem schönen Sonnentag wieder ins Büro gegangen. Warum hast du nicht früher angerufen? Wir hätten das ganze Wochenende hier verbringen können.«

»Amtshilfe etwa? Ich habe meine Zweifel daran, ob man alte Geschichten wieder aufwärmen soll«, sagte Laurenti. »Schöne Erinnerungen sind zerbrechlich.«

»Wieso wieder aufwärmen?« Ein amüsiertes Blitzen lag in Živas Blick, ihr Daumen strich über Laurentis gebräunte Haut. »Es sind Jahre vergangen, wir haben uns verändert.«

»Was ist an uns schon neu, Živa?«, sagte Laurenti belustigt.

»Ich bin nach Zagreb gezogen und habe einen neuen Job,

der mich um jedes Vergnügen bringt. Du bist Großvater geworden. Und du hattest sogar eine Affäre mit deiner Hausärztin.«

»Was du nicht sagst.« Er stellte sein Glas ab.

»Galvano hat es erzählt. Diese treue Seele ruft mich mindestens einmal im Monat an. Wirklich nett. Und er hat mich nie belogen.« Sie hatte den pensionierten und inzwischen siebenundachtzigjährigen Gerichtsmediziner kennengelernt, als sie einst zur ersten dienstlichen Besprechung mit Laurenti nach Triest gekommen war.

»Sehr nett«, sagte Laurenti. Wenn man sich auf etwas im Leben verlassen konnte, dann darauf, dass Galvano wirklich nie die Klappe hielt. Laurenti hatte sich nicht mehr um ihn gekümmert, seit dessen Hausdrache Raissa, angeblich einst Primaballerina im Bolschoi-Ballett, den Alten unter der Fuchtel hatte. Es musste vor mehr als einem Monat gewesen sein, dass er ihm in seiner Stammbar an der Piazza San Giovanni begegnet war. Mit traurigem Blick hatte Galvano berichtet, dass es dem schwarzen Hund schlecht gehe, Arthrose. Irgendwann müsse er ihm die letzte Spritze geben. Laurenti würde ihn nach der Rückkehr anrufen und sich nach dem Hund erkundigen.

»Außerdem hatte ich bereits mein erstes weißes Haar«, sagte Živa heiter und schob ihre Frisur zurecht. »Ich hab's ausgerissen. Färben muss ich sie aber noch nicht. Deines ähnelt übrigens immer mehr dem von George Clooney, Proteo.«

»Ich kann ihn nicht mehr sehen.« Laurenti schüttelte sich angewidert. »Wenn sie für diese Kaffeereklame wenigstens ein anderes Model genommen hätten, Sabrina Ferilli, Monica Bellucci oder Madonna. Erzähl mir lieber, was du rausgefunden hast.«

Živa wurde ernst. »Ich musste mir erst Zugang zu den Unterlagen der Kollegen vom Geheimdienst verschaffen, um mehr über diesen Spechtenhauser zu erfahren. Auch das

Archiv aus der Zeit vor der Unabhängigkeitserklärung Kroatiens hat etwas hergegeben, viel ist von dem Material allerdings nicht übrig geblieben. In den letzten Jahren lag zu vielen Personen daran, dass ihre Akten für immer verschwanden.«

»Sprichst du von Spechtenhausers dreckigem Handel mit den abgelaufenen Medikamenten?«

»Ach, das weißt du?«

»Zehn Jahre Knast, die er nicht absitzen musste.«

»Und nach dem Zerfall Jugoslawiens hat das auch niemand mehr eingefordert. Dafür bin ich auf ein paar alte Bekannte gestoßen, die bis heute ihr schmutziges Handwerk treiben. Und mit denen er in guter geschäftlicher Verbindung stand. Sie werden dir namentlich kaum etwas sagen.«

Živa legte zwei Blätter auf den Tisch und sprach weiter. »Eine rasche Zusammenfassung. Die Balkanroute nach Westeuropa funktioniert immer noch, trotz aller Abkommen, die von den betroffenen Staaten unterzeichnet wurden. Interessant sind diese drei Personen: Hoxa, Gromiljak und Igor Agim. Der erste stammt aus dem Kosovo, residiert in Hamburg, wo er Immobilien im Wert von gut dreihundert Millionen Euro besitzt. Seine Geschäfte finanziert er, indem er seinen Schweizer Immobilienbesitz beleiht. Und wie er die Konten dort dann wieder auffüllt, ist kaum ein Rätsel, auch wenn wir bis heute keine gerichtsbeständigen Beweise dafür liefern können. Es muss erst ein Wunder geschehen, bevor die Eidgenossen erschöpfende Auskünfte erteilen, die uns weiterbringen. Gromiljak ist Bosnier mit einem deutschen Pass, der in München einen Metallgroßhandel betreibt. Er war bereits in Bayern aktiv, als ich noch dort studiert habe. Das Bundeskriminalamt hält ihn für eine Schlüsselfigur bei der Verwertung von im großen Stil gestohlener Metalle, Kupfer, Bronze et cetera. Wir hingegen sind davon überzeugt, dass er die ominöse graue Eminenz hinter allen anderen ist. Die Deutschen zögern wie immer. Entweder haben sie tatsächlich keine Ahnung davon, wie tief sie selbst mit drin hängen, oder sie wollen es nicht wissen oder aus irgendwelchen Gründen ihre Kenntnisse nicht preisgeben. Der BND hat auf dem Balkan überall die Finger drin. Der dritte Mann ist ein schwerreicher Kroate mit Wohnsitz in Zürich, fünfundsechzig Jahre alt. Sein Vater war als Ustascha einer der engsten Vertrauten von Ante Pavelić und hat sich Ende des Zweiten Weltkriegs über die Rattenlinie in den Westen abgesetzt. Er soll später der Drahtzieher von Anschlägen in Deutschland gegen Repräsentanten der Sozialistischen Jugoslawischen Föderation gewesen sein. Diese Faschisten lassen bis heute nicht locker. Wenn die alten Ustascha-Anhänger tot sind, versuchen deren Kinder und Enkel von Kanada, den USA, Deutschland, Österreich oder eben der Schweiz aus, ihre politische Einflussnahme geltend zu machen. Dass dies nicht unbedingt legal zugeht, ist logisch. Mit grenzüberschreitenden Kontakten lässt sich einiges erledigen. Übrigens ist Agim auch Inhaber einer Investment- und Consulting-Firma in Innsbruck, deren Sitz sich im gleichen Gebäude befindet, in dem auch unser Expremierminister ein solches Unternehmen geführt hat; der sitzt allerdings im Knast. Einer muss verurteilt werden, damit andere davonkommen; er ist ein leichtes Opfer, brauchen tut ihn keiner mehr. Dank deiner Anfrage aber interessiert es mich nun brennend, ob es noch andere Verbindungen zwischen Hoxa, Gromiljak und Agim gibt. Verbindungen, die vielleicht sogar bis in unsere politischen Spitzenpositionen reichen. Die ehemaligen wie die aktuellen.«

»Wo sind deine Bodyguards?«

»Ich habe sie an der Grenze zurückgelassen. Ich bin inkognito hier.«

Laurenti überflog das Papier, das manche Aussagen in den Unterlagen des Bundesnachrichtendienstes bestätigte, die er auf dem Flur im Polizeipräsidium gefunden hatte. Vieles war unverändert geblieben: Die Drogenrouten liefen über Montenegro, Serbien und Mazedonien nach Westen. Amphetamine, Speed und Ecstasy aus Holland hingegen wurden über den Kosovo in den Nahen Osten umgeschlagen, doch Zigarettenschmuggel war noch immer das größte Geschäft des politisch instabilen Halbstaates und erfolgte von der Türkei auch über Montenegro entlang der Hauptrouten weiter in die Hochsteuerländer. Menschenhandel ungeahnten Ausmaßes lief über Bosnien, Kroatien und Slowenien nach Italien, Deutschland, Frankreich, Skandinavien oder Großbritannien. Kleinere Waffen nahmen ihren Weg in Gegenrichtung ins Kosovo. Kfz- und Alkoholschmuggelrouten kannten als Hauptverschiebeplatz Albanien. Alte Delikte, die dank der engen Zusammenarbeit der Bosse, die allen Ethnien angehörten, höchste Renditen abwarfen.

Neu war die Erkenntnis, dass die Drahtzieher sich inzwischen auch bei den Medien eingekauft hatten und über die Fernsehsender oder Zeitungen, die ihrer Einflussnahme unterlagen, regelmäßig Spannungen provozierten, damit die Sicherheitskräfte der beteiligten Länder und der UN- oder Nato-Kontingente an den Brennpunkten zusammengezogen wurden und beschäftigt waren. Die Weltmedien berichteten besorgt von der neuerlichen Gefahr gewalttätiger Eskalationen auf dem Balkan. Dass dann allerdings an bestimmten Stellen die Grenzen kaum bewacht waren und Kolonnen von Schwerlastwagen sie unkontrolliert passierten, erwähnte keine der Nachrichtensendungen. Die spitzesten Federn der Kriegsreporter hatten die wahre Front nie gesehen. Und Freelancer taten sich schwer, ihre Beiträge in den großen Redaktionen unterzubringen, deren Chefs womöglich wenig Interesse an diesen Enthüllungen hatten.

»Und was hat das mit Spechtenhauser zu tun?«, fragte Laurenti schließlich.

»Bis jetzt sind es nur Spekulationen: Die Beteiligten sind sogenannte Multifunktionäre, das heißt Bosse mit internationalen Verbindungen in Politik, Wirtschaft, Militär, wodurch sie Freiräume für ihre Clans schaffen. Andere nennen es Lobbyismus. Und du hast am Telefon berichtet, dass Spechtenhauser so eine Figur sein könnte, die auf der Basis von nationalistischer Agitation ein Vermögen gemacht hat. Igor Agim ist über seine Innsbrucker Firma Gesellschafter der Aurum d.o.o. in Vodnjan.«

Proteo Laurenti fuhr hoch. »Bist du sicher?«

»Immerhin fünfundzwanzig Prozent.« Überlegen lächelnd reichte Živa ihm ein weiteres Blatt; ein Handelsregisterauszug, auf dem sie den Firmennamen rot unterstrichen hatte. »Du hast gesagt, dass Spechtenhausers Familienholding in Bozen sitzt. Ein Katzensprung nach Innsbruck. Du kannst davon ausgehen, dass er dort zumindest über ein paar Bankkonten verfügt.«

»Wozu aber eine Goldschmiede in Kroatien?«

»Sofern es sich nicht um eine persönliche Leidenschaft handelt, kann ich mir noch einige andere Motive vorstellen. Geldwäsche. Jahrzehntelang hat sich kein Schwein mehr fürs Gold interessiert, jetzt schießt der Kurs nach oben und scheint kein Ende mehr zu finden. Die Nachrichten schüren Angst, und damit wurde schon immer viel Geld verdient. Aber ich befürchte Schlimmeres.«

»Du meinst doch nicht etwa, dass sie Gold dubioser Herkunft ins Land schmuggeln, es zu Schmuck verarbeiten und dann legal absetzen? Einfacher, als Unsummen Schwarzgeld in Umlauf zu bringen, wäre es natürlich.«

»Die Idee ist genial. Grenzen haben wie immer ihre Vor- und Nachteile. Wer fragt im Ausland schon nach der Inventur einer kroatischen Goldschmiede. Unsere Küstenlinie ist eintausendachthundert Kilometer lang, mit den Inseln sogar sechstausendzweihundert. Seegrenzen sind schwer zu kontrollieren, nicht einmal im Kriegsfall kann man sie hermetisch abriegeln.«

Ein Kellner in einer weißen Livree war herangetreten, informierte sie, dass das Restaurant nun geöffnet sei. Er führte die beiden zu einem Tisch unter einem Sonnenschirm im Hof des mittelalterlichen Schlosses, das im sechzehnten Jahrhundert den Herren von Villanders, einem Tiroler Adelsgeschlecht, gehört hatte.

»Du hast gesagt, die Goldschmiede arbeite gut und habe über hundert Beschäftigte«, bemerkte Laurenti, nachdem sie bestellt hatten. »Welches Motiv hätte also dieser Igor Agim, Spechtenhauser aus dem Weg zu schaffen?«

»Ich habe nicht behauptet, dass er es war. Zwei meiner Cousinen aus Novigrad haben dort vor einigen Jahren Arbeit gefunden, gleich als der Betrieb eröffnet wurde. Außer Immobilienspekulation, Gastronomie, Hotellerie und Landwirtschaft gibt es in Istrien wenig andere Einnahmequellen. Doch was gibt es Neues von diesem Goldraub auf der A4?«

»Die Wahrscheinlichkeit im Lotto zu gewinnen ist größer, als einen Zusammenhang mit dem Mord herzustellen. Eineinhalb Tonnen Gold schmuggelt man nicht …«

»… wie Zigaretten. Stimmt. Aber nichts ist unmöglich. Das Volumen ist nicht besonders groß. Und Experten dafür findest du, so viele du willst. Jeder, der an einer Grenze lebt, ist ein Schmuggler.«

»Wenn ich den Fall am Hals hätte, würde ich mich dafür interessieren, ob diese Aurum d.o.o. manchmal auch unverarbeitetes Gold nach Italien zurückschickt. Oder bei euch in die Zentralbank liefert«, sagte Laurenti. »Wenn man Gold umschmilzt, wird jede Spur seiner Herkunft vernichtet. Wer weiß schon, was in diesem Laden alles verarbeitet wird.«

»Ein interessanter Gedanke, aber eine Goldschmiede ist keine Gießerei«, pflichtete Živa bei. »Goldbarren tragen Seriennummern und Prägestempel.«

»Profis werden damit kaum Mühe haben. Die vielen Goldaufkäufer, bei denen Privatleute ihr letztes Hab und Gut verhökern, schmelzen das Zeug oft genug selbst ein, bevor sie es in Barrenform zur Nationalbank bringen.«

»Ich werde es den Kollegen weitergeben.«

Laurenti beglich die Rechnung. »Was hältst du von einem Spaziergang am Fluss entlang?«

»Endlich eine gute Nachricht«, rief Einstein, wedelte mit der Zeitung und griff so abrupt zum Telefon, um die Nummer der Suite nebenan zu wählen, dass das Tablett mit dem opulenten Frühstück auf dem Bett bedrohlich wackelte.

Nur dank des beherzten Griffs von Titti schwappten Champagner und Kaffee nicht über, dafür rutschte der Bademantel von ihren schmalen Schultern. »Pass auf«, rief sie, und ihr seidiges Haar fiel wie ein Vorhang über ihr Gesicht.

»Hast du heute schon die Zeitung gelesen, Robert? Nein? Dann lass sie dir gleich aufs Zimmer bringen. Erinnerst du dich an den idyllischen Ort, an dem du die letzten Jahre ausgespannt hast und wo wir uns kennenlernten?«

»Meinst du diesen Luftkurort am Fuß der Karnischen Alpen? Das Grandhotel in Tolmezzo.«

»Die Bullen von der Polizia di Stato haben dort einen Maresciallo der Carabinieri wegen Drogenhandel eingelocht und daraufhin auch noch seine Dienststelle durchsucht. In flagranti erwischt, als der Kommandant das Geld für beschlagnahmten Stoff kassierte, den er von einem Pusher hatte verhökern lassen. Immerhin siebenhundert Gramm Gras und vierzig Gramm Koks.«

»Das steigert die Laune zwischen den Behörden mächtig.«

»Ich brauchte Geld, soll er gesagt haben. Wirtschaftliche Probleme.«

»Ein ehrbares Motiv«, sagte der Direktor. »Was machen wir heute?«

»Das besprechen wir bei einem Spaziergang, nicht am Telefon«, sagte Einstein, der die Seite umschlug und kurz verstummte. »Lass dir die Zeitung auf jeden Fall bringen«, knurrte er. »Es gibt auch eine schlechte Nachricht. Einer unserer Männer, mit Bild. Wir sehen uns in einer halben Stunde.«

Das Blatt berichtete, dass ein Münchner Taxifahrer Johann Pixner in den Nachrichten erkannt habe. Er hatte den Mann nach Rosenheim gebracht. Seine Spur habe sich dann in Salzburg verloren. Man rechne damit, dass Pixner sich noch immer in Österreich aufhalte und vermutlich ohne gültige Papiere unterwegs sei, sofern er sich in der Zwischenzeit keinen gefälschten Ausweis beschaffen konnte. Ein arbeitsloser, gewalttätiger Metzgergeselle mit Vorstrafen wegen Körperverletzung und schwerem Raub. Es wurde dringend angeraten, sich ihm nicht selbst zu nähern, sondern sofort die Polizei zu verständigen.

»Schwer übertrieben«, murmelte Einstein. »Der Schwachkopf schlägt nur zu, wenn er andere auf seiner Seite weiß.«

Wütend blätterte er die Zeitungen durch, die der Kellner mit dem Frühstück heraufgebracht hatte. Die Meldungen glichen sich wie ein Ei dem anderen und entstammten offensichtlich der Information, die der mit Sondervollmachten ausgestattete Ermittlungsrichter Battista Malannino bei der Pressekonferenz gezielt herausgegeben hatte. Auch sein Foto war in fast allen Zeitungen abgedruckt. Die Sturmtruppen mussten sich darauf gefasst machen, dass die Behörden auch alle anderen Passagiere des Flugs nach München unter die Lupe nahmen. Einstein und der Direktor mussten schleunigst die Strategie für den zweiten Teil ihres Plans überprüfen und sich, früher als geplant, absetzen. Am Flughafen hatten sie zwar mit gefälschten Papieren eingecheckt, doch das war kein Grund, sich beruhigt zurückzulehnen. Salvatore Cassara wusste, dass die Ermittler nicht auf den Kopf gefallen waren.

Für Titti hatte er keinen Blick mehr. Sie zog sich schmollend ins Bad zurück, während er eine helle Leinenhose und ein kurzärmliges weißes Hemd anzog. Bevor er das Zimmer verließ, rief er, sie möge mit Anita an den Strand gehen.

Während sie am Ufer der Krka entlangspazierten, klingelte Laurentis Mobiltelefon. Widerwillig sah er auf die Nummer des Anrufers, doch das Telefonat seiner Kollegin aus Grado hätte er zu jeder Tages- und Nachtzeit angenommen.

»Entschuldige mich einen Augenblick.« Laurenti nahm ab. »Xenia? Sag Zeno bitte, dass er wirklich ein ausgezeichneter Koch ist.«

»Wo bist du?«

»Im Ausland. Wegen Spechtenhauser. Was gibt es?«

»Meine Leute gehen gerade die Melderegister der Hotels in Grado durch, Proteo. So, wie du es am Freitag angeregt hast. Gott sei Dank ist noch keine Hochsaison, so kommen wir einigermaßen voran. Du solltest sehen, wie sie sich mit den deutschen Namen abrackern, vor allem mit den Umlauten.«

»Für Belobigungen und Orden sind deine Vorgesetzten zuständig, Polizeipräsident und Präfekt. Deswegen rufst du mich gewiss nicht an, Xenia.«

»Unsere Strände sind nicht mehr nur bei Österreichern und Deutschen oder der üblichen Kundschaft aus dem Veneto, der Emilia oder der Lombardei beliebt. Auch die Südtiroler lieben Grado inzwischen. Wusstest du das?«

»Du sprichst in Rätseln.«

»Ich schicke dir die Liste. Sie wird dich interessieren. Einige Gäste, die sich wegen der Trauerfeier einquartiert haben, verbringen ein verlängertes Wochenende hier.«

»Oder um einen Goldraub zu begehen und zu besprechen, wie es weitergehen soll?«

»Wer weiß. Ein paar andere jedoch sind erst später angereist. Und einer ist ziemlich interessant. An Geld mangelt es ihm auch nicht, er hat eine Suite in einem feinen Kasten bezogen. Vielleicht hilft es dir in Zusammenhang mit dem Flugzeugabsturz. Unterberger, Robert, zweiundvierzig Jahre alt, aus Bozen.«

»Bis jetzt ist er uns nicht untergekommen.«

»Und im selben Hotel wohnt ein Salvatore Cassara, vierundvierzig Jahre alt, Kalabrese. Auch er hat in Tolmezzo gesessen, wurde aber lange vor dem anderen entlassen.«

»Wie ein Zufall hört sich das nicht an.«

»Ich müsste eigentlich die Kollegen von der Sonderkommission informieren«, sagte Xenia zaghaft.

»Weshalb zögerst du? Keine Alleingänge, oder willst du dir mit Gewalt Ärger einhandeln?«

»Die wissen doch nichts davon. Außerdem ist es nicht mehr als ein Gefühl. Wenn die aus dem Hangar hier einfahren, bleibt kein Stein auf dem anderen. Sie brauchen rasche Ergebnisse, um jeden Preis. Negative Presse in Krisenzeiten ist das Letzte, was ein Ferienort braucht.«

»Schick mir die Sache auf meine private Mailadresse.«

»Übrigens war ich heute früh schon bei Magda Spechtenhauser, um mich nach ihrem Befinden zu erkundigen.«

»Die Kommissarin ist mich heute Morgen besuchen gekommen«, erzählte Magdalena während des Aperitifs. »Sie hat sich nach meinem Befinden erkundigt. Und stellt euch vor, sie hat sämtliche Stockwerke zu Fuß gemacht. Bei der Hitze! Wenigstens hat sie keine Uniform getragen, sondern ein leichtes Sommerkleid. Sie hat behauptet, sie ließe keine Gelegenheit aus, um sich in Form zu bringen. Und in der Tat hat sie kein Gramm Fett zu viel. Auch hinunter hat sie die Treppe dem Aufzug vorgezogen.«

Am Kai vor ihnen legten allmorgendlich die Fischkutter an und lieferten ihren Fang zur Auktion in die angrenzende

Markthalle. Die Speisekarte des Restaurant, das sich dort täglich frisch versorgte, war auf der Höhe der Zeit. Man warb damit, dass die verwendeten Zutaten ausschließlich aus dem Umland stammten.

Nur Gundolf Moser fehlte noch am Tisch unter dem Sonnenschirm auf dem Kai des Fischereikanals. Magdalena und Gertrud hatten zu diesem Mittagessen gebeten, bei dem die Weichen für die Zukunft gestellt werden sollten. Nick, der das erste Glas vor einer Enoteca in der Viale Europa Unità zu sich genommen hatte, wo auch Einstein und der Direktor gesessen und leise die Lage besprochen hatten, wippte auf seinem Stuhl am Kopfende des Tischs nervös mit dem rechten Bein. Donna Rita und Ernesto Galimberti saßen den Zwillingen gegenüber. Nach ihrer perfekten Frisur zu schließen, musste Donna Rita Carli im Hotel viel Zeit vor dem Spiegel verbracht haben. Das Kleid ihres sandfarbenen Kostüms, dessen Jacke sie abgelegt hatte, saß wie immer perfekt, und ihr Make-up schien das Werk einer Hollywood-Visagistin zu sein. Der erhebliche Altersunterschied zu ihrem Begleiter fiel kaum auf. Galimberti, der sonst nur teure, maßgeschneiderte Anzüge trug, war für seine Verhältnisse geradezu salopp gekleidet. Der feingliedrige Mann hatte sein Hemd nicht in die hellen Jeans gestopft, die Mokassins trug er barfuß, die Sonnenbrille stammte aus dem Designstudio eines deutschen Sportwagenherstellers, und sein dunkler Dreitagebart stand ihm so ausgezeichnet, dass er für eine TV-Schmonzette die Idealbesetzung des Latin Lovers gewesen wäre. Selbst wenn er bei Gericht im Talar seine eiskalten Plädoyers hielt, tat er es stets mit zynischem Charme und der Wendigkeit eines Chamäleons. Seine Blicke galten vor allem Magdas Schwester, die ihm gegenübersaß.

»Xenia ist ein Schatz«, sagte Gertraud. »Als sie in Duino noch Chefin der Polizia Marittima war, wurde sie von allen gemocht. Auch wenn mit ihr nicht zu spaßen war, falls etwas vorlag. Manchmal hat sie mich auf einen Drink besucht. Ich habe sie schon oft gefragt, weshalb sie bei ihrem Aussehen und mit ihrer Bildung ausgerechnet Polizistin geworden ist. Familientradition, war die Antwort. Worüber habt ihr geredet?«

»Nichts weiter. Die Trauerfeier, der Empfang und die Gäste. Sie hat sich für die Straßensperre vor unserer Einfahrt entschuldigt. Es sei eine Anweisung von oben gewesen. Angeblich hat der Beamte, der sie angeordnet hatte, wegen der Beschwerde eines unserer Gäste einen Rüffel erhalten. Ich wusste bisher nicht, dass Xenia von Verwandten adoptiert worden ist, sie hat ihre Mutter bei der Geburt verloren wie auch den Vater; es war die Nacht des Erdbebens im Friaul. Wir sind übrigens gleich alt. Dann hat sie noch gefragt, ob wir von dem Goldtransport wussten. Natürlich nicht, habe ich gesagt. Der Rest des Gesprächs war Geplänkel über die laufende Saison, sie hat sich erkundigt, aus welchen Regionen die Hotelgäste kämen. Gott sei Dank können wir uns trotz Krise nicht über die Auslastung beklagen.«

»Erfreulich zu hören«, sagte Nick und winkte dem Kellner, um einen weiteren Aperitif zu bestellen. »An diesem Wochenende müsstest du ausgebucht sein. Im Hotel sind eine Menge Gäste, die ich bei der Trauerfeier gesehen habe. Ah, wenn mich nicht alles täuscht, kommt endlich auch der Spaltkopf.« Er zeigte auf die Kreuzung, hinter der das Gebrabbel eines getunten Motors abstarb.

»Gutes Gehör, Nick«, sagte Galimberti süffisant, während der Hüne mit dem entstellten Gesicht sich auf dem Kai näherte. »Schade, dass du die Musik vernachlässigst.«

Donna Rita nahm ihre Handtasche von dem freien Stuhl und hängte sie über die Lehne. »Setz dich, Gundolf, bevor wir vom Aperitif betrunken sind. Du hast uns warten lassen.«

»Verzeiht«, sagte Moser. »Irgendein Trottel hat geglaubt, er müsste unbedingt auf der Brücke über den Isonzo überholen. Totalsperrung und viele Blaulichter. Ich musste den ganzen Umweg über Fiumicello und Aquileia machen.« Er warf einen flüchtigen Blick in die Speisekarte. »Ich nehme das Gleiche, was die Zwillinge bestellt haben«, sagte er zum Kellner. »Und bringen Sie uns bitte den Gewürztraminer von Spechtenhausers Südtiroler Gut. Stellen Sie gleich eine zweite Flasche kalt.«

»Wir führen nur lokale Produkte, Signore.«

»Dann die Ribolla Gialla, aber immer von Spechtenhauser. Wir sitzen nicht ohne Grund hier.«

»Der Patriarch eröffnet die Sitzung«, spottete Nick und fing sich dieses Mal einen strafenden Blick seiner Mutter ein.

»Er durchlebt einen schwierigen Moment, verzeih bitte«, sagte Donna Rita zu Moser. »Besonders originell ist er derzeit leider nicht.«

Moser schenkte der Sache nicht die geringste Beachtung. »In der Tat haben wir eine Menge zu besprechen. Verfahrensfragen. Details sind nichts fürs Restaurant, die gehen wir morgen früh im Büro durch. Euer Vater hat mich als Testamentsvollstrecker eingesetzt, kurz bevor Trudi und Magda geboren wurden. Wenn es also Gründe zur Unzufriedenheit gibt, dann streitet bitte nicht unter euch, sondern mit mir. Aber das meiste hat Franz ohnehin klar geregelt.«

Der Alte verstummte, als der Kellner die Flasche brachte, verkostete den Wein und wartete schweigend, bis eingeschenkt worden war.

»Zuvor aber müssen wir über etwas anderes reden. Der Commissario hat mich gestern morgen besucht und sich ausgiebig nach eurem Vater erkundigt. Und er hat gesagt, es gäbe nicht den geringsten Zweifel daran, dass Franz alles andere als zufällig abgestürzt ist. Sprengstoff. Jemand, der seine Reisepläne kannte und wusste, welches Flugzeug er besteigen würde, hat nachgeholfen.«

Der Spaltkopf ließ seinen Blick über die Anwesenden

schweifen. Außer Nick zeigte keiner einen Ausdruck des Erstaunens. Er wusste, dass dies nicht viel bedeutete. Donna Rita hatte sich seit eh und je eisern im Griff, das Gesicht des Anwalts wäre als Berufskrankheit durchgegangen, und die Zwillinge hätten ohnehin jede Pokerpartie gewonnen. Aber sie waren schon von Commissario Laurenti informiert worden.

»Viel mehr Personen, als die hier am Tisch versammelten, kommen kaum dafür in Frage. Die Aufteilung des Nachlasses wird erst vorgenommen, wenn die Hintergründe geklärt sind.«

»Entschuldige, Gundolf, aber da ist noch etwas«, unterbrach ihn Gertraud. »Die Polizei hat Vaters Haus durchsucht. Gestern Nachmittag. Die Haushälterin hat ihnen geöffnet und mich gleich verständigt. Ich bin sofort hingefahren.«

Außer ihrer Schwester, mit der sie bis zu diesem Treffen Stillschweigen vereinbart hatte, schienen diesmal alle wie vom Blitz getroffen. Der Anwalt richtete sich abrupt auf, doch kam er nicht zu Wort.

»Wer? Commissario Laurenti?« Mosers Frage kam wie aus der Pistole geschossen.

»Eine seiner Inspektorinnen. Sie hat Laurentis Wagen gefahren, als er zum Empfang kam, und ist die ganze Zeit auf dem Gelände herumgeschlichen, als suche sie etwas. So hat es zumindest das Personal beschrieben. Eine sehr kleine Frau, kurzes schwarzes Haar, Muskeln wie Popeye und völlig unbeeindruckbar. Weder hat sie meine Fragen beantwortet, noch hat sie sich irgendwie einschüchtern lassen. Sie hat mir lediglich den Durchsuchungsbefehl ausgehändigt und mich dann vor die Tür gesetzt, obgleich ja ich ab jetzt die rechtmäßige Eigentümerin des Anwesens bin.«

»Wer, du?« Nick stellte sein leeres Glas so harsch auf den Tisch, dass dessen Stiel brach, und starrte sie mit offenem Mund an.

»Keine Sorge, das geht alles mit rechten Dingen zu.« Magdalena sprang ihrer Schwester sofort zur Seite. »Vater hat es schon vor fünf Jahren so bestimmt; du hast ja nicht mehr mit ihm geredet. Frag deine Mutter nach der Verteilung; Rita hat deine Interessen bestens vertreten. Außerdem fällt auch das in die Verantwortung des Testamentvollstreckers.«

Moser begnügte sich damit, schweigend beizupflichten. Auch Donna Rita nickte entschieden, worauf Nick verstummte. Gegenüber allem, was seinen Vater betraf, hatte er sich trotzig verweigert. In Gedanken hatte er lediglich dem fernen Tag nach dem Ableben des Alten entgegengeharrt, mit dem er endlich ein freier Mann sein würde.

»Warum hast du mich nicht angerufen?«, fragte Ernesto Galimberti einen Tonfall zu eifrig. »Ich hätte der den Marsch geblasen. Du hattest ein Recht, dabei zu sein. Haben sie etwas mitgenommen? Hast du eine Quittung dafür erhalten?«

»Ich habe mich mit Magda verständigt, und wir haben beschlossen, nicht einzugreifen. Sie haben Vaters Computer konfisziert, seine Telefone, die Aktentasche, ein paar Unterlagen in einer Schachtel und komischerweise eine ganze Menge leerer Weinflaschen, welche die Haushälterin noch nicht entsorgt hatte. Nach zwei Stunden waren sie wieder weg, das Haus allerdings haben sie versiegelt. Den Haupteingang. An der Tür zur Terrasse hing kein Schild. Nachdem sie abgerückt waren, bin ich dort hineingegangen, um mir die Bescherung genauer anzusehen. Aber sie haben kaum Unordnung hinterlassen, es stand fast alles wieder am alten Platz.«

Sie warf ihrer Schwester einen vielsagenden Blick zu. In Anbetracht der Reaktion ihres Halbbruders erwähnte sie den unterm Parkett im Fußboden eingelassenen Panzerschrank besser nicht, den die Polizisten nicht gefunden hatten. Als sie nach dem Flugzeugabsturz zusammen ins Haus gegangen waren, hatten Magda und Trudi die wichtigsten Unterlagen ihres Vaters daraus entnommen und auch den dicken Stapel

Banknoten in eine Tüte gesteckt, den sie bis heute nicht gezählt hatten.

»Ich hoffe, du hast den Durchsuchungsbefehl noch.« Galimberti ließ nicht locker. »Ich kümmere mich gleich darum, sobald ich ihn in Händen habe. Diese Inspektorin hat ihre Kompetenz eindeutig überschritten, du hattest das Recht, dabei zu sein. Die Unterlagen müssen sie wieder rausrücken, sonst bekommen sie mächtigen Ärger.«

»Selbstverständlich, aber mach dir bitte keine Mühe, Ernesto. Ich werde selbst das Nötige veranlassen.« Trudi schenkte ihm zum Ausgleich für die Abfuhr einen schmachtenden Blick. »Sie haben nichts Wichtiges mitgenommen. Die Geschäfte sind nicht beeinträchtigt. Papi war in diesen Dingen sehr penibel. Die Polizisten tun nur ihre Pflicht und vielleicht hilft es bei der Ermittlung des Mörders.«

Donna Rita war dem Gespräch ungerührt gefolgt. Auf ihren Wink lehnte sich Galimberti wieder im Stuhl zurück.

Nick wartete ungeduldig darauf, dass der Kellner die zweite Flasche Wein brachte, während Moser sich an ihn wandte.

»Keine Zwietracht, Nick. Concordia e Serenità. Uneinigkeit kann es nur mit mir geben. Auch wenn sich unsere Wege vor Jahren getrennt haben, den Erfolg haben euer Vater und ich stets gemeinsam erreicht. Und ich bin ihm schuldig, dass unter euch die Dinge so geregelt werden, wie er es sich vorgestellt hat und das Gesetz der Gleichheit es verlangt. Emotions- und neidlos. Donna Rita sieht die Dinge genauso, nicht wahr?«

»Hart, aber ehrlich.« Ihr Lächeln war so sonnig wie der Tag.

In den meisten Häusern war es die Aufgabe der Nachtportiers, noch vor Mitternacht die Meldelisten der Hotelgäste an das Ufficio di pubblica sicurezza des zuständigen Polizeikommissariats weiterzuleiten. Nicht alle Beherbergungsbetriebe verfügten jedoch über ein EDV-Programm, das die persönlichen Angaben des Gasts bei der Anreise festhielt und am Ende des Tages elektronisch an die Behörden übermittelte: Geburtsdatum und -ort, Staatsangehörigkeit und Dokumentennummer, Heimadresse und Anreisetag sowie dieselben Informationen zu Begleitpersonen. Die Daten wurden eingelesen und mit der zentralen Database der Behörden abgeglichen, welche die faulen Eier automatisch ausspuckte. Pensionen, Vermieter von Ferienwohnungen und manch kleineres Hotel übermittelten hingegen die Angaben noch in Papierform, was in der Hochsaison zu Verzögerungen bei der Erfassung führte, wenn der zuständige Beamte morgens den verstopften Briefkasten leerte und die Umschläge mit den Meldeformularen herauszog. Der bürokratische Aufwand hatte durchaus seine Gründe: Hoteliers wurden vor bereits bekannten Zechprellern geschützt, und die Verdunkelungsmöglichkeiten für einschlägig gesuchte Personen waren drastisch reduziert – falls sie dumm genug waren, mit ihren echten Dokumenten einzuchecken.

Der Sonntagmorgen in Grado, dem im zweiten Jahrhundert vor Christus als Seehafen für Aquileia begründeten Städtchen, verlief für die Beamten der Polizia di Stato normalerweise ruhig. Die Urlauber schliefen aus oder gönnten sich ein längeres Frühstück, bevor sie zu den Stränden strebten. Nur Hundebesitzer führten in der Früh ihre besten Freunde in der leeren Fußgängerzone oder auf der Uferpromenade aus, auf der Jogger mit stierem Blick und den Stöpseln des iPods im Ohr wie in Trance ihre Runden zogen und versuchten, ihren Alltagsfrust durch die Erhöhung des Endorphinspiegels zu lindern. Abgesehen von den Zeitungskiosken und der Buchhandlung, die auch Tabkwaren verkaufte, öffneten die Geschäfte in dem kleinen Badeort nicht vor zehn Uhr, und auch viele Barbesitzer gönnten sich am Tag des Herrn eine Stunde länger Schlaf.

Im neu eingerichteten Kommissariat auf der Isola della Schiusa saßen an diesem Morgen drei Polizisten, deren Schicht um acht Uhr begonnen hatte, über den Stapeln der Meldeformulare. Die Eingabe der Namen und Wohnorte der Gäste aus dem deutschsprachigen Ausland mit Umlauten und »ß« verlangte Konzentration. Um drei viertel neun spuckte der Computer schließlich eine kurze Liste mit den Namen aus, die eine weitere Überprüfung verlangten; meist waren Eingabefehler der Grund dafür, seltener die Hotelgäste selbst, bei denen wenig später zwei Beamte vorsprechen sollten.

Diesmal war Kommissarin Zannier bei der Durchsicht der Liste unzufrieden, weil sie keine Fehler fand, und gab Anweisung, den kompletten File seit Freitag auszudrucken. Zum Saisonauftakt waren allerdings bei weitem nicht alle viereinhalbtausend Gästebetten belegt. Mit einem Rotstift in der Hand blätterte die Kommissarin die Liste durch und markierte als Erstes die Namen der etwa fünfzig Touristen, die aus Südtirol gekommen waren, oder aller Italiener mit Geburtsort oder Wohnsitz südlich von Rom. Einem ihrer Männer übertrug sie die Aufgabe, deren Personalien genauer zu überprüfen. Besonderes Augenmerk habe er dabei auf das Strafregister zu richten, und vor allem sollte er sich mit der Auswertung beeilen: Sonntag war für viele der Abreisetag.

Um halb zehn meldete Xenia sich an der Rezeption des Hotelturms, in dem Magdalena Spechtenhauser den vorletzten Stock bewohnte und das ihr Vater ihr zum dreißigsten Geburtstag im Zuge einer ersten Erbteilung gekauft hatte. Gertraud hatte dafür die Villa über der idyllischen Bucht von Duino erhalten sowie mit Spechtenhausers Ableben sein Anwesen auf dem Karst und als Wertausgleich noch einen luxuriösen Katamaran von fünfundzwanzig Metern Länge, den betuchte Segler in der Hochsaison für achtzehntausend Euro die Woche chartern konnten. Auch sein Kind aus erster Ehe hatte der großzügige Mann nicht vergessen. Das Südtiroler Weingut zwischen Meran und Eppan mitsamt dem Herrenhaus und der hypermodernen Kellereianlage hatte er neben anderen Wertanlagen auf Nikolaus übertragen, wobei er sich zu Lebzeiten den Nießbrauch ausbedungen und Donna Rita als Vermögensverwalterin ihres Sohnes eingesetzt hatte. Die Gefahr, dass Nick das Anwesen aus Trotz oder Disziplinlosigkeit herabwirtschaftete und dann verschleuderte, war zu groß gewesen. Rita allerdings war damit nicht zufrieden gewesen und hatte nachdrücklich auf eine Ausgleichszahlung von siebzehn Millionen bestanden, der er erst nach zähen Verhandlungen nachgegeben hatte.

Xenia ließ sich vom Concierge mit Magda verbinden und bat um ein kurzes informelles Gespräch. Der Mann staunte, als er sie zum Aufzug geleiten wollte und die Kommissarin erklärte, sie würde die Treppe nehmen.

Xenia atmete tief durch, bevor sie die Tür öffnete. Mit äußerster Disziplin würde sie ihre Klaustrophobie in diesem engen Geläuf bezwingen können. Im zweiten Geschoss zählte sie, um sich abzulenken, ihre Schritte mit und multiplizierte anschließend mit den Stockwerken: Vierhundertzwanzig Treppenstufen müsste sie bezwingen, bevor sie an Magdas Tür klingeln konnte, in deren riesiger Wohnung der Lift direkt im Foyer hielt. Im ganzen Städtchen genoss man nur vom Restaurant auf der Dachterrasse einen noch etwas besseren Rundumblick. Xenia dosierte ihre Kraft, dennoch spürte sie bald die Oberschenkelmuskulatur. Ein ungeübter Bewegungsablauf, obgleich sie die hundert Kniebeugen zur Aufwärmung während ihres wöchentlichen Kampfsporttrainings gemeinhin so mühelos abdrückte wie die gleiche Anzahl an Liegestützen.

Und die grauen Wände des Treppenhauses, das in einem Hotel nur für den Notfall diente und wo die schweren Brandschutztüren die Nummern der Stockwerke trugen, machten den Aufstieg noch einförmiger. Hatte sie nicht erst am Freitag zu Laurenti gesagt, sie würde Magdalena Spechtenhauser in Zukunft nur noch im Büro aufsuchen, in dem umgebauten Bauernhof draußen vor den Toren des Städtchens? Als sie die drittletzte Etage hinter sich hatte, hörte Xenia, wie weiter oben die Stahltür ins Schloss fiel, sowie Schritte, die ihr entgegenkamen. Kurz blickte sie ins Gesicht eines rothaarigen Mannes mit einem Feuermal. Er verschwand kurz hinter ihr auf dem Flur. Einprägsamer Typ, dachte Xenia und nahm die letzten Stufen.

»Alle Achtung«, sagte Magda, als sie ihr die Tür öffnete. »Du kannst es nicht sein lassen. Hast du wenigstens die Zeit gemessen?« Sie führte die Polizistin auf den Balkon, nahm zwei Espressotassen vom Tisch und kam kurz darauf mit einer Karaffe Mineralwasser zurück.

»Du durchlebst eine schwere Zeit, Magda.« Xenia sprach mit sanfter Stimme. »Ich wollte dir noch einmal meine Anteilnahme ausdrücken und dir sagen, dass du dich jederzeit an mich wenden kannst, solltest du Hilfe brauchen oder über die Sache reden wollen, ohne gleich offiziell mit den zuständigen Ermittlern zu sprechen.«

»Das ist sehr freundlich, Xenia. Die Arbeit hilft mir sehr. Schlimmer wäre es, wenn die Hotelbuchungen ausblieben und die Ablenkung fehlte. Die Saison hat Gott sei Dank gut angefangen. Aber eine Frage stellt sich: Weshalb haben deine Triestiner Kollegen gestern Nachmittag das Haus meines Vaters durchsucht?«

»Routine, Magda«, sagte Xenia nach einem Weilchen. »Sie versuchen herauszufinden, was er zuletzt getan, mit wem er gesprochen, telefoniert oder wen er gesehen hat. Sie suchen nach einem Motiv.«

»Motiv wofür?«

»Es war Mord, Magda. Ich weiß, das klingt hart. Aber bei

einem Sprengstoffattentat kann man es nicht anders nennen. Und Ermittler gehen grundsätzlich davon aus, dass das Opfer ein Motiv für die Tat geliefert hat.«

»Welches?« Magda schluckte trocken, ihre Augen waren gerötet. Die Contenance, die sie die ganzen letzten Tage aufgebracht hatte, war im vertrauten Umgang dahin.

»Motive gibt es wie Sand am Meer: Enttäuschte Liebe und Hass, Habgier, Neid, Abrechnungen, aufgestaute Aggressionen, Gebietsansprüche oder Rache können täglich in Gewalt münden. Und auch Selbstverteidigung oder die Rettung eines Dritten.«

Magda fuhr hoch. »Diese Dinge sieht man im Fernsehen. Aber Papa hat nun wirklich niemand etwas Böses angetan, und im Geschäft stand er auch nicht mehr selbst.«

»Du und Trudi habt das Glück, dass euch euer Vater geliebt und gehätschelt hat, Magda. Was du im Moment fühlst, ist ganz einfach Trauer. Sie heilt mit der Zeit den Schmerz. Und sie öffnet die Augen. Irgendwann wird dir dazu etwas einfallen, glaub mir.«

»Weißt du, was Trauer ist?«, fragte Magdalena ungläubig.

»Nein. Ich habe beide Eltern am Tag meiner Geburt verloren und wurde von Verwandten großgezogen.« Xenia schaute sich um, nirgendwo war ein Aschenbecher zu sehen. Trotzdem begann sie sich eine Zigarette zu drehen.

»Kennst du diesen Laurenti gut?«

»Er war mein Ausbilder, als ich in Triest die Polizeischule besucht habe. Bei ihm liegt der Fall in den besten Händen, verlass dich auf ihn.«

Der Mareienhof, den Anton Pixner, ein kräftiger Mann mit vollem grauen Haar, vor ein paar Jahren von seinen Eltern geerbt hatte und seit der Scheidung allein bewohnte, lag weitab von den anderen und bot einen wunderbaren Ausblick über das Passeiertal westlich von Riffian. Die meisten seiner Ländereien sowie die große Scheune hatte Anton an einen Nachbarn verpachtet. Er führte nur eine kleine Landwirtschaft, baute Obst und Gemüse für sich selbst an und hielt ein bisschen Vieh und Geflügel. Im vergangenen Jahr war er in Rente gegangen und hatte seine Steuerberaterkanzlei in Meran gegen eine angemessene Abgeltung einem jüngeren Mitarbeiter übergeben. Einige alte Kunden hatte Anton noch behalten und erledigte deren Buchhaltung oder die Bilanzierungen ohne Quittung gegen Bargeld. Platz gab es genug, viel mehr als er allein nutzen konnte. Demnächst wollte er den geplanten Ausbau des dreistöckigen Gebäudes zu Ferienwohnungen realisieren. Er würde sogar an Italiener vermieten. Die hohen verlorenen Zuschüsse der Provinzregierung lockten ungemein, genauso wie die steuerliche Absetzbarkeit der Investition in Zeiten, in denen die Abgabenlast immer drückender wurde.

»Alle Jahre stirbt hier eine Sau aus, Johann«, feixte der Einundsechzigjährige und schnitt Speck und Wurst auf, »sobald sie groß und fett genug ist.«

Er hatte mit einem Glas Weißbier in der Sonne an dem rustikalen Holztisch neben der Haustür gesessen und zufrieden die Rosen und Geranien betrachtet, die dank seiner Pflege in üppiger Blüte standen, als er einen Mann den steinigen Weg heraufkommen sah. Anton erwartete keinen Besuch, und die Zufahrt hatte er nie ausbauen lassen. »Einfahrt streng verboten Privatgrundstück« stand groß und abweisend an der Schranke, hinter der sein Grund begann. Nur der Bauer, der das Land gepachtet hatte, und ausgesuchte Freunde erlaubten sich, sie zu öffnen. Zu Fuß heraufzukommen, hatte sich bisher noch niemand die Mühe gemacht. Erst als sein Cousin zweiten Grades sich bis auf hundert Meter genähert hatte und winkte, erkannte er ihn: Jo. Er hatte den kahlköpfigen jungen Mann mit dem Stiernacken seit Jahren nicht mehr gesehen.

»Meine Schweine geben den besten Speck«, sagte Anton und schenkte Bier nach. »Greif zu, lass es dir schmecken. Du wirst sehen, wie gut er ist. Selbstgeschlachtet, selbstgeräuchert, zwei Jahre luftgetrocknet.«

Johann trank auch das nächste Glas in einem Zug aus und rülpste zufrieden. Die letzten Kilometer den Berg hinauf hatten ihn durstig und hungrig gemacht.

Zwei weiße Pustertaler Sprinzen und ein Kalb mit kastanienbraunen Flanken, die in kleine Tupfer ausliefen, grasten auf der Alm hinter dem Anwesen, fünf Villnösser Brillenschafe blökten weiter oben, und näher beim Hof auf der kleineren Weide wuselten drei blonde Turopolje-Schweine mit Ringelschwänzchen und elf Ferkeln aus dem erst ein paar Wochen zurückliegenden Wurf. Anton sagte stets, sie seien das einzige Slawische, was ihm ins Haus käme, tolerierbar nur deshalb, weil es sich um direkte Nachfahren des längst ausgestorbenen Gurktaler Schweins handelte, eine Rasse, die schon im Kaiserreich gezüchtet worden war. Sie unterscheide sich von den Turbosauen durch langsames Wachstum und die hervorragende Qualität des Fleisches. Fast den ganzen Winter könnten sie draußen bleiben, brauchten wenig Getreide, und sogar Förderung gab es, weil er sich um eine vom Aussterben bedrohte Rasse bemühte.

»Wo kommst du her?«, fragte Anton. »Seit wann bist du draußen?«

»Schon seit ein paar Monaten. Ich war ein paar Tage in München und bei Freunden in Tirol. Kannst du mich eine Weile beherbergen? Die Ruhe hier oben täte mir gut.«

»Hast du deine Mutter schon besucht?«

Jo schüttelte den Kopf. »Das hat Zeit.«

»Bleiben kannst du schon. Du kannst mir beim Holzmachen helfen. Der nächste Winter kommt bestimmt.«

»Gerne, Toni«, sagte Jo und atmete auf.

»Ich hoffe nur, dass du nicht schon wieder etwas ausgefressen hast.« Mit seinen graublauen Augen fixierte er den Glatzkopf.

Jo kaute den Speck und schnitt noch einen Kanten vom Brot mit der dicken Kruste ab, das Anton selbst gebacken hatte. »Du weißt ja gar nicht, wie sehr ich mich nach einer solchen Marend gesehnt habe.«

»Wenn's schon Winter wäre, könntest du mir beim Schlachten helfen. Dieses Jahr ist die Zweijährige dran, und das ältere Rind ist eigentlich auch bald so weit. Aber ich glaube, ich lass es vorher noch decken. Also, wieso bist du zu Fuß herauf gekommen? Raus mit der Sprache, Johann.«

Nach wenigen Kilometern hatte Jo kurz vor der Zahlstelle der Mautstrecke über den Brennerpass den gelben Kleinwagen vor den Augen einer Streife der Carabinieri gemächlich von der Autobahn auf die Staatsstraße 12 gelenkt und war Richtung Sterzing weitergefahren, das auf italienisch Vipiteno hieß. In der Altstadt stellte er den Wagen auf dem Parkplatz hinter einem Gasthaus ab und wischte seine Fingerabdrücke von Lenkrad, Schaltknüppel, Fensterhebern und Türgriffen.

Den Kennzeichen nach wurde dieses Lokal vorwiegend von Einheimischen besucht. Jo schaute sich um, niemand schien sich für ihn zu interessieren. Zwischen den geparkten Wagen entdeckte er einen betagten schwarzen Saab, bei dem die Zündschlüssel steckten. Er hatte es selbst oft so gehalten, wenn er auf ein Glas lang vor den Wirtshäusern parkte, in denen er Stammgast war. Seiner festen Überzeugung nach war in Südtirol die Welt noch in Ordnung, solange man die Italiener und die anderen Ausländer im Griff hatte. Autodiebstähle waren eine Seltenheit, Bankraub und Wohnungseinbrüche, Mord und Totschlag lagen am unteren Ende der Kriminalstatistik.

»Eisacktaler Genießerstraße«, verkündete ein Schild neben

der Ortstafel. Er passierte die Unterführung unter der Autobahn und folgte der Landstraße Richtung Meran. Die Turmuhr der Wallfahrtskirche Zu den sieben Schmerzen Mariens schlug einmal, als er parkte und wiederum sorgfältig seine Fingerabdrücke im Wagen abwischte. Beruhigt nahm er zur Kenntnis, dass zur Zeit des Mittagessens der Platz wie leergefegt war, und ging schnellen Schrittes eine Seitenstraße hinauf, die schon bald in einem Fichtenwäldchen verschwand. An dessen Ende bog er auf einen grob geschotterten Weg ab, der steil den Berg hinaufführte, und duckte sich unter der Schranke mit dem Warnschild durch.

»Ich bin zur falschen Zeit am falschen Ort im falschen Flugzeug gesessen, Toni. Das ist auch schon alles, außer dass ich meinen Personalausweis am Flughafen in Triest verloren habe. Und du weißt selbst gut genug, dass einer mit meinem Lebenslauf gut daran tut, erst einmal für eine Weile zu verschwinden, wenn er sich nicht einer Menge lausiger Verhöre durch die italienischen Bullen aussetzen will. Sie foltern zwar nicht mehr, aber man weiß nie. Mein Konterfei haben alle Blätter abgedruckt.«

Der Cousin war heute offensichtlich nicht ins Dorf hinabgefahren, um die Zeitung zu kaufen. Die Nachrichten am Vorabend und am Freitag allerdings hatte er gesehen.

»Triest, sagst du?«

Jo nickte stumm.

»Du hast doch nicht etwa mit diesem Jahrhundertraub auf der Autobahn zu tun?« Anton schaute ihn mit großen Augen an. »Ach, Herr Jesus …«

»Ich habe doch gesagt, die falsche Zeit, der falsche Ort.«

»Und wo ist eigentlich Naz, dein Bruder?«

Jo zuckte die Achseln. »Ich weiß es nicht. Ich habe mein Mobiltelefon nicht dabei.«

»Besser so«, sagte Anton, der sich wieder gefasst hatte. »Wenn es so ist, wie du sagst, hören sie es gewiss ab. Hier bist du fürs Erste sicher. Zur Zeit jagen sie eh mit vollem Aufgebot den Leitner Max, nachdem er zum fünften Mal ausgebrochen ist. Aber wir müssen aufpassen und überlegen, wie wir verhindern, dass sie dich kriegen.«

Der legendäre Ausbrecherkönig hatte inzwischen eine riesige Fangemeinde in Facebook. Wer Banken erleichterte, sich der Staatsgewalt zu entziehen und geschickt als verzweifeltes Opfer der sozialen Umstände darzustellen wusste, genoss in diesen wirtschaftlich finsteren Zeiten viel Sympathie.

»Der Leitner ist zum Volksheld geworden«, sagte Anton Pixner. »Die Carbinieri vermuten ihn hier bei uns. Sie gehen davon aus, dass man sich immer dort versteckt, wo man sich am besten auskennt. Wenn du zehnmal Urlaub auf Mallorca gemacht hättest, würden sie dich dort suchen. Hast du keine Kontrollen unterwegs gesehen?«

Jo schüttelte den Kopf. »Vielleicht sind auch die Bullen beim Mittagessen.«

»Und Naz?«

»Keine Ahnung, wir wollten uns am Montag bei den Kameraden in Saltaus treffen.«

Jo erhob sich, um im Haus auf die Toilette zu gehen. Als er zurückkam, lag seine Jacke auf dem Schoß des Cousins, und in der Hand hielt Anton den dicken Briefumschlag mit den Banknoten.

»Sechsundvierzigtausendsiebenhundert«, sagte er, bevor Johann den Mund aufbekam. »Alle Achtung, aber weshalb eine so krumme Zahl?«

»Unkosten unterwegs.«

»Wenn ich es richtig vermute, hat Naz auch so einen Umschlag bekommen.« Er strich sich durch das dichte graue Haar. »Die Nachrichten haben eine Beute von sechzig Millionen genannt. Ist das alles?«

»Den zweiten Teil gibt's am Mittwoch.«

Anton schien die Antwort nicht zu interessieren. »Wie ich

sehe, reist du ohne Gepäck. Wie lange trägst du die Klamotten schon?«

»Seit Freitag, warum?«

»Du stinkst wie ein Iltis. Ich zeige dir ein sicheres Versteck in der Scheune. Eine falsche Wand, durch die es in eine versteckte Kammer geht. Wenn jemand kommt, verziehst du dich dorthin und wartest, bis ich grünes Licht gebe. Verstanden? Und dann fahr ich zu deiner Mutter rüber und besorge dir frische Klamotten.«

»Sag ihr nichts von mir.«

»Weshalb sollte sie mir dann deine Kleider geben? Hast du sie wirklich nie besucht oder wenigstens angerufen, seit du wieder draußen bist?«

»Keine Zeit«, murrte Jo.

»Wie, keine Zeit? Gerade war Muttertag! Die Keimzelle des Volkes ist die Familie. Halt dich dran. Ich werde ihr sagen, dass du erst vor kurzem entlassen worden bist. Eine Mutter ist eine Mutter.«

»Ich habe unsere Ideale nie verraten, Toni. Ganz im Gegenteil, jetzt kommen wir weiter.« Er zeigte auf den Packen Banknoten auf dem Tisch und grinste breit.

»Was meinst du damit?«

»In zwei Wochen ist das fünfzigste Jubiläum der Südtiroler Feuernacht, Toni. Ihr Bumser habt uns schließlich gezeigt, wie das geht.«

»Johann, ich war damals gerade erst elf Jahre alt. Die Zeiten sind vorbei. Heute geht es uns besser als allen anderen. Natürlich muss man aufpassen, dass die Walschen kein Oberwassser haben, aber Sprengstoff brauchen wir heute nicht mehr.«

Mit Bombenanschlägen hatten Anhänger des BAS, Befreiungsausschuss Südtirol, in den fünfziger und sechziger Jahren massiv die Abspaltung ihres Landstrichs von Italien und die Vereinigung mit Tirol zu erreichen versucht. »Bumser«

wurden sie in Anrufung der Sprache Goethes und Luis Trenkers genannt, weil dumpfer Donnerklang die Täler bei einem Anschlag durchzog. Unter strengster Geheimhaltung hatten sie Semtex aus Innsbruck und Geld aus Wien und Bonn und München erhalten, während die Gewalt auf allen Seiten eskalierte. Auch der tschechische Geheimdienst hatte in Abstimmung mit Moskau nachweislich Sprengstoff geliefert, um Instabilität in Westeuropa zu schaffen, das sich wieder in wirtschaftlichem Wachstum befand. Die römische Regierung entsandte über zwanzigtausend Soldaten und Carabinieri, die wenig zimperlich mit Verdächtigen umgingen. Mindestens zwei Separatisten hatten die Folterungen nicht überlebt, gegen andere waren Höchststrafen verhängt worden, und mancher der bekennenden Attentäter lebte bis heute im selbstgewählten Exil Österreich, ein paar Meter nur hinter der Grenze. Von 1956 bis 1988 wurden dreihunderteinundsechzig Attentate verübt, die einundzwanzig Menschenleben forderten und siebenundfünfzig Verletzte. Terroristen oder Widerstandskämpfer? Darüber wurde noch immer hitzig diskutiert.

Mit dem Vertrag von Saint-Germain war nach dem Ersten Weltkrieg das Gebiet südlich des Brenners dem italienischen Königreich zugeschlagen worden. Unter Mussolini wurde dort die Italianisierungspolitik so gnadenlos durchgesetzt wie gegen die ladinische Bevölkerung der Dolomiten, im Friaul mit seiner starken slowenischen und auch deutschsprachigen Bevölkerung, die Slowenen auf dem Karst oder im multikulturellen Triest, in dem über neunzig Ethnien zu Hause waren, sowie in den französischsprachigen Tälern des Piemont, gegen das Kroatische in Istrien und Dalmatien und auch im Aostatal, wo Patois gesprochen wurde. Auch der Nationalsozialismus hatte bald eine breite Anhängerschaft gefunden, die sich im Völkischen Kampfbund Südtirol sammelte.

Doch selbst mit dem Ende des Zweiten Weltkriegs hatte es unterschiedliche Vorstellungen von Frieden gegeben. Italien scherte sich wenig um die Einhaltung des Autonomieversprechens, das im Pariser Abkommen zwischen Ministerpräsident Alcide de Gasperi und dem österreichischen Außenminister Karl Gruber besiegelt worden war. Nur auf dem Papier war der Urbevölkerung Südtirols Selbstverwaltung zugesichert worden, das Recht zum Unterricht in der Muttersprache, die Gleichstellung mit den Italienern und Deutsch als zweite Amtssprache. Dazu sollten noch der freie Menschen- und Warenverkehr nach Tirol kommen, eine autonome regionale Gesetzgebung sowie die Rückbenennung der Familiennamen und Ortsbezeichnungen.

»Du weißt schon, was ich meine«, beharrte Jo. »Wir Südtiroler müssen uns jetzt auch erheben. Selbst in Tunesien, Ägypten und Libyen haben sie es geschafft. Deutschland und Österreich müssen uns unterstützen. Dann wird Südtirol frei sein. Und dafür muss man halt etwas tun.«

Er faselte weiter von Fremdherrschaft, Selbstbehauptung, Tirolertum, Kolonialvolk. Als Landfremde bezeichnete er die Italiener. Und als drohende Verelsässerung die natürliche Assimilierung dank Mischehen, zweisprachigen Unterricht im Kindergarten und die Mitgliedschaft in Sportvereinen. Mit gereckter flacher Hand schwafelte er von Pangermanismus. Sein Dialekt war ein wildes Gemisch, in das sich viele italienische Ausdrücke eingeschlichen hatten.

Einige jüngere Politiker bedienten sich der heimattümelnden Slogans, mit denen sich einst Franz Xaver Spechtenhauser die Wiederwahl als Senator sichern hatte können. Und der einunddreißigjährige Johann Pixner hätte sich gerne als Volksheld gesehen.

»Frieden gibt es erst, wenn Südtirol frei ist. Es braucht einen großen Schlag. Diese Coglioni in Wien und Berlin müssen aufwachen. Bei jedem Negerstamm greifen sie ein, nur uns lassen sie hängen. Ein Knall, das ist es, was sie hören müssen, Dio cane.«

»Schreib einen Brief an die deutsche Bundeskanzlerin, Jo. Oder schnapp sie dir, wenn sie im Sommer in Sulden im Vinschgau Ferien macht.«

»Diese Kommunistin kriegt doch ihren Fettarsch nicht hoch, da hat dieser Italiener wenigstens einmal recht gehabt. Ein Attentat braucht's. Bums.« Jo hieb mit beiden Fäusten auf den Tisch, dass die Gläser klirrten. »Du warst doch auch immer dafür.«

Anton schüttelte den Kopf und schenkte Bier nach. »Da bist du auf dem falschen Gleis. Es ist gegen das System gegangen, nicht gegen das italienische Volk. Nur gegen die Unterdrückung unseres Volkstums. Ein Freiheitskampf gegen die Zentralmacht. Das waren Bauern wie zuletzt Andreas Hofer, die sich mit Unterstützung deutschnationaler Gruppierungen willfährig den Demagogen unterworfen haben. Stille Hilfe, aus Bayern! Und Franz Josef Strauß, Alfred Dregger, Otto von Habsburg und Josef Ertl waren auf unserer Seite. Die gibt's doch alle nicht mehr. Heute benehmen sich Widerstandskämpfer anders.« Der Steuerberater im Ruhestand nahm einen tiefen Schluck. »Wir haben erreicht, was wir wollten. Rom kriegt so gut wie kein Geld von uns, dafür bezahlen sie für Polizei und Rettungswesen, Gericht und Beamte. Billiger kriegen wir das nirgends. Es geht ums Geld, um sonst nichts.«

Sonntag, 4 Uhr 55. Die Sonne hatte sich bereits über den Karst erhoben. Im Hangar am Flughafen Triest/Ronchi dei Legionari brannte in der Ecke, wo die Computer des Erkennungsdienstes standen, eine Lampe. Niemand außer der spindeldürren Polizistin mit dem grauen Gesicht befand sich im Gebäude. Verbissen hatte sie die Nacht durchgearbeitet und endlich einen Hinweis gefunden, der sie ihre Erschöpfung und das leichte Frösteln schlagartig vergessen ließ. Seit Samstagmorgen war sie die Videoaufnahmen der Flughafenüberwachung durchgegangen und hatte die Bilder aller Passagiere herausgezogen, die am Freitag von Triest weggeflogen waren, sie in das zentrale Database eingelesen, das den automatischen Abgleich startete. Umso länger diese Auswertung bei einem Passagier lief, desto geringer war die Chance, dass er sich in der Kundendatei befand.

Die letzten beiden Informationen, welche die Datenbank dicht hintereinander ausspuckte, jagten den Adrenalinspiegel der Beamtin so nach oben, dass sie keine Sekunde zögerte, den Ermittlungsrichter in seinem Hotelzimmer aus dem Schlaf zu holen.

»Mindestens zwei Personen haben mit falschen Papieren eingecheckt«, sagte die Polizistin, nachdem Battista Malannino sich nach dem achten Klingeln mit belegter Stimme gemeldet hatte. »Kommen Sie schnell, Richter. Die achtundvierzig Stunden sind bald vorbei.«

»Was ist bald vorbei?« Malannino räusperte sich verschlafen. In einem ausgezeichneten Restaurant, nur wenige Kilometer vom Flughafen entfernt, hatte er am Abend mit einem befreundeten Kollegen aus Udine ausgiebig zu Abend gegessen und beste Weine dazu getrunken.

»Die achtundvierzig Stunden, in denen wir Resultate haben sollten, falls wir den Fall, wenn überhaupt, nicht erst in ein paar Monaten klären können.«

Es war eine alte Regel, von der niemand zu sagen wusste, ob sie nicht nur ein Märchen war, die besagte, dass bei Kapitalverbrechen die ersten zwei Tage in der Ermittlungsarbeit ausschlaggebend seien, da die Spuren noch frisch waren.

»Schalten Sie die Espressomaschine ein«, knurrte Malannino und legte auf.

Eine halbe Stunde später stand er neben der Polizistin vor

der grauen Betonwand, an die sie bereits am Freitag die Fotos von Johann Pixner geheftet hatte.

Der Richter nahm ein paar Blätter von der Wand: amtliche Fotos eines schwarzhaarigen sportlichen Mannes, im Profil und frontal.

»Cassara, Salvatore, 1967 in Bagnara Calabra geboren«, las er kurzatmig vor. »Er hat Schlagzeilen gemacht, ich kann mich noch gut daran erinnern. Ein dreister Kunstraub in Rom und in Mailand der Raubüberfall auf ein Juweliergeschäft.«

Sein Finger glitt über die Zeilen des Lebenslaufs. »Zuletzt in Tolmezzo inhaftiert, vor zweieinhalb Jahren entlassen.« Er gab das Blatt der Beamtin zurück, deren Teint jetzt eine normale Färbung zeigte. »Wohin ist er geflogen?«

»Auch er ist in der ATR 72 nach München gesessen. Wir haben ihn deshalb nicht früher gefunden, weil sein Name nicht auf der Passagierliste stand. Er ist mit falschen Papieren gereist. Hier.« Die Polizistin wies auf eine Liste mit den Fluggästen, auf der jeder einzelne Name abgehakt war, bis auf zwei. »Entweder unter dem Namen Remigio Collini oder als Ermanno Kugy. Auch der hier ist mit falscher Identität gereist: Unterberger, Robert, aus Bozen, zweiundvierzig Jahre alt. Südtiroler mit einer beachtlichen Biografie. Rassistische Übergriffe in jungen Jahren, dann lange nichts und schließlich acht Jahre wegen schweren Betrugs, Mitglied einer kriminellen Vereinigung, Südtiroler Filz. Zwei Jahre Isolationshaft in Tolmezzo, danach normaler Vollzug.«

»Chapeau«, sagte der Ermittlungsrichter. »Wo sind eigentlich all Ihre Kollegen?«

»Um sechs kommt die erste Schicht. Ich war diese Nacht allein hier. Und ehrlich gesagt, ich muss jetzt ein paar Stunden schlafen, meine Konzentration ist am Ende.«

»Wo wohnen Sie?«

»In Padua.«

»Gehen Sie ins Hotel. Wir sehen uns um zwölf wieder.«

Sie nickte stumm.

»Gute Arbeit, Inspektorin«, sagte der Richter, als sie den Computer ausschaltete und ihre Uniformjacke anzog, die an ihrem Körper schlotterte. »Wie heißen Sie überhaupt?«

»Innocenza D'Ignoto«, sagte sie leise. Sie konnte nichts für diesen Nachnamen. Bisher hatte noch keiner ihrer Kollegen sich das Lachen darüber verbeißen können, dass eine Ermittlerin ausgerechnet einen solchen Namen trug: Unschuldige von Unbekannt.

»Du hättest Sonnencreme auftragen sollen, dein Kopf glüht wie eine reife Tomate. Aber so fällt wenigstens der Rotweinfleck nicht mehr auf, den deine Mutter vor Schreck verschüttet hat, als sie dich zum ersten Mal sah«, sagte Einstein schadenfroh und strich sich über den Dreitagebart. Er war der Einzige, der sich erlauben konnte, den Direktor wegen des Feuermals aufzuziehen. »Ihr Bergler taugt einfach nicht für südliche Gefilde. Auf Sizilien würdest du einen Ausbruch des Etna verursachen, so überhitzt bist du.«

»Du halber Araber weißt natürlich nicht, dass sich Rotweinflecken nicht auswaschen lassen. Kettenfett dafür schon. Schade um deine weiße Hose«, konterte der Direktor und zeigte auf Einsteins rechtes Hosenbein. »Ich hoffe, du hast noch eine andere dabei. Titti wird dir beim Windelwechseln sicher behilflich sein.«

Die Mountainbikes, die sie im Hotel ausgeliehen hatten, lehnten an der Wand einer Holzhütte. Der Radweg von Grado zum Naturreservat Isola della Cona war von einzigartiger Schönheit, einen Großteil der siebzehn Kilometer langen Strecke lief er auf einem Deich, von dem die Sicht auf den Golf von Triest und die Lagune frei war. Die beiden Männer hatten gehofft, dass die Osteria neben dem im Schilf gelegenen Anleger der Riserva Caneo wenigstens tagsüber geöffnet war, obgleich noch nicht Hochsaison war. So aber saßen sie auf einem Bänkchen im Schatten einer riesigen Pappel und berieten, wie sie den zweiten Teil ihres Unternehmens beschleunigen konnten.

Die Meldungen aus den Zeitungen und das Abbild dieses Vollidioten namens Johann Pixner zeigten, dass die Fahnder Fortschritte machten. Entgegen der Planung drängte nun die Zeit.

»Wie war's eigentlich mit deiner alten Flamme? Eine schnelle Nummer im Stehen? Lange warst du nicht bei ihr.«

»Magda wird uns dieser Tage zum Mittagessen zu einem Casone einladen. Alle vier. Und ihr tut's auch gut, dann denkt sie nicht immer an den Tod ihres Vaters.«

»Davon hat mir einer der Kumpels in Tolmezzo ständig vorgeschwärmt, bis ich ihm einmal fast den Hals umgedreht habe, weil mir immer das Wasser im Maul zusammenlief, sobald er damit anfing. Und außerdem müssen wir dann nicht am Strand herumliegen und das Gekreisch der Kinder anhören. Scheint schwer in Ordnung zu sein, deine Magda. Hoffentlich wird Anita nicht eifersüchtig.«

Die Lagune von Grado galt als die schönste ihrer Art in Italien und verfügte über ein intaktes Ökosystem mit einer reichen Vogelwelt. Unzählige Inselchen durchsetzten sie, die kaum einen Meter über die Wasseroberfläche ragten und auf denen noch die mit Reet gedeckten einfachen Fischerhäuser standen. Manche waren bewirtet und servierten fangfrischen Fisch und kühlen Wein.

»Einstein, wir haben keine Wahl. Wir müssen um eine Woche vorziehen und Dragan Bescheid geben, dass wir bereits heute Nacht verladen.« Robert Unterberger trommelte mit den Fingern aufs Holz. »Meinst du, wir sollten den Anwalt informieren?«

»Der interessiert sich nur fürs Honorar.« Einstein schüttelte entschieden den Kopf. »Das Timing bestimmen wir.«

»Mit dem Kutter braucht Dragan gut und gern fünf Stunden von Rovinj hier hoch.«

»Und um nicht aufzufallen, kann er frühestens um neunzehn Uhr auslaufen.« Salvatore Cassara aktivierte das nächste Mobiltelefon, in dem die SIM-Karte eines slowakischen Betreibers steckte, auf der nur die Nummer des istrischen Fischers gespeichert war.

»Dann ist er um Mitternacht hier. Eine halbe Stunde vorher holen wir die Lieferwagen aus der Scheune. In der Nacht von Sonntag auf Montag ist tote Hose. Auf dem Strässchen nach Fossalon errichten die Bullen zu dieser Zeit ganz gewiss keine Sperre. Die hatten ohnehin schon drei Tage Stress.« Unterberger bröselte die Glut von seiner Zigarette und warf den Filter ins Wasser.

»Und dann weg für immer.«

»Ein bisschen tut es mir um die Weiber leid. Anita hat mich nie verraten.«

»Dann wird's erst recht Zeit, bevor sie es zum ersten Mal tut.«

Eine Familie mit zwei kleinen Kindern machte nun ebenfalls halt an dem kleinen Hafen. Einstein steckte das Telefon wieder ein und warf seine Kippe der anderen hinterher. Die rosahäutige junge Mutter schenkte ihm einen giftigen Blick, doch den Mut, ihn anzusprechen, brachte sie nicht auf. Vor allem der Rothaarige neben ihm war ihr mit seinem Feuermal so unsympathisch, dass sie ihm alles zutraute. Rasch stiegen sie wieder auf ihre Räder.

Das Telefonat dauerte nicht sehr lange. Nachdem Salvatore Cassara dem Fischer aus Rovinj einen um zehntausend Euro höheren Lohn versprochen hatte, versprach Dragan, am frühen Abend mit zwei Leuten an Bord auszulaufen. Einstein sagte, die genauen Koordinaten erhalte er erst, wenn er nur noch eine halbe Stunde von der Küste entfernt war. Das Blinken einer Lichthupe werde ihm später die Position des

Anlegers verraten. Und er müsse behutsam durch den engen Kanal navigieren, der seitlich in die flache Flussmündung führte, auf keinen Fall durfte er den direkten Weg nehmen, der zu wenig Tiefgang bot.

»Die Hausdurchsuchung, die Sie gefordert haben, war ein Schlag ins Wasser, Commissario«, säuselte Staatsanwalt Cosimo Lorusso niederträchtig.

»Ach ja?« Laurenti hatte widerwillig abgenommen, als er die Nummer im Display erkannte.

»Meines Erachtens haben Sie viel zu lange gezögert«, fügte der Mann entschieden an.

»Ohne begründeten Anlass hätten Sie kaum zugestimmt, Staatsanwalt. Ich habe keine Sekunde gezögert, als feststand, dass Spechtenhauser ermordet wurde. Aber ich gebe zu, dass ich noch nicht über den Verlauf unterrichtet bin. Derzeit befinde ich mich im Ausland, um mehr über die Geschäfte des Mannes zu erfahren.« Laurenti hielt die Hand aufs Mikrofon. »Er will sich dafür rächen, dass ich ihm das Wochenende versaut habe und seine Frau ihm deswegen aufs Dach gestiegen ist«, flüsterte er Živa zu und verdrehte die Augen.

»Handeln Sie das nächste Mal besonnener, Commissario. Dass Sie nicht unterrichtet sind, gibt mir zu denken.«

»Ich werde mich gleich morgen früh darum kümmern. Es braucht seine Zeit, bis das sichergestellte Material überprüft ist. Meine Kollegen im Kommissariat arbeiten ununterbrochen daran. Sie haben nicht einmal mehr Zeit zum Essen.« Er übertrieb schamlos. »Wenn Sie wollen, dann schließen wir eine Wette ab, dass sie bald fündig werden, Herr Staatsanwalt.«

»In unserem Beruf zählt die Gewissheit, nicht das Glückspiel.«

»Im Übrigen beantrage ich, dass wir eiligst die Telefonate aller Angehörigen unter die Lupe nehmen. Nicht nur der

Kinder, sondern auch die seiner ersten Frau und dieses Anwalts Galimberti, der ihr nicht von der Seite weicht.«

»Und mit welcher Begründung?« Lorusso klang verärgert.

»Der gefährlichste Ort auf der Welt ist die Familie. Jeder Einzelne profitiert vom Tod Spechtenhausers. Wir müssen wissen, mit wem der Mann zuletzt zu tun hatte. Erinnern Sie sich etwa nicht mehr an Ihren letzten Roman, Dottore?«

»Meinen Sie ›Tote lügen nicht‹? Sie belieben zu scherzen, Laurenti.«

»Da werden alle abgehört, zum Teil sogar illegal. Nur so konnten Sie den Fall lösen, Dottor Lorusso. Der Mörder handelte im Auftrag der Ehefrau.« Laurenti wedelte mit der Hand, als hätte er sich verbrüht.

»Aber das ist Literatur, Commissario. Schicken Sie mir morgen eine schriftliche Anfrage mit einer plausiblen Begründung, dann werde ich sehen, was ich tun kann.«

»Sie geht Ihnen in der nächsten halben Stunde zu.«

»Ich dachte, Sie seien im Ausland, während ich am Sonntag im Büro brüte.«

»Inspektorin Cardareto wird sie gleich abfassen, Dottore. Sie kennen sie ja von gestern.«

Grußlos legte der Staatsanwalt auf. Laurenti wählte die Nummer seiner Mitarbeiterin und gab ihr die Anweisung, sich mit dem Schriftsatz zu beeilen und ihn selbst zu Lorusso ins Büro zu bringen, bevor der wieder mit seiner Frau spazieren ging. Und sie solle darauf bestehen, dass er die Genehmigung gleich ausfertige. Eine glaubwürdige Begründung werde ihr schon einfallen.

Neumond

Es war nach Mitternacht. Die Sterne funkelten am wolkenlosen, nachtschwarzen Himmel, der neue Mond zeichnete eine zarte Sichel. Das Meer war so glatt, als trüge es einen Schleier aus Öl. Manchmal drang leises Plätschern vom Bug des kleinen Motorboots herauf, das vor der Punta Sdobba, eine halbe Seemeile vom Ufer entfernt, zaghaft an der Ankerleine zupfte. Die schwarze Silhouette des Festlands lag wie ein schweigender Schatten vor ihnen. Nur über Monfalcone und der riesigen Werft im Norden, Grado im Süden und in der Ferne über Triest verseuchte der Schein der Stadtlichter die Anmut der Dunkelheit. Irgendwo aus den schwarzen Armen der alten Bäume drüben erklang der Ruf einer Eule. Vor den Hafeneinfahrten signalisierten in gemächlichem Rhythmus blinkende Positionsleuchten dem nächtlichen Seefahrer den sicheren Weg.

»Die Metamorphosen beginnen mit der Entstehung der Welt aus dem Chaos, Liebling«, sagte Zeno und stieß den Rauch aus.

Xenia hatte sich eng in den Arm ihres Freundes geschmiegt, als er Ovid aus dem Gedächtnis zitierte. Kleine Schweißperlen standen noch auf der nackten Haut der beiden. Doch die Luft war lau.

»Nur ein Menschenpaar überlebt die große Flut. So behauptet es die Geschichtsschreibung der alten Griechen. Es scheint, als hätten schon sie die Sintflut gekannt. Deukalion und Pyrrha standen vor dem Rätsel, wie sie die Erde wieder bevölkern könnten, und befragten ein Orakel, das verkündete, Deukalion solle die Knochen seiner Mutter über seine Schulter werfen.«

»Wozu also brauchte die Menschheit noch Sigmund

Freud?«, fragte Xenia. »Nichts Neues unter dem Himmel, außer dass wir Menschen noch immer nicht begriffen haben, dass wir die einzigen Kreaturen der Schöpfung sind, deren kulturelles Gedächtnis bereits nach der dritten Generation einer Amnesie zum Opfer fällt. Lass mich noch mal ziehen.«

Von einem der verstreut angesiedelten Gehöfte auf der Landzunge der Lagune drang wütendes Gebell zu ihnen herüber. Auf der schmalen Straße dort bewegten sich die Lichter von zwei Fahrzeugen, welche die Nachtruhe von Bauer und Hund störten.

»Ovid war ein listiger Spieler, mein Schatz. Er packte seine bitterböse Kritik am Imperator in Metaphern, um sich der Verfolgung zu entziehen. Dennoch wurde er verbannt.«

Xenia richtete sich auf und nahm den letzten Schluck Wein aus dem Becher, den sie an die Bordwand zurückstellte. Ihr blondes Haar und ihre helle Haut kontrastierten mit dem dunklen Teint Zenos. Langsam glitten ihre Küsse von seinem Mund über Hals und Brust zum Bauch hinunter.

Sie war spät nach Hause gekommen, doch hatte sie zuvor angerufen und Zeno gebeten, Wein kalt zu stellen und eine Kleinigkeit zu essen vorzubereiten, die sie auf dem Boot zu sich nehmen könnten. Sie brauchte Weite, die nur das Meer bieten konnte, und selbst das Bett unter der alten Linde hatte Nachteile: In der Stille der Nacht hörten die Nachbarn jeden lauten Ton.

Am späten Nachmittag hatte sie einen heftigen Zusammenprall mit dem Polizeipräsidenten in Gorizia gehabt, weil sie sich am Freitag seiner Meinung nach geringschätzig über die Anweisungen geäußert hatte, wo sie ihren Kontrollposten einrichten sollte. Und Xenia war bei ihrer Antwort um kein Wort verlegen gewesen. Ein eitler Gockel, der nicht damit zurechtkam, dass ausgerechnet sie vom Ministerium über seinen Kopf hinweg zur Leiterin der neu eingerichteten Dienststelle in Grado ernannt worden war. Den Job hatte er vermutlich längst einem willfährigen Untertanen versprochen.

Zeno erwartete sie bereits in der Tür und löschte das Licht im Haus, sobald er den Motor ihres Scooters vernahm. Mit einer schweren Kühltasche kam er auf sie zu, reichte Xenia die Schlüssel des Bootes und wartete, bis sie sich eine Zigarette gedreht und angesteckt hatte. Schweigend und Hand in Hand gingen sie durch den Pinienhain und über den Strand und zum Anleger hinüber. Egal was er gesagt hätte, Zeno wusste, dass ihre ersten Worte wie ein Hagelschauer über ihm niedergegangen wären. In schlechten Momenten nahm er es persönlich, dann folgten Streit und dicke Luft.

Nachdem sie den Anker geworfen hatten, beschwichtigten das erfrischende Bad und ihre Zärtlichkeiten, der Tintenfischsalat und das Carpaccio der Goldbrasse und der Weißwein ihr Gemüt. Positionslichter anderer Boote waren weit und breit keine auszumachen. Montagnacht fuhren höchstens Fischer hinaus, und bis auf den engen, ausgehobenen Kanal, der in die Flussmündung führte, waren die Gewässer hier viel zu flach für ihre Kutter. Sie standen weiter draußen und bildeten eine unregelmäßige Lichterkette, die sich über den ganzen Golf zog. Von Muggia und Koper im Südosten bis herüber Richtung Grado warfen die starken Scheinwerfer an Bord der Lampare kalte Lichtkegel über die Wasseroberfläche, die sich erst in weiter Ferne wie weiße Tusche in der Dunkelheit verliefen.

Zeno entkorkte die zweite Flasche und Xenia drehte sich die nächste Zigarette. Ihr Blick schweifte über das Meer. Aus der Ferne näherte sich stetig das Geräusch eines Schiffsdiesels, doch konnten sie keine Positionslichter entdecken. Es schien, als stampfte der Kahn in gedrosselter Fahrt und mit ausgeschalteten Lampen zwei, drei Seemeilen südlich vorbei, mit Kurs auf einen der Sporthäfen bei Monfalcone. Doch dann blitzten an Land drei Mal die Scheinwerfer eines Fahrzeugs auf und wurden sofort von einem sehr kurzen Lichtblitz des Kutters erwidert, der von der Wasseroberfläche reflektiert wurde.

»Deinen Becher, Liebe«, sagte Zeno.

»Pssst!« Xenia machte eine barsche Handbewegung. »Da geht etwas nicht mit rechten Dingen zu.«

»Du bist nicht im Dienst, Xenia.«

»Halt doch wenigstens einen Augenblick die Klappe.«

Sie streckte die Hand nach ihrem Becher aus, trank aber nicht. Ihr Blick schweifte zur Mündung des Isonzo hinüber, wo sie die Lichtblitze ausgemacht hatte, und vor dem an der Punta Spigolo zwei in festem Rhythmus blinkende Positionsleuchten die enge Einfahrt der Fahrrinne markierten. Zeno leerte seinen Becher in einem Zug und griff stumm nach dem Tabakbeutel. Xenia saß angespannt wie eine Raubkatze an Deck, die versuchte, die Bewegungen eines nachtaktiven Tieres auszumachen, das sie wenig später fressen würde.

»Was ist denn?«, flüsterte Zeno.

»Da. Siehst du die Lichter jetzt?«

Xenias Arm wies zum Ufer hinter der Kanaleinfahrt. Zwei Scheinwerfer leuchteten aufs Meer hinaus.

»Der kleine Hafen mitten im Schilf, gegenüber der Isola della Cona? Da sind doch nur ein paar Hütten, ein paar Boote. Da war einer fischen, was sonst?«

»Ohne Positionslichter?« Xenia erhob sich.

»Die mit dem Auto weisen ihm den Weg. Vermutlich hat er Probleme mit der Elektronik.«

»Und womit hat er dann sein Lichtzeichen gegeben?«

»Du meinst, er will nicht gesehen werden?«, fragte Zeno kleinlaut.

»Schmeiß den Motor an, ich will mir das genauer ansehen. Aber halt ihn auf niedrigen Touren, damit uns niemand hört. An der Punta del Becco geh ich ins Wasser.«

Xenia zog ihr Bikinihöschen und ein schwarzes T-Shirt an, holte Schwimmflossen und Taucherbrille aus der Kabine und machte sich bereit. Nach einem kurzen Stück langsamer Fahrt ließ Zeno auf ihr Zeichen das Boot ausgleiten.

»Und weshalb verständigst du nicht einfach deine Kollegen?«, flüsterte er.

»Siehst du denn nicht, dass es da jemand eilig hat? Fahr rückwärts ins Schilf, damit dich niemand sieht. Und ohne auf einer Untiefe festzusitzen.«

Zeno sah ihre hellen Beine und Arme im schwarzen Wasser, als sie wegtauchte. Was blieb ihm anderes übrig, als Xenias Befehl zu gehorchen? Hatte sie sich einmal entschieden, gab es keine Widerrede und kein Zurück mehr. Behutsam steuerte er das Boot ins Schilf, den Außenborder hatte er so weit wie möglich angehoben, damit die Schraube sich nicht im Schlamm verhedderte. Kurz bevor das Boot in der Salzmarsch auflief, brachte er es zum Stehen. Zeno stieg aufs Deck. Im Naturschutzgebiet der Isola della Cona zeichneten sich die Silhouetten der weißen Camargue-Pferde ab. Der Motor des Kutters war abgestorben, und die Autoscheinwerfer waren wieder ausgeschaltet worden. Dort am Anleger, von wo jetzt verhaltene Stimmen zu vernehmen waren, meinte er den Umriss eines größeren Bootes auszumachen. Die Zeit schien stillzustehen.

Xenia nahm wie immer den Beruf viel zu ernst, sagte sich Zeno. Oft genug hatte er ihr deshalb vorgeworfen, dass sie ihm nicht genügend Aufmerksamkeit schenkte. Und doch wagte er jetzt vor Anspannung kaum zu atmen. Der Schrei eines Vogels zerriss die Nacht. Ihm folgte ein Geräusch, als wäre jemand ins Wasser gefallen, dann hörte er laute, aufgeregte Rufe. Ein Scheinwerfer schwenkte über die letzten hundert Meter des Flusslaufes.

Zeno erstarrte vor Schreck, als er die Erschütterung des Bootes spürte. Xenia zog sich an der Bordwand empor, legte den Finger auf die Lippen und zog Zeno zu sich in den Rumpf hinab. Das nasse T-Shirt klebte an ihrer Haut. Während sie Taucherbrille und Schwimmflossen abstreifte, wies sie ihn flüsternd an, auf ihr Zeichen, und keine Sekunde früher, den Motor anzulassen, doch das Ruder würde sie dann sogleich selbst übernehmen. Wieder und wieder suchten Scheinwerfer die Wasseroberfläche auf den letzten Metern des Flusslaufes ab, bevor er ins Meer mündete, und schwenkten langsam am dichten Schilf entlang.

Xenia wartete, bis die Lichtkegel wieder zur gegenüberliegenden Seite des kleinen Anlegers zurückschwenkten und endlich verharrten. Aufgeregte Männerstimmen drangen herüber. Sie gab Zeno das Zeichen. Der Motor spuckte ein paar Takte lang und lief dann ruhig, nach zwei Metern war das Boot aus dem Schilf heraus und die Schraube frei, Xenia schob den Gashebel bis zum Anschlag nach vorne und senkte den Außenborder ab. Mit einem Ruck hob sich der Bug und eine weiße Heckwelle zeichnete sich in der Flussmitte ab. Der Lichtkegel suchte das Boot, folgte ihm und traf wenig später den hellen Rumpf, an dessen Heck die Trikolore im Wind flatterte.

»Leg dich flach auf den Boden!«, rief Xenia über ihre Schulter. »Los.«

Schnurstracks steuerte sie auf die Mitte der Mündung zu, die kaum einen Meter tief war, aber für das kleine Sportboot ausreichte.

Kaum hatte Zeno sich geduckt, übertönte ein Schuss das Geheul des Außenborders. Nur ein paar Meter waren es noch bis zum offenen Meer, vorbei an der kleinen Kapelle, die vor der Punta del Becco am Flussufer stand, als ein weiterer Schuss abgefeuert wurde. Xenia zuckte zusammen, fasste sich kurz an den Oberarm und riss das Ruder nach rechts, sobald sie die letzte Landspitze passiert hatten und die ruhige weite Wasseroberfläche der Adria vor ihnen lag.

Eine mächtige Bugwelle war die letzte Spur, die vom Anleger zu sehen war, wo hastig der Motor des Kutters angelassen wurde, der dann ebenfalls auf das offene Meer zuhielt. Sein Tiefgang verhinderte den direkten Weg hinaus, die Navigation durch die Fahrrinne verlangte gedrosselte Fahrt.

Zwei weiße Lieferwagen entfernten sich vom Anleger, mit zunehmendem Tempo verschwanden sie Richtung Fossalon. Eine helle Staubwolke zeichnete sich hinter ihnen in der Nacht ab.

»Wie lauteten die Verse des Ovid noch?«, fragte Xenia, als sie sich im Badezimmer zu Hause von Zeno verarzten ließ, während sie auf den Rückruf der Kollegen wartete.

Die zweite Kugel hatte knapp neben ihr die Windschutzscheibe des Bootes durchlagen. Behutsam zog Zeno mit einer Pinzette den feinen Splitter aus ihrem Oberarm und desinfizierte die Wunde.

»Und sie kommen mit fertigen Schwertern in das geheiligte Haus«, sagte er leise.

»Fertige Schwerter? Das sind Pistolen und Gewehre, Zeno.« Xenia schaute auf ihr Mobiltelefon. Wann meldeten sich die Kollegen endlich?

Kaum waren sie mit dem Boot aus dem Blickfeld gewesen, hatte sie Zeno das Steuer überlassen, der schnurstracks Kurs auf den kleinen Hafen von Grado Pineta genommen hatte. Trotz des Außenborders war es ihr gelungen, die Kollegen der Polizia Marittima zu unterrichten, die auch Küstenwache, Carabinieri und die Finanzpolizei alarmierten.

»Was hast du gesehen?«, fragte Zeno, während er einen leichten Verband anlegte. »Die lässt du morgen auf jeden Fall kontrollieren.«

»Es ist nur ein Kratzer.«

»Ich will gar nicht darüber nachdenken, was passiert wäre, wenn die Kugel zehn Zentimeter weiter rechts getroffen hätte.« Er war kreidebleich, erst jetzt wurde ihm klar, dass sie nur um Haaresbreite entkommen waren. »Also was war dort los?«

»Schenk mir ein Glas Wein ein, dann erzähl ich es dir, solange ich auf Nachricht warte oder bis die Kollegen vorbeikommen.«

Zeno ging in die Küche, während Xenia ihre Dienstwaffe aus dem Tresor im Wohnzimmer nahm, das Magazin kontrollierte und durchlud. Die Beretta steckte in ihrem Hosenbund, als sie in den Garten hinausging.

»Die Haushälterin hat ausgesagt, am Sonntagmorgen um acht Uhr mit ihrer Arbeit in der Küche begonnen zu haben. Sie hat Familie und schläft nicht im Haus. Sechs Gläser hat sie gespült, vier für Weißwein und zwei für Rotwein, sowie zwei Teller mit Blutresten und Rosmarinnadeln, wie sie sich erinnerte. Anfangs war also eine dritte Person anwesend. Die Knochen von zwei großen Rinderrippen hat die Frau für ihren Hund eingepackt, Fiorentina offensichtlich. Eine war nur zur Hälfte gegessen«, bevor die Inspektorin fortfuhr, leckte sie sich flüchtig die Lippen, »Anorexia nervosa vermutlich, wer sonst lässt eine solche Kostbarkeit liegen?«

Laurentis Blick flackerte, er zwang sich, ernst zu bleiben. Wer so adrenalinlastig war und intensiv Kampfsport betrieb wie die Inspektorin, konnte nie genügend Proteine zu sich nehmen. »Sie tippen also auf eine Frau. Vielleicht hatte sie einfach keinen Hunger oder das Fleisch war zäh.«

»Die Haushälterin hat gesagt, Spechtenhauser habe stets das Rindfleisch von den freilaufenden Highlandern auf dem Karst bevorzugt, das er grundsätzlich selbst einkaufte und dabei penibel auf die Qualität achtete. Außerdem habe sie den Grill im Garten gereinigt. Spechtenhauser musste mit seinem Gast draußen gegessen haben, weil auf der Terrasse auch noch Gläser und eine Menge leerer Weinflaschen herumstanden. Letztere habe ich beschlagnahmt, alles Weine aus Spechtenhausers Kellerei. Keine Vorspeisen, nur Steak, Salat und Rosmarinkartoffeln, der Alte hat vermutlich selbst gegrillt und sich dabei fast zu Tode gesoffen.«

Pina Cardareto legte ein Foto nach dem anderen auf Laurentis Schreibtisch, auf denen die Etiketten gut zu lesen waren, fünf Flaschen Gewürztraminer 2007 mit vierzehn Prozent Alkoholgehalt, und drei Lagrein, ein Rotwein aus dem Jahrgang 2003 mit dreizehneinhalb Prozent. »Acht Flaschen zu zweit oder zu dritt? Der Staatsanwalt hat vielleicht Augen gemacht. Er ist der Meinung, dass niemand auf der Welt eine solche Menge trinken kann.«

»Logisch. Wie ich ihn einschätze, gehört er zu denen, die nur halbe Flaschen zum Essen bestellen. Eine richtige Costata wiegt gut und gern zwölfhundert Gramm, die Hälfte macht der Knochen aus, dazu die Beilagen, ist eine ordentliche Basis. Die Anzahl der Flaschen sagt uns noch gar nichts. Alles hängt vom Zeitraum des Genusses ab und von den Gewohnheiten der Anwesenden. Spechtenhauser war ein geübter Trinker, die Mediziner würden ihn deshalb wohl gleich als Alkoholiker abstempeln. Nach allem, was ich bisher über ihn erfahren habe, war er hingegen ein Genießer. Wer weiß, ob er nicht schon seit dem Nachmittag dort saß?«, sagte Laurenti.

»Ich bitte Sie, Commissario«, die Inspektorin hob entrüstet ihre Stimme, »dann müsste der Gast ein Mann von der Statur Spechtenhausers gewesen sein, und der hätte seine Fiorentina aufgegessen. Ich habe nach der Widmark'schen Formel hochgerechnet.« Pina Cardareto zog ein Blatt hervor. »Eins Komma sechs Promille hat der Gerichtsmediziner im Blut der Leiche festgestellt. Spechtenhauser hatte feste Gewohnheiten: Wenn er wie jeden Morgen um fünf Uhr aufgestanden ist und, wie die Haushälterin beschwor, abends nie nach elf zu Bett ging, hatte er nur sechs Stunden, um Alkohol abzubauen. Er brachte etwas mehr als einen Doppelzentner auf die Waage. Bei seiner Konstitution baut man maximal null Komma zwei Promille pro Stunde ab, ergibt beim Schlafengehen also mindestens zwei Komma acht. Ich wäre mausetot, der Staatsanwalt auch.«

»Spechtenhauser ist mausetot, Pina.« Laurenti musterte die Inspektorin und schwieg eine Weile. »Aber nicht, weil er besoffen war. War bei der Durchsuchung jemand von der Familie anwesend?«

»Gertrud Spechtenhauser. Sie hat nur nach dem Durchsuchungsbefehl gefragt und uns dann arbeiten lassen. Während wir mit Schutzkleidung und Latexhandschuhen arbeiteten, hat sie bei eingeschalteter Klimaanlange draußen im Wagen gewartet und telefoniert.«

»Kannte sie den Gast ihres Vaters?«

»Nein, aber es war auch nicht die richtige Gelegenheit, mit ihr zu reden. Die Telefonkarten aus seinen Geräten werden im Moment ausgewertet, eine Liste der Gespräche der letzten vier Wochen müsste morgen vorliegen. Und die Kollegen sitzen über seinem Computer. Wichtiger scheint mir dies zu sein.«

Pina zeigte auf ein kleines Notizbuch und drei Blätter, bei denen es sich auf den ersten Blick um Verträge handeln musste. Neben Spechtenhausers unverwechselbarer Unterschrift trugen sie die anderer Personen. Sie waren auf Deutsch ausgestellt. Die handschriftlich eingesetzten Beträge lagen zwischen zwei- und vierhunderttausend Euro.

»Das haben die Kollegen aus den Flugzeugtrümmern gerettet. Es sind Schuldscheine. Ich habe sie von Ihrer Tochter übersetzen lassen, Commissario.«

»Der Text ist auf allen identisch, als wären es Formulare. Nur Personen und Beträge unterscheiden sich. Dafür stimmen die Ablaufdaten überein. Ende des Monats sind sie alle fällig. Zusammen fast eine Million. Wenn das kein Motiv ist?«

»Die Ausstellungsdaten und die Orte sind genauso unterschiedlich wie die Schuldner. Dieser wurde in Brixen ausgefertigt, der in Tramin und der dritte in Toblach. Und die Laufzeiten sind auch nicht dieselben. Wenn jemand das Wasser so bis zum Hals steht, dass er einen Schuldschein unterschreibt, wird er dies ziemlich sicher für sich behalten.

Sonst verliert er die letzte Kreditwürdigkeit, die er noch hat.«

»Ich habe nicht behauptet, dass es sich um eine Verschwörung handeln muss, Commissario.« Pina ballte die Fäuste. »Auch ein einzelner hoher Betrag kann Motiv genug sein.«

»Stellen Sie trotzdem fest, ob diese Personen sich kennen.«

Pina schüttelte den Kopf. »Davon gehe ich aus. In einer Provinz mit einer halben Million Einwohnern sind doch fast alle miteinander verwandt. Beim Ersten handelt es sich um einen spielsüchtigen, homosexuellen Gastwirt, der Zweite ist ein frisch geschiedener Winzer, der auch eine Apfelplantage bewirtschaftet, und der Dritte ist ein kleiner Bauunternehmer, dessen Kunden nicht bezahlten. Geschäftlich haben sie keine Verbindungen. Das haben wir überprüft.«

»Und dieses Notizbuch?«

»Dies zu entschlüsseln ist schwieriger. Er hat mit Bleistift geschrieben und hatte eine ziemliche Sauklaue. Soweit ich es erkennen kann, sind es vorwiegend Initialen, Beträge und dann immer zwei Daten. Ich nehme an, Spechtenhauser hat unter der Hand Geld verliehen und sich dies entsprechend absichern lassen. Nur selten hat er ein paar Worte an den Rand gechrieben. Ich werde den Kollegen in Südtirol die Kopien schicken.«

»Fragen Sie zuerst meine Tochter. Die amtliche Übersetzung können wir dann beizeiten nachliefern.«

»Das habe ich bereits getan, doch Livia hat gesagt, dass sie heute keine mehr Zeit hat, weil sie die Geburtstagsfeier Ihrer Frau vorbereiten muss, Commissario.« Die Inspektorin pflegte einen Unterton, der ihm nicht im Geringsten gefiel. »Und morgen fährt sie in Urlaub.«

Laurenti ließ sich nicht anmerken, dass er über beides nicht im Bild war. Wenn Patrizia nicht da war, erfuhr er stets zuletzt von den Plänen der Familie. Und dieses Mal mussten die Entscheidungen wieder sehr kurzfristig gefallen sein.

»Auf der letzten Seite hat er noch eine andere Rubrik eingerichtet. Sie trägt den Titel ›Vorsch. Avv. wg. U.‹ und weist Beträge in einer Höhe von insgesamt achthunderttausend Euro aus. In vier Tranchen ausbezahlt zu jeweils zweihunderttausend. Immer an einem Freitag, beginnend beim 11. April, die letzte am 6. Mai.«

»Vorschusszahlungen an seinen Anwalt also?«

»Anzunehmen.«

»Verdammt hoch, doch Anwälte sind gierig. Steht da ›ausbezahlt‹ oder ›überwiesen‹?«, fragte Laurenti.

»Ausbezahlt. Die Kontoauszüge, die wir beschlagnahmt haben, weisen keine dementsprechenden Entnahmen oder Überweisungen aus.«

»Ein Mann wie Spechtenhauser hat sicher Konten im Ausland, von denen wir nichts wissen.«

»Wissen Sie eigentlich, was der Kollege in Bozen mit ›Piefke-Targa‹ gemeint haben könnte? Er war sowieso schwer zu verstehen, hat mit einem Akzent gesprochen, gegen den selbst der Papst noch gut abschneidet.«

Laurenti hob die Achseln. »Wovon reden Sie?«

»Ich habe mich über die deutschen Kennzeichen an den Fahrzeugen des Clans schlau gemacht. Ein interessantes System: Die Wagen der Familie, wie auch die von Professor Moser, sind alle von der Sonar Communications Bozen Washington SpA bei einem deutschen Autoverleih in Rosenheim bei München gemietet. Laut Bozen macht diese Firma gute Geschäfte in Südtirol, viele Unternehmen und vermögende Privatpersonen gehören zu den Kunden. Full Service bei den Fahrzeugen, gigantische Steuerersparnisse und weniger Strafzettel. Aber billig ist es nicht. Spechtenhausers Mercedes war übrigens fast steril, nicht einmal eine Parkplatzquittung haben wir gefunden. Diese S-Klasse-Modelle sehen aus wie übertrieben geliftete alte Männer.«

»Alle Achtung, Pina.« Laurenti konnte sich das Lachen

nicht verbeißen. Er ahnte bereits, dass sich diese Beobachtung der Inspektorin in einem ihrer Comics niederschlagen würde, wo sie einen solchen Wagen sicher einem ambitionslosen Staatsanwalt aus reicher Familie unterjubeln wollte.

»Sie haben leider recht gehabt, Chef. Auf fast allen Flaschen finden sich die Fingerabdrücke einer zweiten Person. Wir brauchen die der ganzen Familie.« Pina verschränkte die Arme, ihr Bizeps glich einer Eierhandgranate. Ihr Blick ging zur Wand, wie immer, wenn sie der Meinung war, dass ihr Chef etwas erledigen sollte, von dem sie absehbare Schwierigkeiten erwartete. »Und natürlich auch von seinem Kompagnon, diesem Moser. Die der Haushälterin habe ich bereits.«

Die Blumenhändlerin im Dorf Prosecco auf dem Karst hatte Augen gemacht, als Laurenti am Montagmorgen um halb sieben ihren Laden betrat, vor dem ein Kühllaster parkte und frische Ware anlieferte. Seit einundvierzig Jahren war sie frühmorgens auf den Beinen, um Rosen, Tulpen, Nelken, Lilien und andere Gewächse entgegenzunehmen, die aus Kenia, Lateinamerika oder Holland importiert wurden.

Offiziell öffnete sie ihr Geschäft erst um neun Uhr, doch den Commissario, der zu ihren treuen Kunden zählte, konnte sie nicht zurückweisen. Auch die Rosen zu Živas vierzigstem Geburtstag hatte sie für ihn durch eine Kollegin in Zagreb zum Büro der Generalstaatsanwältin schicken lassen – und keine Fragen gestellt, warum diese ausgerechnet langstielig und blutrot sein mussten und vier Euro das Stück kosten durften. Verschwiegenheit ist eine eiserne Regel für Floristen, Wirte und Polizisten. Sie erfuhren Dinge, die weder Priester noch Friseure je zu Ohren bekamen.

Mit einem üppigen Strauß und einer Tüte voller ofenwarmer Brioches kam Laurenti nach Hause und schaltete vorsichtig die Espressomaschine ein. Es war verdächtig still.

Selbst seine Schwiegermutter schien noch zu schlafen. Laura hatte gestern am Telefon gesagt, dass sie einige Freundinnen zum Abendessen eingeladen habe, offensichtlich war es spät geworden. Als Proteo Laurenti die Namen der Damen vernahm, hatte er sich sogleich eine Ausrede einfallen lassen. So viel Silikon und Botulinumtoxin im Haus waren lebensgefährlich, ein Mordfall durch Plastiksprengstoff war genug.

Auf sein Bad im Meer verzichtete er heute. Gutgelaunt deckte er den Frühstückstisch, plazierte den Geburtstagsstrauß in der Mitte und setzte sich mit der Zeitung und einer Tasse Espresso auf die Terrasse. Nach drei Stunden Schlaf hatte er das Hotel in Otočec um fünf Uhr früh verlassen, ohne Živa zu wecken, und platzte dennoch vor Energie und guter Laune.

Die Meldungen hingegen waren bitter; die Ratingagenturen hatten wieder einmal zugeschlagen. Die Piigs – Portugal, Irland, Italien, Griechenland und Spanien – standen angeblich vor dem Staatsbankrott. Standard & Poor's, Moodys oder Fitch waren Privatunternehmen, die den Renditedruck der Medienkonzerne erfüllen mussten, denen sie gehörten, und welche synergetisch die hilfreichen Schlagzeilen in die Welt hinaussandten, die das Geschäft beförderten. Auch Schiedsrichter waren korrumpierbar, wie die Fußballskandale der letzten Jahre gezeigt hatten.

Ein Artikel berichtete, dass immer häufiger betagte Kunden am Bankschalter vorstellig wurden, die ihr Erspartes abheben wollten, das sie zu Hause vermutlich in die Matratze einnähten oder im Gefrierfach zwischen nackten Putenbrüstchen zu verstecken suchten.

Auf der nächste Seite wurde von der Studie Zürcher Wissenschaftler berichtet, die nachwies, dass fünfzig multinationale Unternehmen die Geschicke der Welt bestimmten: Ratingagenturen, Finanzinstitute und Mineralölkonzerne, die mehrheitlich in England oder den USA ansässig waren. Die drei Forscher beharrten auf der Objektivität ihrer Studie und verwehrten sich sogleich aller Verschwörungstheorien.

In Zeiten der Krise kaufte, wer die Mittel hatte, billig ein. Einen idealeren Zeitpunkt, Geld in großem Stil zu waschen gab es nicht. Das weltgrößte Unternehmen unter den Global Playern war das organisierte Verbrechen, seit geraumer Zeit tätigte es Milliardeninvestitionen, gab angeschlagenen Banken die nötige Liquidität und fand immer mehr Rückhalt in der Politik.

Es war ein Tag, an dem die Zeitungslektüre lohnte. Živa Ravno hatte den Sachverhalt schon beim Abendessen erwähnt. Und wenn sie davon wusste, konnte es auch den zuständigen italienischen Kollegen nicht entgangen sein. Die Führungsebene der Camorra hatte sich laut Zeugenaussagen über drei Jahre in Slowenien einquartiert und dort tun und lassen können, was sie wollte. Der Nachbarstaat war zur Drehscheibe der Operationen der Clans geworden, mit denen sie ihre Führungsposition im weltweiten Drogenhandel auszubauen vermochten. Auch Großbritannien und Skandinavien waren ideale Standorte, an denen verbrecherische Gruppen ungestört agieren konnten, weil der Sicherheitsapparat sich nicht um sie kümmerte. Nicht alle Länder verfügten überhaupt über die entsprechenden Polizeistrukturen und Ermittlungsmethoden. Eine bittere Realität. Staatsanwaltschaft und Polizei reagierten in Slowenien angeblich nur auf Aufforderung von außen. Doch war es wirklich vorstellbar, dass sie nichts vom Aufenthalt der Camorristi wussten? Živa hatte sogar behauptet, dass die slowenischen Institutionen von verschiedensten Gruppen unterlaufen seien, darunter Clans aus Russland, Serbien und der Türkei. Ungeheuerlich. Allein in Italien betrug der Jahresumsatz aus diesen Geschäften einhundertvierzig Milliarden Euro, hundert davon waren Reingewinn. In der Europäischen Union war Italien der drittgrößte Beitragszahler. Wie groß mochte das Geschäft dann wohl in Deutschland und Frankreich sein? Zogen die anderen Länder bei den Ermittlungen nicht mit, befand man sich auf verlorenem Posten.

Schon jetzt platzten die Gefängnisse aus allen Nähten, die Zellen waren überfüllt, tägliche Spannungen und Übergriffe unter den Inhaftierten die Normalität. Und wenn man der Zeitung glauben konnte, dann gab es Insassen, die sich mit raffinierten Tricks Hafterleichterungen zu verschaffen suchten.

Laurenti traute seinen Augen nicht. War der Gaul der Phantasie mit dem Journalisten durchgegangen? Das Coroneo, die Triestiner Haftanstalt, war eine der wenigen, in der zugleich Männer und Frauen einsaßen. Zwar begegneten sie sich nie im Alltagstrott, doch Blickkontakt war möglich, und auch durch Rufe konnten sie sich verständigen. Einem der Vollzugsbeamten war, während des Hofgangs der Frauen, ein merkwürdiger Vorgang aufgefallen. Als eine der Inhaftierten mit einem vorgetäuschten Schwächeanfall die Aufmerksamkeit des Wachpersonals auf sich zog, warf einer der männlichen Gefangenen einen zusammengeknüllten Gegenstand vom Fenster seiner Zelle auf den Hof, der hastig von einer anderen Frau eingesammelt wurde.

Der Beamte konfiszierte ihn. Es war einer der Latexhandschuhe, die in der Gefängnisküche oder der Bäckerei verwendeten wurden – oder auch von Kriminaltechnikern bei der Spurensicherung am Tatort. Leer, kein Zettelchen, kein Kassiber, keine Gegenstände, nur ein paar Tropfen klebriger Flüssigkeit fand sich im Daumen. Der Beamte warf ihn in den Mülleimer. Beim zweiten Mal aber brachte er das Ding umgehend seinem Vorgesetzten, der es sogleich an die Gerichtsmedizin zur Analyse weiterleitete. Einen Tag später lag der Befund vor: Sperma. War es möglich, dass eine Gefangene versuchte, damit schwanger zu werden, um sich bessere

Haftbedingungen zu verschaffen? Hausarrest statt Gefängnis? Realität oder kollektives Delirium?

Laurenti klappte die Zeitung zu, als die Anzeigen der Goldaufkäufer begannen, die mit Höchstpreisen für Schmuck, Zahngold, Silberbesteck, Medaillen, Uhren lockten und auch gesamte Nachlässe aufkauften. Natürlich diskret und gegen Barzahlung.

Allmählich erwachte die Familie. Livia tapste barfüßig auf die Terrasse und küsste ihn auf die Wangen, bevor sie ein Päckchen aus goldenem Geschenkpapier auf den Teller ihrer Mutter legte.

»Ein Parfum, das Mama neulich lange angesehen und doch nicht gekauft hat«, sagte seine älteste Tochter noch schlaftrunken. »Was schenkst du ihr?«

»Ich dachte an eine Reise.«

»Wow, und wohin?«

»Paris, vielleicht. Oder Dubai, London, Lissabon, Barcelona, Madrid, Berlin. Oder Bilbao, sie wollte schon immer das Museum dort sehen. Sie hat die Wahl. Aber behalt es für dich, bitte.«

»Heute Abend kocht Marco für sie, ich muss ihm helfen.«

»Hat er erzählt, was?« Laurenti wusste, dass sein Sohn kaum vor der Mittagszeit aufstehen würde. Wenn er gegen dreiundzwanzig Uhr seine Kochjacke in Triests berühmtestem Restaurant ablegte, wo er im letzten Jahr seiner Ausbildung stand, traf er sich mit Freunden und machte die Bars der Stadt unsicher, die in lauen Nächten bis in die frühen Morgenstunden geöffnet hatten.

»Er hat heute Nacht zwei schwere Taschen mit Zutaten von der Arbeit mitgebracht und im Kühlschrank verstaut«, erzählte Livia. »Aber nicht mal mir hat er etwas verraten.«

»Ich bin gar nicht damit einverstanden, dass wieder der Junge kocht«, waren die ersten Worte der Signora Camilla, die sich lautlos genähert hatte. Kein »Guten Morgen«, kein Lächeln. »Er experimentiert zu viel. Und die böse Überraschung, als er damals den Quallensalat serviert hat, vergesse ich nie. Man könnte sich auch einen ruhigeren Lebensabend vorstellen. Warum hast du eigentlich keine Kerzen auf den Frühstückstisch gestellt, Proteo? Deine Frau hat heute Geburtstag, so einen nackten Tisch hat es bei uns an Festtagen nie gegeben.« Über den wundervollen Blumenstrauß verlor die Alte kein Wort.

»Die Blumen sind nur für dich«, kartete Laurenti zurück. »Du hast sie wirklich verdient. Ohne dein Zutun hätte ich die Mutter deiner Enkel nie kennengelernt. Meine herzlichsten Glückwünsche, herzallerliebste Schwiegermutter, und viel Gesundheit.«

Es blieb ihm gerade noch genug Zeit, seine Frau, die sich sichtbar verkatert am Frühstückstisch einfand, zu küssen und ihr zum Geburtstag zu gratulieren, als sein Telefon klingelte. Der erste Anruf am Montagmorgen kam wie immer von der Polizeipräsidentin, die der Meinung war, dass ihre leitenden Beamten zum Wochenbeginn an ihre Aufgaben erinnert werden mussten. Sie war so unnachgiebig wie die deutsche Kanzlerin, der sie auch vom Äußeren ähnelte, allerdings war ihr Schneider besser. Landesweit war sie eine der wenigen Frauen in diesem hohen Amt. Zum Wochenanfang begann sie ihren Dienst demonstrativ um sieben Uhr. Ihre Antrittsrede vor zwei Jahren war mit den Wörtern Ordnung, Disziplin und Fleiß gespickt gewesen; es könne schließlich nicht mit rechten Dingen zugehen, dass die Kriminalstatistik in Triest im Gegensatz zum Rest des Landes so wenige Verbrechen auswies. Nur Südtirol, wo, wie schließlich ein jeder wisse, eine völlig andere Mentalität herrsche, sei wirklich sauber. Laurenti log, dass er damit rechne, zur Wochenmitte erste Resultate vorweisen zu können. Noch warte man auf die Auswertungen der Kriminaltechnik, doch die

Fakten sprächen für sich und er benötige nur noch die Bestätigung.

Kaum hatte er sich um Viertel vor neun von der Familie verabschiedet und ans Steuer seines Wagens gesetzt, klingelte sein Mobiltelefon schon wieder. Weibermontag. Es war die Nummer einer Kollegin der Grenzpolizei, die am Übergang Fernetti Dienst schob, über den der Verkehr aus Ljubljana nach Triest lief. Der Commissario schätzte sie wegen ihrer inneren Ruhe und der Zielstrebigkeit, mit der sie ihrer Arbeit nachkam. Sie berichtete in knappen Worten und bat um seine Hilfe. Der Erzengel habe sich im Auto verbarrikadiert, nachdem er die Polizeisperre durchbrochen hatte, in die er kurz hinter dem Grenzübergang gefahren war. Nach einer wilden Verfolgungsjagd hatten die Kollegen ihn am Ortseingang von Opicina gestellt. Jetzt saß er mit verriegelten Türen in dem Wagen mit den platten Reifen, tobte, sobald sich jemand näherte, und drohte mit dem Schlimmsten. Ob er wirklich eine Handgranate in der Jackentasche in der Hand hielt, wage niemand mit Bestimmtheit zu dementieren. Der Wagen trug ein österreichisches Kennzeichen und war in Wolfsberg am frühen Morgen als gestohlen gemeldet worden. Jeder wusste, dass es nur Laurenti gelingen könne, Mimmo Oberdan zu beruhigen, wenn der am Durchdrehen war.

Wer zum Teufel hatte die Medien informiert? Zwei Teams der regionalen Fernsehsender standen vor dem Plastikband, das die Polizisten in weitem Abstand um den Ort des Geschehens gezogen hatten. Die Kameras verfolgten Laurenti, als er mit Blaulicht und Sirene an den wartenden Autos vorbeiraste. Eine Reporterin rannte ihm mit dem Mikrofon in der ausgestreckten Hand entgegen. Der Commissario wehrte sie brüsk ab und schickte sie entschieden hinter die Absperrung zurück. Die Kollegin, die ihn verständigt hatte, umriss die Lage. Der Mann im Wagen habe wüste Drohungen ausgestoßen, die Lage sei brenzlig. Sie reichte Laurenti eine kugelsichere Weste, die er lächelnd ablehnte und dann zu dem roten Auto hinüberging.

»Endlich, Mimmo. Du hast mir gefehlt. Aber warum hast du mich ausgerechnet hierher bestellt und auch noch einen solchen Zirkus veranstaltet? Wir hätten uns wie üblich in einer Bar verabreden können. Und heute ist Montag, was ist mit deiner Arbeit? Bist du krankgeschrieben, geht's dir schlecht? Brauchst du einen Arzt?« Laurenti stand neben dem halb geöffneten Seitenfenster, aus dem Zigarettenqualm stieg. Seine Stimme klang ruhig, fast freundschaftlich. Eine Hand hatte er auf das Wagendach gelegt. »Die Haare stehen dir von der Birne ab, als hättest du einen Stromschlag erlitten. Du hast schon besser ausgesehen.«

»Leck mich.«

»Dazu musst du aussteigen.«

»Das würde dir so passen. Und nimm die Pfote vom Dach. Ich will sie sehen können.«

»Hast du eine Zigarette für mich, Mimmo?«

»Schmarotzer.«

»Seit Tagen habe ich dich vergeblich zu erreichen versucht. Dein Telefon ist kaputt.«

»Die Roamingkosten sind unverschämt teuer.«

»Meine Chefin wird mir die Hölle heißmachen, weil ich nicht im Büro bin. Nur wegen dir.«

»Schick die Arschlöcher weg, Bulle.« Die rechte Hand des Erzengels steckte tief in der ausgebeulten Tasche seiner Lederjacke.

»Zigarette.« Laurenti griff in das Auto hinein, das halbvolle Päckchen lag auf dem Armaturenbrett. Blitzschnell schloss Mimmo das Fenster und klemmte seinen Arm ein.

»Kauf dir welche und zieh schön langsam deine Pfote zurück. Mir ist nicht zum Scherzen zumute.« Er ließ das Fenster wieder ein Stück hinunter.

»Du wirst groß in die Nachrichten kommen, Blödmann.« Laurenti zog seinen Arm zurück. Das Fenster stand jetzt ein paar Zentimeter weiter offen. »Wenn du willst, handle ich deine Gage mit denen aus.«

»Das wird mein Rechtsanwalt übernehmen.« Der Erzengel schmiss mit einer entschiedenen Kopfbewegung sein Haar zurück und warf einen eitlen Blick in den Rückspiegel.

»Du solltest den Lidschatten nachziehen. Wenn du mir endlich eine deiner Kippen spendierst, frage ich die Kollegin, ob sie dir ihr Schminkzeug leiht.«

Sechs uniformierte Beamte der Grenzpolizei standen in kugelsicheren Westen und mit ausdruckslosen Gesichtern in fünf Meter Abstand um den Wagen herum, der von ihren Streifenwagen eingekeilt war. Vier von ihnen kannte Laurenti, es waren gut ausgebildete Leute, sie wären schnell mit ihren Waffen gewesen, die nach wie vor im Holster steckten.

»Ich mache dir einen Vorschlag, Proteo …«

»Schlechte Position zum Verhandeln. Du kannst jetzt sowieso nicht mehr wegfahren. Die Reifen sind platt. Also gib mir eine Zigarette.«

»Ich bin sauber.«

»Blütenrein bist du. Deswegen hast du versucht, abzuhauen.«

»Du weißt ganz genau, dass ich traumatisiert bin und überreagiere, wenn man mich in die Enge treibt. Manisch-paranoide Klaustrophobie hat mir der Arzt bestätigt. Höchst gefährdet in solchen Situationen. Wenn du willst, besorge ich ein Attest.«

»Gefängnispsychologen bescheinigen jeden Scheißdreck. Gib mir jetzt endlich eine Kippe, oder ich rege mich auf.«

»Beruhige dich. Wenn du willst, kannst du zu mir in den Wagen steigen. Aber ich weiß nicht, ob das klug ist. Die Handgranate in meiner Jackentasche ist scharf.«

»Ich bin doch nicht bescheuert, Mimmo. Gib mir endlich

eine Zigarette. Mein Arzt hat mir bei akutem Nikotinmangel absolute Unberechenbarkeit bescheinigt. Er hat sogar gesagt, dass mich jeder Richter freisprechen würde, sollte ich deshalb einen Menschen umbringen. Mein Arzt ist besser als deiner, einer der führenden Polizeipsychologen. Die drehen einen schrecklich durch die Mangel. Sie müssen immerhin dafür geradestehen, dass wir gute Arbeit leisten.«

»Weißt du überhaupt, welcher Arbeit du nachgehst? Du spielst jeden Tag mit der Freiheit unbescholtener Bürger. Sag diesen Affen jetzt, dass sie sich zurückziehen sollen.«

»Warum hast du eigentlich kein schnelleres Auto geklaut? Klar, dass sie dich geschnappt haben, diese Kiste läuft keine hundertsechzig. Und der Aschenbecher ist auch voll.«

»Ist nur ausgeliehen.«

»Quatsch, Mimmo, heute früh hast du ihn in Wolfsberg geknackt. Das wissen die schon.«

»Und jetzt will ich deinen Wagen und freien Abzug, dafür wird hier niemand verletzt. Ein faires Geschäft.«

»Du kommst nicht weit, dein Bagger hatte nämlich eine kleine Panne, als ein Werttransporter unter einer Autobahnbrücke durchfuhr. Die Schaufel hing bis zur Fahrbahn runter. Druckverlust in der Hydraulik. Kann jedem passieren. Gib mir jetzt endlich eine Zigarette. Sonst dreh ich dir den Hals um.«

Mimmo zauderte.

»Zigarette, Mimmo.« Laurenti schnippte mit den Fingern.

Wie in Zeitlupe zog Mimmo mit der linken Hand eine Zigarette aus dem Päckchen auf dem Armaturenbrett und reichte sie Laurenti.

»Feuer!«

»Frag die Affen da.«

»Affen rauchen nicht. Gib mir Feuer, dann verhandeln wir.«

Mimmo zog die rechte Hand mit dem Feuerzeug aus der

Jackentasche und besann sich zu spät. Laurenti packte zu und zog sie aus dem Auto. Mit der anderen Hand löste er den Knopf der Türverriegelung. Einer der Uniformierten riss die Beifahrertür auf und griff nach der Jackentasche des Erzengels. Hätte sich wirklich eine entsicherte Handgranate darin befunden, wären ihm bis zur Detonation fünf Sekunden geblieben.

Laurenti gab den anderen ein Zeichen, sich zurückzuhalten. Als die Handschellen saßen, hob er das Feuerzeug auf, zündete die Zigarette an und ging um den Wagen herum.

»Was hast du eigentlich in München gemacht, mein Freund?«, sagte er, als er auf dem Beifahrersitz saß.

Mimmo fing sich schnell wieder. »Oktoberfest.«

»Im Mai? Verkauf mich nicht für blöd.«

»Ich habe rechtzeitig einen Platz reserviert im Zelt mit den geilsten Weibern.«

»Und warum bist du nicht zurückgeflogen?«

»Ich bin ein begeisterter Wanderer. Die Luft in den Bergen ist kristallklar, nur im Tauerntunnel fällt das Atmen ein bisschen schwer.«

»Red keinen Mist, Mimmo! Wo ist dein Kumpel Johann Pixner, der mit dir geflogen ist?«

»Was? War Jo etwa auch im Flugzeug? Ich habe ihn nicht gesehen. Vermutlich saß er weiter hinten. Das wäre eine Freude gewesen.«

»Gute Höhenluft hattet ihr auch in Tolmezzo.«

»Schade, dass wir uns schon so lange kennen, Proteo. Wenn du einen anderen Beruf hättest, könnten wir Freunde sein.«

»Wir sind Freunde, Mimmo. Nur hilft dir das auch dieses Mal nichts. Die Kollegen werden dich jetzt zum Ermittlungsstab nach Ronchi dei Legionari bringen. Mit auf den Rücken gefesselten Händen, damit du keine Dummheiten mehr machst.«

»Das hört sich an wie Guantanamo. Waterboarding verstößt gegen die Menschenrechte.«

»Los jetzt. Steig von allein aus, das macht im Fernsehen eine bessere Figur.«

Um halb elf saß Laurenti endlich an seinem Schreibtisch. Marietta hatte ihm gutgelaunt einen Espresso herübergebracht. Ihrem Teint nach hatte sie die Sonne am Wochenende zu nutzen gewusst. Den neu errungenen Goldschmuck trug sie am ersten Werktag der Woche nicht, dafür musste sie soeben den kirschroten Lippenstift nachgezogen haben. Auf ihrem Schoß lag ein Stapel Papiere, wie üblich hatte sie zusammengetragen, was in den letzten beiden Tagen in den anderen Dienststellen in der Stadt und der Region vorgefallen war.

»Die Carabinieri haben zwei Jugendliche festgenommen, die den eigenen Eltern den Familienschmuck geklaut haben, um ihn bei einem der Goldaufkäufer in Bares umzusetzen. Diese Läden fragen nie nach der Herkunft der Ware.«

Marietta berichtete außerdem, dass ein Weinhändler festgehalten worden war, den Laurenti gut kannte. Er habe im Vorübergehen mit einem wütenden Tritt versucht, das Polizeipräsidium zum Einsturz zu bringen. Die Videoüberwachung an der Questura hatte ihn erfasst, und er kassierte eine Geldstrafe über hundert Euro wegen Trunkenheit und ungebührlichen Benehmens in der Öffentlichkeit. Außerdem hatte er sich den Fuß verstaucht.

»Gott sei Dank warst du nicht zu erreichen«, sagte Marietta. »Er wollte die ganze Zeit mit dir sprechen. Wo warst du eigentlich?«

»War das schon alles?« Laurenti zeigte auf den Papierstapel, mit dem seine Assistentin sich frische Luft zufächelte.

Ein junger Mann hatte seine Mutter wegen Stalking angezeigt. Dabei versuchte die verzweifelte Frau nur, mit Hunderten von SMS, Mails und Telefonaten, den Kontakt zu ihrem Sohn wieder zu normalisieren. Niemand konnte es ihm ausreden. Ein Beruf im Dienst des Bürgers. Dafür aber hatten die Kollegen von der Polizia Stradale nach monatelanger Fahndung eine Bande dingfest gemacht, die sich auf den Diebstahl von Luxuslimousinen in Westeuropa spezialisiert hatte, die auf dem Balkan neue Eigentümer finden sollten. Die Nachfrage musste enorm sein. Diebstahl, Einbrüche und Raub hatten zugenommen, seit die Wirtschaft hinkte. Die nahe Grenze war kein Hindernis. Zwei Italiener aus Bergamo hatten einen Banküberfall in der slowenischen Nachbarstadt Portorož verübt und bei der Schießerei einen Polizisten verletzt, bevor sie mit ihrer Beute die Flucht nach Westen versuchten, wo sie sich vor Verfolgung sicher fühlten. Auf allen Seiten kämpfte man mit den gleichen Problemen. Neu war nur, dass in Gorizia ein räuberisches Pärchen versucht hatte, sein Einkommen dadurch zu steigern, auf Friedhöfen Vasen, Grabinschriften, Plaketten und Skulpturen aus Kupfer und Bronze zu stehlen; an den Börsen stieg der Preis der Rohstoffe eklatant.

»Und was hast du von der Sonderkommission erfahren? Ich habe denen einen Riesengefallen getan. Sie haben den ersten Verdächtigen, den sie durch den Fleischwolf drehen werden, bis er aussagt.«

»Battinelli hat mitgeteilt, dass der Werttransporter auf einem Autobahnparkplatz in Kärnten gefunden wurde. In einem mit Stahlplatten ausgeschlagenen Sattelschlepper, der das GPS-Signal des Lieferwagens abschirmte. Der Lkw stand seit Freitagmittag dort, was wegen des Wochenendfahrverbots nicht weiter auffiel. Heute früh haben ihn die Österreicher endlich überprüft. Ziemlich raffiniert, finde ich. Die Anführer der Bande haben alles eingeplant.«

»Bis auf die Blödheit von Mimmo und diesem Pixner. Wo genau?«

»Auf einem Rastplatz zwischen der Grenze und dem Knoten Villach.« Marietta zog das Blatt mit der Meldung hervor. »Die haben das Gold nach Norden gebracht. Jetzt liegt noch mehr Geld dubioser Herkunft in Kärnten rum.«

»Was macht dich so sicher, dass dies keine falsche Fährte ist?«

»Sie standen mächtig unter Zeitdruck. Übrigens stehen zwei weitere Tatverdächtige auf der Liste. Einer aus Südtirol, der andere aus Sizilien. Auch diese beiden haben in Tolmezzo gesessen.«

Laurenti horchte auf. Xenia hatte also endlich die Sonderkommission informiert.

»Ich bin froh, dass wir den Fall nicht am Hals haben«, fuhr Marietta fort. »Über Spechtenhauser habe ich dafür eine Menge Informationen ausgegraben.«

Laurenti warf einen Blick auf die Uhr. »Bestell für zwölf Uhr eine Abteilungssitzung ein. Ich habe jetzt noch einen Termin.«

Die Kataloge, die Proteo Laurenti unter dem Arm getragen hatte, als er aus dem Reisebüro trat, lagen verstreut auf dem Gehsteig. Nur mit Mühe hatte der Commissario sich fangen können, als er direkt vor der Ladentür über die Leine stolperte, an der Dottor Galvano seinen hinkenden schwarzen Hund ausführte. Und nicht nur der Commissario hätte sich fast den Hals gebrochen. Der störrische Greis kümmerte sich einen feuchten Kehricht um die Gesundheit seiner Mitbürger. Gut sieben Meter Leine trennten ihn und den Köter. Immer wieder schimpfte jemand, ob die beiden wirklich den ganzen Gehweg für sich beanspruchen mussten.

Im Stadtzentrum herrschte geschäftiges Treiben. Vor den Bars trafen sich bereits die Ersten zum Aperitif, an denen Geschäftsleute in grauen Anzügen mit Aktentaschen in der Hand vorbeihasteten, um bei den Behörden ihre Unterlagen noch vor Beginn der Mittagspause zu deponieren. Anwälte, Notare, Angestellte der großen Versicherungsgesellschaften, Architekten, Mitarbeiter der Handelskammer, der Landesregierung oder aus dem Rathaus – auch sie würden erst nach der Einnahme eines Mahls an den Tischen der immergleichen Restaurants wieder an den Schreibtisch zurückkehren. Die Ladeninhaber schlossen ihre Geschäfte erst eine Stunde später. Ein Schichtbetrieb der langen Mägen, dem die Agonie der Verdauenden folgte, bevor am Spätnachmittag sich die Betriebsamkeit allmählich wieder erhob und den Gipfel ihrer Geschäftigkeit erst wieder zur Stunde des Aperitifs am frühen Abend erreichte.

»Sehr freundlich, Galvano«, knurrte Laurenti, während er die Kataloge einsammelte. »Ich hoffe, du hast eine gute Haftpflichtversicherung. Nimm gefälligst den Hund etwas kürzer, das ist ja lebensgefährlich.«

»Willst du verreisen, Laurenti?«, fragte der hagere alte Mann ungerührt, der wie immer im grauen Dreiteiler ausgegangen war. Selbst die größte Hitze konnte nicht an seinem konservativen Auftritt rütteln. Laurentis Ermahnung ließ ihn kalt. »Oder versuchst du deine Frau davon zu überzeugen, sich eine Weile von dir zu erholen? Vor fünf Minuten erst habe ich sie angerufen und ihr gratuliert. Sie hat sich wahnsinnig gefreut und mich zum Abendessen eingeladen. Solch ein Goldstück hast du wirklich nicht verdient. Wie hält sie es bloß mit dir aus?«

Clouseau, der schwarze Hund mit seinen vom grauen Star getrübten Augen, wedelte altersmüde mit dem Schwanz und leckte die Hand des Kommissars. Die lange Leine lief von Galvanos Hand um ein Halteverbotsschild zu Laurenti hinüber.

Ein schriller Aufschrei weckte die Aufmerksamkeit der Passanten. Vom Gehweg erhob sich eine junge Frau in blauer Bluse und einem beigefarbenen Rock und klaubte ihre dünne

Handtasche und das Mobiltelefon zwischen zwei am Straßenrand geparkten Motorrollern aus dem Rinnstein.

»Verdammt, können Sie denn nicht auf Ihren Köter aufpassen?«, rief sie empört und betastete ihre Knie, deren Haut etwas aufgeschürft war. Ihr Lippenstift und der Nagellack waren so hell wie ihr wasserstoffblondes Haar.

»Schau, wohin du gehst, Lady Gaga«, schnauzte Galvano sie an. »Puttana Eva zoccola bastarda!«

»Und dann auch noch ausfällig werden. Schämen Sie sich.« Furchtlos baute sich die Frau vor Galvano auf. »Seien Sie bloß froh, dass kein Polizist in der Nähe ist, sonst würde ich Sie auf der Stelle anzeigen.«

»Wir Älteren haben Respekt und Rücksicht verdient. Ohne uns gäbe es euch gar nicht.«

Ohne den Blick von der Frau zu nehmen, zog der pensionierte Gerichtsmediziner vergeblich an der Leine. Laurenti hatte sie vom Halsband Clouseaus gelöst, am Fuß des Verkehrsschilds verknotet, und den Hund einige Meter weiter in den Schatten geführt, von wo er amüsiert dem Zwist folgte.

»Die Welt ist voll von rücksichtlosen, egoistischen und senilen Trotteln wie Sie«, kreischte die junge Frau. »Eure Renten bezahlen wir Jungen. Wir reißen uns den Arsch auf, nur damit ihr uns das Leben schwermacht. Überfahren sollte man solche Arschlöcher wie Sie. Ihr Gesicht vergesse ich bestimmt nicht.«

Dann wandte sie sich abrupt ab. Humpelnd entfernte sie sich, während Galvano ihr mit offenem Mund nachschaute. Normalerweise blieb ihm das letzte Wort.

»Hier die Handelsregisterauszüge, die Melderegisterauszüge, Kontostände und Firmenbeteiligungen Spechtenhausers. Seine Exfrau sitzt mit an den Schalthebeln, und Rechtsanwalt Ernesto Galimberti ist der Justitiar der Familienholding. Obwohl er eigentlich Strafrechtler ist. Seine Kanzlei liegt an der besten Adresse im Stadtzentrum von Bozen, der ganze Palazzo gehört ihm, eine Villa im nobelsten Wohnviertel ebenfalls. Der Mann hat Geld wie Heu, er ist in erster Ehe verheiratet.« Marietta schob einen Aktendeckel über den Tisch. Vor ihr lag noch ein ganzer Stapel weiterer Unterlagen.

»Was weißt du über die Mandanten des Anwalts?«, fragte der Commissario.

Marietta hob die Achseln. »Nur das, was das Internet hergegeben hat. Am Nachmittag sollte ich noch etwas Material von dem Kollegen in Bozen erhalten. Er ist ziemlich unfreundlich, manchmal kommt es mir vor, dass er uns nur deshalb zuarbeitet, weil die Vorschriften es verlangen.«

Auch Inspektorin Pina Cardareto hatte eine Menge an Material zusammengetragen und saß, umrahmt von zwei Beamten niedrigeren Dienstgrades, Marietta gegenüber. Laurenti, unter dessen Stuhl sich der schwarze Hund mit einem deutlich hörbaren Ächzen niedergelassen hatte, belegte die Stirnseite.

»Bis 1992 war Spechtenhauser Senator in Rom«, sagte Pina. »Südtiroler Volkspartei. Dann ist er zurückgetreten. Nicht ganz freiwillig, Mani pulite. Hinter den Kulissen hat er heftig mit Christdemokraten und Sozialisten gekungelt, obgleich er stets stramme sezessionistische Reden führte. Finanziell hat er neonazistische Gruppen unterstützt. Da liegt viel Material vor.« Sie zog ein paar Blätter hervor. »Angeblich hat er Geld aus Deutschland bekommen, in bar von einer Hanns-Seidel-Stiftung. Das haben deutsche Reporter in einer Fernsehsendung aufgedeckt, die italienische Presse hat es aufgenommen. Und hier sieht man ihn mit dem damaligen bayrischen Ministerpräsidenten.«

»Der?« Laurenti tippte auf das Bild, das vor einer weißblauen Fahne einen stämmigen, stiernackigen Mann mit dem Gesicht einer Bulldogge zeigte, der mit Lederhosen, Janker und einem Filzhut bekleidet war und neben Spechtenhauser stand, der einen Südtiroler Trachtenanzug trug. »Der war oft hier. Anfang Oktober 1987 hat er für eine Million Mark ein Oktoberfest bei uns ausrichten lassen. Sechstausend Menschen erwarteten ihn, als er mit dem Hubschrauber auf dem Molo Audace landete. Die ganze Stazione Marittima hatte man dafür belegt, Blasmusikkapellen zogen in Tracht durch die Stadt. Wahrlich teutonisch.«

»Eine ganze Woche dauerte das Fest«, pflichtete ihm Marietta bei. »Es ging um den Hafen. Die Bayern wollten Triest für sich ausbauen, nach Hamburg sind es dreihundert Kilometer mehr. Doch die Deutschen konterten dann mit subventionierten, niedrigeren Bahntarifen. Mein Freund Paolo hat auf der Toilette neben Strauß gestanden und erzählt, wie der geschimpft habe, dass er nur der Wählerstimmen wegen ständig Bier trinken müsse, obgleich er lieber Wein mochte.«

»Man sagte ihm sogar eine Triestiner Geliebte nach, ich würde zu gerne wissen, wer das war?«

»Wie alle.« Marietta grinste breit.

»Doch hoffentlich nicht du!«

»Keine Eifersuchtsszene, bitte, er war nicht mein Typ. Die Frau war verheiratet, ihr Mann hat geschäftlich ordentlich von der Liaison profitiert. Sie ist inzwischen Mitte sechzig, aber ich habe geschworen, die Klappe zu halten. Nicht einmal unter Folter würde ich ihren Namen preisgeben.«

Pina sah misstrauisch von einem zum anderen, sie war damals erst elf Jahre alt gewesen und im fernen Kalabrien. Laurenti hatte mit vierunddreißig gerade von der Verkehrspolizei zur Squadra mobile gewechselt, und Marietta war damals schon darauf spezialisiert gewesen, den Männern den Kopf zu verdrehen. Wie oft war sie morgens, fremden Betten entstiegen, ungeschminkt und schwer verkatert im Büro eingelaufen? Vermutlich war Laurenti der Einzige, den sie nicht herumgekriegt hatte. In dem Jahr, als der bayerische Ministerpräsident das Oktoberfest in Triest ausrichten ließ, war der junge Polizist gerade zum zweiten Mal Vater geworden.

»Zu Moser hingegen gibt es nur Berichte über seinen beruflichen Werdegang.« Pinas Worte rissen beide in die Gegenwart zurück. »Lange Jahre hatte er einen Lehrauftrag in Physik an der Universität Triest, auf Seminaren sprach er über Zukunftsfragen und europäische Aspekte der Sicherheit. Exzellente Kontakte, auch in die USA. Diese Sonar Communications produziert offenbar Überwachungstechnologie. Sehr nebulös, was auf der Website steht, aber aufschlussreich genug: Produkte für Geheimdienste und Ministerien.«

Brüsk wurde die Tür zu Laurentis Büro aufgestoßen, alle drehten sich um. Die Augen schienen fast aus Galvanos Kopf zu springen, als er sich wütend am Tisch aufbaute. Selbst der Hund spitzte die Ohren, machte aber keine Anstalten, sich zu erheben, als er die Stimme seines Herrn vernahm.

»Lass diese dummen Scherze, Commissario«, donnerte der alte Herr. Auf seiner Stirn war eine dicke Ader hervorgetreten, und sein ausgeprägter Kehlkopf hüpfte unter der faltigen Haut des dürren Halses.

»Dottore, Sie haben uns aber lange nicht besucht«, rief Marietta dazwischen. Deeskalation zählte zu ihren Spezialitäten. »Sie kommen im richtigen Moment, wir brauchen dringend Unterstützung.«

»Wo ist mein Hund?« Er schwenkte eine gelbe Plastikrolle mit der aufgespulten Hundeleine in der Hand.

»Beim Psychiater, Galvano. Krisenintervention und Traumatherapie.« Laurenti verharrte bewegungslos auf seinem Stuhl, unter dem der betagte schwarze Vierbeiner lag.

»Hüte dich, mich auf den Arm zu nehmen, du falscher Freund.«

Die beiden jüngeren Beamten aus Pinas Team kannten Galvano nur von seiner Fama als unbeherrschten Grantler, den man vor Ewigkeiten sogar mit Hausverbot belegen musste, als er trotz seiner Pensionierung weiter zur Arbeit gekommen war und jeden Nachfolger erfolgreich aus den gekachelten Verließen der Gerichtsmedizin hinausgeekelt hatte. Ein Italoamerikaner, der als junger Soldat Ende des Zweiten Weltkriegs in der Stadt geblieben war, zum Chefpathologen avancierte und angeblich ein Ass in seinem Job gewesen sein soll. Einer, der selbst den Staatspräsidenten und den Papst geduzt hätte, wäre er ihnen begegnet.

Galvano zeterte. »Zuerst siehst du tatenlos zu, wie mich eine junge Gans beleidigt. Statt einzuschreiten, hast du dich feige aus dem Staub gemacht und meinen Hund entführt. Du bist ein Kameradenschwein, Laurenti. Alle sollen das wissen.«

»Lieber Dottore, manchmal sind Sie wirklich hartherzig.« Marietta war aufgestanden und hakte sich bei ihm unter. »Ihr süßer schwarzer Hund hatte Durst und der Commissario Mitleid. Sie haben einfach vergessen, ihm zu trinken zu geben. Dabei sollte ein Mediziner doch wissen, dass vor allem ältere Herrschaften darauf achten müssen, genug Flüssigkeit zu sich nehmen. Mindestens zwei Liter am Tag, Dottore. Aber jetzt nehmen Sie das liebe Tier einfach wieder mit. Wir können uns nicht den ganzen Tag darum kümmern.«

Marietta hatte das Vieh nie gemocht. Sie spulte entschieden die Leine ab, deren Griff Galvano fest umklammert hielt, und ging zu Laurentis Stuhl. Drei Meter spannte die dünne Schnur nun. Resolut zerrte sie den Köter am Halsband hervor und gab ihm einen etwas zu deftigen Klaps. Dann schob sie die beiden betagten Greise zur Tür hinaus.

»So mütterlich, Marietta?«, sagte Laurenti, als seine Assistentin wieder Platz genommen hatte.

»Ihr Männer seid Kinder«, hauchte sie. »Man weiß immer sofort, was ihr wollt.«

»Am Nachmittag befrage ich die Zwillinge«, nahm Laurenti den Faden wieder auf. »Ich habe mich telefonisch angemeldet. Und auch mit Donna Rita werde ich reden.«

»Denken Sie bitte daran, dass wir die Fingerabdrücke brauchen«, sagte Pina.

Als die anderen das Büro verlassen hatten, betrachtete Marietta die Kataloge des Reisebüros. »Planst du etwa den Urlaub, Proteo?«, fragte sie. »Wohin geht's denn?«

»Dubai«, sagte Laurenti einsilbig. Der Katalog, auf dessen Titelseite die Fotografie des Hotels in der Form eines Segels prangte, lag zuoberst. »Dort kann man günstig Gold kaufen, wer weiß, welch böse Überraschungen die Krise noch bringt.«

Kaum hatte sich hinter Marietta die Tür geschlossen, klingelte sein Mobiltelefon. Als er die Nummer des Anrufers erkannte, nahm er sofort ab.

»Du hast dich heute früh nicht von mir verabschiedet. Einfach abgehauen bist du. Schade.«

»Du hast so selig geschlafen, Živa. Und dieser Spechtenhauser stellt mich vor große Rätsel.«

»Deswegen rufe ich auch an. Aber bitte keine Namen am Telefon. Wir werden die Firma unter die Lupe nehmen, nach der du dich erkundigt hast. Mit Finanzbeamten und einem Rollkomando, wir machen Inventur. Es gibt diplomatischen Druck aus Rom, den der Minister an mich weitergibt. Der Mann war offensichtlich wichtig genug. Bist du dir eigentlich sicher, dass nicht auch andere in der Sache ermitteln?«

»Was war das gestern bloß für ein Tag.« Xenia Ylenia Zannier strich mit beiden Händen durch ihr kurzes blondes Haar und schüttelte dann den Kopf. Sie trug helle Jeans und eine weite weiße Leinenbluse. Ihre Dienstwaffe im Gürtelholster darunter konnten nur geschulte Blicke erkennen. »Und heute früh dann noch die Fragen der Kollegen von der Guardia Costiera und der Polizia Marittima. Niemals hätte ich mir träumen lassen, dass es in Grado stressig werden könnte.«

Laurentis Termin bei den Zwillingen auf Spechtenhausers Gehöft war für fünfzehn Uhr vereinbart. Nach der Abteilungssitzung hatte er seine Kollegin in Grado angerufen. Sie klang erleichtert, sofort stimmte sie seinem Vorschlag zu einem raschen Mittagessen zu. Sie saßen auf der Terrasse des Restaurants eines Campingplatzes bei Grado Pineta, wo sie sich sicher sein konnten, dass ihr Gespräch von niemandem belauscht wurde. Nur einige deutschsprechende Gäste saßen an entfernten Tischen. Die leichte Brise, die am Vormittag noch die Hitze erträglich gemacht hatte, war abgeflaut. Laurenti stand der Schweiß auf der Stirn.

»Der Kutter hat es gerade noch geschafft, internationale Gewässer zu erreichen. Die Zusammenarbeit mit den Kroaten ist nicht gerade einfach, sie sind nicht eingeschritten. Ohne direkte Kontakte ist es ein zeitraubendes bürokratisches Prozedere.«

»Warum zum Teufel hast du nicht schon früher Alarm geschlagen?«, fragte Laurenti, goss viel Mineralwasser zum Weißwein und griff nach einer gegrillten Jakobsmuschel.

»Ich musste erst feststellen, was da lief.« Die Kommissarin pulte eine der Stabmuscheln aus dem Gehäuse. »Als einer der Typen zum Pinkeln ans Ufer trat, hat er mich entdeckt. Er rief den anderen etwas zu, sprang ins Wasser und versuchte mich zu fassen. Aber er hatte keine Chance. Trotzdem sind wir nur um ein Haar davongekommen.«

»Und wer waren diese Typen? Konntest du sie erkennen?« Laurenti runzelte die Stirn. Was war bloß in die Kollegin gefahren?

»Es war zu dunkel. Sie waren zu fünft, nein, zu sechst mit dem Bootsführer. Alle schwarzgekleidet, körperliche Arbeit gewohnt und, ihren Bewegungen nach zu schließen, nicht besonders alt. Sie haben kleine Holzkistchen zum Boot getragen, so groß wie die für eine gute Flasche Wein. Aber schwerer, denn mehr als zwei gleichzeitig hat keiner auf einmal getragen. Zwei andere Typen lehnten an ihrem Wagen, gaben Befehle und rauchten. Ich bin mir nicht sicher, aber bei denen könnte es sich um die beiden handeln, von denen ich dir erzählt habe.«

»Um wen?«

»Diese Männer, die in Magdas Hotel die Suiten belegt haben. Südtiroler der eine, Sizilianer der andere. Als ich Magda gestern Morgen besucht habe, bin ich diesem Unterberger im Treppenhaus begegnet.«

»Hast du das etwa noch immer nicht gemeldet, Xenia?« Laurenti fiel aus allen Wolken. »Die Sonderkommission fahndet nach ihnen. Seit gestern stehen sie auf der Liste. Was treibt dich bloß um? Du lässt die beiden lediglich beobachten. Du willst dich doch hoffentlich nicht im Alleingang und hinter dem Rücken der anderen in die Aufklärung des Goldraubs einmischen?«

Xenia errötete, doch erwiderte sie nichts.

»Und dann?«, fragte Laurenti, um ihr zu helfen.

»Sie haben die Verladung sofort abgebrochen, den Rest kennst du.«

»Ich habe den Eindruck, du langweilst dich in diesem Städtchen. Bis heute hast du mir den wirklichen Grund nicht genannt, weshalb du dich ausgerechnet nach Grado hast versetzen lassen.« Er nahm einen tiefen Schluck von seinem Glas.

»Ich werde die beiden weiter beobachten.« Xenia schüttelte trotzig den Kopf. »Gestern haben sie mit zwei aufgedonnerten Weibern am Nebentisch eines Kollegen gesessen. Aber sie haben nur von Urlaubszielen und Weinlieferungen gesprochen.«

»Pina hat auf dem Gut nur zwei Lieferwagen gesehen, an deiner Straßensperre sind aber vier vorbeigefahren.« Nachdem er die letzte Muschel verschlungen hatte, säuberte Proteo Laurenti seine Finger mit einem Erfrischungstuch.

»Gespenster waren das letzte Nacht nicht. Unterberger und Cassara sind erst morgens ins Hotel zurückgekommen.«

»Seit heute früh sitzt ein erster Tatverdächtiger«, sagte Laurenti ernst. »Ebenfalls ein Kenner der Haftanstalt da oben. Ein alter Kunde. Im Verhör hält er nie lange durch und versucht normalerweise, seine Lage dadurch zu verbessern, indem er andere verpfeift. Ein kleiner Deal mit dem Staatsanwalt, der verspricht, seine Reue in der Verhandlung ordentlich zu erwähnen und, in Anerkennung der Kooperationsbereitschaft, ein milderes Urteil zu fordern. Wenn er deine beiden Freunde kennt, dann wird es nicht lange dauern, bis die von der Sonderkommission hier auftauchen und das Hotel unter die Lupe nehmen. Natürlich ohne dich vorher zu fragen. Die Langeweile der Provinz vernebelt deinen Instinkt. Außerdem hast du nicht nur dich selbst gefährdet. Zeno bringt wirklich eine Eselsgeduld auf. Wenn die im Hangar kapieren, dass du ihnen etwas verschwiegen hast, was rasch den Ruhm des Teams gesteigert hätte, wirst du gehörigen Ärger bekommen. Die stehen unter Erfolgsdruck, müssen auf ihre Freizeit verzichten, auf die Familie und auf ein normales Leben, solange der Fall nicht aufgeklärt ist. Und du verschleppst die Dinge. Sei auf der Hut, Xenia.«

»Battista Malannino kenne ich von früher. Mit dem komme ich schon zurecht.«

Laurenti winkte dem Wirt, bestellte einen Espresso und entgegen Xenias Einspruch die Rechnung. Er wischte den Schweiß von der Stirn. »Die Luft ist zum Schneiden dick. Spätestens in der Nacht wird ein Gewitter aufziehen.«

Die Zwillinge erwarteten ihn bereits. Laurenti war eine Viertelstunde zu spät aus dem Wagen gestiegen, den er vor dem Gutshaus neben drei Limousinen mit deutschen Kennzeichen aus Rosenheim geparkt hatte. Auch die Moto Guzzi stand da. Xenias Vorgehen hatte ihm während der Fahrt Kopfzerbrechen bereitet. Stets hatte sie allein oder in kleinen Teams ermittelt und nie aufgegeben, wenn sie sich einmal auf der richtigen Fährte glaubte. Sie war eine hervorragende Spürnase, die so viele Belobigungen und Auszeichnungen erhalten hatte, dass sie damit hätte die Wände ihres Büros tapezieren können. Aber war sie wirklich dafür gemacht, eine eigene Dienststelle zu führen?

Die unauffällig gekleidete, grauhaarige Frau, die ihn empfing, hinkte. Hüftgelenk, dachte Laurenti, reichte ihr die Hand und kam nicht dazu, sein Anliegen zu nennen.

»Ottilie Runggaldier, aber nennen Sie mich der Einfachheit halber bitte Oti. Italiener können meinen Nachnamen einfach nicht korrekt aussprechen. Seit über zwanzig Jahren leite ich das Büro hier und trage auch in Personalfragen die Verantwortung. Ich habe schon in Bozen für Herrn Spechtenhauser gearbeitet, bis er mich bat, mit ihm zu kommen. Bitte folgen Sie mir. Die Damen erwarten Sie, Commissario.«

Das Innenleben des Gebäudes stand in brachialem Kontrast zu seiner alten Fassade, dem steilen Dach des Haupthauses und den mächtigen Scheunentoren an den Seitenflügeln. Das Entree war schnörkellos, die kahlen Wände weiß gestrichen, die einzige Farbe brachte der aus Kunstharz gegossene, karminrote Fußboden. Auf der breiten, frei schwebenden Treppe mit dem Edelstahlgeländer wechselte seine Farbe in Dottergelb, der Boden des Flurs im ersten Stock war dafür strahlend blau. Ein Liebhaber der Werke Mondrians musste das Sagen gehabt haben.

»Wie viele Mitarbeiter haben Sie?«, fragte Laurenti, während sie die offene Galerie entlanggingen, an der durch Glaswände abgetrennte Büros lagen.

»Drei in der Liegenschaftsverwaltung, zwei in der Buchhaltung, ein Informatiker, ein Chauffeur, der sich auch um die Hausverwaltung kümmert, Magdalena und Gertraud Spechtenhauser und ich.« Die Chefsekretärin gab freundlich und bereitwillig Auskunft. Nur ein leichter Akzent zeichnete ihr Italienisch.

»Zehn Personen nur? Das Anwesen wirkt deutlich größer.«

»Dazu gibt es noch die Büros der vier Außendienstler, die mindestens drei Tage die Woche mit der Verwaltung der Immobilien vor Ort und dem Mahnwesen für säumige Mieter beschäftigt sind. Fast siebenhundert Wohnungen oder Anwesen und Firmen sind kein Zuckerschlecken. Ferner haben wir einen Konferenzraum, eine große Küche, in der auch die Verkostungen stattfinden, und den Präsentationskeller für die Weine der Güter im Friaul und in Südtirol. Natürlich hat auch Donna Rita als Aufsichtsratsvorsitzende ein Büro und ein eigenes Appartement. Eine zweite Wohnung liegt im rechten Seitenflügel, sie wird nur in dringenden Fällen genutzt. Gäste, oder falls jemand aus der Geschäftsleitung bis spätnachts zu tun hat.«

»Wer hat zuletzt dort übernachtet?«

»Zuletzt?«

»In den vergangenen vier Wochen?«

»Niemand.«

Ottilie Runggaldier öffnete die Tür zu einem so riesigen Konferenzraum, wie Laurenti ihn höchstens aus der Firmenzentrale des größten Versicherungskonzerns Triests kannte, und bat den Commissario einzutreten.

»Bitte nehmen Sie einstweilen Platz«, sagte die grauhaarige Frau und verschwand durch eine zweite Tür.

Laurenti fühlte sich verloren in dem enormen, klimatisierten Saal. Er zählte vierzig Stühle am Konferenztisch und hätte nicht gewusst, wo er sich niederlassen sollte, wäre Signora Oti nicht sogleich zurückgekommen und zur Stirnseite beim Fenster gegangen, wo sie drei Stühle aus der strengen Ordnung herauszog.

»Falls Donna Rita Carli im Haus ist, würde ich mich dann auch gerne mit ihr unterhalten«, sagte Laurenti. »Und mit ihrem Sohn Nikolaus.«

»Ich will sehen, was ich tun kann«, sagte die Runggaldier

nach kurzem Zögern. Zum ersten Mal hatte sich ihr zuvorkommender Gesichtsausdruck einen Augenblick verdüstert.

»Es wäre einfacher für alle und verlangte deutlich weniger Aufwand, solange die Herrschaften in der Gegend sind. Sonst müsste ich auf Kosten des Steuerzahlers nach Südtirol reisen.«

»Das würde ich mir an Ihrer Stelle überlegen. Es ist schön dort.«

Die Schwestern waren anders als bei der Trauerfeier für ihren Vater nicht im Trachtenlook gekleidet. Sie baten ihn, Platz zu nehmen. Oti Runggaldier zog die Tür des Konferenzraums hinter sich ins Schloss.

»Die Liste derer, die in den letzten fünf Jahren in Tolmezzo gesessen haben, ist beeindruckend.« Die Stimme der Ermittlerin war mädchenhaft, obgleich tiefe Falten ihr wettergegerbtes Gesicht zeichneten, und die Motorik von Ispettore capo Angela Matičetov erinnerte an eine Spinne, nie bewegte sie nur eines ihrer Gliedmaßen allein. Sie arbeitete seit zwanzig Jahren unter der Questura von Udine. Den Norden der Region kannte sie wie ihre Westentasche, oben in den Bergen hatte sie Dienst in vielen kleineren Kommissariaten geschoben und war dazu eine begeisterte Skifahrerin und Bergsteigerin. Sie war gerade eins sechzig groß, ledig und stammte aus dem Val Resia, einem achtzehn Kilometer langen Gebirgstal mit einer autochtonen slawischen Urbevölkerung. Matičetov, die Matta, die Verrückte, gerufen wurde, galt als listig, pedantisch und zäh. Verdächtige, die sie in die Mangel nahm, lernten schnell das Fürchten. »Die Strafvollzugsanstalt hat eine Kapazität für einhundertachtundvierzig Gefangene, derzeit sitzen aber zweihundertsechzig ein. Knapp die Hälfte sind Ausländer, je ein Drittel etwa Maghrebiner, Osteuropäer und Albaner. Sechsundvierzig Gefangene werden im Hochsicherheitstrakt verwahrt, achtzehn in strenger Isolierhaft. In den letzten vier Jahren hatte die Anstalt einen Durchlauf von knapp zweitausend Personen. Einhundertsiebzig Vollzugsbeamte, ein Arzt, zwei Psychologen und ein Sanitäter sind festangestellt, der Rest extern. Eine nette Gemeinschaft.« Matta wedelte mit der Liste. Sie hatte die Stimme heben müssen, um den höllischen Lärm der Flugzeugturbine zu übertönen, der sich von der Rollbahn dem Hangar näherte und bald die Mauer zu durchbrechen drohte. Dann warf sie die Papiere auf den Tisch. »Einige von ihnen hängen hier an der Wand.«

»Wir machen eine Pause. In einer Viertelstunde sehen wir uns wieder«, rief der Ermittlungsrichter und befahl seinem Assistenten nachzusehen, weshalb ausgerechnet vor der Einsatzzentrale ein solcher Lärm veranstaltet wurde.

Einige der Raucher gingen hinaus, um in der von Abgasen geschwängerten Luft endlich ihren Nikotinpegel aufzufrischen. Seit eineinhalb Stunden trugen sie das Material der verschiedenen Ermittlungsgruppen zusammen und diskutierten die resultierenden Hypothesen und Maßnahmen. Malannino hatten sie es zu verdanken, dass der fünfzehn Meter hohe Hangar nikotinfrei blieb. Solange der Ermittlungsrichter anwesend war.

Eine Boeing 737-800 der Billigfluglinie, die Triest täglich mit London und Birmingham verband, hatte bei der Landung offensichtlich ein technisches Problem und war deshalb nicht zum Terminal eingewiesen worden. Die Passagiere befanden sich noch alle an Bord, als drei Feuerwehrautos in respektvollem Abstand hielten. Eine Treppe war an das Flugzeug gefahren worden. Die Turbine auf der Einstiegsseite kam erst zum Stillstand, als Techniker die Kraftstoffzufuhr von außen zu schließen vermochten. Dann wurde die Kabinentür geöffnet, Passagiere mit ängstlichen Gesichtern stürmten die Treppe hinunter und stiegen in den Transferbus. Andere scherten sich nicht um die Anweisungen des

Bodenpersonals und liefen über den Asphalt einfach weiter zum fünfhundert Meter entfernten Terminal. Immer wieder drehten sich einige um, als versuchten sie ihre Haut zu retten, bevor das Teufelsgerät in der nächsten Sekunde als gewaltiger Feuerball in die Luft fliegen musste; so wie sie es oft genug in Fernsehfilmen gesehen hatten.

Der dunkelblaue Transporter der Polizia Penitenziaria, mit dem normalerweise Häftlinge von der Vollzugsanstalt in andere Gefängnisse verlegt oder zum Gericht gebracht wurden, war am späten Vormittag in den Hangar gefahren, wo er in einer abgelegenen Ecke hielt. Mimmo Oberdan würde seine vierrädrige Haftzelle nur zum Verhör verlassen. Seit Stunden saß er inzwischen dort fest und hatte jedes Zeitgefühl verloren. Durch die Seitentür des mit Neonlicht ausgeleuchteten Hangars konnte er nur dann den Sonnenschein draußen sehen, wenn sie geöffnet wurde. Er hatte damit gerechnet, sofort vernommen zu werden, als er aus dem Streifenwagen stieg, stattdessen hatte man ihn in den Gefangenentransporter verfrachtet.

Seine Taschen hatten Laurentis Leute bereits geleert, ihm auch Gürtel, Schnürsenkel und Armbanduhr abgenommen. Die beiden Strafvollzugsbeamten, die für gewöhnlich den vergitterten Kübel fuhren, saßen nun vor der Hecktür und wachten darüber, dass er nichts Unbesonnenes unternahm. Die Kunststoffpolster klebten an seinem Gesäß, nicht einmal hinlegen konnte er sich. Nur Mineralwasser in einer Plastikflasche hatte man ihm gebracht und später ein Tramezzino. Doch immerhin war das Geld sicher. Noch vor der Grenze hatte er den Briefumschlag in eine Plastiktüte gesteckt und in einem Wäldchen bei der Ortschaft Dane vergraben. Wenn er das nächste Mal aus dem Knast käme, läge zusammen mit der zweiten Rate zumindest ein ordentliches Startgeld bereit. Die zwei Nächte in Wolfsberg hatten ihn dreieinhalbtausend Eier gekostet. In seiner unbequemen Zelle versuchte

Mimmo, nicht ständig an die Rumänin und ihre Mädchen zu denken.

Dem Erzengel stand das Wasser bis zum Hals, ohne dass er es wusste. Die Bullen hatten seine Bleibe in Pampaluna durchsucht und Reifenabdrücke eines Lkw vor dem Haus abgegossen, die mit denen des Fahrzeugs auf dem österreichischen Rastplatz verglichen würden. Auch die Wohnung seiner betagten Eltern in Triest hatten sie auf den Kopf gestellt und natürlich das auf seinen Namen angemietete Loch von zwanzig Quadratmetern in einem schmucklosen Wohnblock mit Blick auf das Stahlwerk, dessen Balkone von einer dicken Schicht Ruß bedeckt waren.

»Die Zusammenfassung, bitte«, sagte der Ermittlungsrichter, nachdem alle wieder versammelt waren, und gab dem Commissario das Wort, der vom Polizeipräsidium in Pordenone delegiert worden war. Der Analyst war ein vierzigjähriger Brillenträger mit sportlicher Figur und viel Erfahrung. Alessandro Pennacchi trat an die Tafel, an der die Fotos von inzwischen neun Männern samt ihren Namenszügen und den Angaben aus den Melderegistern hingen.

»Die Blondine in dem Transporter dort drüben ist der erste Tatverdächtige, den wir haben. Auch diesen Johann Pixner fassen wir hoffentlich bald. Er ist international zur Fahndung ausgeschrieben, und die Kollegen in Südtirol durchkämmen die Gegend. Solche Kerle zieht es meist in ihre heimatlichen Gefilde zurück, an den Rockzipfel ihrer Mutter. Fernreisen oder Träume, in tropischen Gefilden ein neues Leben zu beginnen, gehört nicht zu deren Vorstellungen.« Sandro Pennacchi blätterte in seinem Moleskine. »Dank der Auswertung der Videoüberwachung des Flughafens stehen sechs Täter definitiv fest. Die Zuordnung von Giuseppe Tomasin, Bepe, hingegen erfolgt nur, weil er sich auf den Videoaufnahmen zu vertraut mit Pixner unterhält. Ähnlich bei dem Mann mit dem slowenischen Pass, ein Tomaž Novak. Ich hoffe, die Kollegen jenseits der Grenze liefern uns bald genauere Angaben über ihn.« Pennacchi zeigte auf weitere Fotos. »Dann dieser hier, Renzo Semerano, lässt sich ebenfalls sicher zuordnen. Er hat den Lastwagen gefahren, der den Unfall auf der Autobahn verursacht hat. Die Videokamera an der Mautstelle Latisana, hinter der er den Sattelschlepper abgestellt hat, zeigt ihn groß und deutlich. Wie er sich von dort entfernt hat, ist noch unklar. Er war Berufssoldat und hat beim Militär Panzer gefahren. Gebürtig und wohnhaft in Bari. Eine lange Liste an Vorstrafen wegen Autodiebstahls und als Mitglied einer Bande, die über Jahre Baumaterial und Gerätschaften gestohlen hat. Planierraupen, Bagger, Lastwagen für Abnehmer in Osteuropa. Wo er zuletzt einsaß, brauche ich nicht zu erwähnen. Ferner ist davon auszugehen, dass Ignaz Pixner, der Bruder von Johann, beteiligt war. Die beiden haben in der Vergangenheit alle krummen Dinge gemeinsam gedreht. Ich nehme an, dass auch er sich in seiner geliebten Heimat versteckt. Neben der Auskunft der Slowenen warten wir auch auf die Videoauswertungen vom Rastplatz auf der Autobahn in Österreich. Ich muss zugeben, den Raub selbst hat die Bande verdammt gut geplant, ein Spiel mit den politischen Grenzen um uns herum. Ein Spiel gegen die Zeit. Während wir mit bürokratischen Hürden kämpfen, die für keinen Gangster gelten.«

Chefinspektorin Innocenza D'Ignoto meldete sich. Die Müdigkeit zeichnete ihr Gesicht. Seit Freitag hatte sie nur wenig und hastig gegessen und fast ununterbrochen, mit Wachsstöpseln in den Ohren, vor dem Computer und den drei Bildschirmen gesessen. Mit ihren beiden Kindern zu Hause in Padua hatte sie während der letzten drei Tage nur zweimal kurz telefoniert. Als eine der wenigen im Hangar trug sie Uniform. »Meines Erachtens haben sieben Männer im Flugzeug gesessen. Jagoš Dobrilo heißt der Letzte. Ein Serbe, 1969 geboren in Novi Sad, Bäcker mit gültiger Aufenthalts- und Arbeitserlaubnis in Gorizia. Er hat mehrfach in Untersuchungshaft gesessen, Verdacht auf Waffenschmuggel, der ihm allerdings nie beweiskräftig angelastet werden konnte. Er ist ein Bekannter von Giuseppe Tomasin. Das geht aus früheren Abhörprotokollen hervor, laut derer sie sich mittels Codes über Waffengeschäfte unterhielten. Er wurde nie verurteilt. Von München ist er direkt nach Belgrad weitergeflogen.«

»Und da er kein international gesuchter Kriegsverbrecher ist, werden wir ihn schwerlich zu fassen bekommen. Das können aber längst nicht alle Beteiligten sein«, ergriff Malannino das Wort. »Durchschnittlich einmal im Monat finden Goldtransporte nach Istrien statt. Ein florierendes Geschäft aufgrund der niedrigeren Lohnkosten in Kroatien, wo die Ware verarbeitet und am Ende exportiert wird. Die Aurum d.o.o. stellt Schmuck für einige westeuropäische Ladenketten her, die auf fast allen Flughäfen einen Shop haben, für Geschäftsreisende, die kurzfristig den Abschluss eines Geschäfts mit den Partnern im Bordell gefeiert haben und sich am Flughafen daran erinnern, dass sie verheiratet sind. Ein Goldkettchen für die Gemahlin.«

»Ein florierendes Geschäft«, raunzte Sandro Pennacchi. »Wem gehört das Unternehmen?«

»Mehrheitsgesellschafter ist ein Franz Xaver Spechtenhauser.« Der neununddreißigjährige Tenente Bernardino Cornacchia hatte mehrere Ticks, unter anderem warf er immer wieder vogelartig den Kopf abrupt nach hinten, während er sprach. Nur zu Hause oder wenn er allein am Schreibtisch arbeitete, vergaß es der Experte der Finanzpolizei bisweilen. Und wenn der Mann sprach, neigte er dazu, immer wieder die gleichen Worte zu wiederholen. »Der offizielle Handelsregisterauszug aus Kroatien müsste heute Nachmittag eintreffen. Demzufolge ist der Hauptgesellschafter dieser Südtiroler, der Senator in Rom bis 1992 war, er ist wohnhaft in einer kleinen Gemeinde auf dem Karst, demzufolge ist auch der Hauptsitz seiner Firma hier. Auf dem halben Weg nach Grado. Er wurde am Freitagmorgen beerdigt. Ich habe die beiden Töchter vernommen, die seine Geschäfte weiterführen. Demzufolge ergebnislos. Beide haben ausgesagt, dass sie weder von dem Goldtransport wüssten, noch über Einzelheiten der Aurum d.o.o. im Bilde seien. Demzufolge hat das Ministerium heute früh bei den kroatischen Behörden Druck gemacht. Eine Durchsuchung des Betriebs müsste demzufolge bald stattfinden. Dieser Spechtenhauser ist aber vor zehn Tagen bei einem Flugzeugabsturz ums Leben gekommen. Die Ermittlungen sind in der Hand der Staatsanwaltschaft Triest und werden demzufolge von einem Kollegen der dortigen Questura geleitet.«

»Welche Ermittlungen?«, fragte Malannino.

»Sprengstoff.« Cornacchia warf abrupt den Kopf zurück. »Die Firma und die Beteiligungen werde ich demzufolge bis ins letzte Detail durchleuchten. Und Sie sollten vielleicht mal mit den Kollegen in Triest sprechen, Ermittlungsrichter.«

»Demzufolge wir von denen Genaueres darüber erfahren könnten.« Malannino hob mit leichtem Grinsen die Hand. »Die Geschichte bekommt langsam einen Zusammenhang, Signori. Über die Trauerfeier für diesen Spechtenhauser wurde in den Fernsehnachrichten berichtet, selbst der Premierminister war dort. Ich fresse einen Besen, wenn der Zeitpunkt des Überfalls nicht bewusst gewählt wurde.«

»Eine unsichtbare Regie hinter beiden Taten?«, unterbrach ihn Sandro Pennacchi. »Ich halte nicht besonders viel von Verschwörungstheorien. Die führen meist auf falsche Fährten.«

»Wollen Sie es ausschließen?«, fragte Malannino. »Wie heißt der ermittelnde Beamte in Triest?«

Cornacchia warf den Kopf in den Nacken und blätterte in den Unterlagen. »Vicequestore aggiunto Laurenti, Proteo.«

»Mit diesem Laurenti habe ich bereits telefoniert«, sagte Malaninno. »Er hat den Kerl da drüben festgenommen. Seiner Erfahrung nach wird er relativ rasch kooperieren. Ich knöpfe ihn mir zusammen mit Ihnen, Pennacchi, vor.«

»Ich war noch nicht fertig mit meinem Bericht.« Wieder warf Cornacchia den Kopf in den Nacken. »Demzufolge Vollständigkeit der bisherigen Erkenntnisse hilfreich ist. Wie alle wissen, war ich einer der Ersten, die am Freitag zu diesem Stab delegiert wurden. Demzufolge habe ich eine Stunde nach dem Überfall mein Kommando in Brescia verlassen, um bereits kurz nach Mittag bei der Filiale der Banca d'Italia in Vicenza einzutreffen, von wo der Goldtransport gestartet war. Meine Funktion sieht vor, dass ich bei entsprechenden Vorfällen innerhalb kürzester Zeit vor Ort bin. Demzufolge frage ich mich, weshalb der Inspektor der Transportversicherung, der aus Mailand anreisen musste und demzufolge mehr als den doppelten Weg zu machen hatte, bereits vor mir da war. Ein ehemaliger Kollege, der seinen Dienst bei der Guardia di Finanza vor fünf Jahren quittiert hat. Es liegt nichts gegen ihn vor, er hat lediglich gesagt, dass er bei der Versicherung deutlich mehr verdiene. Er sei zufällig in der Nähe gewesen. Hier sind seine Unterlagen. Triest, Venedig, Treviso, Verona, Bozen, Meran, Trient, Modena. Niemals lange an einem Ort.« Cornacchia warf den Kopf in den Nacken. »In Vicenza lag sonst nichts Auffälliges vor.«

»Hat demzufolge noch jemand etwas der Vollständigkeit halber anzufügen?« Malannino nahm die Akte entgegen. »Dann wollen wir mal hören, was uns dieser Oberdan auftischt.«

»Einen Mann, der Angst hat, verlässt man nicht. Spechtenhauser war wendig und intelligent, aber mutig war er nicht. Moser ist anders«, sagte Donna Rita mit einem kleinen Lächeln, das Laurenti nicht einordnen konnte. War es zynisch oder zärtlich, voller Mitleid, oder schien ihr die Frage lächerlich, die er ihr am Ende gestellt hatte?

Das Gespräch mit den Zwillingen zuvor war äußerst sachlich verlaufen. Trotz ihrer jungen Jahre waren beide gestandene Managerinnen, deren Augen fest auf den Commissario gerichtet blieben, als führten sie Geschäftsverhandlungen. Kein einziges Mal tauschten sie Blicke untereinander aus, bevor sie seine Fragen beantworteten. Den Vorabend des Flugzeugabsturzes hatten sie separat, aber mit Freunden verbracht, deren Namen sie nannten, ohne dass Laurenti sie dazu auffordern musste. Gertraud hatte Gäste zu Hause gehabt, Magdalena war zu einer Vorbesichtigung der Biennale in Venedig eingeladen gewesen und nach dem Abendessen erst nach Mitternacht zurückgefahren. In die Geschäftsleitung waren sie mit ihrem dreißigsten Lebensjahr vorgerückt; ab diesem Zeitpunkt hatte ihr Vater sich konsequent aus dem Alltagsgeschäft zurückgezogen und sich nur noch um Projekte gekümmert, die ihm besonders am Herzen lagen. Darunter auch die Beteiligung an der Goldschmiede, in deren Einzelheiten er die Zwillinge nicht eingeweiht habe. Und natürlich habe er sich stets mit großer Fürsorge um jeden gekümmert, der Rat brauchte oder dessen wirtschaftliche Probleme ihn in Zwangslagen gebracht hätten, die der alte Spechtenhauser auch dann gelöst habe, wenn die Banken sich zierten.

»Ihr Vater hat also Kredite vergeben?«, fragte Laurenti.

Gertrauds Augen blitzten überlegen. »Er war kein Wucherer, lieber Commissario. Wenn sie seine Verträge sähen, würden Sie den Kopf schütteln. Nicht einmal Zinsen hat er von den Debitoren verlangt, ein einfacher Schuldschein genügte ihm.«

»Natürlich hat Papa die Immobilien so besichern lassen, dass sie nicht in eine eventuelle Konkursmasse fielen. Irgendeine Garantie musste er ja haben. Übers Ohr hauen lassen wollte er sich selbstverständlich nicht.« Magdalena Spechtenhauser tippte mit dem Kugelschreiber auf die Platte des Konferenztisches. »Er war durchaus berechnend, aber kein Kredithai. Und er war rechtlich stets auf der sicheren Seite. Bei jedem Abschluss hat Avvocato Galimberti ihn beraten. Die wirtschaftliche Seite hat unser Vater selbst betrieben.«

»Gab es nie Zahlungsausfälle?«

»Er hat nie Verlust gemacht.«

»Und so ist Ihr Papa also zu seinem Grundbesitz gekommen?«

»Die Regeln sind so eindeutig wie bei klarer Sicht der Kamm der Dolomiten, Commissario. Und die sieht man von der Adria genauso gut wie von Südtirol aus. Im Grunde war er ein einfacher, pragmatischer Mensch mit einem guten Riecher, wie die meisten, die aus seiner Gegend stammen. Wer sich an ihn wandte, hatte schlicht und ergreifend noch einmal eine Chance, die ihm andere verwehrten. Freundschaft, Sympathie, Menschenkenntnis, Heimatverbundenheit. Nennen Sie es, wie Sie wollen.« Gertraud nahm einen Schluck Wasser.

»Ein Philanthrop also. Nachdem Sie mir nicht sagen können, wer den letzten Abend mit Ihrem Vater verbracht hat, meine Damen, würde ich nun gerne mit seiner ersten Frau sprechen.«

Gertraud griff zum Telefon und sagte der Chefsekretärin, dass sie Donna Rita Carli in den Konferenzsaal bitten möge. »Was passiert mit dem beschlagnahmten Material, Commissario?«, frage sie dann.

Laurenti zuckte die Achseln. »Darüber wird der Staatsanwalt entscheiden. Rechnen Sie nicht mit einer Freigabe, bevor die Untersuchungen abgeschlossen sind. Warum?«

»Die Daten auf seinem Computer«, sagte Magdalena. »Können wir wenigstens eine Kopie der Festplatte haben?«

»Wir müssen den Betrieb ohne Verluste weiterführen können, Signor Laurenti«, fügte ihre Schwester hinzu. »Wie gesagt, wir wissen derzeit nicht, ob wir Kenntnis von allen Vorgängen haben, die er allein verwaltete.«

Wie auf ein unsichtbares Kommando erhoben sich die Zwillinge gleichzeitig. Magdalena reichte ihm als Erste die Hand.

»Meinen Sie die Schuldscheine, die Ihr Vater im Flugzeug dabeihatte?«, fragte Laurenti, als sie schon in der Tür waren.

Gertraud und Magdalena blieben wie versteinert stehen und wandten sich um.

»Sie sind demnächst fällig. Eine Fotokopie können Sie selbstverständlich haben. Aber erst, wenn unsere Kollegen in Bozen die Schuldner befragt haben und diese ein Alibi vorlegen können. Das werden Sie verstehen. Die paar Zinsen können warten, bis wir den Täter gefasst haben.«

»Nochmals, Papa hat keine Zinsen verlangt. Er hat sich sein Entgegenkommen nur besichern lassen, Commissario.« Gertrauds Blick war kalt. »Übrigens, wir haben viel Verständnis dafür, dass Sie Ihren Job erledigen müssen, und auch uns ist selbstverständlich daran gelegen, dass der Mörder so schnell wie möglich gefasst wird. Aber vielleicht könnten Sie sich mit Ihren Kollegen etwas besser koordinieren. Heute früh war bereits jemand hier und hat sich für die wirtschaftliche Seite unseres Unternehmens interessiert. Fast drei Stunden hat sein Besuch gedauert. Auch wir müssen arbeiten.«

Von wem sprach sie? Laurenti hatte gerade noch Zeit, mit spitzen Fingern die beiden Wassergläser in die Taschen seines Jacketts zu stecken, bevor Donna Rita in Begleitung des Anwalts den Konferenzraum betrat. Wie machte es diese Frau bloß, dass sie immer so perfekt aussah? Ihr Alter konnte Laurenti noch immer nicht schätzen. Er würde Marietta danach fragen, sobald er zurück im Büro war. Auch Galimbertis leichter, dunkelblauer Maßanzug musste ein Vermögen gekostet haben, die Wangenknochen des Anwalts zeichneten markant sein Profil, sein Lächeln war, wie oft bei den Vertretern dieses Standes, grundlos süffisant.

»Das ist wieder typisch«, sagte Donna Rita und wies auf die Wasserflasche auf dem Tisch. »Die Mädchen hätten Ihnen auch Besseres anbieten können. Sie achten auf jeden Cent.«

»Bei der Hitze gibt es nichts Besseres, Signora«, sagte Laurenti, während sie sich setzten.

Doch Spechtenhausers erste Frau hatte bereits den Telefonhörer am Ohr und gab eine Anweisung.

»Ist Ihr Sohn im Haus?«, fragte Laurenti.

»Nick?« Donna Rita kniff die Augen zusammen und schwieg einen Augenblick, als warte sie auf eine Wiederholung der Frage. »Ich verstehe, dass es Ihre Aufgabe ist, mit jedem von uns zu sprechen, Commissario. Doch der arme Junge ist am Boden zerstört. Warten Sie bitte ein paar Tage, bevor Sie ihn befragen. Seit Jahren hatte er keinen Kontakt zu seinem Vater. Er hat ihn erst jetzt wieder kennengelernt. Mit seinem Tod. Bei der Trauerfeier. Als entdecke er einen Fremden. Es war wie ein Schock für ihn, dass die Gäste nur gut von seinem Vater sprachen, den er selbst verteufelt und für das eigene Unglück verantwortlich gemacht hat. Nikolaus ist sehr sensibel, beachten Sie das bitte, ich bin in steter Sorge um ihn.«

Donna Rita unterbrach sich, als Ottilie Runggaldier, die gute Seele des Imperiums, ein Tablett mit drei Gläsern, einem Sektkübel und einer Flasche Schaumwein hereintrug.

»Lass nur, Oti«, sagte Galimberti. »Ich mach das schon.«

Fast lautlos schloss die Chefsekretärin die Tür hinter sich, als er die Flasche entkorkte.

»Weshalb bringen Sie zu unserem Gespräch eigentlich Ihren Anwalt mit, Signora?«, fragte Laurenti unvermittelt. »Doch nicht zum Flaschenöffnen?«

Donna Rita schaute ihn erstaunt an. »Ernesto Galimberti

ist ein enger Vertrauter und in alle Geschäfte meines Exmannes eingeweiht, Laurenti. Ich dachte, Sie versuchten, so viel Informationen wie möglich zu bekommen, um den Mörder meines Mannes zu überführen.«

Der Anwalt trug wieder dieses Spülwassergrinsen im Gesicht, das er nur abgelegt hatte, während er mit dem Verschluss der Sektflasche beschäftigt war. »Das Spitzenprodukt von Spechtenhausers Weingut, Commissario«, sagte er und goss ein. »Donna Rita Riserva 2006 Extra Brut. Eine Cuvée aus Chardonnay, Pinot Nero und Pinot Bianco. Wenn Sie den allein trinken wollen, ziehe ich mich selbstverständlich zurück.«

Galimberti machte Anstalten, sich zu erheben, doch Laurenti winkte ab. »Ich bin ein Freund spontaner Begegnungen, Avvocato. Bleiben Sie. Ich habe übrigens den Eindruck, dass wir uns schon einmal begegnet sind.«

»In unseren Berufen haben wir mit so vielen Menschen zu tun, dass wir uns unmöglich an alle erinnern können. Und Sie sind dazu noch einiges älter als ich.«

»Ich vergesse nie jemanden, Galimberti. Das haben schon zu viele gehofft. Wenn Sie aber in Ihrem Alter bereits Probleme mit dem Gedächtnis haben, dann vergessen Sie wenigstens nicht, dass ein Arzt im Frühstadium noch helfen kann. Donna Rita, soweit ich unterrichtet bin, sind Sie die engste Vertraute Ihres Exgatten gewesen. Wussten Sie von dem Goldtransport?«

»Aber sicher. Franz hat mich über die großen Geschäfte meist telefonisch unterrichtet. Die Lieferung hatte er einige Tage vor seinem Tod in Auftrag gegeben. Damals hat er ein Fax geschickt, weil ich nicht erreichbar war.«

»Wer wusste noch davon, Signora?«

»Die Beteiligung an der Aurum d.o.o. hat er selbst verwaltet. Auch die Geschäftsleitung hat nur an ihn direkt berichtet, er hat sie mit zwei Personen seines Vertrauens besetzt.

Kaum vorstellbar, dass diese ihre Loyalität gebrochen haben. Die Lieferungen erfolgen unter strengster Geheimhaltung. Franz hat mit Sicherheit niemand anderen als mich eingeweiht. Er war extrem diskret. Was allerdings die Banca d'Italia oder das Werttransportunternehmen angeht, bin ich überfragt.«

»Seit wann sind Sie die Vorsitzende der Spechtenhauser Capital, der Familienholding?«

»Seit knapp fünf Jahren. Zum dreißigsten Geburtstag seiner Kinder aus zweiter Ehe hat er das Unternehmen komplett umstrukturiert und sein Vermögen verteilt. Obwohl wir uns privat etwas entfernt haben, sind wir Vertraute geblieben. Ich habe eigenes Geld in die Holding investiert, Commissario, und halte zwölfeinhalb Prozent der Anteile.«

»Ein Achtel des Kapitals. Und die Kinder?«

»Die wurden bei der Verteilung alle gleich behandelt. Bis auf den letzten Cent. Auch mein Sohn Nikolaus.«

»Die drei sind Alleinerben, Donna Rita? Ich nehme an, Sie wurden mit der Scheidung damals korrekt abgefunden.«

»Einspruch, Commissario«, mischte sich Galimberti ein, der bisher mit steinerner Miene dem Gespräch zugehört hatte. »Ihre Frage zielt auf einen konkreten Verdacht ab.«

»Lass nur, Ernesto. Ich will Klarheit. Das erspart Missverständnisse und spätere Nachfragen.« Die Frau lächelte bemüht. »Sie könnten es eigentlich selbst ahnen, mein lieber Laurenti. Hätte es Zwist zwischen Franz und mir gegeben, wären wir uns kaum so eng verbunden geblieben. Keines der drei Kinder wurde bevorzugt oder benachteiligt. Und alle verfügen über so viel Vermögen, dass sie dumm wären, ein solches Verbrechen zu begehen. Wozu?«

»Crudelitatis mater est avaritia«, antwortete Laurenti und blickte zum Fenster hinaus.

»Die Mutter der Grausamkeit ist die Habgier«, übersetzte Galimberti unnötigerweise.

»Gut aufgepasst, Avvocato«, sagte Laurenti. »Sie sind der Rechtsbeistand der Spechtenhauser Capital. Und Sie stehen auch Donna Rita bei. Ferner sind Sie ein erfolgreicher Strafrechtler. Ich nehme an, dass auch Sie nicht am Hungertuch nagen.« Der Commissario hob sogleich beschwichtigend die Hand. »Ein schlechter Scherz, verzeihen Sie. Wusste eigentlich Ihr Anwalt von dem Transport, Signora?« Laurenti leerte sein Glas, der Spumante war lauwarm geworden. Aus dem Augenwinkel beobachtete er Galimberti, dessen Dauerlächeln eingefroren war, die Augen dagegen spuckten Feuer.

»Gesagt habe ich es ihm nicht«, sagte Donna Rita. »Und weshalb Spechtenhauser ihn darüber hätte informieren sollen, ist mir schleierhaft. Avvocato Galimberti hat andere Aufgaben. Er wird sich mit der Versicherung herumschlagen müssen, die gewiss versuchen wird, den Wert herunterzuschrauben oder gar eine Nachlässigkeit der Beteiligten nachzuweisen, um die Ersatzleistung zu mindern, wenn nicht ganz abzuwehren.«

»Das ist der einzige Geschäftsbereich, in den ich keine Einblicke hatte. Spechtenhauser hat dafür klugerweise eine kroatische Anwaltskanzlei eingeschaltet. Besser so, dort drüben ticken die Uhren anders«, pflichtete der Anwalt bei.

»Ihr Titel, Signora, lässt auf eine Abkunft aus italienischem Adel schließen?«

»Weshalb interessiert Sie das auch noch, Commissario?«

»Von Ihrem Exgemahl weiß man, dass er als Senator ein Scharfmacher war und viel von Pangermanismus geredet hat. Die Unabhängigkeit Südtirols, weg von Italien, ein großes deutsches Volk. Befremdlich, dass seine Karriere durch die Heirat mit Ihnen keinen Schaden genommen hat.«

»Falsche Fährte, Laurenti. Donna ist auch ein Ehrentitel, den man für die unterschiedlichsten Verdienste erhalten kann. Aber ich stamme aus einer deutschen Familie, die banal Karl hieß, bevor ihr Nachname unterm Faschismus italianisiert wurde. Das ist, wie Sie wissen, auch hier passiert, in Triest, auf dem Karst und im Friaul. Den Zusatz Donna aber habe ich schon als junges Mädchen als Spitznamen bekommen, ohne irgendetwas Besonderes dafür getan zu haben. Er ist mir geblieben. Und ich gebe zu, er hilft manchmal. Vor allem in Italien. Aber was hat das mit seinem Tod zu tun?«

»Polizisten sind von grenzenloser Neugier, Signora. Wo finde ich Ihren Sohn? Unter seiner Mobilnummer antwortet er nicht.«

»Ich werde ihn suchen. Haben Sie einen Augenblick Geduld.« Donna Rita erhob sich und ging grußlos zur Tür.

Der Rechtsanwalt zog seine Karte aus der Tasche des Jacketts. »Nur für den Fall, dass Sie Hilfe brauchen, um Spechtenhausers Firmenstruktur zu verstehen, Commissario. Wir sind noch zwei Tage hier.« Wieder schnitt er diese fiese Grimasse, die er selbst vermutlich als freundlich empfand, und ging hinaus.

Laurenti blieb allein in dem Saal zurück und wartete vergebens. In großen Firmen wurde er entweder sofort empfangen, oder man ließ ihn lange warten. Daran war er gewöhnt. Dass ihm am Ende aber nicht einmal die Chefsekretärin eine Ausrede servierte und ihn dann hinausgeleitete, war ihm noch nie passiert. Vergessen hatte man ihn wohl kaum. Behutsam steckte er auch die beiden Sektgläser in die bereits von den Wassergläsern der Zwillinge ausgebeulten Taschen seines Jacketts. Streng alphabetisch: Galimberti und Gertraud links, Magda und Rita rechts. Dann beschloss er, zu gehen.

Auf dem Flur begegnete er niemanden. Als er aus dem klimatisierten Gebäude hinaus auf den Hof trat, traf ihn die stickige Hitze des Nachmittags mit voller Wucht. Behutsam deponierte er sein Jackett auf dem Beifahrersitz und legte den Rückwärtsgang ein.

Kaum hatte er gewendet, erreichte ihn ein Anruf Mariettas, der Leiter der Sonderkommission suchte ihn. Laurenti bat sie, ihn sogleich zu verbinden.

Grelle Blitze durchfuhren die schwarzen Wolken über den Karnischen und den Julischen Alpen, die den Horizont im Norden begrenzten. Sollte das Unwetter Richtung Meer ziehen, würde spätestens in der Nacht schon wieder ein schweres Gewitter über den Weinbergen des Collio niedergehen, deren junge Blütenstände bereits unter dem schweren Hagelsturm am Tag vor der Trauerfeier gelitten hatten.

»Schlechte Aussichten«, murmelte Laurenti, während er den Wagen über die Isonzo-Brücke steuerte. »Diese Frau hat mich nach Strich und Faden auflaufen lassen.«

Um mit Nikolaus Spechtenhauser allein zu sprechen, müsste er ihn aus den Klauen seiner Mutter befreien. Und Galimberti, hatte sie ihn als Anwalt oder als Vertrauten mitgebracht? Ein arroganter Schnösel, der ihr aufs Wort gehorchte. Die beiden schienen unzertrennlich zu sein, schon bei der Trauerfeier war er nicht von ihrer Seite gewichen. Laurenti überschlug den Altersunterschied zwischen ihnen. Donna Rita hatte mit Sicherheit einen Schönheitschirurgen, der zu den besten gehörte. Ihr Sohn Nikolaus war dreiundvierzig, und Anwalt Galimberti gerade erst fünfzig geworden, hatte Marietta im Büro berichtet. Wenn er und Donna Rita ein Paar waren, trennten sie gut und gern achtzehn Jahre. Liebe? Gemeinsames Interesse oder strategisches Vorgehen des Advokaten? Geld war unendlich viel im Spiel. Doch warum hielt sich Galimberti dann nicht an eine der Zwillinge?

Auf einmal schoss es Laurenti durch das Gehirn: Der Mann, der die Treppe in Gertrauds Haus herabgekommen war, als er die Nachricht von Spechtenhausers Absturz überbracht hatte, war wirklich Galimberti gewesen. Sein Gedächtnis funktionierte noch. Kleider machten Leute, nackte Haut verstellte bloß.

Rechts der Straße zeichnete sich hinter hohen Fabrikgebäuden der weiße Umriss eines der gigantischen Kreuzfahrtschiffe ab, die in der Werft gebaut wurden und später die Weltmeere unsicher machten. In der Zeitung hatte gestanden, dass dieses Monstrum insgesamt über fünftausend Menschen an Bord nehmen konnte. Nicht einmal mit zwei Kalaschnikows bewaffnet würde Laurenti eine Reise mit einem derartigen Kübel antreten.

Die Kleinstadt Monfalcone hatte der ghettoisierten Freizeitindustrie den Großteil ihrer Arbeitsplätze wie auch soziale und gesundheitliche Probleme zu verdanken. Die Asbestverseuchung früherer Jahrzehnte forderte noch heute Opfer, und die Schadenersatzprozesse gegen das Unternehmen zogen sich ewig hin. Die aktuellen Probleme aber waren andere: Tausende Gastarbeiter aus Bangladesch arbeiteten für Betriebe, die als Subunternehmer die Werft belieferten und es mit den Gesetzen nicht immer genau nahmen. Die unbedarften Ausländer waren leichte Beute und eine Einladung an das organisierte Verbrechen, auch hier abzukassieren. Unterkunft, Arbeitsplatz, Telekommunikation, Überweisungen nach Hause, Aufenthalts- und Arbeitsgenehmigungen – alles hatte seinen Preis. Auch aus Süditalien, aus Apulien, Kampanien, Kalabrien und Sizilien, waren während der letzten zwanzig Jahre Arbeitssuchende zugeströmt, für die ähnliche Regeln galten. Die Sozialstruktur der Kleinstadt hatte sich massiv verändert. Obgleich viele Bangladescher wegen der rückläufigen Auftragslage wieder in ihr Heimatland zurückgegangen waren, blieb der Einfluss der Clans unbeeinträchtigt. Windige Anwälte waren damit beschäftigt, die Arbeit der Ermittler zu torpedieren und die Gerichte durch Eingaben und Verfahrensbeschwerden, Verjährungsanträge und Zeugenbeeinflussung zu blockieren. Anwälte wie dieser Ernesto Galimberti.

Ein Hupen riss den Commissario aus seinen Gedanken,

abrupt zog er den Wagen auf die rechte Fahrspur zurück. Neben ihm machte ein Motorradfahrer auf einer schwarzen Moto Guzzi unmissverständliche Gesten. Gemächlich fuhr Laurenti weiter bis zur Ampel, wo der Mann neben ihm hielt und die altmodische Motorradbrille auf den Helm schob: Nikolaus Spechtenhauser.

»Sie hätten mich fast von der Maschine geholt. Ich will mit Ihnen sprechen, Commissario.«

»Das Leben ist voller Überraschungen. Warten Sie nach der Kreuzung in der Viale San Marco.«

Laurenti warf einen Blick auf die Uhr, Richter Malannino mit seinem Ermittlungsstab würde sich gedulden müssen. Er war davon ausgegangen, dass er Nikolaus Spechtenhauser würde offiziell und unter Strafandrohung vorladen oder gar in Südtirol aufsuchen müssen. Er parkte knapp hinter dem Motorrad im Halteverbot.

»Zu Ihren Ermittlungen werde ich zwar nichts beitragen können, Commissario«, sagte Nikolaus Spechtenhauser sogleich, als er den schwarzen Sturzhelm absetzte und Laurenti durchs Autofenster die Hand reichte, nachdem er seine Handschuhe abgelegt hatte. Dann stützte er sich mit beiden Händen am Autodach auf. »Also bitte keine falschen Hoffnungen. Nur eine Klärung. Wir könnten uns vielleicht an einem der Tische vor der Bar dort drüben unterhalten.«

Laurenti blieb stumm. Es gab genug Situationen im Leben, die anders verlaufen wären, wenn der wichtigtuerische Drang eines der Beteiligten, sich selbst ins Spiel zu bringen, nicht über die Vernunft gesiegt hätte. Lieferte jetzt auch Spechtenhausers Sohn wertvolle Informationen oder ließ er nur Seifenblasen ab?

Als sie Platz genommen hatten, bestellte er einen Espresso, Nick ein Glas Prosecco. Fünf dunkelhäutige Männer schlenderten auf dem Gehweg vorbei, ihre Gesichter waren verschlossen, sie redeten laut und in einer unverständlichen

Sprache miteinander, ihre Gesten schienen resigniert oder verzweifelt.

»Bangladescher. So ist es, wenn soziale Zusammenhänge aufgelöst werden«, sagte Nick. »Ein paar tausend Einwanderer stellen die Gewohnheiten ruckzuck auf den Kopf. Das haben wir in Südtirol besser im Griff, selbst wenn auch dort nicht alles eine heile Welt ist, wie manche behaupten.«

»Um mir dies zu sagen, haben Sie mich angehalten?«

»Ich möchte einem möglichen Missverständnis vorbeugen. Meine Mutter ist zu besorgt um mich, und Sie könnten den Eindruck gewinnen, dass ich etwas zu verbergen habe. Dem ist jedoch nicht so.« Er leerte sein Glas und bestellte noch eines. Seine mageren Wangen waren unrasiert, das dunkelblonde Haar hatte der Sturzhelm plattgedrückt. Immer wieder fasste er mit zwei Fingern nach dem Ring an seinem Ohrläppchen.

»Jeder hat etwas zu verbergen.«

»Da sehen Sie's. Sie haben bereits eine Meinung über mich gefasst. Aber ich will Ihnen zuvorkommen, Commissario. Es stimmt, der Tod meines Vaters ist für mich eine unendliche Befreiung.«

Laurenti nahm jede Geste des Vierzigjährigen wahr, in dessen Stirn vier tiefe senkrechte Falten verliefen. Nikolas Spechtenhausers Handbewegungen waren fahrig, die Nägel beider Daumen und Zeigefinger fast bis zur Mitte abgenagt, die anderen Finger hingegen gepflegt. Seine Stimme aber war fest und melodisch, sein Italienisch akzentfrei.

»Seine Existenz hat wie ein Stein auf meiner Brust gelegen, ich habe kaum atmen können. Er war ein gewalttätiges und brutales Arschloch, das mein Leben verpfuscht hat. Und auch das von vielen anderen. Wie sollte man nicht darüber froh sein, wenn ein solcher Spuk endlich verschwindet? Nur, ich habe es nicht getan, Commissario. Ein Alibi für den Zeitpunkt seines Todes kann ich nicht vorlegen, dafür für die

Tage zuvor und die Stunden danach. Ich habe nicht einmal gewusst, dass er nach Meran kommen wollte. Meine Mutter hat es mir vorsichtshalber immer vorenthalten, wenn er auftauchte. Und nie hat sie ihn bei uns zu Hause empfangen, sondern im Büro in der Via Ottone Huber.« In einem Zug stürzte Nick auch das zweite Glas hinunter. »Und weder kann ich mit Sprengstoff hantieren, noch wüsste ich, wo ich mir den besorgen sollte. Aber ich gebe zu, seinen Tod habe ich mir seit zwanzig Jahren gewünscht. Und darauf trinke ich mit großem Vergnügen.«

»Und nun fühlen Sie sich frei?« Laurentis Blick war herausfordernd. »Frei genug, mir hinterherzufahren und mich anzuhalten. Wissen Sie denn, wer es getan hat?«

Nick verschluckte sich, hustete, dann lachte er auf. »Nein, damit kann ich leider nicht dienen. Das müssen Sie selbst herausfinden.«

»Wussten Sie von dem Goldtransport?«

Nick lachte wieder. »Geschäfte interessieren mich nicht. Die sind die Angelegenheit von Donna Rita und meinen reizenden blonden Schwesterchen. Bei diesen Hexen würde ich an Ihrer Stelle nachhaken.«

Auch Nikolaus gehörte also zu jenen, die stets besser wussten, was andere zu tun hatten.

»Hatten Sie zu den beiden regelmäßigen Kontakt?«, fragte Laurenti.

»Kein Interesse. Die sind so falsch wie ihr Lächeln und ziehen einem charmant das Fell über den Kopf.«

»Aber erfolgreich, im Gegensatz zu Ihnen.«

»Welchen Erfolg brauche ich denn, Commissario? Man hat mich seelisch kaputtgemacht und dafür so mit Geld vollgestopft, dass ich bescheuert wäre, einen Finger zu rühren. Eine tolle Familie ist das, in der man niemandem beweisen muss, dass man etwas kann. Selbst wenn es nur eine Kleinigkeit wäre, die einen besonders macht.«

»Man hat mir gesagt, dass Sie ein begabter Künstler und Musiker sind.«

»Da haben wir's wieder: Man hat Ihnen gesagt ... Immer die anderen, die das Urteil fällen.« Nick winkte aufgeregt nach der Bedienung. »Wenn ich wirklich gut wäre, hätte ich mich doch längst entfernt. Der Alte wollte nie etwas von meiner Begabung wissen.«

»Ihr Vater war auch außerordentlich erfolgreich. Ein konsequenter Politiker und Geschäftsmann.«

»Konsequent sein ist eine Eigenschaft für Arschlöcher. Ich erkläre es Ihnen gerne, Commissario: Er hatte verordnet, dass ich Jura studieren sollte, was ich natürlich nicht geschafft habe. Dafür erzählte ich zu Hause immer von irgendwelchen Fortschritten, die ich nie machte. Aber selbst das interessierte niemand. Wen wundert's? Seine politische Karriere konnte mein Vater dank des Reichtums meines Großvaters finanzieren. Als Senator hat er Reden über Pflicht, Ordnung und Heimattreue geschwungen, von deutscher Kultur und dem Recht auf eine eigenständige Identität, die er mir nie gelassen hat. Und dann hat er sich von einem Tag auf den anderen mit dieser Italienerin aus Triest zusammengetan und italienische Zwillinge gezeugt. Und kaum als man Anfang der Neunziger seiner Rolle bei den Korruptionsskandalen auf die Spur gekommen war, hat er sich ruckzuck aus der Politik zurückgezogen, einen Kompromiss mit dem Staatsanwalt geschlossen und dafür andere ans Messer geliefert. So viel in Sachen Konsequenz. Dank Professor Moser verdiente er mit der Sonar Communications einen Haufen Geld, das er nicht gebraucht hätte. Und das genügte ihm noch immer nicht. Er begann damit, Leute, die weniger wendig waren als er, systematisch in Notlagen zu bringen und dann zu enteignen.«

»Ihr Vater hat Geld verliehen und es wieder eingetrieben?«

Nicks Augen flackerten wütend. »So werden es die Zwillinge erzählt haben. Die Wahrheit aber ist, dass er aus Habgier und Machtstreben Menschen gezielt ins Elend getrieben hat. Mit dem Unglück anderer hatte schon sein Vater Geld verdient. Wieder ein Beweis, dass konsequent zu sein eine miserable Eigenschaft ist. Ich bin genau das Gegenteil und werde niemals auf dieses Spiel einsteigen, verstehen Sie?«

Der alte Spechtenhauser war Laurenti zu Lebzeiten sympathischer gewesen als sein Sohn, der jede Verantwortung vehement von sich schob. Vor Gericht gäbe es dafür vielleicht mildernde Umstände, wenn der Richter weichherzig war oder selbst eine gestörte Kindheit hinter sich hatte. Aber wie konnte man sich selbst so ertragen?

»Sind Sie ihm wirklich so unähnlich? Oder mögen Sie den italienischen Teil Ihrer Familie aus genau den gleichen Gründen nicht, die die Basis der politischen Karriere Ihres Vater bildeten?«

»Schwachsinn, Commissario. Ich habe nichts gegen Italiener. So wenig wie gegen Deutsche oder diese Bangladescher und Singhalesen in Monfalcone. Mir ist es scheißegal, woher jemand kommt. Politik interessiert mich nicht, Reichtum muss verteilt werden.« Schweiß trat auf seine Stirn, er zog die Nase hoch. Entzugserscheinungen? »Aber wer anderen etwas antut, muss dafür geradestehen. Bei uns sind stets alle so davongekommen. Bis es den Alten eben erwischt hat.«

»In welchem Verhältnis stehen eigentlich der Anwalt und Ihre Mutter?«

»Meine Mutter ist das Herz des Imperiums, das haben Sie sicher schon von ihr selbst erfahren. Mit meinem Vater ist sie immer in allen Entscheidungen einig gewesen. Nach der Trennung wurde ihr Verhältnis sogar noch besser. Galimberti ist seit fünfzehn Jahren ihr Stallhase, sie hat ihn auch zum Firmenanwalt gemacht. Davor ist er lediglich ein windiger Strafverteidiger gewesen, der an ein paar gescheiterten Existenzen verdiente. Er hat sich einen Namen damit gemacht, dass er ein paar dreiste Räuber verteidigte, und ist durch die

Presse gegangen, weil einer seiner Mandanten, der wegen schweren Subventionsbetrugs und Steuerhinterziehung im Knast saß, nach zwei Jahren Isolationshaft auspackte und damit einen politischen Erdrutsch auslöste. Die Kanzlei konnte Galimberti nur dank der Hilfe meiner Mutter ausbauen. Wie sie sich kennenlernten, entzieht sich meiner Kenntnis. Sie gehen zusammen aus, fahren in Urlaub, aber sie wohnen nicht zusammen. Pro forma ist Galimberti noch immer verheiratet.«

Fünfzehn Jahre waren die beiden schon zusammen? »Und wie stand Ihr Vater dazu?«

»Ihm war das nur recht. Ruhe an der Heimatfront erhöht die Schlagkraft bei Feldzügen. Das Anwaltshonorar hat er ohnehin von der Steuer abgesetzt, meine Mutter war auch zufrieden und hatte diesen Winkeladvokaten fest im Griff.«

»Wie stehen Sie zu ihrem Stiefvater?«

»Galimberti hat mich schon zweimal wegen unerlaubten Drogenbesitzes rausgehauen.« Nick war die Provokation offensichtlich entgangen. »Sie wissen dies sicher längst aus der Datenbank. Ich mache keinen Hehl aus meinen Fehlern, wie Sie gemerkt haben.«

»Und Ihr Großvater hat Nazis versteckt?«

Nick winkte lachend ab. »Kalter Kaffee. Der ist doch schon vor dreißig Jahren verstorben. Das ist zwar auch kein Ruhmesblatt für die Familie, aber mit Ihrem Mordfall hat es nichts zu tun.«

»Wenn Sie sich die Mühe machen wollten, mir den Gang in die Archive zu ersparen, wäre ich dankbar, *Herr* Spechtenhauser.«

»Eichmann, Mengele, Priebke, Hass, Stangl, von Epp, Schacht und die ganzen anderen.« Nick schlug wütend auf den Tisch. Eine Speichelblase hatte sich in seinem rechten Mundwinkel gebildet. Seine Finger trommelten nervös auf die Tischplatte. »Südtirol war ein Eldorado für Naziverbrecher. In enger Abstimmung mit dem Vatikan, bevor sie nach Südamerika oder nach Palästina ausgeschleust wurden. Man lebte gut vom Menschenhandel. Keine alliierten Besatzer, die Schweiz war nah, wo diese Schweine ihr Vermögen gebunkert hatten. Und an hilfsbereiten Bürgern mangelte es auch nicht. Meine Vorfahren haben einen großen Gasthof in Meran geführt, in dem solche Leute gefahrlos absteigen konnten, und dem familieneigenen Marmorbruch in Laas kamen diese Verbindungen später geschäftlich zugute. Stein, der in der ganzen Welt begehrt ist, weißer als der von Carrara. Verstehen Sie jetzt? Dies aber mit dem Mord an meinem Vater in Verbindung zu bringen, halte ich für Zeitverschwendung.«

Nikolaus Spechtenhauser warf gleichgültig einen Zwanzig-Euro-Schein auf den Tisch, nahm seinen Helm, die Handschuhe und stand auf. Ohne ein Wort des Grußes zu verlieren, ging er zu seiner Maschine.

Laurenti warf einen Blick auf die Uhr. In zwei Stunden wurde er zu Hause erwartet, und davor hatte er noch ein volles Programm zu bewältigen. Er stellte das Blaulicht aufs Autodach und schaltete die Sirene ein.

Wechselnde Winde

Abgesehen vom Schwerlastverkehr und den Millionen Lieferwagen aus Osteuropa verstopften auch Autotransporte die A4. Fabrikneue Fahrzeuge deutscher, französischer und italienischer Hersteller, in den Billiglohnländern der Europäischen Union produziert, wurden nach Westen transportiert. Unfallautos, altersschwache Kisten oder gar schrottreife Pkw gingen auf kleineren Transportfahrzeugen mit Kennzeichen aus Albanien, Serbien, Kroatien, Ungarn, Rumänien oder der Ukraine in die Gegenrichtung, wo findige Mechaniker aus Schrott wieder taugliche Fahrzeuge schufen.

Am Montag um 17 Uhr 55 lenkte der Fahrer einen Transporter kroatischer Herkunft, der mit vier Unfallfahrzeugen beladen war, an der Mautstelle der mittelalterlichen Festungsstadt Palmanova auf die A4. Kurz zuvor hatte er auf einem Schrottplatz neben dem Outlet-Village einen schlammverdreckten schwarzen Lieferwagen zugeladen, dessen Dach eingedrückt und die Windschutzscheibe zerborsten war. Das Ding musste sich mindestens einmal überschlagen haben, die Hecktüren waren an den Griffen mit Draht zugebunden, und aus dem Innenraum wehte der Gestank von verschüttetem Wein und Schnaps. Den Fahrzeugbrief, das Unfallprotokoll der italienischen Polizei sowie die Transportpapiere hatte man dem Fahrer gegen Entrichtung der Stellplatzgebühr ausgehändigt. An der Grenze würden die Dokumente aller vier Fahrzeuge kontrolliert werden, die er kurz darauf bei einer Mechanikerwerkstatt vor der istrischen Kleinstadt Buje abliefern sollte. Wenn der richtige Beamte am Grenzübergang Dienst tat, ginge die Abfertigung schnell. Zwei grüne Scheine lagen für den Zöllner unter dem obersten der Dokumente. Für gewöhnlich entfernte er sich ein paar Schritte und drehte den Kollegen den Rücken zu, nachdem er die Papiere entgegengenommen hatte, um sie zu überprüfen. Unwahrscheinlich, dass jemand einen Blick in die Fahrzeuge werfen würde, erst recht nicht in den Lieferwagen, dessen Ladung fast vollständig beim Unfall zerstört worden war. Siebenundsechzig Holzkistchen zu je einer Flasche Weißwein von Spechtenhausers Gut im Collio waren unter einer dicken Schicht Glassplitter begraben.

Einstein war den Vormittag damit beschäftigt gewesen, den Transport zu organisieren. Die Zeit drängte nach dem Zwischenfall in der Nacht, bei dem sie nur vierundfünfzig Kisten der Beute auf den Kutter verladen konnten. Mit knapp der Hälfte des Goldes hatte dieser internationale Gewässer erreicht, bevor das Brummen der Schnellboote der italienischen Behörden die Stille der Nacht durchbrach. Einstein und der Direktor hatten die beiden Lieferwagen zurück in die Scheune bei Fossalon gebracht, in der sie seit Freitag hinter Strohballen versteckt gestanden hatten. Nur dreihundert Meter hinter dem Hof Spechtenhausers.

Den Rest der Nacht hatten die beiden Bosse im Auto auf dem Hotelparkplatz gesessen und sich den Kopf über das weitere Vorgehen zermartert. Der Asphalt neben dem Audi war mit Kippen übersät. Bei der ersten Dämmerung hatten sie eine denkbare Lösung ausgearbeitet. Aus Italien hinaus würden sie es so sicherlich schaffen, und die Slowenen kontrollierten höchstens die Autobahnvignetten, um mit saftigen Bußgeldern die marode Staatskasse aufzubessern. Am Grenzübergang Kastel nach Kroatien schließlich zählten Anreiz und Anschein. Glaubwürdigkeit war ein Kinderspiel, wenn man sein Gegenüber einschätzen konnte.

Die vier Fahrzeuge auf dem Transporter hatten sie über Marktwert bezahlt. Der Schrottplatzbesitzer hatte keine Fragen mehr gestellt, nachdem er die Quittungen nur über einen Bruchteil der ausgehandelten Summe ausstellen durfte.

Und er scherte sich auch keinen Deut darum, was nun mit den Autos passierte. Ein Lieferwagen von einem Weingut aus dem Friaul hielt hinter dem schwarzen Schrottfahrzeug, konfektionierte Weinflaschen wurden hektisch umgeladen und sackweise Glasscherben darauf verstreut. Zum Schluss landeten noch die krumme Stoßstange des Gefährts und der verbeulte Kotflügel eines anderen Autos auf der Ladung, über die schließlich kanisterweise billigster Weißwein und eine Flasche Grappa gegossen wurden.

Auf Schrottplätzen war man mehr gewohnt, als alle Drehbuchautoren von Hollywoodfilmen zusammen sich je ausgedacht hatten. Jedes Land und jede Region hatte da andere Eigenheiten, überall jedoch war das Zustandekommen solcher Geschäfte das Produkt einer einfachen Formel: Preis und Zeit. Je rascher sich jemand davon machen wollte, desto höher war der Preis. Das Ausstellen der Transportpapiere im Büro des Schrottplatzbesitzers hatte am längsten gedauert.

Die sieben Schmerzen Mariens, denen die Wallfahrtskirche in Riffian geweiht war, symbolisierten die Entfernung des Sohns von seiner bestürzten Mutter. Angeblich soll bereits der zwölfjährige Jesus von zu Hause ausgebüchst sein, um in einem Tempel bei seinem Vater zu bleiben, von dem niemand wusste, wer er war. Jahre später habe er dann bei einer Hochzeit auch noch unwirsch seine Mutter zurechtgewiesen, nur weil sie ihn darauf aufmerksam machte, dass es an Wein für die Gäste mangle. Der pubertierende Jüngling hatte sich zuerst aufgelehnt, um dann mit einem faulen Zaubertrick anzugeben. Ein komischer Kerl, der später auch noch seine Familienzugehörigkeit leugnete. Seine Mutter fand in ihrem Schmerz nur wenige Worte, wenn man sie nach ihrem Sohn fragte: »Was er euch sagt, das tut.«

Hätte Johann Wunder vollbracht, dachte der pensionierte Steuerberater, als er auf der Rückfahrt bei der Kirche von der

Hauptstraße abbog, wäre das eine gute Beschreibung für ihn. Anton war am späten Nachmittag von Riffian zu seiner Cousine Rosemarie über den Jaufenpass nach Freienfeld hinübergefahren. Als sie mit großen Augen und brüchiger Stimme wissen wollte, weshalb sie ihm Hosen, Hemden und Unterwäsche von Johann geben solle, sagte er nur: »Altkleidersammlung, falls dich jemand fragt. Es ist alles in Ordnung, besser, ich verschwinde gleich wieder. Er kommt dich bald besuchen, bis dahin behältst du es für dich. Und sag auch Sepp, deinem Mann, nicht, dass ich hier war. Man weiß nie.«

Rosemarie Pixners besorgter Blick hatte sich nur kurz gelichtet, dann war sie wie befohlen ins Zimmer des verlorenen Sohnes gegangen und wenig später mit einer vollgestopften Reisetasche zurückgekommen.

»Geht es ihm wenigstens gut?«, fragte sie verzagt.

»Er grunzt wie eine junge Sau, Rosi. Warts ab.«

»Carabinieri, aprite subito la porta o la scassiamo con forza. Non c'è via di fuga. Avete trenta secondi.«

Es war kurz nach sieben und draußen herrschte Nieselregen, in der Küche flimmerte der Fernseher mit dem Morgenmagazin des österreichischen Fernsehens. Die schwere Haustür bebte unter den kräftigen Faustschlägen, und die Rufe, mit denen die Carabinieri umgehend Einlass forderten oder die Tür einzurammen drohten, waren so entschieden, dass Anton Pixner der Becher mit dem Filterkaffee aus der Hand fiel und die heiße Brühe sich über das linke Hosenbein ergoss. Er sprang auf, rüttelte Jo aus dem Schlaf und befahl ihm, seine Klamotten einzusammeln und in die versteckte Kammer zu laufen.

»Ich komm ja schon, lasst die Tür ganz, ich muss mich erst anziehen«, rief er dann und richtete eilig das noch warme Bett. »Non scassate la porta, arrivo subito, mi sono appena alzato!«

Polternden Schritts stürmte Anton Pixner die knarrende Holztreppe hinab und durch den langen Flur. Leise fluchte er vor sich hin, während draußen noch immer gegen die Tür gepoltert wurde. Dann zog er die Riegel zurück, mit denen er sie verrammelte, seit Johann bei ihm aufgetaucht war. Normalerweise schloss er das Haus nicht einmal ab, wenn er zum Einkaufen hinunter ins Dorf oder nach Meran fuhr. Hier lebte man noch unbekümmert und fast wie in früheren Zeiten, wenn man vom Flachbildfernseher und dem Internetanschluss einmal absah. Eines aber stand fest, den Arschlöchern da draußen würde er den Marsch blasen. Wütend riss er die Tür auf, doch anstatt der Uniformierten stand lediglich eines seiner Villnösser Brillenschafe angepflockt vor ihm.

»Oschpelemuggn, Porcodio, Herrgott nou amol eini«, schimpfte Anton Pixner und schaute aufgebracht am Haus entlang, doch konnte er niemanden entdecken. »Scheißwalsche.« Als das Schaf bei seinem Anblick freudig zu blöken begann, fügte er noch ein bitteres »Holt di Gosch« hinzu. Er machte das Tier vom Pflock los, um es in den Pferch zurückzuführen, und sagte: »Und du erzählst mir jetzt, wer dich hier angebunden hat.« Kaum bog er um die Hausecke, zuckte er vor Schreck zusammen.

»Carabinieri, mani in alto«, rief ein kahlköpfiger Kerl, der hinter der Brennholzmiete vorsprang und in schallendes Gelächter ausbrach. »Hast dir vor Angst in die Hosen geschissen, Toni?« Er zeigte auf den Kaffeefleck auf dem hellen Stoff.

»Hurenoschtia, Naz, du bischt echt a Sauhund.« Anton Pixner schüttelte den Kopf, doch war er viel zu erleichtert, um richtig böse zu sein. »Dein Bruder wird aufatmen, dich endlich zu sehen. Woher weißt du eigentlich, dass er hier ist?«

»Mutter hat mir gesagt, dass du Klamotten für ihn besorgt hast. Es wimmelt übrigens von Polizeistreifen. Schon um diese Zeit. Wo ist Jo?«

»Zuerst sperr ich das Schaf wieder in den Pferch, dann holen wir ihn aus seinem Versteck. Komm mit und halt mir das Gatter auf. Und dann will ich deine Version hören. Jos Gesicht ging durch alle Medien, er ist berühmter als Obama und Andreas Hofer zusammen.«

»Ich hab's auch gesehen. Nur weil er den Ausweis verloren hat.«

»Nicht jeder raubt davor einen Goldtransport aus.«

»Gott behüte.«

»Und wie bist du überhaupt hergekommen?« Anton Pixner schubste das Schaf in den Pferch, hängte das Gatter wieder ein und musterte den älteren der beiden Brüder zum ersten Mal von Kopf bis Fuß. »Und du meinst auch noch, dass ein strammer Bursche wie du, der um diese Zeit im Nieselregen mit Wanderzeug und einem Holzstock durch die Gegend zieht, kein Aufsehen erregt?«

»Ich bin am Freitag von Ljubljana nach Zürich geflogen, von dort mit dem Zug nach Davos gefahren und dann mit der Engadin-Linie weiter bis Meran.«

»Seit wann gibt's da eine Zugverbindung?«

»Eben. Das letzte Stück hat ewig gedauert, viereinhalb Stunden, vier Mal umsteigen, am Schluss mit dem Bus. Aber die Strecke war sicher, es gab keine Kontrollen. Die Nachrichten haben die ersten Meldungen gebracht, von Jos Ausweis war noch keine Rede. Ich habe bei den Eltern zu Abend gegessen und gestern bin ich dann zur Hütte bei Saltaus, wo ich den Rest der Nacht verbracht habe. Es war niemand dort. Jetzt habe ich einen Mordsappetit, Toni, und du fragst mir auch noch Löcher in den Bauch.«

»Ihr seid vielleicht zwei Burschen. Jetzt holen wir erst einmal Johann aus dem Versteck. Außerdem ist es besser, wenn auch du es kennst.«

Jo verpasste seinem Bruder eine blitzschnelle Gerade in den Magen, als der die falsche Wand zur Seite schob, um ihn aus der Kammer zu befreien. Doch obwohl Naz sich krümmte, erwischte er Jo noch knapp mit einem harten Uppercut. Beide ließen sich auf den Holzboden fallen und brachen nach wenigen Sekunden in schallendes Gelächter aus.

»Ihr seid und bleibt Kindsköpfe.« Der Cousin stand kopfschüttelnd neben ihnen. »Bis ihr wieder bei Besinnung seid, gehe ich lieber die Hose wechseln. Besser wenn ich den Kaffeefleck einweiche vor der Wäsche. Und wenn ihr euch ausgetobt habt, dann kommt zum Frühstück in die Küche.«

Anton hatte eine deftige Brotzeit aufgetischt. Der Duft von Rührei mit Kartoffeln und Speck, über die er feingehackte Petersilie aus dem Garten gestreut hatte, lockte die beiden stiernackigen Glatzköpfe an. Eine Kanne frisch gebrühten Kaffees stand auf dem Tisch, Kaminwurzen, hartgeräucherte Würste, Speck, Essiggurken, Kren, ein Laib Sauerteigbrot, der rasch kleiner wurde. Nachdem noch keine Stunde vergangen war, servierte Toni die erste Runde Bier. Die beiden Taugenichtse klopften Sprüche und protzten mit ihren Heldentaten, bei denen sie einen Haufen Geld gestohlen hatten, von dem ihnen nie etwas geblieben war. Sie prahlten damit, wie sie einmal den Leiter einer Bankfiliale in Tramin dazu gezwungen hatten, Strumpfhalter und Negligé seiner Frau anzuziehen, und sie wiederum Schlips und Unterhosen ihres Mannes, bevor sie die Kombination des Safes aus ihnen herausprügelten.

»Aber vergewaltigt haben wir nie eine«, rief Ignaz.

»Auch wenn diese Puttane nichts mehr erhofften als das.« Johann hieb voller Genuss auf den Tisch.

Der Mareienhof war in graue Regenwolken gehüllt, und gegen Mittag schaltete Anton Pixner das Licht in der Küche an.

»Wenn das so weitergeht, muss ich ein paar Scheite in den Ofen legen. Gestern noch Hochsommer und heut eine solche Brühe. Das Klima ist auch nicht mehr das, was es einmal war. Dafür wird wohl kaum jemand heraufkommen, um euch zu suchen. Da bleiben selbst die Bullen lieber im Warmen. Trotzdem, ihr kennt das Versteck, macht mir keinen Kummer. Ich leg mich wieder hin, am Nachmittag muss ich zu einem Kunden nach Bozen. Und denkt dran, wenn ihr Scheiße baut, bin ich mit dran.«

»Du musst mir nicht jedes Mal unter die Nase reiben, dass du die Chefin bist, meine Liebe«, sagte Galimberti säuerlich. »Und schon gar nicht in Gegenwart anderer. Was soll dieser Laurenti von mir denken? Bei den Typen hilft nur Entschiedenheit. Von Anfang an. Nicht die geringsten Fortschritte hat er bei seinen Ermittlungen gemacht, dafür stiftet er hier Unruhe.« Wütend strich er sein Haar zurück und ließ sich in den Le-Corbusier-Sessel fallen.

»Wie ich mit den Menschen rede, kannst du ganz mir überlassen. In Anbetracht dessen, dass die Sprengstoffanalyse erst seit Freitag vorliegt, legt er sich eifrig ins Zeug. Wir haben doch nichts zu verbergen. Und ich will wissen, wer Franz auf dem Gewissen hat. Wozu dieses unnötige Kräftemessen mit einem Polizisten?«

»Das ist ein rein genetisches Problem. Ein Bulle erwartet nichts anderes von einem Rechtsanwalt.«

»Den Stil im Hause bestimme ich. Dazu gehört auch, dass du und kein anderer der Anwalt des Unternehmens bist. Ohne mich würdest du immer noch kleine Gauner verteidigen.« Donna Rita stand am Fenster neben ihrem Schreibtisch und blickte hinaus auf die schilfbedeckte Tiefebene, die sich zur Isonzo-Mündung erstreckte.

»Ich weiß, was ich dir zu verdanken habe, schließlich zahle ich es dir täglich zurück. Auch ich habe viel für die Firma getan.«

»Lass das, dafür streichst du Honorar ein. Wo treibst du dich eigentlich ständig rum? Ich dulde weder Heimlichtuerei noch deine ständigen Eskapaden, Ernesto. Hast du verstanden?«

»Also bin ich entlassen, Donna Rita?« Galimberti zog einen imaginären Hut. »Als Anwalt oder als Liebhaber? Vergiss nicht, dass ich verheiratet bin, trotzdem beharrst du darauf, jeden meiner Schritte zu kennen.« Er stand auf, warf sich das Jackett über die Schulter und wandte sich zum Gehen. »Außerdem habe ich noch andere Mandanten, die mich brauchen. Ich bin nicht nur der Firmenanwalt der Spechtenhausers, sondern noch immer Strafrechtler. Ich weiß übrigens, dass du meine Post liest.«

Kurz nachdem Laurenti abgezogen war, hatte Galimberti die Nachricht seiner Kanzlei erreicht, dass zwei Klienten ihn dringend suchten. Während des Telefonats hatte er Donna Ritas Büro verlassen und war auf den Flur hinausgegangen, wo ihm niemand zuhörte. Er ahnte schon, dass es nur die Pixner-Brüder sein konnten. Vermutlich hatten die beiden sich, wie schon in früheren Fällen, in den Bergen verschanzt. Der Anwalt hatte seiner Sekretärin die Anweisung gegeben, die Pixners bis Donnerstag zu vertrösten. Wenn er wieder in Bozen sei, könne er sich um sie kümmern. Nur schnappen lassen sollten sie sich nicht. Solange sie sich auf freiem Fuß befänden, lasse sich besser mit dem Staatsanwalt verhandeln.

»Ich, deine Post?«, protestierte Donna Rita. »Deine Mandanten interessieren mich nun wirklich nicht. Wer im Glashaus sitzt, sollte nicht mit Steinen werfen.«

»Geschwätz.« Galimberti ging zur Tür.

»Du hast von dem Transport gewusst. Das Fax, das Franz mir geschickt hatte, lag verkehrt herum auf meinem Schreibtisch. Du hast es gelesen.«

»Und vermutlich auch das Gold gestohlen.« Der Anwalt schnitt eine Grimasse. »Warum hast du es nicht diesem Bullen erzählt, wenn du davon so überzeugt bist? Du bist lächerlich, Rita. Ich hoffe, dein Anfall legt sich rasch wieder.«

»Wo willst du hin?«, fragte Donna Rita, als Galimberti bereits die Türklinke in der Hand hielt.

»In die Thalassotherapie, meine verehrteste Chefin. Ich nehme eines der berühmten Sandbänder in der Therme. Das tut den Gliedern gut, und anschließend kann ich dir bestens zu Diensten sein, in jeder Hinsicht. Aber ich weiß noch nicht, ob ich zum Abendessen zurück bin. Du gestattest, dass ich gehe?« Bevor Donna Rita antworten konnte, war er schon zur Tür hinaus.

Unmöglich, dass sie von seiner Affäre mit Trudi wusste. Wenn man das überhaupt als Affäre bezeichnen konnte, es ging nur um Sex. Wenn er alle paar Wochen einmal aus Südtirol nach Triest oder Grado kam, vögelten sie zusammen wie die Götter, weil es eben kein Verhältnis war, bei dem man unablässig Gefühle vortäuschen oder sich gar rechtfertigen musste. Sein Herz hing so wenig an Spechtenhausers Tochter wie ihres an ihm. Doch jedes Mal fielen sie sofort wie die Raubtiere übereinander her. Donna Rita war eifersüchtig auf alle und alles, auch auf die beiden Männer, mit denen er sich für sechzehn Uhr dreißig zur Sandkur verabredet hatte. Niemals aber hob sie ihre Stimme oder verlor die Fassung. Wenn sie Ernesto Galimberti einmal zurechtwies, sprach sie noch leiser als gewöhnlich. Andererseits verzieh sie ihm, sobald sie ihn brauchte.

Schon Hippokrates, Herodot, später der griechische Arzt und Anatom Galenos und nach ihm Plinius der Jüngere hatten die Heilkräfte der Kur in einem Bett aus heißem Meersand gerühmt. Und so wie in der Antike wurde sie noch heute im Badeort Grado praktiziert. Berühmte Sportler kamen zur Therapie frisch verheilter Knochenbrüche und Prellungen, andere versuchten, die Folgen schwerer Unfälle damit in den Griff zu bekommen. Sand war nicht Sand. Hier wurde er aus der Tiefe des Meeres geholt und war reich an Salz und Mineralien. Dank der Südausrichtung der Anlage erwärmte er sich bis auf sechzig Grad Celsius, bevor er zur Anwendung abgehoben wurde.

Als Galimberti vom Therapeuten zu seinem Sandbett geführt wurde, ragten die Köpfe von Einstein und Direktor bereits aus ihren Ruhestätten heraus. Ein Stück weiter war eine junge Frau begraben, die eine große Sonnenbrille trug sowie ein zum Turban verknotetes Handtuch. Sie war die erste der vier Patienten gewesen, die im heißen Sand verschwanden. Die Wärme linderte zwar die Schmerzen an ihrer Schulter, doch entspannen konnte sie sich nicht. Den rothaarigen Direktor hatte sie an seinem Feuermal erkannt.

»Die Kalbsköpfe haben sich also gemeldet?«, fragte Einstein, kaum dass auch der Anwalt begraben war.

»Sie verstecken sich in den Bergen. So, wie ich die beiden kenne, dauert es nicht lange, bis man sie ergreift. Ist die Weinlieferung zugestellt worden.«

»Die Wege des Herrn sind unergründlich«, raunzte Einstein.

»Niemand wird lange Durst leiden, wenn die Außenstände rasch beglichen werden«, säuselte der Direktor. »In einer Stunde haben wir Gewissheit, dass er gut eingelagert ist. War ganz schön aufwendig, die Importgenehmigung zu bekommen. Nicht jeder Zöllner weiß, was Ribolla Gialla ist.«

»Ihr habt euch nicht an die Abmachungen gehalten, Freunde. Anderes Lieferdatum und nicht in unterschiedliche Keller.«

»Eine Vorsichtsmaßnahme, sonst nichts.«

»Ich hoffe für euch, dass ihr kein schmutziges Spiel treibt. Der Arm meines Kunden ist lang, er findet euch auf der ganzen Welt.«

»Warum regst du dich auf, Ernesto«, fragte Einstein versöhnlich. »Ohne uns hättest du es nie geschafft. Es ist ganz gut so, dass wir die halbe Lieferung in Händen haben, bis du uns ausbezahlt hast. Wichtig ist nur, dass die beiden Kalbsköpfe vorher nicht zum Metzger geführt werden. Also beeil dich. Hier ist nicht nur der Sand heiß.«

»Ihr habt die Vereinbarungen gebrochen, nicht ich.« Der Anwalt blinzelte heftig, seine Augen brannten vom Schweiß, der von seiner Stirn tropfte.

»Wir ändern sie, wann wir wollen, wenn die Situation dies erfordert, kapiert?« Der Direktor schnitt eine abschätzige Grimasse. »Die Helfer bei der Weinlese warten übrigens ungeduldig auf ihre Erfolgsprämie.«

»Und wir noch ungeduldiger auf unsere«, knurrte Einstein.

»Die Ware muss zuerst zu Geld gemacht werden«, protestierte Galimberti.

»Dann musst du eben um Vorkasse bitten. Morgen Nachmittag fünfzehn Uhr, elektronische Gutschriften gehen im Handumdrehen. Sonst werden wir den Wein allein trinken. Du hast die Wahl, Wein oder Wasser.«

»Ich werde mit meinem Kunden sprechen. Mit welcher Spedition habt ihr die Ware verschickt?«

»Schrott & Co.« Der Direktor lachte auf. »Ein japanischer Kleinbus.«

»An welche Adresse?«

»Istrien«, sagte Einstein zweideutig. »Die genaue Anschrift erfährst du erst, wenn unsere Bank grünes Licht gibt.«

»Wer hat dir das Leben in Tolmezzo erleichtert, Unterberger?« Galimberti erhob sich und schüttelte den Sand ab, bevor die Zeit abgelaufen war.

»Dafür hast du Honorar kassiert, Herr Rechtsanwalt. Zeit, dass du dich bewegst. Wenn wir auffliegen, bist du mit dran.«

»Weshalb wohl haben wir dich auf deiner normalen Nummer angerufen? Die Telefongesellschaft hat sie gespeichert. Nur für den Fall, dass sich jemand dafür interessieren sollte«, setzte Einstein nach. »Besser, wir scheiden im Guten.«

Ein Therapeut führte Galimberti zur Meerwasserdusche.

»Er hat's verstanden«, sagte Einstein zufrieden.

»Ich hoffe es. Sobald wir im Hotel sind, buchen wir die Flüge. Die zweite Maschine nach München morgen und am Abend weg für immer, basta.«

Kein Windhauch, dafür stickige Hitze, die den Asphalt vor dem Hangar am Flughafen aufgeheizt hatte. Schwarze Wolken bauten sich nun auch von Süden und Westen auf, zusammen mit den Gewitterboten, die im Norden am Himmel standen, schienen sie den Golf von Triest einzukreisen, dessen azurblauer Himmel bis jetzt nur von einem hauchdünnen Wolkenschleier bedeckt wurde.

Proteo Laurenti zeigte dem Uniformierten vor der schmalen Seitentür seinen Dienstausweis und musste sich einen Augenblick an das Neonlicht im Hangar gewöhnen. Überall waren Inseln aus Tischen mit Computern aufgebaut. Niemand kümmerte sich um ihn. Inspektor Gilo Battinelli, der über seinen Kopf hinweg aus seiner Abteilung zur Sonderkommission delegiert worden war, konnte er auch nicht ausmachen. Er ging zu einer Tafel aneinandergerückter Biertische, an dem zwei Polizistinnen Papierstapel sortierten. Weiter hinten ragte das Dach eines Gefangenentransporters über eine lange Stellwand. Als niemand ihm Beachtung schenkte, ging er um das abgetrennte Abteil herum, trat aber nicht ein.

Deutlich vernahm der Commissario die vertraute Stimme von Mimmo Oberdan, der sich in weinerlichem Ton darüber beklagte, dass man in diesem Polizeistaat nicht einmal mehr einen Wochenendtrip unternehmen durfte, ohne sich verdächtig zu machen. Durch einen Spalt beobachtete Laurenti, wie der Kerl ausschweifend von den Diensten der Rumänin in der österreichischen Kleinstadt faselte und kaltschnäuzig behauptete, dass auch italienische Polizisten zu deren Kunden zählten, als könnte er damit die Sympathie seiner Zuhörer erheischen. Laurenti kannte die Tricks des Erzengels: Er zögerte mit diesem unaufhaltsamen Geschwafel nur seine Aussage hinaus, bis er glaubte, verhandeln zu können. Das konnte Stunden oder Tage dauern. Doch Malannino und Pennacchi waren keine Anfänger. Ihre Fragen prasselten auf ihn ein wie Maschinengewehrsalven, keine Ungenauigkeit seiner Auskünfte entging ihnen, bei Widersprüchen hakten sie sofort nach. Dabei blieben ihre Stimmen von ruhiger Überlegenheit. Nur die Schnelligkeit ihrer Einwände reichte, um Mimmo ins Schwitzen zu bringen. Er saß auf einem unbequemen Holzschemel, und ganz allmählich fiel seine anfangs noch aufrechte Körperhaltung zusammen, seine Wampe ruhte fast auf den Knien.

»Wer sind Sie?«, fragte eine Stimme hinter ihm, und Laurenti wandte sich um. Angela Matičetov blickte ihn herausfordernd an.

»Einer aus der Warteliste, Inspektorin. Lange her, dass wir uns zuletzt gesehen haben. Mindestens acht Jahre, als Sie bei uns im Archiv gestöbert haben.«

»Entschuldigung, Commissario, jetzt erinnere ich mich.«

»Und, packt der Kerl aus?« Laurenti machte eine Kopfbewegung zum Erzengel hinüber.

»Sie haben erst vor kurzem mit dem Verhör begonnen. Warten Sie, ich sage dem Ermittlungsrichter, dass Sie hier sind. Er hat Sie schon vor einer Stunde erwartet.« Ohne auf Laurentis Antwort zu warten ging sie durch den schmalen Einlass zwischen den Stellwänden und flüsterte Malannino etwas ins Ohr. Der gab Pennacchi mit einem Wink zu verstehen, dass er allein weitermachen sollte.

»Kommen Sie, Laurenti.« Der massige Mann führte den Commissario zu einem entlegenen Biertisch. »Sie kennen den Kerl ja gut genug, wie ich gehört habe. Aber darum geht es mir nicht, mich interessiert dieser Spechtenhauser. Sprengstoff also? Dem Ermordeten gehörte auch die Mehrheit an dem Unternehmen, an das die Goldlieferung adressiert war. Wie hieß es gleich ...?«

»Aurum d.o.o. in Vodnjan, Kroatien«, half Laurenti.

»Sie sind also auf dem Laufenden. Es sieht ganz so aus, als arbeiteten wir an der gleichen Sache. Wie ist Ihr Ermittlungsstand?«

»Was den weiteren Verdächtigenkreis angeht, warten wir noch auf die Ergebnisse der Kriminaltechniker. Die Bombe war von simpler Bauart. Sprengstoff kann heutzutage jedes Kind besorgen. Die Frage, wer die Reisepläne Spechtenhausers kannte, verweist bisher lediglich auf seine erste Frau, doch sie hat ein Alibi und auch kein erkennbares Motiv. Die Liste seiner Telefonate sollten wir morgen erhalten.«

»Sie stochern im Nebel, kurz gesagt.«

Der arrogante Tonfall Malanninos gefiel Laurenti nicht. »Keine Ahnung, ob die Telefongesellschaften für Ermittler mit Sondervollmachten ihre Belegschaft zu Überstunden verdonnern«, sagte er kurz angebunden. »Immerhin habe ich Ihnen Mimmo Oberdan auf dem Silbertablett serviert.«

»Er verarscht uns nur.«

»Dabei ist es ganz einfach, den Kerl zum Reden zu bringen. Ich kenne ihn seit seiner Jugend.«

»Dann vernehmen Sie ihn doch, Laurenti.«

»Keine Zeit, meine Frau hat heute Geburtstag. Stellen Sie ihm in Aussicht, dass er besser davonkommt, wenn er andere verpfeift. Falls Sie aber falschspielen, kommt er gleich dahinter und widerruft schlagartig alles. Er ist ein schräger Vogel, auf den Kopf gefallen ist er aber nicht. Wenn Sie es geschickt anstellen, liefert er Tag für Tag ein bisschen mehr. Gibt es Verbindungen der anderen Verdächtigen zur Familie Spechtenhauser?«

»Bisher konnten wir keine entdecken, außer dass einige von ihnen aus Südtirol stammen. Und es scheint, dass der Versicherungsinspekteur auffällig schnell bei der Filiale der

Banca d'Italia in Vicenza aufgetaucht ist. Auch er hat einmal dort oben Dienst geschoben.«

»Drahtzieher im Hintergrund also. Eine solche Menge Gold verkauft man nicht auf dem Jahrmarkt.«

Malannino überging Laurentis Bemerkung. »Was haben Sie über die wirtschaftliche Seite des Toten erfahren?«

»Er hat einen relativ bescheidenen Lebenswandel geführt, und sein Imperium strotzt vor Vermögen. Auch seine Kinder und seine Exfrau haben bis ans Ende ihrer Tage ausgesorgt. Das war kein Mord aus Habgier, er hat sein Erbe vor fünf Jahren schon verteilt.«

Der Ermittlungsrichter erhob sich. »Ich erwarte, dass Sie mich umgehend über alle Erkenntnisse unterrichten. Selbst wenn Sie Zweifel haben.«

»Selbstverständlich, Signor Giudice. Ich hoffe, das gilt gegenseitig.« Der Commissario grinste.

Malannino hob die Brauen, brummte etwas Unverständliches und stapfte zum Verschlag zurück.

Die Fahrt hierher hätte er sich sparen können, andererseits schadete es nicht, wenn man sich persönlich kannte. Laurenti suchte die Halle ab. An einem der Computerarbeitsplätze entdeckte er schließlich Gilo Battinelli, der auf den Bildschirm starrte.

Der Inspektor analysierte das Bewegungsprofil eines rothaarigen Kerls mit einem Feuermal am Hals, dessen Bild links oben eingeklinkt war. Neben der Liste der einzelnen Funkzellen der Telefongesellschaften, in die sein Gerät sich in den letzten Monaten eingeloggt hatte, verlief sein Weg chronologisch dargestellt auf einer Landkarte. Für den Laien sah es aus wie die Streckenempfehlung eines ausgefeilten Routenplaners. Mehrmals war er hier in der Gegend gewesen und auch in Österreich: Shoppingcenter in Kärnten, ein Edelpuff in Klagenfurt, ein anderer bei Lienz. Vierzehn Tage vor dem spektakulären Raubüberfall auf den Goldtransport endeten die Daten allerdings. Robert Unterberger hieß er und stammte aus der Provinz Bozen. Der Gleiche, von dem Xenia ihm erzählt hatte und dem ihre besondere Aufmerksamkeit galt. Sie musste ihre Alleingänge schleunigst aufgeben.

Endlich bemerkte Battinelli seinen Chef. Er beklagte sich, dass er kaum das Tageslicht zu sehen bekam und die Arbeit bis zum Umfallen dauerte, keine Pausen, kein Feierabend, Rückenschmerzen und brennende Augen. Dann sagte er: »Der Ermittlungsrichter ist davon überzeugt, dass sich einige der Gesuchten noch in der Gegend aufhalten und der Flug nach München nur zur Ablenkung diente. Das Raubgut muss schließlich bewegt und die Beute verteilt werden. Verwunderlich ist nur, dass außer Mimmo bisher noch kein anderer verhaftet wurde. Weder dieser Kerl aus Apulien noch die aus Südtirol.«

»Und ich dachte, du planst eine Reise«, sagte Laurenti und zeigte auf den Bildschirm.

»Dieses Programm ist phantastisch«, sagte Battinelli. »Man kann die Bewegungen Schritt um Schritt nachvollziehen. Die letzte Funkzelle, in die sich sein Mobiltelefon eingeloggt hat, war die Antenne von Prosecco, danach muss er sein Telefon samt zugehöriger Karte entsorgt haben.«

»Wann genau?«

»Vorletzten Samstag um …« Der Inspektor tippte ein paar Befehle ein. »Nein, Sonntagmorgen um vier Uhr dreiundzwanzig, um genau zu sein.«

»Und welchen Weg ist er gekommen? Kannst du das auch ablesen?«

»Die Funkzellen zeigen auf, dass er sich wie die Tage zuvor in Eraclea Mare aufgehalten hat und dann schnurstracks über die A4 herübergefahren ist.«

»Kannst du das ausdrucken?«

»Wofür?«

»Es interessiert mich.«

Es war neunzehn Uhr dreißig, als Laurenti vor der Questura parkte und schnurstracks zur Kriminaltechnik lief, wo er die vier Gläser ablieferte. Zu jedem einzelnen nannte er den Namen: Galimberti, Gertraud, Magdalena, Donna Rita. Und einer der beiden Kriminaltechniker sollte schleunigst die Abdrücke vom Dach seines Dienstwagens nehmen, an dem sich Nikolaus Spechtenhauser aufgestützt hatte.

Der Himmel war pechschwarz, und aus der Ferne drang bedrohliches Donnergrollen. Laura hatte schon zweimal angerufen und gefragt, wo er stecke, die Gäste seien schon eingetroffen. Laurenti versprach, Blaulicht und Sirene einzuschalten, damit sie nicht länger warten müssten.

»Was ist los, hast du Kummer?« Sie ließ sich enttäuscht auf die Matratze gleiten.

Der Regen trommelte gegen die große Fensterscheibe. Das Meer in der Bucht von Duino war nur unter den Blitzen zu erkennen. Gertrauds helle Haut schimmerte in dem gedimmten Licht der großen Stehlampe in ihrem Schlafzimmer.

»Mach's dir selbst, dann macht's dir Gott.« Galimberti bedeckte sich mit dem Laken. »Von wegen Stress und Sorgen. Einfach zu viele Idioten um mich herum.« Er griff nach dem halbleeren Glas, das auf einem niedrigen Tisch bei der Pizza stand, die er mitgebracht hatte.

Ernesto hatte einen Bärenhunger vorgeschoben, als er ankam. Trudi hatte eine Flasche aus dem Kühlschrank geholt und zwei Gläser ins Schlafzimmer getragen und die Träger ihres Negligés über die Schultern gleiten lassen, bevor sie sich aufs Bett fallen ließ. Galimberti war nichts anderes übriggeblieben, als sich zu ihr zu gesellen. Trudi hatte einen Faden Olivenöl Extra Vergine über die Pizza gegossen, ein Stück aus dem warmen Teigfladen gerissen und auf seinen Bauch gelegt. Ihr Haar kitzelte ihn, während sie einen Bissen nahm. Als sie die Reste ableckte, verspürte er ein kurzes Aufflackern der Begierde, doch Trudi entkorkte die Flasche und schenkte ein. Warum hatte er den Besuch nicht abgesagt?

»Ein schlechter Tag heute, verzeih«, sagte Galimberti, ließ seine Finger über ihre Schulter gleiten und zündete eine von Trudis Zigaretten an, obwohl er nur selten rauchte. Er nahm einen Zug und hustete. »Nicht mal das geht heute«, fluchte er.

»Probleme mit dem Nachlass meines Vaters oder mit deiner Kanzlei in Bozen?« Trudi streckte die Hand nach ihm aus.

»Ein paar alte Mandanten nerven entsetzlich. Und Rita auch.«

»Was hat sie denn, die Arme? Du vernachlässigst sie doch hoffentlich nicht meinetwegen?«

»Sie hat mir wieder einmal eine ihrer Eifersuchtsszenen gemacht.«

»Sie ist uns doch nicht auf die Schliche gekommen?«

»Nicht auszudenken, wenn es so wäre. Wir müssen höllisch aufpassen. Ständig fragt sie, wohin ich gehe, wen ich treffe. Besser, ich lasse sie heute nicht allzu lange warten, und besser, wenn wir uns diesmal nicht nochmal sehen. Übermorgen fahren wir sowieso wieder nach Bozen. Ich würde lieber hierbleiben und den ganzen Tag mit dir zusammen sein und aufs Meer hinausschauen.«

»Red keinen Mist, Ernesto.« Sie hatte einen Kimono aus nachtblauer Seide übergeworfen, stand vor der Glaswand, blickte auf das gewitterschwarze Meer hinaus und kehrte ihm den Rücken zu. »Dusche, bevor du gehst.«

Proteo Laurenti war vom Parkplatz die Stufen an der Steilküste hinuntergerannt, als der Himmel seine Schleusen öffnete. Auf halbem Weg fiel ihm ein, dass er das Geschenk für Laura auf dem Rücksitz vergessen hatte. Marietta hatte im Büro eine rote Schleife um die Reisekataloge gebunden. Zähneknirschend machte er kehrt und rannte keuchend die lange Treppe wieder hinauf. Nur wegen Lauras Geburtstag kam er nicht trockenen Fußes nach Hause. Seine Haare klebten an der Stirn, das Jackett war durchnässt, und er konnte sich nicht einmal abtrocknen, denn voll ausgelassener Fröhlichkeit eilte sie ihm entgegen, küsste ihn und zog ihn engumschlungen in den Salon. Auf einem Tisch lagen die Geschenke, die sie erst nach dem Abendessen auspacken würde.

Mit einem Blick erfasste der Commissario die Situation. Außer der Schwiegermutter, seiner immer hübscher werdenden Tochter Livia, seinem dämlich grinsenden Sohn Marco, der eine Kochmütze trug und sicherlich bereits mehr als nur einen Joint geraucht hatte, sah er den alten Gerichtsmediziner in Begleitung der wie ein Hefeteig aufgegangenen russischen Exballerina Raissa. Wo hatten sie den Hund gelassen? Ein paar sympathische Nachbarn bildeten ein kleines Gegengewicht zu Lauras Freundinnen, die ihn wie Aasgeier beäugten und nur auf seinen ersten Fauxpas warteten.

»Hat eigentlich jemand die Sirene seines Dienstwagens vernommen?«, stichelte Galvano, während Laurenti artig seine Wangenküsschen plazierte.

»Ach, es ist doch erst halb zehn«, spottete eine mit Botox unterspritzte falsche Blondine, die mit den anderen, schonungslos jung gebliebenen Damen den Sommer über den Strand belagern würde. Meisterwerke der Stuckateurszunft, Giftspinnen.

»Wenn du dich abtrocknest und die Jacke ablegst, kann ich endlich das Essen auftragen.«

Sein Sohn Marco rettete ihn davor, bereits jetzt von der mordlustigen Gesellschaft zerfleischt zu werden. Laurenti schaute auf den Stapel Kataloge in seiner Hand, der oberste war aufgeweicht wie er selbst.

»Für dich, Liebling«, sagte er, nahm Laura in den Arm, küsste sie innig und drückte ihr das Paket in die Hand.

Merkwürdige Stille herrschte auf einmal um sie herum.

»Was ist das?«, fragte seine Frau, ihre wassergrünen Augen leuchteten.

Die Blicke von Lauras Freundinnen loderten wie Strohfeuer.

»Mein Geschenk für dich, mein Schatz. Am besten wäre es, du schaust es dir an, wenn diese Gesellschaft abgezogen ist.«

»Wie du meinst, mein Lieber.« Laura legte den Stapel zu den anderen Geschenken, die alle fein in glänzende Papiere verpackt und von Bändern mit schönen Schleifen verziert waren. »Übrigens haben Xenia und Zeno abgesagt. Sie erstickt in Arbeit.«

Seine Schwiegermutter nahm sein nasses Jackett, strich es demonstrativ glatt und hängte es auf einen Bügel an der Garderobe. Wie immer war sie unzufrieden, wenn sie nicht die gebührende Aufmerksamkeit bekam. Lauras Freundinnen schenkten ihr nicht die geringste Beachtung, der alte Galvano stand unter der Bewachung Raissas. Marco lehnte, außer der Unterstützung durch seine Schwester Livia, jegliche Hilfe ab. Immer wieder tippelte die Greisin um die gedeckte Tafel herum, rückte das Besteck zurecht und ging dann zur Küche, vor der sie sogleich wieder abdrehte, sobald Marco und Livia sie erblickten.

»Und hast du die Goldräuber schon gefangen?«, fragte eine Freundin Lauras, an deren Unterarmen unzählige Goldreifen über der ganzjährig tief gebräunten Haut klimperten.

»Damit müssen sich andere rumschlagen. Ich bin in geheimer Mission unterwegs«, log Laurenti.

»Ach ja? Erzähl.« Flavia war klein und rund, ihr Blick lebhaft. Laura behauptete, dass sie trotz ihrer Figur bisher jeden herumgekriegt hätte, auf den sie es abgesehen hatte. Sie war geschieden und lebte vom Unterhalt ihres Mannes, einem Immobilienmakler.

»Eine hochprofessionelle Bande betreibt einen organisierten Schmuggel mit Gewürztraminer aus Südtirol.«

»Mit was?« Flavia hob die Augenbrauen und rückte ihr Dekolleté zurecht. Ihre Armreifen klimperten blechern.

»Eine Weißweinsorte«, flüsterte Laurenti. »Aber sag's niemand weiter. Das Zeug wird containerweise über den Hafen Triest in den Iran verschoben, und das Geld dafür landet auf einem schwarzen Konto in Dubai.«

»Damit kann man Geld verdienen? Ich dachte, die Türken dürfen keinen Alkohol trinken.«

»Glaub ihm bloß nichts, Flavia«, mischte sich Galvano ein. »Laurenti ist der schlechteste Polizist der Welt, noch nie hat er einen Fall allein aufgeklärt.«

»Wo ist eigentlich der Hund?« Proteo schaute sich um. Einerseits war er froh, dass der Alte ihn aus den Fängen von Lauras Freundin gerettet hatte, doch Raissa drängte sich dazwischen.

»Wir werden ihm leider eine Spritze geben müssen.« Sie strahlte Galvano an und hakte sich bei ihm unter. Ihr Akzent rasselte wie eine Panzerkolonne auf dem Roten Platz zum hundertsten Dienstjahr von Präsident Putin. »Das Vieh ist alt, und er ist schließlich nicht mehr allein. Endlich können wir viele Reisen unternehmen, anstatt diese Töle in der Stadt auszuführen und die Hundekacke von der Straße aufzusammeln.«

»Quatsch. Der Hund wird noch lange leben«, protestierte der alte Gerichtsmediziner. »Aber mit seiner Arthrose schafft er die Treppe zu euch nicht mehr.«

»Reisen kann man nie genug«, pflichtete Flavia bei und gewann Raissas Aufmerksamkeit. Die beiden Frauen träumten von Kreuzfahrten im Mittelmeer und in der Karibik.

»Das Regionalfernsehen hat berichtet, dass du Mimmo heute früh eingebuchtet hast«, sagte der alte Gerichtsmediziner. »Hat er mit dem Mord an Spechtenhauser zu tun?«

»Woher weißt du, dass der Südtiroler umgebracht wurde?«

»Ich habe zufällig Staatsanwalt Lorusso getroffen. Er hat mich nach meiner Meinung gefragt. Du weißt ja, dass ich in meinen Anfangsjahren auch ein paar Monate in Südtirol eingesetzt war. Er hat mich nach einem eventuell terroristischen Hintergrund gefragt. Der Mann ist zu jung, als dass er mit der Geschichte vertraut sein könnte, und mit seiner Allgemeinbildung ist es auch nicht weit her. Er macht zwar Urlaub dort oben, aber außer Wellnesscentern und Wanderwegen kennt er nichts.«

Vor Jahren hatte Galvano von seinen Anfängen im Staatsdienst erzählt. Der in Boston gebürtige Italoamerikaner Galvano war als blutjunger Arzt mit der U.S. Army bei Kriegsende nach Triest gekommen, wo er ohne jegliche Erfahrung die Opfer der Abrechnungen zwischen Kommunisten und Faschisten in Augenschein nehmen musste. In Triest hatte er geheiratet, dort waren seine Kinder geboren, die längst in Amerika lebten, und dort hatte er vor vielen Jahren auch seine Frau begraben. Mitte der Fünfziger wurde Galvano vorübergehend nach Bozen versetzt, als der Staat als Reaktion auf die Bombenanschläge ganze Carabinieri-Einheiten und Polizisten dorthin verlegt hatte.

»Ich habe Spechtenhauser nur flüchtig gekannt«, sagte Galvano. »Bei einem, der nicht wusste, wohin mit dem Geld, spielt die Vergangenheit doch keine Rolle mehr. Mit seinen Geschäftsmethoden hat er sich die Gegenwart erkauft. Da musst du suchen.«

Laura rief die Gäste zu Tisch. Ihre Mutter hatte sich blitzschnell auf den Stuhl an der Stirnseite gesetzt und schaute nun ungeduldig zur Küchentür. Laurenti sicherte sich den Stuhl auf der gegenüberliegenden Seite und hielt sich damit den Fluchtweg offen. Zu seiner Linken saß Galvano, zur Rechten blieb Livias Platz frei, und ein junges, sympathisches Zahnärztepaar, das nur ein paar Häuser weiter an der Küste wohnte, bildete einen verlässlichen Schutzwall zu Lauras Freundinnen. Laurenti kannte die beiden aus seiner Stammbar an der Piazza San Giovanni und war froh darüber, dass seine Frau sie eingeladen hatte.

Als Marco die Vorspeise servierte, einen Salat von feinen Scheiben roher weißer Spargelköpfe und dünnen Parmigiano-Streifen mit ein paar Tropfen Zitrone und Olivenöl angemacht, wurde er mit Applaus empfangen. »Alles rein vegetarisch heute«, verkündete er arrogant. »Im Moment ist Spargel- und Erdbeersaison. Sonst nichts.«

»Roher Spargel?«, hob seine Großmutter an, doch unter Lauras Blick verstummte sie.

Trotz des leichten Essens servierte Marco nach jedem Gang ein Sorbet: Dem Spargelsalat folgte ein weißes Spargelsorbet, das Flavia mit dreimaligem Löffeln verputzte, der Spargelcreme ein Sorbet aus grünem Spargel und Erdbeeren mit einem Minzblättchen obenauf, dem gratinierten Spargel ein pikantes Sorbet von grünem Spargel mit schwarzem Pfeffer. Die gedämpften, besonders schönen weißen Spargelstangen kamen an einer Salsa Mimosa auf den Teller. Flavia schaute sie bewundernd an und zierte sich, diese Kunstwerke der Natur mit dem Messer zu zerkleinern. Sie spießte sie nur zart mit der Gabel auf, um sie zum Mund zu führen. Geräuschvoll lutschte sie an ihnen, was Lauras Freundinnen genüsslich kommentierten. Das Dessert bildeten Eiskugeln von weißen und grünen Spargeln mit frischen Erdbeeren. Der ambitionierte junge Koch hatte sie ganz kurz in einer heißen Pfanne gewendet und mit einem Schuss Aceto Balsamico abgeschmeckt.

Wie in einer perfekten Inszenierung ließ ein greller Blitz, dem umgehend ein scharfer Donnerknall folgte, das Licht im Raum flackern, als Marco an den Tisch trat, um sich für seine Kochkünste feiern zu lassen. Der Regen prasselte von Sturmböen getrieben gegen die Fenster. Das Gewitter schien sich direkt über dem Haus zu entladen.

»Wo hast du eigentlich diesen köstlichen Spargel her?«, fragte die reizende Zahnärztin.

»Von einer Freundin meiner Chefin aus dem Lavanttal in Kärnten. Er ist der beste. Endlich einmal habt ihr gesund gegessen. Und gut für die Figur ist er auch«, sagte Marco und schenkte Flavia ein anzügliches Lächeln. »Er besteht zu neunzig Prozent aus Wasser.«

»Bei dem Wasser draußen kann man nicht einmal das Toilettenfenster öffnen«, meckerte seine Großmutter.

»Ist deine Ausbildung nicht bald zu Ende?«, fragte Raissa. »Was machst du danach?«

»Ich heuere auf einem Kreuzfahrtschiff an.«

Laura und Proteo rissen die Augen auf. Ihr Sohn hatte zu Hause noch nie viel über seine Pläne gesprochen. Schon für die Ausbildung zum Koch hatte er sich entschieden, ohne vorher den Familienrat zu konsultieren.

»Oder ich eröffne eine Suppenküche in der Stadt.«

»In Zeiten der Krise? Ob das eine gute Idee ist, wage ich zu bezweifeln. Die Leute halten ihr Geld zusammen.« Galvano sprach fast großväterlich besorgt, seinen sonst üblichen Zynismus ersparte er nur Laurentis Sohn.

»Dann werde ich eben Bankräuber. Das ist gut für die Konjunktur, damit kommt Kapital in Umlauf, das sonst nur auf der Bank liegt und nicht ausgegeben wird.«

»Und ich werde dich dann einlochen«, sagte Laurenti.

»Du kriegst mich nie«, ätzte sein Sohn.

»Das glaube ich auch«, sagte Galvano. »Diesen Commissario muss man wie einen Hund zum Jagen tragen. Nicht einmal diese Goldräuber kriegt er zu fassen.«

»Und was hast du vor, Livia?« Flavia mischte sich ins Gespräch. »Deine Mutter hat gesagt, du willst auch weg? Dann wird das ja ein schrecklich stilles Haus.«

»Ich habe die Zusage einer großen Anwaltskanzlei in Frankfurt, die auf deutsch-italienischen Rechtsverkehr spezialisiert ist. Arbeit im Sekretariat ist besser, als hier immer nur von einem befristeten Aushilfsjob in den anderen zu rutschen.«

Proteo Laurenti warf seiner Frau einen vorwurfsvollen Blick zu. Wie immer wurden Entscheidungen hinter seinem Rücken getroffen. Laura antwortete ihm mit einem schuldbewussten Lächeln.

»Patrizia hat heute ein Mail geschickt«, berichtete sie. »Das Schiff liegt für zwei Tage in Hongkong, und sie ist begeistert von der Stadt und vom Essen. Die Kleine war krank, doch ein Wunderdoktor hat sie rasch wieder geheilt.«

»Ist doch klar bei dem, was bei den Chinesen auf den Tisch kommt. Ich war immer gegen diese Reise«, sagte die Signora Camilla. »Seien Sie bloß froh, Dottore, dass Raissa Russin ist, sonst hätte sie Ihnen den schwarzen Hund längst als Ragout serviert.«

»Die Geschenke«, mehrten sich die Rufe von Lauras Freundinnen. »Du musst jetzt die Geschenke auspacken.«

Marco und Livia verzogen sich in die Küche, während die Geburtstagsgesellschaft sich erhob und auf Sofas und Sesseln niederließ.

»Wir rauchen erst einmal in aller Ruhe eine Tüte«, sagte Marco zu seiner Schwester und schloss die Küchentür. »Aufräumen können wir später.«

Nur Proteo wurde zweimal durch sein vibrierendes Mobiltelefon aus dem Geschehen gerissen: Gegen eins erreichte ihn ein Anruf aus dem Kommissariat, und nach zwei Uhr, als die letzten Gäste sich verabschiedeten, erhielt er eine SMS. Xenias Nachricht war nur ein Wort lang.

Živa Ravno hatte sich mit dem Dienstwagen nach Istrien fahren lassen. Ein Begleitfahrzeug des Personenschutzes eskortierte sie. Der Montag war hektisch verlaufen, nachdem sie, viel später als sonst, erst kurz vor zehn Uhr ihr Büro betreten hatte. Entgegen den Regeln war sie selbst in die Stadt gefahren und hatte sich an der Grenze nicht vom Begleitschutz abholen lassen, was ihr von Goran Ivanić, ihrem engsten Mitarbeiter, eine Rüge eintrug. Als einer der wenigen konnte er sich erlauben, die Generalstaatsanwältin zu kritisieren.

Der gebürtige Dalmatier hatte wie Živa in München und

Zagreb studiert und war zwei Jahre jünger als sie. Als Studenten hatten sie ein kurzes Verhältnis gehabt, doch keiner der beiden hatte in jenen Jahren viel von Treue gehalten. Dennoch heiratete Goran kurz vor dem zweiten Staatsexamen eine niederbayrische Bierbrauertochter aus Passau und wurde acht Wochen nach der Trauung Vater. Die Ehe hielt nicht lange. Živa hatte bei den Gesprächen um ihre Beförderung verlangt, Ivanić in die Behörde mitzunehmen. Ihn von der Staatsanwaltschaft Split wegzulocken, war leicht gewesen. Man hatte ihn einige Jahre zuvor kaltgestellt, weil er seine Nase zu tief in die Immobiliengeschäfte des Erzbischofs gesteckt hatte. An Živas Seite rückte auch er wieder ins Rampenlicht.

Goran Ivanić war an diesem Tag ins Schwitzen gekommen. Die Unterredung mit Živa Ravno hatte nur eine Viertelstunde gedauert. Der diplomatische Druck aus Rom musste die Dinge in Bewegung gebracht haben. Bereits zur Mittagszeit war eine Einheit der Finanzbehörde aus Rijeka, mit einem Durchsuchungsbefehl ausgestattet und begleitet von bewaffneten Polizisten in Kampfanzügen, bei der Aurum d.o.o. in Vodnjan vorgefahren. Ivanić koordinierte die Aktion von Zagreb aus und hatte für seine Chefin den Ablauf zusammengefasst.

Die Limousinen bretterten mit Blaulicht über die Autobahn nach Rijeka und von dort über die Schnellstraße weiter durch Istrien. Živa Ravno telefonierte die Fahrt über und versuchte, die Amtsgeschäfte im Griff zu behalten, soweit dies vom Wagen aus möglich war. Zwei private Gespräche führte sie zwischendurch. In Andeutungen informierte sie Laurenti über das Vorgehen. Das zweite Telefonat galt ihren Cousinen, die beide in dem Goldverarbeitungsbetrieb arbeiteten und höchst erfreut über die Nachricht waren, dass sie, wenn auch unerwartet, eintreffen sollte. Sie waren stolz auf Živa, die es im Gegensatz zu ihnen weit gebracht hatte.

Nach siebzehn Uhr traf sie schließlich an der Goldschmiede ein und ließ sich in einem zum mobilen Kommissariat umgenutzten Wohnmobil vom Leiter der Einsatzkräfte über den Verlauf unterrichten. Der drahtige Typ von fünfunddreißig Jahren mit kantigem Gesicht und schwarzem Bürstenschnitt berichtete, dass er nicht auf das Eintreffen der Firmenanwälte gewartet, sondern eine sofortige Inventur angeordnet habe, die vermutlich die ganze Nacht dauern werde. Die beiden Geschäftsführer hatten den Beamten erst nach Haftandrohung den Zugang zu den gepanzerten Untergeschossen freigegeben. Goldbarren mit dem Stempel der Banca d'Italia seien zwar gefunden worden, doch bis die Bestände mit den Büchern abgeglichen seien, werde viel Zeit vergehen. Aurum war eines der großen Unternehmen im Land, dessen Wirtschaft außerhalb des Tourismussektors und der Montanindustrie nicht viel zu bieten hatte. Niemand konnte die Menge an Edelmetall schätzen, die sich derzeit in den Werkstätten und im Tresorraum befand. Dafür fehlte es an Erfahrung, man musste Spezialisten anfordern. Die Anfragen in Deutschland und Österreich liefen.

Živa hatte nur kurz im Hotel in Rovinj eingecheckt, sich frischgemacht und war zum Hof ihrer Cousinen Dragica und Ivana gefahren, der seit Generationen der Familie gehörte. Die Schwester von Živas Großmutter hatte vom Küstenort Novigrad, das bis zum Ende des Zweiten Weltkriegs noch Cittanova geheißen hatte, ins Landesinnere geheiratet. Während ihrer Kindheit hatte Živa die Sommer in Istrien verbracht und war seit damals eng mit den Cousinen verbunden.

Ein wunderbarer, tiefvertrauter Duft hing in der großen Küche, wo der lange schwere Holztisch gedeckt war. Fusi con sugo di gallina – eine handgemachte, gedrehte Pasta mit der Soße und dem Fleisch von einem der freilaufenden Hühner wurde aufgetischt. Und danach ein Zicklein, das lange im

Steinofen unter der Peka, einer gusseisernen Haube, gegart worden und von köstlichem Aroma war.

Während des Essens unterhielten sie sich über die Familie und tauschten Kindheitserinnerungen aus, doch kaum hatten sie abgetragen und eine Flasche schwarzgebrannten Rakija auf den Tisch gestellt, konnten die Cousinen ihre Neugier nicht länger zähmen, und Živa war es ganz recht, von ihnen Details aus der Firma zu erfahren.

»Du bist doch wegen der Durchsuchung hier?«, fragte Ivana, die im Lager der Aurum arbeitete. Aufgeregt berichtete sie, dass man sie heute vor der Zeit nach Hause geschickt hatte, kurz nachdem die Beamten angerückt waren. Selbst die penible Kontrolle, der sich täglich alle Mitarbeiter beim Verlassen des Betriebs zu unterziehen hatten, war oberflächlich verlaufen.

»Diesmal hätte ich endlich etwas stehlen können«, sagte sie und goss die Gläser mit dem Obstbrand randvoll. »Schon allein als Entschädigung für den Lohn, der mir entgeht. Man weiß sowieso nie, wann man entlassen wird. Früher hat die Firma im Zweischichtbetrieb gearbeitet, doch seit der Wirtschaftskrise ist alles anders geworden.«

»Bei uns hat man dagegen kaum etwas gemerkt«, erzählte die füllige Dragica, die in der Packerei arbeitete. »Aber alle haben über die Durchsuchung geredet.«

»Wie wird eigentlich die fertige Ware verschickt?«, fragte Živa.

»Die adressierten Kartons werden täglich von Wertkurieren abgeholt. Die Empfänger befinden sich in halb Europa.«

»Und die Anlieferungen des Rohmaterials?«

»Ganz unregelmäßig. Niemand weiß vorher davon. Gepanzerte Werttransporter kommen einfach irgendwann durch die Sicherheitsschleuse. Während die Paletten mit dem Gabelstapler entladen werden, wird der Hof gesperrt, aber durchs Fenster kann ich zuschauen.« Ivana war im Gegensatz zu ihrer Schwester mager, doch hatte sie kräftige Arme, die zupacken konnten. »Lange dauert es nicht, zwanzig Minuten höchstens. Das angelieferte Gold verschwindet mit dem Lastenaufzug im Depot im Untergeschoss. Und später wird von dort zweimal täglich die Menge für jeweils eine halbe Tagesproduktion in die Werkstätten gebracht. Es kommt sowohl Reingold an wie auch Halbfertigerzeugnisse.«

»Wie viele Werttransporter kommen denn pro Monat?«

»Ich weiß es nicht genau. In letzter Zeit sind es weniger.«

»Und welche Kennzeichen tragen diese Fahrzeuge?«

»Kroatische, die meisten jedenfalls. Manchmal aber auch italienische. Das ist seltener.«

»Werden eure Löhne pünktlich bezahlt, oder ist die Firma im Rückstand?«

»Höchstens mal zwei Tage. Damit gibt es keine Probleme, allerdings verdienen wir nicht viel.«

»Auch der Umgangston ist korrekt«, sagte Ivana. »Die Abteilungsleiter sind ziemlich in Ordnung. Die obersten Chefs sehen wir so gut wie nie.«

»Wir werden eigentlich ganz gut behandelt«, pflichtete Dragica bei und wollte Rakija nachschenken.

Živa gähnte und hielt ihre Hand über das Glas. »Ich habe morgen einen strengen Tag. Und letzte Nacht habe ich auch nicht viel geschlafen.«

»Hat dein Fahrer die ganze Zeit da draußen gewartet?« Ivana zeigte auf die dunkle Limousine, deren Scheinwerfer eingeschaltet wurden, sobald sich die Haustür öffnete.

»Das ist sein Job. Ich weiß nicht, wie lange ich in der Gegend bin. Falls die Zeit reicht, komme ich noch einmal vorbei.«

Bevor sie einstieg, wandte sich Živa noch einmal um. »Wurde heute etwas angeliefert?«, fragte sie ihre Cousinen, die vor der Haustür warteten.

»Wein aus dem Friaul. Um halb neun. Flaschen in einzelnen Holzkisten, auf denen ein Buntspecht aufgedruckt war. Aber nicht viel, eine kleine Palette; sie wurde mit dem Gabelstapler abgeladen.«

Inspektorin Cardareto schob Nachtschicht, doch dank des heftigen Gewitters waren die Triestiner an diesem Abend zahm. Die Leute blieben zu Hause. Auf einer Ecke ihres Schreibtischs lag ein fast leergegessener Styroporbehälter mit Resten von Reis, Krautsalat, Döner Kebap und einer Plastikgabel. Die Polizistin hatte das Zeug achtlos in sich hineingefuttert, während sie am Bildschirm Personendaten durchging. Nach Mitternacht hatte sie sich schlagartig aufgerichtet und die letzten Files erneut aufgerufen. Ein Name war ihr ins Auge gesprungen, der alle miteinander verband. Sie warf einen Blick auf die Uhr und beschloss, dass es noch nicht zu spät war, ihren Chef zu stören.

»Ich bin über Professor Moser auf ihn gestoßen«, sagte Pina. »Der Anwalt hat bis vor wenigen Jahren drei der Verdächtigen des Goldraubs verteidigt.«

»Wen?«

»Unterberger, Robert. Pixner, Johann und Pixner, Ignaz, zwei Brüder.«

»Und was hat das mit dem Spaltkopf zu tun?«

»Dieser so freundliche Hüne, wie Sie sagen, der zusammen mit Spechtenhauser die Sonar Communications Bozen Washington SpA gegründet hat, war einmal heftig mit seinem Ex-Kompagnon überquer.« Pina war in den Archiven der Wirtschaftspresse auf die Sache gestoßen. »Dieser Gewürztraminermann hat offensichtlich versucht, seinen Kompagnon über den Tisch zu ziehen. Dank einer Kapitalerhöhung sollte Mosers Anteil um über zwanzig Prozent reduziert werden. Der Prozess ist groß durch die Presse gegangen. Spechtenhausers Anwalt hatte ein raffiniertes Verfahren eingeleitet und damit offenbar das Vertrauen Mosers ausgenutzt. In vielen Artikeln prangt sein Foto neben den beiden Inhabern. Es endete in einem Kompromiss, bei dem Moser Federn gelassen hat. ›Die Zukunft der Sonar Communications steht in den Sternen‹ oder ›Möglicher Machtwechsel bei der Sonar‹, lauteten die Überschriften. Ich habe es für Sie kopiert, Moser muss auf die Liste der Verdächtigen. Und wenn Galimberti wirklich mit Donna Rita liiert ist, wusste er vielleicht doch von diesem Werttransport.«

Dass Xenia dem Spezialistenteam von Ermittlungsrichter Battista Malannino den Aufenthalt von Cassara und Unterberger in Grado verschwieg, bereitete ihm Kopfzerbrechen. Und nun steckte seine Inspektorin auch noch ihre Nase in den Goldraub. Laurenti konnte es ihr nicht vorwerfen, Ermittlungen verliefen nun einmal so, dass man ständig nach Querverbindungen suchte, doch die Möglichkeit, dass sich in der Folge die Sonderkommission auch in den Fall Spechtenhauser einmischen würde, schmeckte ihm überhaupt nicht mehr. Sein Kommissariat lieferte die Erkenntnisse, die Lorbeeren ernteten dann die anderen.

»Und was soll ich nun damit tun?«, fragte die Inspektorin.

»Suchen Sie weiter, Pina, aber behalten Sie noch alles für sich.«

»Isst du denn gar nichts? Gefüllte Tomaten sind doch deine Leibspeise. Was ist los?«

»Verzeih«, sagte Xenia und schaute kurz auf. »Ich habe einfach keinen Hunger.«

Sie hatte drei Bissen des köstlich duftenden Gerichts gekostet. Dampfend hatte Zeno es als Vorbote des Sommers serviert.

»Wo hast du eigentlich den Tisch her?«

»Aus der Zeitung.«

»Wie teuer?«

»Zwanzig Euro.«

»Dafür musste ich dir also Geld leihen.«

»Dein neues Telefon hat mehr gekostet.«

Xenia war früher als sonst nach Hause gekommen, hatte sich umgezogen und wortlos die Schlüssel des Bootes vom Haken genommen. Um zwanzig Uhr dreißig wollte sie zum Abendessen zurück sein. Wenig später klang vom Meer der anschwellende Lärm des Außenborders herüber. Zeno warf einen besorgten Blick auf den von regenschweren Gewitterwolken verhangenen Himmel, doch beruhigte er sich mit dem Gedanken, dass Xenia genug Erfahrung mit Boot und Meer hatte. Wie immer, wenn sie von der Arbeit angespannt war, durfte man sie nicht ansprechen, solange sie sich nicht Luft gemacht hatte, indem sie endlos auf Punchingball und Sandsack im Garten eindrosch, auf dem Radweg bis zur Punta Sdobba lief oder wie heute raus aufs Meer fuhr, um bis zur Erschöpfung zu schwimmen. Danach besserte sich ihre Laune rasch, und dann fiel sie normalerweise wie ein ausgehungerter Wolf über das Essen her.

Blitze und Donner zerrissen den Himmel über dem Golf, und die ersten schweren Tropfen prasselten gegen die Scheiben, als sie zurückkam. Doch brachte sie den Mund nicht auf, in einem Zug stürzte sie zuerst ein Glas Mineralwasser und danach eines mit Weißwein hinab. Sie reagierte kaum, als er das Essen auf den Tisch stellte. Etwas musste ihr nachhaltig auf den Magen geschlagen sein. Unter dem maroden Fenster nach Süden, woher der Sturm den Regen gegen das Haus trieb, saugte sich langsam ein Handtuch voll.

»Ich muss handeln«, sagte Xenia schließlich und schob den Teller von sich.

Zeno schaute sie fragend an.

»Ich sitze in der Scheiße.«

Seine Augen flackerten kampflustig, als er anhob, etwas zu sagen. Doch sie kam ihm zuvor, als könnte sie Gedanken lesen.

»Keine Sorge, du kannst da schon gar nichts daran ändern. Wie immer habe ich es mir selbst eingebrockt. Ich weiß es selbst: Neugier, Ehrgeiz, Trotz und Stolz sind eine schreckliche Mischung. Aber mit ein bisschen Glück kann ich den Spieß vielleicht noch umdrehen.«

»Welchen Spieß?«, fragte Zeno mit sanfter Stimme.

»Ich muss nochmals los«, sagte Xenia, stand abrupt auf, forderte einen Dienstwagen an und nahm das Gürtelholster mit der Beretta vom Haken.

Es war kein konkreter Anlass gewesen, weshalb sie das Kommissariat am Nachmittag verlassen und sich auf den Scooter gesetzt hatte, um nach ein paar Kilometern bei Spechtenhausers Gehöft von der Landstraße auf den asphaltierten Weg Richtung Fossalon abzubiegen. Zuvor meinte sie noch Laurentis Wagen ausgemacht zu haben, der sich Richtung Monfalcone entfernte und dem ein Motorrad folgte. Hatte sein Gespräch mit den Zwillingen so lange gedauert? Sie schob das Visier ihres Helms nach oben und tuckerte im Schritttempo an unscheinbaren Bauernhöfen vorbei, deren Anfahrten betoniert waren.

Ein wenig weiter war die Straße von Erde, Splitt und Schotter bedeckt, den Fahrzeuge von einem Feldweg herausgetragen hatten. Behutsam umfuhr sie das Hindernis und hielt an. Wäre sie mit dem üblichen Tempo gefahren, hätte sie den Scooter kaum halten können. Sie wählte die Nummer ihrer Dienststelle und gab Anweisung, dass bei der nächsten Fahrt eines Streifenwagens in diese Gegend die Kollegen den Bauer auffordern sollten, die Gefahr zu beseitigen.

Als sie die genaue Position beschrieb, fiel ihr Blick auf eine verwitterte Scheune, die sich ein gutes Stück zurückversetzt zwischen dem nächsten Bauernhof und dem Anwesen des Südtirolers befand. Einer der windschiefen Torflügel war halb geöffnet, ein dunkelblauer Audi stand abseits, und eine viereckige, helle Fläche zeichnete sich in dem Scheunentor ab. Xenia fuhr den Scooter hinter eine Hecke. Gebückt lief sie durch die noch niedrigen Wiesen und Felder aus dem Blickfeld, doch schaffte sie es nicht, sich zu nähern. Ein Lieferwagen mit der Aufschrift von Spechtenhausers Weingut im Collio fuhr heraus und entfernte sich in einer Staubwolke, dicht gefolgt vom blauen Audi. Xenia konnte nur das Kennzeichen des hinteren Wagens erkennen. Sie dachte einen Moment daran, ihnen mit dem Scooter zu folgen, doch bis sie wieder im Sattel säße, wäre der Abstand längst zu groß. Wieder griff sie zum Telefon und fragte das Autokennzeichen in der Zentrale ab. Das Fahrzeug eines multinationalen Autoverleihs. Sie erteilte die Anweisung, bei der Firma die Daten des Mieters zu ermitteln. Dann rannte sie die letzten Meter zu der Scheune hinüber, versteckte sich hinter einem alten Apfelbaum und lauschte. Die Ruhe vor dem Sturm, kein Blatt bewegte sich. Und kein Laut drang aus dem maroden Gebäude heraus. Kommissarin Xenia Ylenia Zannier entsicherte die Waffe und preschte lehrbuchmäßig vor.

Tiefe Reifenspuren mehrerer Fahrzeuge waren das Einzige, was sie in der Scheune fand. Eine halbe Stunde später erfuhr sie, dass der Audi von einer jungen Dame namens Anita Mayr gemietet worden war, ihre Adresse auf dem Personalausweis verwies auf die Gemeinde Tramin bei Bozen, der Führerschein war von der dortigen Behörde ausgestellt. Xenia fuhr zur Dienststelle zurück und suchte auf ihrem überladenen Schreibtisch nach der Meldeliste der Hotels. Und endlich fand sie den Namen auf dem Formular von Robert Unterberger.

»Von deiner Wohnung aus ist Grado selbst während der Sintflut romantisch. Schau dir bloß diese Blitze an«, jubelte Titti.

Sie trug ein knielanges, am Rücken so tief ausgeschnittenes Kleidchen, dass sie unmöglich einen Slip tragen konnte.

Sie hielt ein Champagnerglas in der Hand und schaute entzückt durch die Panoramascheibe von Magdalenas Salon im vorletzten Stockwerk des Hotelturms. Einstein hatte den Arm um ihre schmale Hüfte gelegt, seine Hand unter dem dünnen Stoff. Die rote Anita stand neben ihnen, ein enganliegendes Schlauchkleid aus getigertem, elastischem Stoff unterstrich ihre Rundungen, auch ohne ihre High Heels hätte sie alle überragt.

»Begebt euch zu Tisch, die Küche hat angerufen. Das Essen kommt mit dem Aufzug.« Magda trug Haute-Couture-Jeans und eine weiße Bluse.

»Es hat eindeutige Vorzüge, im Hotel zu wohnen. Ich will nie wieder eine eigene Wohnung haben«, seufzte Anita.

Salvatore Cassara und Robert Unterberger hatten vor einer Stunde noch in einer Enoteca auf die erfolgreiche Verladung des zweiten Teils der Beute angestoßen und zwei Magnumflaschen Champagner als Gastgeschenk gekauft. Der Direktor hatte Magdalena Spechtenhauser schon zur Mittagszeit mitgeteilt, dass er und Einstein wegen eines dringenden Termins für ein paar Tage verreisen müssten. Anita und Titti aber blieben und erwarteten sie am Samstag zurück. Magda hatte sie daraufhin spontan für den Abend eingeladen.

Ein Kellner fuhr einen Servierwagen an den Tisch und richtete die Teller an.

»Der Boreto alla gradese ist ein sehr schmackhaftes, traditionelles Gericht, das die Fischer in der Lagune früher zu Hause zubereitet haben«, sagte Magda. »Die besten Fische haben sie verkauft und die weniger geschätzten haben sie selbst gegessen.«

»Erinnerst du dich noch, wie dein Vater mich damals zur Sau gemacht hat, als er uns auf die Schliche gekommen ist?«

»Und wie! Mir hat er zwei Wochen Hausarrest verhängt. Dabei hatte ich mich über beide Ohren in dich verliebt. Es hat weiß Gott hübschere Kerle als dich gegeben, aber keiner war so verrückt.«

»Hübschere als mich? Anita, lass dir das nicht gefallen«, rief Unterberger lachend seiner Freundin zu.

Das Klingeln von Einsteins Mobiltelefon unterbrach sie. Cassara warf einen Blick aufs Display, stand auf und entfernte sich, bevor er sich meldete. Das Gespräch dauerte keine zwanzig Sekunden. Einstein beschloss es mit einem kurzen »okay«. Dann kam er an den Tisch zurück. »Die Post ist angekommen.«

Unterberger nickte zufrieden und nahm sogleich wieder den Faden des Gesprächs auf. »Magdas Vater ist damals jede Woche nach Bozen gekommen, um nach dem Rechten zu sehen. Seine Töchter hatte er dort auf ein italienischsprachiges, katholisches Mädcheninternat geschickt. Wenn er gewusst hätte, was die getrieben haben!«

»Papa hat immer über alles Bescheid gewusst, was Trudi und ich angestellt haben.«

»Dabei war das eine echte Schlampenschule, ich sag's euch. Unter den Fenstern haben sich nachts alle rolligen Kater der Gegend versammelt.«

»Bis er die Überwachungskameras spendiert hat, die an der Fassade angebracht wurden«, gab Magda zu. »Aber dich hat er dann immerhin beim Studium unterstützt, wo du Galimberti kennengelernt hast.«

»Der hatte einen Assistenzjob und musste die meiste Zeit unseren stinkfaulen Prof vertreten. Aber als Strafrechtler ist er nicht schlecht. Leider gibt er keinen Mengenrabatt.«

»Ich kann ihn nicht besonders leiden«, gestand Magda. »Er hängt zu sehr an der ersten Frau meines Vaters. Und an meine Schwester hat er sich auch rangemacht.«

»Anwälte verfügen über einen ausgeprägten Geschäftssinn«, sagte Einstein.

»Und du?«, fragte die rote Anita. »Lebst du allein?«

»Das ist mir derzeit das Liebste.« Magda warf dem Direktor ein kesses Lächeln zu. »Warum hast du eigentlich dein Studium nicht abgeschlossen, Robert?«

»Ich hatte Besseres zu tun.« Er bröselte mit Zeigefinger und Daumen die Glut von seiner Kippe in den Aschenbecher.

»Sein Geschäftssinn war einfach ausgeprägter als sein Gerechtigkeitssinn«, mischte sich Einstein ein.

»Und was hast du jetzt vor? Willst du es nicht einmal mit einem normalen Leben versuchen?«, fragte Magdalena.

»Salvatore und ich überlegen, ein Haus mit Garten in Grado zu kaufen«, log Unterberger. »Aber schön muss es sein.«

»Und vor allem geräumig«, pflichtete Einstein sofort bei. »Ein schickes Bed&Breakfast müsste hier doch laufen. Also, falls du von so etwas hörst, dann denk bitte an uns. Wir zahlen bar.«

»Geht in Ordnung.« Ein ironisches Lächeln spielte in Magdas Gesicht. »Allerdings kann ich mir keinen von euch beim Bettenmachen vorstellen.«

»Dafür sind Titti und Anita zuständig«, sagte Unterberger.

»Wir werden dann natürlich ausschließlich an alleinreisende Männer vermieten«, konterte die Rote.

Nachdem sie sich überschwänglich für das köstliche Mahl bedankt und versprochen hatten, sich gleich am Samstag nach ihrer Rückkehr bei Magdalena Spechtenhauser zu melden, hatten sie die Mädchen unter dem Vorwand, noch etwas Geschäftliches besprechen zu müssen, auf die Zimmer geschickt.

»Galimberti hat Wort gehalten, das Geld ist auf dem Konto und der Abschleppwagen ist ebenfalls eingetroffen«, sagte Einstein, während der Aufzug sie ins Erdgeschoss hinunterbrachte.

»Na bitte, es geht doch. Er hätte sich gar nicht so anzustellen brauchen.«

In der Hotelbar herrschte Flaute, als Einstein und der Direktor eintraten.

»Wenn wir nichts Besseres vorhätten, könnten wir Titti und Anita gegen die Zwillingsschwestern tauschen«, sagte Einstein beim Whisky, tief in einem schweren Sessel versunken. »Ich habe den Eindruck, dass du noch immer bei Magda landen könntest.«

»Wo wir hinfliegen, kann ich täglich bei Hunderten landen.« Der Direktor schob sich ein paar gesalzene Erdnüsse in den Mund. »Vor allem stellen die keine Fragen oder wollen auch keinen besseren Menschen aus dir machen. Bringen Sie uns bitte noch zwei doppelte Whisky«, rief er zum Tresen, hinter dem der Barkeeper am Computer spielte.

Eine hochgewachsene Blonde mit sportlicher Figur setzte sich an die Bar. Sie trug Bluejeans und eine regendurchnässte Windjacke. Einstein fragte sich, wo er ihr schon einmal begegnet war. Sie bestellte einen Espresso, und auf die Frage des Kellners nach ihrer Zimmernummer legte sie ein paar Münzen auf den Tresen.

»Wir sind also doch nicht die einzigen Gäste«, murmelte Einstein. »Die da ist auch nicht schlecht.«

»Ein bisschen zu groß für dich«, sagte Unterberger.

Xenia hatte sich kurz nach einundzwanzig Uhr am Kommissariat absetzen lassen, in dem nur ein Kollege Dienst tat und eine Partie »Solitär« am Computer spielte. Bei diesem Dreckwetter lagen keine Vorfälle an, die Mehrzahl der Lokale hatte längst die Rollläden heruntergelassen.

Nichts anderes als ihr Instinkt hatte sie geleitet. Es war gegen jede Logik, dass sich zwei Tatverdächtige noch in der Nähe des Orts aufhielten, an dem sie einen Jahrhundertcoup gelandet hatten. Gewiss war es ein Riesenfehler gewesen, dass sie Unterberger und Cassara nicht sofort der Sonderkommission gemeldet hatte. Ihre Arroganz und der Ehrgeiz brachten sie dazu, selbst herauszufinden, was diese Kerle hier trieben. Mangelnde Teamfähigkeit hatte man ihr schon mehr als einmal vorgeworfen.

Fieberhaft bediente sie die Computertastatur; wenigstens hielten die Telefonleitungen dem Gewitter stand, obgleich das Licht schon zweimal geflackert und das Notstromaggregat sich eingeschaltet hatte. Die Antworten der Dienststellen in anderen Städten ließen nicht allzu lange auf sich warten. Wieder drehte sie sich eine Zigarette und steckte sie an, obgleich im Aschenbecher bereits zwei andere glimmten.

Durch den Sturmwind drang klar und hell der Glockenschlag vom Campanile der Basilica Sant'Eufemia herüber. Elf Schläge zählte sie. Dann las Xenia noch einmal die letzte Bestätigung durch. Das war es also.

Sie rief den Streifenwagen, der zehn Minuten später eintraf. Die Kommissarin befahl, auf dem direkten Weg zum Hotel zu fahren, und umriss in knappen Worten den Sachverhalt: Robert Unterberger und Salvatore Cassara waren am Dienstagmorgen um 10 Uhr 50 auf die Maschine nach München gebucht. Ohne Rückflugticket. Sie wollten das Land verlassen. Für den darauffolgenden Abend dann hatten sie zwei Firstclass-Tickets der brasilianischen TAM Linhas Aéreas nach São Paulo. Ebenfalls ohne Rückflug.

Eile war angesagt, doch als der Beamte am Steuer Blaulicht und Sirene anschalten wollte, schritt sie ein. Kein Aufsehen. Fünf Minuten später rannten alle drei durch den Regen in die Hotelhalle, wo Xenia sich auswies, obgleich der Nachtportier sie kannte. Als sie sich nach den beiden Herren erkundigte, verwies der Mann sie in die Bar. Während die Uniformierten noch in der Halle warteten, sondierte sie die Situation vom Tresen aus. Der Kellner servierte soeben den dritten doppelten Whisky. Sie hatten es also nicht eilig und fühlten sich sicher.

»Ich kenne diese Blonde«, flüsterte Einstein. »Irgendwo in

den letzten Tagen habe ich sie schon gesehen. Mehr als einmal.«

»Du wirst sie in einem deiner früheren Leben gevögelt haben.«

Unterbergers Fratze versteinerte schlagartig, als zwei Uniformierte an ihren Tisch traten. Er warf einen flüchtigen Blick auf die Armbanduhr: fünf vor zwölf.

»Buona sera, Signori, die Ausweise bitte«, sagte einer der Polizisten.

»Wir sind Hotelgäste«, protestierte Unterberger. »Was soll das?«

»Routinekontrolle. Können Sie sich ausweisen?«

»Ich habe meinen im Zimmer«, sagte Einstein. »Meine Freundin schläft schon, ich würde sie nur ungern stören. Fragen Sie bitte an der Rezeption, die haben sie bei der Anreise fotokopiert. Hier befinden wir uns nicht in der Öffentlichkeit.«

»Eine Bar ist ein öffentlicher Ort, Signore. Wie heißen Sie?«

»Cassara, Salvatore, geboren am 30. Juni 1967 in Bagnara Calabra. Freiberufler.«

Auch der Direktor machte seine Angaben, während der Beamte ein Blatt in seinem Notizblock wendete und nickte. Der Mann machte keinen Hehl daraus, dass er bereits wusste, wen er vor sich hatte.

»Geboren am 1. Juli 1969 in Bozen. Archäologe, mich interessieren die Grabungen in Aquileia. Ihr habt hier einen unglaublichen Reichtum an alten Steinen«, schleimte Unterberger. »Ist etwas Schlimmes passiert?«

Die große Blonde am Tresen stellte hörbar die Espressotasse auf den Unterteller. Sie hatte die beiden unablässig beobachtet und schlenderte nun zu ihnen herüber. Sie präsentierte ihren Dienstausweis mit der linken Hand und setzte sich in den freien Sessel, während ihre Kollegen wie angewurzelt stehen blieben.

»Sie gestatten«, sagte die Kommissarin. »Sind Sie die Mieter des blauen Audi in der Hotelgarage?«

»Sind wir schon wieder so gerast, dass Sie sich die Mühe machen müssen, bei diesem Sauwetter und um diese Zeit nach uns zu suchen?«, fragte Einstein amüsiert. »Das täte mir schrecklich leid, verzeihen Sie bitte.«

»Dürfen wir Ihnen etwas anbieten? Wie haben Sie uns gefunden?«, hakte Unterberger umgehend ein. »Man passt manchmal einfach nicht auf, und dann passiert es. Wegen unseres schlechten Gewissens haben wir den Wagen schon am Nachmittag in der Garage versteckt, damit uns niemand findet. Und mit Sicherheit hätten wir uns die nächsten Tage damit nicht auf die Straße gewagt.«

Der Direktor lächelte versöhnlich, doch die Blonde verzog keine Miene.

»Und wie wollten Sie dann morgen früh zum Flughafen kommen?«, fragte die Kommissarin und erhob sich.

Einstein räusperte sich und versuchte, seinem Erstaunen so wenig wie möglich Ausdruck zu geben. »Mit dem Taxi natürlich.«

»Das Geld können Sie sich sparen, ich bringe Sie selbst hin. Und zwar gleich jetzt.« Xenia hatte mit ihren Beinen unmerklich die Grundstellung ihres Kampftrainings eingenommen. Wer so viel Beute gemacht hatte, würde durchaus dafür kämpfen, in ihren Genuss zu kommen. »Ihre Wartezeit bis zum Abflug wird sich ein bisschen verlängern.«

»Ich befürchte, du verstößt gegen die Vorschriften, Calamity Jane«, zischte Einstein und warf dem Direktor einen kurzen Blick zu.

Cassara rollte von seinem Sessel und entwischte dem Zugriff des Polizisten, der am nächsten stand. Auch Unterberger sprang blitzschnell auf und rammte den anderen Beamten mit der Schulter, doch schaffte er es nicht bis zur Tür. Die Kommissarin streckte ihn mit einem Roundhouse-Kick zu Boden. Ihr Fuß traf ihn an der Stirn, wie ein Sack fiel der Direktor um. Einstein erwischte sie erst in der Hotelhalle, mit dem deutlich kleineren Mann hatte sie noch weniger Mühe.

»Ich schwöre, mich für Freiheit und Gerechtigkeit einzusetzen«, sagte Xenia, während sie ihm Handschellen anlegte. »Ein Eid im Taekwondo, falls Sie es nicht wissen sollten.«

»Haben Sie einen Haftbefehl?«, fragte Unterberger mit hochrotem Kopf, als er sich wieder aufgerappelt hatte. Ihm war heiß und kalt zugleich.

»Seien Sie dankbar, dass ich Ihnen wenigstens das Wochenende gegönnt habe. Die Damen schicken wir bruchsicher verpackt hinterher.« Xenia erhob sich und befahl den Uniformierten, die Männer in den Wagen zu verfrachten. »Schreiben Sie alles aufs Zimmer«, sagte sie zu dem Barkeeper, der die Szene mit aufgerissenen Augen verfolgt hatte.

Jede Stunde warten wiegt tausend andere. Im Knast hatte der Erzengel von Mal zu Mal gelernt, geduldig zu sein. Er wusste stets, wie lange es noch dauern würde, bis er wieder auf freien Fuß gesetzt werden würde; er konnte die Tage rückwärts zählen. Im Moment aber rätselte er, wie viel Zeit seit seiner Festnahme vergangen war, seit man ihm neben allen anderen persönlichen Gegenständen auch die Armbanduhr abgenommen und ihn in dieses nur von Kunstlicht beleuchtete Gebäude gebracht hatte, wo er sich auf dem mit Kunststoff bezogenen unbequemen Sitz des Gefangenentransporters den Hintern wundsaß.

Nicht einmal die Geräusche der Polizisten erreichten ihn durch die geschlossenen Scheiben. Meist stierte er vor sich hin, manchmal nickte er ein und träumte vom Wochenende bei Maria und ihren Mädchen, wurde aber von einem der beiden Aufseher sogleich wieder durch unsanftes Rütteln an seiner Schulter in die Wirklichkeit gerissen. Lautstark protestierte er, beschimpfte die Beamten als Folterknechte. Vergebens, sie sprachen kein Wort mit ihm.

Dann versuchte er es wie einst im Schulunterricht mit dem Toilettentrick, doch nur zweimal in all den Stunden war seinem Verlangen mit viel Verzögerung nachgegeben worden, und nicht einmal die Tür der Kabine hatte er schließen dürfen. Die Fessel wurde ihm sogleich wieder angelegt, nachdem er sich die Hände gewaschen hatte.

Nur einen halben Liter Mineralwasser in einer Plastikflasche hatte man ihm während der langen Zeit zu trinken gegeben, und zur Mittagszeit ein in Frischhaltefolie verpacktes, schlabbriges Tramezzino mit Bresaola, Mayonnaise und Rucola serviert. Auch Zigaretten wurden ihm von den beiden Aufpassern verweigert; normalerweise hätte er längst ein Päckchen weggequalmt.

Irgendwann fing er an, mit den Füßen auf den Wagenboden zu trommeln, doch erreichte er damit nur, dass das Seitenfenster ganz geschlossen wurde. Er schrie von Folter, Menschenrechten und Amnesty International. Aus dem Augenwinkel sah er, wie sich einer der Beamten an den Kopf fasste.

Mimmo Oberdan wusste aus Erfahrung, dass ihn ein mehr oder minder scharfes Verhör erwarten würde, und er legte sich dafür verschiedene Strategien zurecht, die er hintereinander wieder verwarf. Mit Laurenti wäre es einfacher gewesen. Der Commissario hasste es selbst, Zeit beim Warten zu verschwenden, er konnte zwar sehr ungeduldig und ungehalten werden, doch mit Mimmo hatte er stets eine Möglichkeit gefunden, ihn schnellstmöglich ein Geständnis unterschreiben zu lassen. Meist wurde es von Marietta protokolliert. Das Verhör und die Klärung aller nötigen Details verliefen konstruktiv, und Mimmo entwickelte dabei wahre Fabulierkünste. Wie zwei übermütige Jugendliche, die mit ihren Heldentaten prahlten, platzten sie vor Lachen, wenn

Laurenti seine Schilderung vorwegnahm und sich irrte. Mimmo korrigierte ihn dann vergnügt, und Marietta schlug die Beine übereinander, worauf ihr kurzer Rock nach oben rutschte. An Zigaretten mangelte es auch nie. Wenn seine zu Ende waren, schob sie ihm immer bereitwillig ihr Päckchen hin. Und ganz zum Schluss, wenn es wieder ernst wurde, nachdem Laurenti das ausgedruckte Geständnis laut verlesen und ihm zur Unterschrift vorgelegt hatte, also kurz bevor Mimmo abgeführt und für lange Zeit hinter Gittern verschwinden musste, da zauberte Marietta eine Flasche hervor. Während sie großzügig einschenkte, versenkte sich sein Blick in ihre Bluse. Den Anblick nahm er mit in seine Zelle. Das unbestimmte Warten in diesem Hangar war dagegen die reinste Folter; Hoffnung und Aussichtslosigkeit wechselten sich ab.

»Soll ich in dieser Kiste da etwa übernachten?«, blaffte der Erzengel die beiden Männer an, die den abgetrennten Raum betraten, in den man ihn irgendwann geführt hatte und wieder schmoren ließ. Die Handflächen hatte er wie in Andacht aneinandergelegt, doch sein Blick flackerte, als stünde er am Einlass zum Inferno und wartete nur noch auf den Tritt in den Hintern, der ihn für alle Zeiten hinunterbeförderte.

Eine halbe Stunde zuvor hatten Uniformierte ihn in dem Verschlag auf einen harten Stuhl gepresst, dessen Beine wie der Tisch vor ihm mit dem Boden verschraubt waren. Um die Schraubenlöcher herum befanden sich noch Spuren von Bohrstaub, der provisorische Vernehmungsraum war am Nachmittag eilig aus Rigipsplatten hochgezogen und spärlich ausgestattet worden. Ein Maschendrahtgitter bildete seine Decke. Vor der Wand gegenüber stand eine Videokamera auf dem Stativ, eine rote Leuchte signalisierte, dass sie aufnahm. Und außerhalb der Reichweite seiner gefesselten Hände stand ein ausladender Flachbildschirm. Mimmo glotzte sich selbst an.

Battista Malanninos mausgraues Jackett mit dem Glencheckmuster platzte fast aus den Nähten, auch sein Hemd spannte an den Knopflöchern, die Krawatte schien ihn zu erwürgen, Wangen und Nase waren gerötet. Die Magensäure stieß ihm immer wieder auf. Er hatte sich den ganzen Tag von Schnitten lauwarmer Pizza und Softdrinks ernährt, die kontinuierlich angeliefert wurden. Die massige Statur des Ermittlungsrichters mit dem dicken Schnauzbart ließ Mimmo stocken. Er erinnerte an einen Schwergewichtsboxer, der sich für eine neue Zukunft als Immobilienmakler in Erdbebengebieten entschieden hatte. Alessandro Pennacchi wirkte demgegenüber unterernährt und war viel salopper gekleidet. Sein weißes Hemd war nicht maßgeschneidert, der Kragen stand offen, er trug ein himmelblaues, zerknittertes Leinenjackett, Jeans und Sportschuhe. Seinem federnden Schritt und der tänzelnden Art, in der er sich bewegte, sah man an, dass er Wert auf körperliches Training legte. Die randlose Brille würde ihn kaum daran hindern, einen Gegner niederzustrecken. Keiner der beiden trug eine Armbanduhr, von der Oberdan unauffällig hätte die Zeit ablesen können.

Pennacchi verschwand hinter dem Bildschirm aus Oberdans Blickfeld, als er sich hinsetzte, während der Ermittlungsrichter einmal gemächlich um den Tisch herumging, sich schließlich an einem Projektor zu schaffen machte und eine DVD einlegte. Als wären sie allein im Raum, verlor keiner ein Wort des Grußes oder eines Kommentars. Endlich setzte sich auch Malannino. Auch er wurde von dem Monitor in der Mitte des Tischs verdeckt. Wenn Mimmo einen von ihnen sehen wollte, musste er sich zur Seite neigen. Doch dem eigenen Anblick konnte er sich aus keiner Position entziehen.

Der Ermittlungsrichter hatte diese Strategie in langen Berufsjahren entwickelt, in denen ihm vom Mafioso über normale Mörder oder Bankräuber bis zu fundamentalistischen

Terroristen alles gegenübergesessen hatte. Er hielt nichts von dem abgedroschenen Spiel bad cop/good cop. Malannino, dessen Name schon so oft durch die Medien gegangen war, hatte keine Lust mehr auf die Maschen der Verbrecher, die sich für schlauer hielten, als sie waren. Sollten sie sich doch selbst dabei zusehen müssen, wie sie ihm ihre Lügen auftischten oder sich mit schlaumeierischen Ausreden herauszuwinden versuchten, die an Blödheit kaum zu übertreffen waren. Er setzte darauf, ihnen die Aussichtslosigkeit direkt vor Augen zu führen. Ferner hemmte der ständige Anblick des eigenen Gesichts die Konzentrationsfähigkeit. Selbst ein cooler Profikiller entdeckte dabei Züge an sich, die ihm bisher unbekannt gewesen waren. Eine Zermürbungstaktik, die in keinem Lehrbuch stand und in keinem Fortbildungsseminar gelehrt wurde. Das zweite Instrument war sein Verhörpartner Sandro Pennacchi, mit dem er sich die Bälle zuspielte und der einspringen konnte, sobald es nötig war.

Ihre Worte prasselten wie ein Hagelschauer auf Mimmo ein. Anfangs schienen sie sich nicht im Geringsten für seine Aussagen zu interessieren. Seine Antworten versickerten wie Regenwasser im Gullydeckel. Das verbale Sperrfeuer, das die beiden Ermittler mit gelassenen, ruhigen Stimmen eröffneten, dauerte eine gute Viertelstunde. Das Leben des Erzengels seit dem Kindergarten und alle seine Vergehen leierten sie wie in einem Theaterstück abwechselnd und ohne Pause herunter. Kein Detail fehlte, nicht sein Schulabschluss, nicht der Rauswurf aus der Kooperative der Hafenarbeiter, nicht einmal die Disziplinarstrafen, die er sich während seinen ersten drei Inhaftierungen eingehandelt hatte. Genauso minutiös hauten sie ihm das Leben seiner Eltern um die Ohren, die Prostataoperation seines Vaters und die Altersdiabetes der besorgten Mutter. Doch kein Missklang, keine Emotionen zeichneten ihre Stimmen. Und sie ließen keinen Raum für Antworten.

Nur der Hintergrund des Bildes auf dem Monitor, das Mimmo sich selbst vorführte, wechselte nach einer Weile. Er fuhr auf seinem Stuhl herum und starrte ungläubig auf die Wand hinter sich. Dann wieder auf den Bildschirm. Einzelaufnahmen fein gedeckter Tische, von frisch zubereiteten Speisen und köstlichen Getränken. Ein Pils mit Schaumkrone wechselte mit der Aufnahme eines dampfenden Hamburgers mit Pommes frites, auf den im Glas perlenden Prosecco folgte ein Teller mit Muscheln, dann Spaghetti und eine Karaffe Weißwein. Rotwein floss durch zwei tiefrot geschminkte Lippen, das nächste Bild zeigte ein Lammkarree mit grünen Bohnen, gefolgt von einem Teller Scampi, Muscheln und Desserts, Tiramisu und Strudel, und so weiter. Dann tauchten plötzlich zwischen den Speisen auch noch die Köpfe einiger seiner Kumpane auf. Und unablässig beutelten ihn die Kommentare und Unterstellungen der beiden Ermittler.

»Ihr spinnt«, rief der Erzengel entsetzt. »Das habt ihr doch nur euren Weibern abgeschaut, die den Schnabel nicht einmal dann halten können, wenn ihr beim Abendessen die Fernsehnachrichten glotzt. Aber wir sind nicht verheiratet. Wollt ihr mich in den Wahnsinn treiben? Reicht doch endlich die Scheidung ein, ihr Volltrottel. Hunger und Durst habe ich auch nicht. Länger als achtundvierzig Stunden könnt ihr mich sowieso nicht festhalten. Spätestens dann haut mich mein Anwalt raus. Und ich werde euch wegen Verbrechen gegen die Menschlichkeit verklagen.«

Malannino, der zweimal geschieden war, hatte kurz aufgehorcht. Der Erzengel verfügte anscheinend über etwas Menschenkenntnis. Doch bevor er die nächste Phase seiner eigentümlichen Verhörtaktik einleiten konnte, trat eine dünne Polizistin ein. Sie flüsterte Malannino etwas ins Ohr und verschwand wieder.

»Bringt ihm ein Stück dieser lausigen Pizza und ein Glas

Wasser«, rief Malannino, erhob sich und verließ von Pennacchi gefolgt den Verschlag.

Und Mimmo wartete wieder. Einmal glaubte er Laurentis Stimme zu vernehmen. Vermutlich begann er zu halluzinieren, was hatte der Commissario hier schon zu suchen?

Der Erzengel hatte zwei gute Gründe, so lange wie möglich die Klappe zu halten. Der erste war, dass er wie die anderen auf die zweite Rate für seinen Einsatz warten musste. Einstein und der Direktor hatten sie versprochen, sobald das Gold in Sicherheit war und ihr Auftraggeber bezahlt hatte. Während des Trainings in Eraclea Mare hatten sie dies lang und breit erklärt und jedem Mitglied der Sturmtruppen die Möglichkeit gelassen, auszusteigen. Die Kohle müsste spätestens übermorgen, am Mittwoch, auf dem österreichischen Konto gutgeschrieben werden. Garantien dazu brauchte es nicht. Entwischen könnten sie nicht. Sollten sie säumig bleiben, würde ein anonymer Hinweis nach dem anderen bei den Behörden eintreffen, oder ganz offiziell, sollte einer aus der Bande bereits sitzen – so wie er jetzt. Aufgrund ihrer Vorstrafenliste riskierten die beiden Chefs mehr als die anderen. Und wer mit der Justiz einen Deal machte, hatte gute Chancen, besser davonzukommen. Außer Renzo vielleicht, dem Apulier, der einen Menschen auf dem Gewissen hatte, seit er das Begleitfahrzeug des Werttransporters von der Straße gefegt hatte. Der zweite Grund war die Gewissheit, dass man ihm als Erstem einen Handel auf Linderung des Strafmaßes vorschlagen müsste. Er war schließlich der einzige Gefangene hier, eine Schlüsselfigur. Den Spielraum dazu musste er noch ausloten, ihre zermürbenden Monologe unterbrechen und eine eigene Gesprächsführung aufbauen.

Irgendwann vernahm er ein eigenartiges Geräusch. Auch der Uniformierte, der im Eingang zu dem Kabuff stand, schaute durch das Drahtgitter zur Decke des Hangars empor. Vereinzelte, spitze Schläge waren es zunächst, die auf die Stahlkonstruktion des Daches trommelten und im weiten Raum verhallten. Dann kehrte plötzlich wieder Stille ein, bis ein Donnerschlag sie jäh zerriss. Hagel prasselte wie Granatsplitter auf das Blechdach und erstickte alle anderen Geräusche. Die Arbeitsschutzverordnungen hätte Handwerkern oder Baggerfahrern bei einem derartigen Lärmpegel das Tragen von Kopfhörern vorgeschrieben. Mit den gefesselten Händen konnte der Erzengel sich nicht einmal die Ohren zuhalten.

Als er den Kopf hob, erblickte er sein Gesicht auf dem Monitor, und als wieder die Slideshow im Hintergrund ablief, begriff er, dass er nicht mehr allein war. Er beugte sich nach links und sah den dichten, gelben Schnauzbart Malanninos, er beugte sich nach rechts und starrte in die kalten blauen Augen Pennacchis.

Die gefüllten Tomaten, die Xenia nach zwei Uhr aus dem Kühlschrank nahm und im Backofen aufwärmte, hatten nichts von ihrem köstlichen Geschmack verloren. Mit einem Bärenhunger machte sie sich darüber her und schüttete dazu nicht minder gierig den Wein hinunter. Sie war erleichtert gewesen, dass Zeno nicht auf sie gewartet hatte, sondern mit langen sanften Atemzügen fest schlief. Behutsam hatte sie die Schlafzimmertür geschlossen und geduscht, während die Tomaten im Backofen schmorten. Mit einer langstieligen Wurzelbürste massierte sie sich unter dem heißen Wasser den Rücken und ließ den nicht enden wollenden Tag an sich vorüberziehen.

Mit knapper Not war es ihr gelungen, den Kopf aus der Schlinge zu ziehen. Proteo Laurenti war der Einzige, der Bescheid wusste, doch er würde schweigen. Und ihre Sorgfalt bei der Überprüfung der Hotelmeldungen musste sie nicht preisgeben, obgleich sie dafür Lob verdient hätte. Mit der Festnahme konnte sie sich freispielen. Der Vorsitzende der

Sonderkommission würde die Umstände der Verhaftung erwähnen müssen.

Malannino war immer noch mit Mimmo Oberdan beschäftigt gewesen, als um halb eins die Wache an der Einfahrt zum Flughafengelände ihn informierte, dass ein Streifenwagen der Dienststelle in Grado mit zwei Gefangenen an Bord vorgefahren war. Er überließ den Erzengel Pennacchi und war dankbar für eine Unterbrechung. Die Nacht drohte lang zu werden, der Gefangene hatte dem enormen Druck bisher widerstanden und nicht die geringsten Anstalten gemacht, zu kooperieren. Seinen abstrusen Forderungen auf sofortige Freilassung glaubte er wohl selbst kaum.

Der Untersuchungsrichter kannte die Kommissarin, seit sie in Ostia Dienst getan und in Rom Fortbildungskurse belegt hatte. Als Xenia jedoch die beiden Gesuchten vorführte, stand Malannino die Überraschung ins Gesicht geschrieben. Das war ein so unerwarteter wie gewaltiger Fortschritt bei der Fahndung, auch wenn die Kommissarin gegen alle Vorschriften gehandelt hatte. Die Gangster allein festzunehmen, war riskant gewesen. Hätte sie es nicht geschafft, wären sie auf Nimmerwiedersehen über die Grenze verschwunden. Andererseits hätte Xenia alle Vorwürfe, keine Verstärkung angefordert zu haben, mit Gefahr im Verzug kontern können. Dass sie die Gangster dann auch noch zusammen im gleichen Wagen herbrachte, war ebenfalls regelwidrig gewesen. Doch lag es nicht in ihrer Hand, dass das Kommissariat in Grado notorisch unterbesetzt war und sie nachts nur über einen einzigen Streifenwagen verfügte. Ihre Karriere hätte sie bei einem Fehler auf jeden Fall in den Wind schreiben können.

Unterbergers Schritt war so unsicher und die Beule an seiner Stirn so angeschwollen, dass Malannino anordnete, ihn zur Untersuchung in die Notaufnahme des nächstgelegenen Krankenhauses zu bringen, bevor man sich näher mit ihm befasste. Cassara wurde erkennungsdienstlich behandelt und einem ersten kurzen Verhör unterzogen, bevor man ihn in eine Zelle in die Questura von Gorizia verfrachtete.

Zuvor allerdings hatte Malannino den Erzengel aus dem Verschlag holen und an den beiden vorbeiführen lassen. Mimmo erstarrte vor Schreck, als er seine Chefs vor sich sah, und wollte auf dem Absatz kehrtmachen. Undenkbar, was mit ihm irgendwann in einem Gefängnis geschehen würde, wenn Einstein und der Direktor glaubten, dass er sie ans Messer geliefert hatte. Er war so weich wie ein Mozzarella, dessen Ablaufdatum überschritten war.

»Abgeliefert!«, lautete die knappe SMS, die Xenia an Laurenti schickte, bevor sie zu Bett ging.

Im eigenen Schatten

»Occupy Trieste muss verurteilt werden. Den Demonstranten mangelt es an Respekt gegenüber den demokratischen Institutionen und Symbolen der Republik, ihr Verhalten beleidigt die Bürger. Ein paar Gewalttäter missbrauchen das Demonstrationsrecht, und dieser linke Bürgermeister lässt das ohne Widerrede geschehen.«

Die frustrierten Politiker des äußeren rechten Rands, die sich in ihrer Karriere noch nie als Garanten der Demokratie erwiesen hatten, bedienten sich vor laufenden Fernsehkameras harter Worte gegen die Indignados, welche die prächtige, von Regierungsgebäuden umsäumte Piazza dell'Unità d'Italia in einen Campingplatz verwandelt hatten. Sie fühlten sich von der Realität des gemeinen Volks in ihrem Frieden heftig belästigt.

Etwa zweihundert Jugendliche, Schüler und Studenten, hielten die Piazza seit dem Wochenende besetzt, schliefen in Zelten und hatten ihre Transparente aufgehängt, auf denen sie ihr Unbehagen und ihre Zukunftsangst kundtaten. Die Schulgebäude waren heruntergekommen; dem Bildungssystem wurden erneut Etatkürzungen zugemutet; Arbeitsplätze gab es, wenn überhaupt, nur befristet; die Stadtwerke verlangten gesalzene Preise für Strom, Gas und Wasser; Einsparungen erfolgten im Sozialen, die Rüstungsausgaben blieben dafür unverändert hoch, während die einfachen Leute nicht wussten, wie sie ihre Familien bis zum Monatsende durchbringen sollten.

»Clowns und Hurenböcke regieren unser Land«, brüllte ein Wortführer ins Megafon. Der Mann war deutlich älter als die Demonstranten, die bunte Nasen im Gesicht und Damenslips auf dem Kopf trugen. »Wir wollen, was uns zusteht.

Keine Profite auf dem Rücken der Schwächeren. Schluss mit der Spekulation. Wir fordern Zukunft.«

Proteo Laurenti staunte, nachdem er am Dienstagmorgen auf dem Weg ins Büro den Alfa Romeo auf dem Parkplatz des Grandhotels abgestellt hatte, um nachzusehen, was sich auf der Piazza tat, auf der noch einige Regenpfützen standen. Nach dem nächtlichen Gewitter war die Luft kühl und der Himmel noch grau verhangen.

»Die Ärmsten begleichen die Rechnung«, rief der Mann mit dem Megafon. »Arme sind gut für die Wirtschaft, denn sie geben alles aus, sie können kein Geld zurücklegen. Sie bezahlen Mehrwertsteuer, Tabaksteuer, Alkoholsteuer. Kürzt die Bezüge der Politiker, halbiert das Parlament. Keine Steuergelder mehr für die Parteien. Wir wollen Zukunft.«

Je eine Einheit von Polizisten und Carabinieri wartete in Kampfanzügen, mit Helmen, Schutzschildern und Schlagstöcken gerüstet, auf die Anweisung, den Platz zu räumen. Die Demonstranten waren kreativ und friedlich, ihre T-Shirts leuchteten in Regenbogenfarben, andere waren mit der Friedenstaube bedruckt. Ein Dutzend von ihnen hatte sich direkt vor den Ordnungshütern aufgebaut, von denen manche sich kaum das Lachen verkneifen konnten. Von diesen jungen Menschen ging nicht die geringste Gefahr aus.

Laurenti erstarrte: Mittendrin stand Marco und zeigte zusammen mit seinen Freunden den Polizisten den nackten Hintern. Seit wann gehörte sein Sohn zu den Frühaufstehern?

»Ihr könnt zwar den Platz räumen, aber aufhalten werdet ihr uns nicht«, rief Marco im Chor.

»Schande, schämt euch. Stopp«, brüllten einige Erwachsene, die neugierig am Rand standen, entrüstet den Polizisten entgegen, als die erste Einheit der Ordnungshüter sich in Bewegung setzte.

Die Fotografen der Lokalmedien spielten in der vordersten Linie Robert Capa im Spanischen Bürgerkrieg. Laurenti wählte die Nummer seines Büros, nach langem Klingeln meldete sich die Telefonzentrale der Questura. Wo war Marietta? Er wählte ihre Mobilnummer.

»Ich sehe dich.« Seine Assistentin antwortete nach dem zweiten Klingeln. »Dreh dich um.«

Er legte auf, Marietta stand direkt hinter ihm.

»Recht haben sie«, sagte sie.

»Wer?«

»Die Demonstranten natürlich.«

»Welcher Idiot hat angeordnet, den Platz zu räumen? Die Kids tun keiner Fliege etwas zuleide.« Laurenti schüttelte aufgebracht den Kopf.

»Entweder die Polizeipräsidentin oder der Präfekt.«

»Wir machen wieder einmal eine phantastische Figur.«

»Dein Sohn ist auch dabei.« Marietta winkte Marco zu, der nun auch seinen Vater sah. Der Junge tippte sich wütend an die Stirn und rief ihm etwas Unverständliches zu.

Die ersten fünf Demonstranten wurden an Armen und Beinen von der Piazza getragen.

»Lasst die Hände von unseren Kindern«, riefen empörte Zuschauer. »Basta, schämt euch.«

Marietta hüpfte von einem Bein aufs andere, es fiel ihr schwer, nicht mit einzustimmen. Doch gegen die eigenen Kollegen durfte sie sich nicht wenden, und außerdem waren ihr im Dienst politische Stellungnahmen untersagt. Laurenti war drauf und dran, die Polizeipräsidentin anzurufen und ihr die Meinung zu sagen, doch die Aktion wurde bereits abgebrochen und die Einheit zog sich mit gesenkten Schutzschildern zurück.

Auch den Polizisten sah man die Erleichterung an. Keiner von ihnen mochte solche Einsätze. Bei den Gesprächen auf den Fluren der Questura war dies oft genug Thema, wenn bei kleineren Störungen keine auswärtigen Einheiten angefordert wurden. Egal welche politische Einstellung sie hatten, den Beamten gefiel es nicht im Geringsten, sich in der eigenen Stadt unbeliebt zu machen. Anders verhielt es sich bei gewalttätiger Randale oder wenn im Fußballstadion und dem angrenzenden Stadtviertel besoffene Hooligans tobten.

Als Proteo Laurenti auf der Piazza della Borsa Marietta zum Espresso einlud, begegneten sie Enrico Dedeo, dem Kommandanten der Guardia di Finanza. Nicht zu allen Kollegen hatte der Commissario einen guten Draht, doch der Vorgesetzte der Finanzpolizei war ein sympathischer Mann, der wie er selbst in Salerno geboren war. Wann immer es von der einen oder anderen Seite nötig war, genügte ein informeller Anruf. Heute aber wirkte Dedeo verärgert und erklärte, dass er viel zu wenig Personal habe und dass die meist anonymen Anzeigen wegen irgendwelcher Steuerdelikte sprunghaft zugenommen hätten, seit rapide steigende Preise und die Steuerlast die sozialen Unterschiede deutlicher hervortreten ließen. Ob es sich um einen fehlenden Kassenbon drehte, angeblich nicht ausgestellte Quittungen eines Arztes oder Handwerkers oder der Neid die Leute antrieb, ihre Nachbarn anzuschwärzen, er musste den Denunziationen nachgehen, zumindest den schriftlichen, deren Eingang registriert war. Der Großteil der Anzeigen stamme aus dem Milieu der Denunzierten selbst.

»Habt ihr irgendwann einmal das Imperium dieses Spechtenhauser unter die Lupe genommen? Vielleicht Unregelmäßigkeiten festgestellt, weil ihr durch Querverbindungen aus anderen Fällen auf ihn gestoßen seid?«, fragte Laurenti, nachdem sein Kollege Dampf abgelassen hatte.

»Vor vielen Jahren einmal wurde er der Geldwäsche verdächtigt«, sagte Dedeo. »Große Beträge, die undeklariert auf seinem Konto eintrafen. Aus Kroatien und Österreich. Stets über die gleiche Bank. Er konnte es legitimieren, indem er die fehlenden Belege nachlieferte. Renditen aus ausländischen Firmenbeteiligungen. Die er allerdings nie in Italien deklariert hatte. An welchem Punkt bist du mit den Ermittlungen?«

»Motive, ihm eins auszuwischen, hatten viele: seine Töchter, weil er sturzbesoffen einen Unfall verursachte, bei dem ihre Mutter umkam. Dann der Sohn aus erster Ehe, der seinen Vater gehasst hat und für das eigene Versagen verantwortlich macht. Seine Schuldner, denen er zinslos, aber mit Knebelverträgen Geld geliehen und sie in den Ruin getrieben hat, sobald ihre Rückzahlungen sich verzögerten. Dann die Schweinerei mit den abgelaufenen Medikamenten, die im ehemaligen Jugoslawien viele Opfer gefordert hat. Oder sein Kompagnon, den er um seine Anteile zu bringen versuchte. Spechtenhausers Raffgier war grenzenlos. Er war skrupellos. Und er war perfekt vernetzt. Außerdem wurde er von einem Anwalt vertreten, der mindestens so windig ist wie sein Kollege, der unseren Regierungschef vertritt.«

»Da fällt mir ein, dass dieser Unterberger, der gestern Nacht in Grado verhaftet wurde, drei Jahre an der Uni Trient studiert hat, als Galimberti dort eine Assistenzstelle hatte. Er ist auf die schiefe Bahn geraten, der andere wurde später sein Strafverteidiger«, mischte sich Marietta ein. Vor zwei Vorgesetzten hatte sie mehr Respekt als vor Laurenti allein. Sie hatte gleich um acht Uhr mit Dienstbeginn die neuesten Meldungen durchgesehen, damit sie wie jeden Morgen ihren Chef aufs Laufende bringen konnte. »Und der andere, dieser Kalabrese aus Bagnara Calabra, Salvatore Cassara heißt er, hat hier an der Uni bei Professor Moser sechs Semester Physik studiert. Die beiden Lebensläufe wurden von der Sonderkommission an alle Dienststellen verschickt. Sie hoffen auf weitere Hinweise.«

»Alle Achtung«, sagte Dedeo mit großen Augen. »Die Kollegen geben sich wirklich Mühe.«

»Sechzig Millionen«, rief Marietta, die ihren kecken

Augenaufschlag nun doch ausprobierte. »Dafür kann man sich wohl mal ins Zeug legen.«

Die anderen Gäste am Tresen der gutfrequentierten Bar drehten sich nach ihr um. In diesen Zeiten genügte es, eine hohe Summe zu nennen, und die Aufmerksamkeit war einem sicher.

»Geh voraus und berufe eine Abteilungssitzung ein, Marietta. Ich hoffe, dass inzwischen die ersten Auswertungen der Telefonate der Beteiligten eingetroffen sind«, sagte Laurenti leise. »Wenn zwei der Räuber mit den zerstrittenen Geschäftspartnern zu tun hatten, haben wir zwei Verdächtige mehr. Oder sind es gar drei?«

»Du glaubst doch nicht, dass Professor Moser den Sprengstoff am Flugzeug angebracht hat?«, sagte Marietta und rutschte trotz des kurzen Rocks, der sich um ihre Schenkel spannte, geschickt vom Barhocker.

»Geistig wie körperlich ist er prächtig in Form. Und als Physiker kennt Moser sich vermutlich auch mit Sprengstoff aus.«

Laurenti legte ein paar Münzen auf den Tisch und führte seinen Kollegen von der Guardia di Finanza am Ellbogen aus der Bar. Erst mitten auf der Piazza della Borsa machten die beiden halt. Hier konnte sie niemand mehr belauschen.

»Dazu kommt noch, dass dieser Anwalt auch der Geliebte von Spechtenhausers erster Frau zu sein scheint.«

»Also hast du noch eine Verdächtige mehr«, sagte Dedeo.

»Wenn Malannino darauf stößt, bin ich den Fall los. Auch nicht schlecht.« Laurenti klang wenig überzeugend.

»Warum solltest du dir das Leben schwermachen?«

»Die müssen einen Raubzug aufklären und haben dafür unbegrenzte Mittel zur Verfügung. Ich musste sogar einen Kollegen an sie abtreten, obgleich ich den Mord an dem Beraubten am Hals habe, der vorher verübt wurde. Was würdest du denn tun, Enrico?«, fragte Laurenti, der sich einbildete, die Antwort seines Kollegen bereits zu kennen. Doch er sollte sich täuschen.

»Überlass die Sache den anderen«, sagte Dedeo gleichgültig. »Was bringt es dir, einen Fall mehr oder einen weniger aufgeklärt zu haben?«

»Nächstenliebe. Wir erledigen die Arbeit, damit die Sonderkommission anschließend die Lorbeeren einstreicht.«

Trotz der Spätschicht vergangene Nacht war Pina Cardareto schon im Büro, als Marietta und Laurenti eintrafen. Sie hatte dicke Ringe um die Augen und war aschfahl im Gesicht. Anstatt zu schlafen, waren ihre Gedanken um Galimberti und seine Mandanten gekreist. Um sieben hatte sie trotz aller Müdigkeit nichts mehr im Bett gehalten, am Küchentisch hatte sie sich an ihren Laptop gesetzt und im Internet Zeitungsarchive und Suchmaschinen nach dem Namen des Anwalts durchstöbert. Über die Strafprozesse gegen Robert Unterberger oder die beiden Brüder Johann und Ignaz Pixner gab es viele Einträge, auch Spechtenhauser tauchte häufig auf. Doch dann stieß sie in einer Schweizer Tageszeitung auf einen Igor Agim, der auch auf verschiedenen kroatischen Websites zusammen mit dem Ermordeten genannt wurde. Sie hatte die Seiten ausgedruckt, um sie einem sprachkundigen Kollegen vorzulegen.

Inzwischen wusste Pina Bescheid. Der Streit zwischen den Geschäftsmännern war um den Einfluss bei der Goldschmiede Aurum gegangen. Agim, gebürtiger Kroate und Schweizer Staatsbürger, hatte Spechtenhauser Bilanzfälschung vorgeworfen und das in Zagreb vor Gericht gebracht. Er behauptete, bei der Inventur betrogen worden zu sein. Die Lagerbestände an Feingold seien um siebenunddreißig Prozent zu niedrig bewertet worden, was seinen Teil an der Gewinnausschüttung brutal verringerte. Einen ersten Vergleichsvorschlag hatte Agim abgelehnt, das Verfahren schwebte noch immer. Spechtenhauser hingegen hatte ihm im Gegenzug Untreue vorgeworfen, er habe einen Teil seines Vermögens von Agims Treuhandgesellschaft in Innsbruck verwalten lassen und herbe Verluste erlitten. In beiden Fällen tauchte wieder Anwalt Galimberti auf, der im Fall Aurum jedoch mit einer kroatischen Partnerkanzlei zusammenarbeitete. Nach Laurentis Worten war er dazu noch der Liebhaber von Donna Rita und hatte angeblich auch ein Verhältnis mit einer der Töchter des Südtirolers. Dieser Mann saß fett wie eine Spinne im Netz. Die Inspektorin warf eine Skizze seiner Verbindungen aufs Blatt und brachte sie zur Abteilungssitzung mit.

Laurenti stieß einen leisen Pfiff aus, als sie es ihm vorlegte. »Also hat er mich belogen, als er behauptete, nicht in die Geschäfte der Goldschmiede eingeweiht zu sein. Übrigens hat Kollege Battinelli in der Sonderkommission die Wege Unterbergers anhand der Funkzellen verfolgt, in die sich sein Mobiltelefon in den Monaten vor dem Raub einloggt hat. Der letzte Standort war die Antenne in Prosecco in der Nacht zum Sonntag vor dem Absturz. Hatte Galimberti etwa bei dem Mord die Hand im Spiel? Ein Anschlag auf seinen Brötchengeber?«

»Du meinst, er könnte Unterberger beauftragt haben, das C4 anzubringen?«, fragte Marietta.

»Vorerst kein Wort nach außen. Wir kommen der Arbeit von Malanninos Team gefährlich nahe.« Laurenti fixierte seine beiden Mitarbeiterinnen.

Marietta legte ein Blatt auf den Tisch, das die Kriminaltechniker geschickt hatten. Es war die Analyse der Fingerabdrücke auf den Gläsern, die Laurenti hatte mitgehen lassen, und jene von den Flaschen aus der Hausdurchsuchung, die Pina durchgezogen hatte. Die Zwillinge waren aus dem Schneider, Bruder Nikolaus auch, der Anwalt ebenso. Aber Donna Rita musste bei ihrem Exgatten gewesen sein, am

Samstag vor dessen Tod. Und Professor Moser ebenfalls. Die Auswertung der Telefonate des Toten ließ dagegen noch immer auf sich warten.

»Galimberti und Donna Rita wollen morgen nach Südtirol zurückfahren«, sagte Laurenti. »Ich werde sie mir am besten gleich noch einmal vorknöpfen. Und zwar ganz offiziell. Und im Beisein des Staatsanwalts.«

»Nein, Professor Moser, ich weiß selbst, dass es fünf Uhr nachmittags ist und nicht in der Früh. Ich hätte Sie auch ganz offiziell in die Questura vorladen können, anstatt vorbeizukommen.«

Die asiatische Haushälterin stand verlegen abseits, sie hatte den Commissario eingelassen und sich darüber offensichtlich den Unwillen des Spaltkopfs zugezogen. Gundolf Moser trug Jeans, Sweatshirt und Sandalen, sein Haar war zerrauft, als wäre er aus dem Mittagsschlaf gerissen worden – oder er hatte, den Kopf auf die Hände gestützt, über einem schwierigen Problem gebrütet.

»Sie reißen mich mitten aus der Arbeit«, knurrte er, wies auf zwei Sessel unter der überdachten Veranda und gab der Asiatin ein Zeichen, dass sie sich zurückziehen durfte. »Also machen Sie's bitte kurz, Laurenti.«

»Dank Ihrer Erzählungen, Moser, und der Auskünfte seiner Angehörigen weiß ich nun sehr viel über Spechtenhauser. Nur nicht, wer ihn umgebracht hat. Er hat versucht, Sie aus der Sonar Communications zu drängen.«

»Gehöre ich zu den Verdächtigen, mein lieber Laurenti?«

»Durch Ihr Unternehmen wissen Sie besser als ich, welchen Charakter Informationen haben.«

»Solche Attacken wie die seine gehören zum Geschäftsleben. Ich habe Ihnen ja lang und breit erzählt, dass Franz unersättlich war.«

»War das der wirkliche Grund für Ihr Zerwürfnis?«

»Nein. Wir hatten uns schon vorher voneinander entfernt. Auch das habe ich Ihnen bereits erklärt.«

»Wann haben Sie ihn zum letzten Mal gesehen?«

»Bei der Quartalssitzung des Aufsichtsrats Ende April.«

»Wo?«

»In Bozen. In der Firma.«

Laurenti blätterte in seinem Notizbuch. »Und wann haben Sie zuletzt Spechtenhausers 2007er Gewürztraminer getrunken?«

Moser stutzte und kniff das gesunde Auge zusammen. »Ich bevorzuge andere Weine.«

»Wann, Moser?«

»Bei der Trauerfeier auf dem Gehöft.«

»Der war aus dem Jahrgang 2010, Professore. Den 2007er haben Sie am Samstag vor seinem Tod mit Spechtenhauser getrunken. Bei ihm zu Hause. Erinnern Sie sich jetzt?«

Mosers gesundes Auge blitzte böse. »Was Sie nicht sagen.«

»Unter guten Bekannten greift auch der Gast bisweilen zur Flasche, um sich einzuschenken. Und dabei hinterlässt man Fingerabdrücke.«

»Stehe ich tatsächlich unter Verdacht, Commissario?«, fragte Moser höhnisch. »Es ist mir neu, dass ich in Ihrer Kartei bin.«

»Dieses Mal nehme ich es Ihnen sogar ab, dass Sie sich nicht erinnern. Vor drei Jahren wurde Ihr Mercedes gestohlen und bei einer Routinekontrolle der Kollegen von der Polizia Stradale rechtzeitig entdeckt, bevor er im Ausland landete. Damals waren Sie kooperativer, Professore. Wann genau waren Sie also bei Ihrem Kompagnon und weshalb?«

»Am Spätnachmittag«, gab Moser zögernd zu. »Wir hatten Geschäftliches zu besprechen. Franz war der Meinung, dass wir die Sonar verkaufen sollten. Ich war nicht damit einverstanden. Inmitten der Kriege und Krisen ist der Wert des Unternehmens zuletzt stark angestiegen. Die Auftragslage ist hervorragend. Bürgerkriege, Rebellionen, Eurokrise, Sparzwang und Proteste sind in unserem Sektor die ideale Geschäftsbasis, Massenhysterie und Ängste gut fürs Geschäft. Die Nachfrage für unsere Produkte schießt im Gegensatz zur sonstigen Konjunkturentwicklung nach oben. Sie ahnen nicht, wie vielen Ländern wir früher erfolglos unsere Angebote unterbreitet haben, und genau die stehen nun Schlange. In Momenten des Wachstums verkauft man nicht, man investiert und ergreift die Chancen beim Schopf, Commissario.« Der Spaltkopf hatte seine alte Gelassenheit wiedergefunden. Märchenstunde. »Spechtenhauser war gierig und nachdem es ihm mithilfe seines Anwalts nicht gelungen war, mich um meinen Anteil zu bringen, hatte er kontinuierlich das Interesse an der Sonar verloren. Niederlagen konnte er nur schwer verkraften. Selbstverständlich gibt es Sperrklauseln im Gesellschaftervertrag, die den Verkauf an Dritte erschweren. Darüber haben wir geredet. Einig sind wir uns nicht geworden. Gegen achtzehn Uhr bin ich nach Hause gefahren.«

»Wie stehen Sie zu Donna Rita?«

»Ein Fels in der Brandung. Klug und besonnen. Ich schätze sie über alles.«

»Und Galimberti?«

»Ein Ersatzrad. Und zwar eines von denen, die sich heute in den Autos befinden und die nur die Fahrt bei reduzierter Geschwindigkeit zur nächsten Werkstatt erlauben. Ich bin zutiefst davon überzeugt, dass Rita und Franz ihn ähnlich eingeschätzt haben und Galimberti nach ihrer Pfeife tanzen ließen, wie es ihnen gerade nützte. In der Gerichtsverhandlung damals, die ich angestrengt hatte, um meine Anteile zu retten, hatte der Anwalt keine Chance. Franz hat ihm dies sicher nicht verziehen. Galimberti ist ein Knecht, ein Abhängiger, aber er lebt ausgezeichnet davon.«

»Vor meiner nächsten Frage muss ich Sie darauf aufmerksam machen, dass wir die Erlaubnis haben, die von Ihnen getätigten Telefonate der letzten Monate zu überprüfen. Sie kennen sich mit solchen Dingen ja selbst bestens aus, Professore. Standen Sie zu Galimberti in direktem Kontakt?«

Moser schüttelte entschieden den Kopf. Die schlechte Botschaft schien ihn kaltzulassen. »Nur in Ritas Beisein. Vergangenen Sonntag zum Beispiel bei einem Mittagessen, zu dem die Zwillinge eingeladen haben. Ich kann Opportunisten nicht ertragen.«

»Wir haben auch die Fingerabdrücke von Donna Rita gefunden. Sie war am Samstag ebenfalls bei Spechtenhauser.«

Moser riss die Augen auf. Selbst das verletzte hatte sich bewegt. Laurenti war es nicht entgangen.

»Nicht, als ich dort war, Commissario«, behauptete der Spaltkopf entschieden. »Dazu müssen Sie sie selbst vernehmen.«

»Befragen, Professore. Wie ich Sie befrage und nicht vernehme. Oder sehen Sie hier etwa jemand, der Protokoll führt?« Er sah keinen Anlass, dem alten Mann reinen Wein einzuschenken. »Und das habe ich bereits getan, bevor ich zu Ihnen kam.«

»Also?« Moser legte den Kopf zur Seite.

»Galimberti ist immer noch als Strafverteidiger tätig. Und die Kreise schließen sich manchmal unerwartet, Professore. Manchmal ist die Lehre des Lebens den Wissenschaften überlegen.«

»Machen Sie's kurz, Laurenti.«

»Vor genau zwanzig Jahren hatten Sie einen Studenten, der sein Studium plötzlich im sechsten Semester abbrach. Ein junger Mann aus Kalabrien. Er hieß Emiliano Cassara …« Laurenti legte eine Pause ein.

»Salvatore, nicht Emiliano«, korrigierte ihn der Professor. »Ein kreativer Kopf, originell, aber kein Wissenschaftler. Seine Beiträge brachten die Kommilitonen oft zum Lachen, mich übrigens auch. Sie nannten ihn Einstein. Leider völlig undiszipliniert und ohne Verständnis für die Wissenschaft. Entweder schrieb er hervorragende Klausuren oder grottenschlechte. Mittelmaß kannte er nicht. Aber weshalb erwähnen Sie ihn?«

»Er wurde letzte Nacht in Grado verhaftet.«

»Weshalb?«

»Er scheint der Boss der Bande zu sein, die auf der A4 Spechtenhausers Gold geraubt hat.«

»Alle Achtung, dann hat er doch etwas bei mir gelernt. Das war perfekt eingefädelt.«

»Fast perfekt. Aber darum geht es mir gar nicht. Dafür sind andere zuständig. Ich muss nur einen Mord aufklären«, sagte Laurenti süffisant. »Cassara hat sein Studium deshalb abgebrochen, weil er verhindert war. Er saß wiederholt im Gefängnis. Galimberti war sein Strafverteidiger.«

Moser war perplex. »Das gibt mir allerdings zu denken«, sagte er nach einer Pause. »Ich gehe davon aus, dass es rein gar nichts im Spechtenhauser'schen Imperium gab, worüber er nicht im Bild war.«

»Weiß Donna Rita eigentlich, dass der Anwalt ein Verhältnis mit Gertraud Spechtenhauser hat?«

Moser grunzte. »Da schau her.« Er schwieg und strich sich durch das wirre Haar. Dann zeichnete ein ununterdrückbares Lächeln seine Züge. »Das könnte einiges verändern.«

»Inwiefern, Professore?«

»Rein geschäftlich, Commissario.«

»Wusste Spechtenhauser davon?«

»Franz kontrollierte alles und jeden.«

In der Nacht hatte der Himmel aufgeklart, es würde ein schöner Tag werden, hatte Anton Pixner seinen Cousins prophezeit, bevor sie vom vielen Bier und Schnaps besoffen ins Bett fielen.

Toni hatte ausreichend Getränke eingekauft, bevor er von

seinem Geschäftstermin in Meran wieder auf den Berghof hinauffuhr, wo Jo und Naz von Rauchschwaden eingehüllt und mit einem vollen Aschenbecher auf dem Tisch vor dem Fernseher saßen und die Nachrichten des österreichischen Fernsehens schauten.

»Was habt ihr die ganze Zeit getan?«, fragte Toni und riss die Fenster auf.

»Ich habe den Stall ausgemistet«, blöffte Naz.

»Und ich die Sau geschlachtet«, röchelte Jo. »Jetzt habe ich Hunger.«

»Ihr beide haut rein wie die Heuschrecken. Einen Schweinsbraten kann ich jetzt nicht mehr zubereiten, dazu ist es zu spät. Aber ich habe noch Pizza in der Tiefkühltruhe.«

Die Pixner-Brüder stellten keine hohen Ansprüche ans Essen.

»In zwei Tagen«, lallte Naz. »Am Mittwoch trifft die Überweisung auf dem österreichischen Konto ein. Dann hauen wir ab.«

Die Sonne hatte sich zu dieser frühen Stunde noch nicht über den Großen Ifinger erhoben, den zweieinhalbtausend Meter hohen Berg der Sarntaler Alpen, zu deren Füßen sich im Westen das Passeiertal schlängelte. Die Gemeinde Riffian lag noch im Dunkeln, als die Einsatzfahrzeuge nach der Kirche Zu den sieben Schmerzen Mariens abbogen. Eine Einheit von dreißig bis an die Zähne bewaffneten Carabinieri in schwarzen Kampfanzügen versammelte sich in dem Fichtenwäldchen um ihren Capitano, der den Einsatz noch einmal umriss. Die Beamten teilten sich auf. Einige Fahrzeuge bogen nicht auf den steinigen Feldweg hinter der Schranke ein, sondern fuhren weiter hinauf, wo die Männer ausschwärmten und sich dem Hof von der Rückseite näherten.

»Carabinieri, aprite subito la porta o la scassiamo con forza. Non c'è via di fuga. Ogni resistenza sarà invano. Aprite.

La casa è assediata.« Die Stimme aus dem Lautsprecher des Einsatzwagens klang unaufgeregt, doch durchbrach sie brutal die Stille im Tal und wurde vom Echo zurückgeworfen. Die Durchsage wurde sogleich wiederholt.

Anton Pixner fuhr erschrocken aus dem Schlaf hoch. Das Haus umstellt? Hatte er richtig gehört? Schießbefehl bei Fluchtversuch? Dreißig Sekunden? Wenn Ignaz wieder einen seiner blöden Scherze machte, würde er ihm gründlich die Leviten lesen.

»Carabinieri, aprite subito la porta o la scassiamo con forza. Non c'è via di fuga. Ogni resistenza è invano. Avete trenta secondi. Ripeto trenta secondi. Spareremo se qualcuno tenta la fuga.« Noch einmal wurde der Befehl wiederholt.

Toni rappelte sich auf, rannte zum Zimmer seiner Cousins und rüttelte sie wach.

»Sie sind da«, zischte er panisch. »Los, lauft zum Versteck und nehmt eure Klamotten mit. Ich versuche, sie aufzuhalten.«

Er stürmte aus dem Zimmer und lief die Treppe hinunter. »Arrivo«, rief er. »Non scassate la porta. Mi avete svegliato, porco d… arrivo.«

Kaum hatte er den Riegel von der Tür des Mareienhofs zurückgezogen, wurde er zu Boden geworfen und gefesselt, während bewaffnete Männer in schwarzen Kampfanzügen, kugelsicheren Westen und mit Sturmhauben auf dem Kopf über ihn hinwegstürmten.

»Das geht hier ja zu wie damals, als der Italiener die Carabinieri wegen der Bumser heraufgeschickt hat«, schimpfte Anton Pixner, während man ihn in Handschellen in einen Kleinbus verfrachtete. Die Tür des Fahrzeugs rastete dumpf ins Schloss.

Der Befehl war am Abend eingetroffen. Kraft seiner Sondervollmacht hatte der Ermittlungsrichter alle Anschlüsse überwachen lassen, mit denen sich die Pixner-Brüder vielleicht in Verbindung zu setzen versuchten. In Galimbertis Kanzlei war Montagnachmittag ein Anruf eingegangen, der vom Festnetz eines Anton Pixner in Riffian getätigt wurde und zweieinhalb Minuten dauerte.

Es lag auf der Hand, dass Johann und Ignaz sich in ihrer Lage irgendwann mit ihrem Strafverteidiger in Verbindung zu setzen suchten. Ihre Zeit war abgelaufen. Die beiden Verbrecher mussten damit rechnen, in eine der zahlreichen Kontrollen zu geraten, sobald sie ihr Versteck verließen. Ein Anwalt könnte eventuell noch etwas für sie herausholen, so sie sich freiwillig stellten.

Battista Malannino hatte sich umgehend mit dem Divisonsgeneral des Regionalkommandos der Carabinieri für Trentino-Südtirol in Verbindung gesetzt und den Sachverhalt erläutert, der fast zeitgleich auch schriftlich in der Kaserne eintraf.

Der General verständigte ihn kurz vor acht Uhr morgens von der Verhaftung der Pixner-Brüder. Seine Leute hatten die noch warmen Betten leer vorgefunden und daraufhin den Hof auf den Kopf gestellt. Die Gangster leisteten keinen Widerstand, als man sie aus ihrem Versteck holte. Ignaz und Johann Pixner würden umgehend an die Sonderkommission überstellt werden, während ihr Cousin Anton in Bozen verhört wurde. Auch zwei Umschläge mit fast hunderttausend Euro waren beschlagnahmt worden.

Der Rechtsanwalt wirkte nervös und angespannt, als er mit Donna Rita in Laurentis Büro am Besprechungstisch Platz nahm, an dem ihnen der Commissario und der Staatsanwalt gegenübersaßen. Inspektorin Cardareto nahm die Stirnseite ein, während Marietta an Laurentis Computer Protokoll führte. Sie gehörte zu den wenigen, die das Zehnfingersystem perfekt beherrschten. Auf dem Tisch standen zwei Mikrofone.

Laurenti hatte die beiden zunächst sehr zuvorkommend auf dem Flur begrüßt, als sie um dreizehn Uhr eintrafen, und sich dafür bedankt, dass sie sich die Zeit nahmen, nach Triest zu kommen; bei der angespannten Wirtschaftslage könnten damit unnötige Reisekosten vermieden werden. Während Donna Rita ihm betont freundlich beipflichtete, wirkte der Anwalt, als wäre er mit den Gedanken woanders.

Seine Kanzlei hatte ihn erst vor kurzem von dem Rollkommando unterrichtet, das in den frühen Morgenstunden auf dem Hof über Riffian eingefallen war. Galimberti hatte angeordnet, dass einer seiner Mitarbeiter die Pixners betreuen sollte, bis er zurück sei. Übermorgen würde er sich dann wieder selbst um die beiden kümmern. Doch in der Questura gestaltete die Sache sich anders, als er gehofft hatte. Als Laurenti sie in sein Büro führte, er die Gerätschaften sah und der Staatsanwalt sich vorstellte, begriff er sofort, dass die Sache ernst war.

»Signora Carli, dies ist eine offizielle Vernehmung, bei der Sie als Zeugin im Mordfall Franz Xaver Spechtenhauser gehört werden«, sagte der Commissario, nachdem Marietta die Personendaten festgehalten hatte.

»Nach Paragraf 372 der Strafprozessordnung wird Zeugnisverweigerung oder das Ablegen eines falschen Zeugnisses mit Gefängnis von zwei bis sechs Jahren bestraft«, ergänzte Staatsanwalt Lorusso ausdruckslos. »Bestätigen Sie, dass ich Sie darüber belehrt habe?«

»Ja.« Donna Rita nickte.

Der Anwalt richtete sich schlagartig auf und hob die Hand. »Ich möchte meine Mandantin instruieren. Nemo tenetur se detegere. Sie ist nicht dazu verpflichtet, Aussagen zu machen, die sie selbst oder Familienangehörige belasten würden.«

»Fragen Sie, Commissario«, sagte Donna Rita gelassen. »Ich habe großes Interesse daran, dass der Fall so schnell wie möglich aufgeklärt wird. Er hat mich schon jetzt zu viel Zeit gekostet.«

»Wann haben Sie Spechtenhauser zuletzt gesehen?«, fragte Laurenti.

»Wir standen fast täglich in Kontakt.«

»Gesehen, Signora«, sagte der Staatsanwalt gedehnt. Er lehnte sich im Stuhl zurück, hatte die Beine übergeschlagen und drehte seinen Kugelschreiber in den Händen.

»In der Regel kam er etwa alle zehn Tage nach Meran. Mit dem Flugzeug bis Bozen, wo ihn der Chauffeur der Sonar Communications abholte.«

»Wo waren Sie, als die Nachricht von seinem Tod eintraf?«, fragte Laurenti.

»Auf der Autobahn zwischen Verona und Trient. Ich bin nach Hause gefahren.«

»Und wo waren Sie am Tag vor Spechtenhausers Tod?«

»Dazu möchte ich mich nicht äußern.« Donna Ritas Stimme war fest, doch warf sie Galimberti einen Blick aus dem Augenwinkel zu.

»Worüber haben Sie zuletzt mit Ihrem Exehemann gesprochen?«

»Über unseren Sohn …«

»Das tut nichts zur Sache«, schritt der Anwalt ein.

»Franz musste ihm noch einen Wertausgleich aus der Vermögensaufteilung zukommen lassen, in der er die Zwillinge bevorzugt behandelt hatte. Wir verhandelten darüber schon viel zu lang. Ich vertrete Nikolaus' Interessen, denn die beiden haben seit Jahren weder miteinander gesprochen noch sich gesehen. Ich habe auf einer Ausgleichszahlung bestanden, die Immobilien hatte Franz längst seinen Töchtern vermacht.«

»Wo war Ihr Sohn am Tag vor Spechtenhausers Tod?«, fragte Laurenti.

»In Meran. Es ging ihm schlecht.« Dass Nick sich schon

seit Tagen bis über die Ohren mit Kokain und Whisky zudröhnte und auf seiner Stratocaster-Fender-Gitarre Heavy Metal spielte und sich die Stimme heiser grölte, behielt sie wohlweislich für sich.

»Von welchem Betrag reden Sie?«, fragte Lorusso.

»Das hat nichts mit dem Mord zu tun«, protestierte Galimberti.

»Wir können das natürlich auch anhand der notariellen Unterlagen überprüfen. Es würde sich lediglich etwas verzögern, Signora Carli.« Der Staatsanwalt stützte die Ellbogen auf die Tischplatte. »Und dann müssen wir Sie wieder dazu vernehmen.«

»Etwa siebzehn Millionen Euro.«

»Dann waren Sie also allein bei Ihrem Mann«, stellte Laurenti fest.

Donna Ritas Pupillen tanzten, der Anwalt hob die Brauen, und Pina Cardareto kniff die Augen zu einem schmalen Spalt zusammen. Ihr kam Laurentis Vorgehen wie Kampfsport vor, mit direkter Konfrontation den Gegner ablenken und mit einem unerwarteten Schlag seine Deckung durchbrechen.

»Ich helfe Ihrem Gedächtnis gerne nach«, sagte Laurenti versöhnlich und zog ein Blatt aus seinen Unterlagen. »Dies sind Ihre Fingerabdrücke. Sie befanden sich auf einigen Weinflaschen. 2007er Gewürztraminer, 2003er Lagrein. Dazu haben Sie eine gegrillte Fiorentina gegessen, aber nur zur Hälfte, mit Rosmarinkartoffeln und Salat. Es war ein schöner lauer Samstagabend, Sie sind auf Spechtenhausers Terrasse gesessen …«

»… und er war restlos betrunken«, gestand Donna Rita zaghaft. »Es stimmt, ich war bei ihm. Er hat den Ausgleichsvertrag endlich unterschrieben. Ich werde Ihnen eine beglaubigte Kopie zukommen lassen.«

»War Professor Moser als Zeuge dabei?«

Donna Rita schüttelte entschieden den Kopf. »Franz hat

mir erzählt, dass Gundolf eine halbe Stunde zuvor aufgebrochen war. Sie hätten sich über die Zukunft der Sonar unterhalten.«

»Haben Sie die Nacht bei Spechtenhauser verbracht?«

»Nein, ich hatte ein Zimmer in einem Agriturismo in der Nähe, von wo ich um sieben Uhr am Sonntagmorgen aufgebrochen bin, um zuerst nach Verona zu fahren, wo ich noch etwas zu erledigen hatte, und anschließend nach Hause.«

»Wie lange waren Sie an jenem Abend bei ihm?«, fragte Laurenti.

»Franz hatte eiserne Regeln. Er ging zeit seines Lebens Punkt dreiundzwanzig Uhr zu Bett und stand jeden Morgen um fünf Uhr auf. Ich bin kurz nach zehn gegangen. Er war viel zu betrunken, als dass man sich noch normal mit ihm hätte unterhalten können. Außerdem hatte ich endlich seine Unterschrift. Und ich muss zugeben, gerade noch im richtigen Moment. Sonst müssten wir jetzt einen Erbschaftsprozess gegen die Zwillinge führen, der ewig dauern und der Firma schaden könnte.«

»Gibt es Zeugen dafür, wo Sie die Nacht verbracht haben?«

»Trauen Sie mir etwa zu, dass ich im Dunkeln auf einem Flughafen einbreche und eine Bombe an einer Maschine befestige?«

»Sie haben meine Frage nicht beantwortet, Signora.«

»Fragen Sie dort nach, wo ich geschlafen habe.«

»Weshalb eigentlich haben Sie nicht einfach bis Sonntag gewartet, um mit Spechtenhauser zu verhandeln? Er wollte doch ohnehin nach Meran kommen.«

»Ich hatte hier zu tun. Ich musste einige Dokumente in der Holding unterzeichnen. Und bei ihm zu Hause konnten wir ungestört reden.«

»Wer wusste eigentlich davon, dass Spechtenhauser am Sonntag nach Meran kommen wollte?«

»Er hatte es vor einer Woche angekündigt. Das Weingut sollte die edelsten Riservabestände transportfähig verpacken«, antwortete Donna Rita, ohne zu zögern.

»Wussten Sie auch davon, Avvocato?«, fragte Laurenti.

»Ja, Spechtenhauser hat mich darum gebeten, bei den Terminen mit seinen Debitoren dabei zu sein. Der Stichtag zur Ablösung ihrer Schulden war nahe.«

»Und wussten Sie beide auch, welche Maschine er wählen würde?«

»Es gab wenig Alternativen. Den Wein konnte er nur mit der Zweimotorigen transportieren«, sagte Donna Rita.

»Auch Sie, Galimberti?«

»Wie er sich fortbewegte, war für mich ohne Bedeutung.«

»Kennen Sie einen Robert Unterberger, Signora?«, fragte Pina Cardareto unvermittelt. Bisher hatte sie sich zurückgehalten.

Ein leichtes Zucken zeichnete Galimbertis Miene. Auch der Staatsanwalt horchte auf.

»Nur aus der Zeitung, warum?« Donna Ritas Stimme klang selbstbewusst und fest.

»Kennen Sie Gertraud und Magdalena Spechtenhauser? Die Zwillinge aus zweiter Ehe Ihres Mannes?«, hakte Pina nach.

»Selbstverständlich.«

»Haben Sie die beiden an jenem Tag gesehen?«

»Nein. Ich war zwar am Nachmittag im Büro der Familienholding, doch waren beide außer Haus. Nur Oti Runggaldier war da. Sie haben Sie kennengelernt, Commissario.«

»Wussten Sie, dass Galimberti intimen Kontakt zu Gertraud pflegt?« Die Inspektorin war unerbittlich.

Der Anwalt erblasste, Donna Rita fuhr herum. Laurenti genoss im Stillen den Überraschungseffekt der Frage.

»Intim ist der falsche Ausdruck. Kontakt, ja«, sagte Galimberti nach der ersten Schrecksekunde. »Sie und ihre Schwester sind die operativen Geschäftsführerinnen der Spechtenhauser Capital Familienholding. Und auch die Inhaberinnen. Klar, dass ich viel mit ihnen zu tun habe. Im Übrigen hält Signora Carli selbst einen Anteil von zwölfeinhalb Prozent und ist Vorsitzende der Geschäftsleitung.«

»Das heißt, Sie haben regelmäßig Sitzungen bei Gertraud Spechtenhauser zu Hause durchgeführt?«, fragte Pina.

»Donna Rita ist über jedes Detail informiert. Abgesehen davon kennt sie jeden meiner Schritte.«

»Über Ihre Schritte unterhalten wir uns später«, warf der Staatsanwalt ein. Lorusso hatte wenig Erfahrung mit hartem Schlagabtausch. »Die Frage war an die Signora gerichtet.«

»Selbstverständlich«, sagte Donna Rita sofort. Ihre Augen verrieten dagegen Misstrauen.

»Galimberti ist ein ständiger Gast bei Gertraud Spechtenhauser in Duino. In den letzten Tagen wie auch in der Zeit davor«, sagte Laurenti. Die Beweislage war dünn, die Ortung der Mobilfunkzellen reichte nicht in die Privatgemächer, doch darauf kam es nicht an.

Pina Cardaretos Mundwinkel hüpften vor Freude, fast sadistisch genoss sie dieses Spiel. Donna Ritas Stirn lag hingegen in Falten.

»Zuletzt gestern. Montagabend, von neunzehn Uhr siebzehn bis einundzwanzig Uhr fünf.« Die Inspektorin las von einem Blatt ab, ihr Finger bewegte sich von Zeile zu Zeile. »Samstagnachmittag waren Sie laut der Auswertung der Mobilfunkzellen ebenfalls in Duino. Wenn Sie es wünschen, lese ich gerne bei allen Tagen die jeweilige Uhrzeit vor. Am Donnerstag sind Sie von Bozen hergefahren, waren zuerst in der Holding und am Spätnachmittag wieder bei Gertraud. Drei Stunden genau. Zwei Wochen früher ebenfalls, am elften und zwölften Mai. Harmonie zwischen Inhabern und Berater ist immer eine solide Geschäftsbasis, Avvocato. Diese Liste reicht nur bis Anfang April zurück, wir können aber gerne auch die Zeit davor abfragen. Insgesamt waren Sie in zwei Monaten sechs Mal in Duino. Und zwar zeitgleich mit Gertrud Spechtenhauser. Als Strafverteidiger verstehen Sie natürlich, dass uns das auffallen musste.« Im Kung-Fu hätte die Inspektorin mit einem derartigen Schlag jeden Gegner ausgeknockt.

»Geschäfte. Ich arbeite Tag und Nacht für Spechtenhauser.« Der Anwalt wand sich.

»Donna Rita war darüber selbstverständlich informiert«, fügte Laurenti an.

»Ihr Privatleben interessiert uns natürlich nur am Rande«, sagte der Staatsanwalt.

Donna Rita saß wie versteinert da und starrte Galimberti an.

»Sie sind der Firmenanwalt Spechtenhausers. Soweit uns bekannt ist, stehen Sie Signora Carli auch privat sehr nahe. Ferner sind Sie der Strafverteidiger von Ignaz und Johann Pixner und auch von einem Robert Unterberger, er wurde Montagabend in Grado verhaftet. Und Sie haben mich belogen, als Sie gestern behaupteten, Sie seien über Spechtenhausers Geschäfte in Kroatien nicht informiert.«

Als die Inspektorin kampfeslustig ein Blatt auf den Tisch knallte, brach Laurenti schlagartig ab.

»In Zusammenarbeit mit der Sozietät Rakovac Associated in Zagreb haben Sie Spechtenhauser gegen einen Schweizer Geschäftsmann namens Igor Agim vertreten. Diese Information haben wir aus der Presse«, sagte Pina Cardareto.

»Agim ist auch Minderheitsgesellschafter der Aurum d.o.o., wohin der Goldtransport bestimmt war«, fügte Laurenti an.

Staatsanwalt Cosimo Lorusso war in seinen Stuhl zurückgesunken, als wäre er es, dem die Argumente fehlten, mit denen er sich aus der Patsche ziehen konnte. Der Commissario hatte ihn zwar in groben Zügen informiert und er der Vernehmung sofort zugestimmt, doch diese Details verblüfften ihn.

»Signora Carli«, sagte Laurenti, nachdem er sich zweimal geräuspert hatte. »Aus welchem Grund hat Ihr ehemaliger Gatte, über dessen Geschäfte Sie bis ins Detail informiert sind, seit Mitte April Galimberti in vier Tranchen insgesamt achthunderttausend Euro in bar ausbezahlt?« Er legte ihr die Seite aus dem ramponierten Notizbuch vor, das zusammen mit den Schuldscheinen in seiner Aktentasche den Absturz überlebt hatte. »Und welchem Konto hat er die Beträge entnommen?«

Donna Rita stierte lange auf das Blatt, dann rückte sie abrupt mit ihrem Stuhl vom Tisch ab. »Davon war mir nichts bekannt, Commissario.« Sie fixierte Galimberti. »Deine Honorare haben sich zwar gewaschen, aber so hoch sind sie nicht. Wofür hast du das Geld erhalten?«

»Es geht um eine neue Investition, das hat hier nichts zu suchen. Ich erkläre es dir später, sobald wir allein sind.«

»Uns interessiert das aber auch«, sagte der Staatsanwalt entschieden.

»Es fällt unter das Anwaltsgeheimnis«, entschied Galimberti.

»Nochmals, von welchem Konto stammt das Geld? In den Bankunterlagen Spechtenhausers war darüber nichts zu finden«, setzte Pina sofort nach.

»Ein Auslandskonto vielleicht? Die Kollegen von der Guardia di Finanza werden einiges mit der Betriebsprüfung zu tun haben. Der Staatsanwalt hat sie bereits verständigt.« Laurenti heftete seinen Blick auf den Staatsanwalt, dem nichts anderes übrigblieb, als zustimmend zu nicken.

»Kommen wir zu dem Goldtransport«, sagte Pina plötzlich viel zu laut und öffnete das Notizbuch des Toten. »Hier steht ein Datum. Es ist der Tag des Raubüberfalls auf der A4. Die ganze Zeile lautet: *Avv. wg. U 27/5.*«

»U steht für Unterberger, Galimberti«, sagte Lorusso, der endlich seine Kombinationsgabe entdeckt hatte, über die sonst nur der Held in seinen Kriminalromanen verfügte.

»Ich berufe mich auf das Anwaltsgeheimnis.« Galimberti musste sich sichtlich beherrschen.

Der Staatsanwalt machte eine Notiz und sagte: »Die Finanzpolizei wird sich auch mit Ihrer Kanzlei beschäftigen.« Dann wandte er sich an Marietta. »Welche Untersuchungsrichter haben heute Dienst?«

»Ihr Mandant Robert Unterberger hat sich in der Nacht zum Sonntag, dem Tag des Absturzes, bei Prosecco aufgehalten«, ergänzte Laurenti. »Er hat in Ihrem Auftrag die Bombe an Spechtenhausers Flugzeug angebracht. C4, das über einen Höhenmesser gezündet wurde.«

»Leere Behauptungen, Commissario. Sie taugen nicht einmal als Märchenerzähler. Und die Überwachung meines Telefonanschlusses verstößt ebenfalls gegen das Anwaltsgeheimnis«, zeterte Galimberti nun wütend. »Kein Gericht wird das als Beweis zulassen. Machen Sie sich auf ein Disziplinarverfahren gefasst, das Sie den Kopf kosten wird.« Seine Augen spuckten Feuer, jedes Wort akzentuierte er.

»Sparen Sie Ihre Energie, Avvocato. Wir mussten nicht lange suchen, um auf diese Verbindungen zu stoßen. Das Internet ist manchmal hilfreich, manchmal verräterisch. Das hängt von der Perspektive ab. Sie werden sehen, was der Richter dazu sagt. Nur wenige wussten, wann Spechtenhauser nach Bozen fliegen wollte, und vor allem, mit welcher Maschine. Aber ich rätsle noch immer über Ihr wirkliches Motiv: Man bringt die Kuh, die man melken kann, schließlich nicht ohne triftigen Grund zum Schlachter. Donna Rita hat bei meiner ersten Befragung ausgesagt, dass sie am Freitag vor dem Absturz per Fax von Spechtenhauser über den Transport unterrichtet wurde. Dieser Unterberger sitzt wegen des Goldraubs. Er soll einer der beiden Chefs der Gang sein. Und er hat den Sprengstoff angebracht. Doch weshalb? Weil er Anweisungen hatte, Galimberti.«

»Beweise, Laurenti«, sagte Galimberti mit gerümpfter Nase.

»Die Funkzellen, in die sich sein Mobiltelefon eingeloggt hat, sprechen Bände. Und die Auswertungen der Telefonate klingen wie das Mozart-Requiem bei Spechtenhausers Beerdigung, Avvocato.«

Dem Staatsanwalt schwirrten die Sinne, mit beiden Händen strich er das Haar zurück. Pina Cardareto saß angespannt an der Stirnseite des Tischs und notierte sich immer wieder Stichworte. Und Mariettas Finger flitzten über die Tastatur, während ihr Blick auf die anderen gerichtet war, als schaute sie ›Goldfinger‹ mit Sean Connery und Gert Fröbe zum ersten Mal.

Donna Rita hingegen hatte sich erhoben und ein paar Schritte vom Tisch entfernt, als suchte sie Schutz. Erst als sie hinter dem Commissario stand, der über die Schulter zu ihr aufschaute, begann sie zu reden.

»Ernesto Galimberti hat das Fax von Franz gelesen. Es lag verkehrt herum auf meinem Schreibtisch. Niemand anderes hatte Zugang zu meinem Büro. Nicht einmal mein Sohn.« Sie schien um Jahre gealtert.

»Du bist lächerlich eifersüchtig, Rita«, sagte der Anwalt mit einem Spülwassergrinsen, das ihm noch schlechter stand als die Fassungslosigkeit zuvor.

»Und du hast mit dem Kroaten gemeinsame Sache gemacht«, fügte Donna Rita mit gepressten Lippen an. »Igor Agim ist der Einzige, den du kennst und der eine solche Menge Gold unterbringen kann.«

Erst der Staatsanwalt unterbrach die Stille. »Rechtsanwalt Ernesto Galimberti, Sie sind vorläufig festgenommen. Und Sie ebenfalls, Signora Carli. Fluchtgefahr und Gefahr der Beweismittelvernichtung.«

Der Anwalt sprang auf und hechtete zur Tür. Es schien, als hätte die kleinwüchsige Inspektorin nur auf diesen Moment gewartet. Mit zwei Schlägen jagte sie ihn zu Boden, blockierte blitzschnell seinen Arm auf dem Rücken und mit der anderen Hand sein Kinn. Sie brauchte keine Hilfe, nur Lorusso war aufgeschreckt.

»Hat eigentlich niemand Handschellen in diesem Gebäude«, schimpfte Pina.

»Nur keine Hektik«, sagte Marietta und wühlte in der zweiten Schublade von Laurentis Schreibtisch. Sie kannte deren Inhalt besser als ihr Chef.

Pina bugsierte Galimberti zurück auf seinen Stuhl. »Versuchen Sie es bitte noch einmal, Avvocato«, säuselte sie sarkastisch. »Abgesehen davon, dass Sie sich im dritten Stock des Polizeipräsidiums befinden und der Weg in die Freiheit zu weit für Sie ist, täten Sie mir einen Riesengefallen.«

»Was meinen Sie, Staatsanwalt, sollen wir ihn wegen des Goldraubs an die Sonderkommission weitergeben? Oder wollen wir zuvor die Lösung im Mordfall Spechtenhauser bekanntgeben?«

Lorusso wischte sich die Stirn. »Behalten wir ihn hier.« Dann warf er einen Blick auf seine Armbanduhr. »Berufen Sie eine Pressekonferenz ein. Für die Abendnachrichten sind wir noch in der Zeit.«

Die Lorbeeren würde sich in jedem Fall ein anderer anstecken. Laurenti war es fast gleichgültig, ob dies der Staatsanwalt war oder Untersuchungsrichter Malannino. Doch dann besann er sich, es war besser, wenn der Ruhm auf die Ermittler in Triest fiel, anstatt auf den famosen Spezialisten aus Rom, der über Sondervollmachten, aber nicht über konkrete Informationen verfügte.

Die Hauptstadt dominierte ohnehin schon genug die entlegenen Provinzen. Aus ihr kamen meist nur schlechte Nachrichten, unverständliche Erlasse, Etatstreichungen, verspätete Budgetzuweisungen, Anordnungen zum Personalabbau, alltagsferne Direktiven, Versetzungsbefehle sowie die neuen Vorgesetzten. Laurenti musste die Polizeipräsidentin informieren, bevor Lorusso den Erfolg allein vor den Medien bekanntgeben konnte.

»Und du glaubst tatsächlich, dass Spechtenhauser sich selbst bestehlen wollte?«, fragte Živa Ravno.

»Weniger sich als die Versicherung.« Laurenti klemmte das Mobiltelefon zwischen Kinn und Schulter, betätigte die Lichthupe und bremste jäh ab. Ein türkischer Sattelzug hatte unvermittelt auf die Überholspur gezogen und war kaum schneller als der bulgarische Viehtransporter auf der rechten Spur.

»Ganz schön aufwendig.« Živas Stimme fehlte noch die letzte Überzeugung.

»Habgier und Größenwahn haben Weltkriege ausgelöst.«

»Wo bist du eigentlich? Die Verbindung kommt und geht.« Živa blickte von dem Hügel, auf dem sich die Aurum d.o.o. beim Dorf Vodnjan befand, über die istrische Küste aufs Meer. Irgendwo im Norden lag Triest.

»Auf der Autobahn zum Flughafen. Ich möchte Malannino noch über ein paar Dinge ins Bild setzen, die ihm bei der Vernehmung von Unterberger helfen könnten. Und mir erst recht, damit ich meinen Fall abschließen kann.«

»Hast du ihm mit der Pressekonferenz nicht das Spiel vermasselt?«

»Er wird's verkraften. Außerdem haben nur der Staatsanwalt und die Polizeipräsidentin die Fragen der Journalisten beantwortet. Aber ich will auch sehen, ob ich etwas für Mimmo Oberdan tun kann.«

»Ein Herz für Gangster. Du bist wirklich unverbesserlich, Proteo.« Živa Ravno lachte auf. Genau das machte ihn für sie so anziehend. Unberechenbar, unlogisch, trotzig, stur und sentimental. Freunde vergaß er nie. »Erklär mir wenigstens, weshalb Spechtenhauser dann ermordet wurde, bevor er die Beute in der Hand hatte? Alle anderen hingen doch von ihm ab.«

»Er stand im eigenen Schatten«, sagte Laurenti nachdenklich. »Wir werden wohl auch einen internationalen Haftbefehl gegen diesen Igor Agim erlassen und ein Auslieferungsgesuch an die Schweiz stellen. Er muss davon gewusst haben.«

»Unwahrscheinlich, dass die einen ihrer Staatsbürger ausliefern. Andererseits ist das Land selbst nicht viel größer als ein Knast.«

»Irgendwann wird er eine Reise machen. Aber du könntest ihn vorher herauslocken, Živa, bevor er weiß, dass er gesucht wird.«

»Wie und weshalb?«

»Finde einen Grund. Jetzt, da Spechtenhauser tot ist, muss er Dokumente unterschreiben. Mit den Erben verhandeln, die Handelsregistereinträge aktualisieren. Präsentiere ihm einen Käufer, der Spechtenhausers Anteile übernehmen will und damit sein Partner werden würde.«

»Das sind Taschenspielertricks, Proteo.«

»Sie funktionieren oft genug. Sobald Unterberger auspackt, wird es eng. Nicht nur für Galimberti. Das Gold muss in Umlauf gebracht werden, sonst hat niemand etwas davon. Agim kann das über die Aurum versuchen.«

Die Staatsanwältin hatte sich erst nach achtzehn Uhr bei Laurenti gemeldet, als die Ergebnisse der Inventur feststanden und sie die beiden Geschäftsführer des Unternehmens noch einmal verhört hatte. Ein Gutachter der Deutschen Bundesbank war am Morgen aus Frankfurt über den Flughafen Triest eingeflogen, wo er von Goran Ivanić abgeholt wurde, der von Zagreb herübergefahren war. In Vodnjan hatte der deutsche Gutachter sogleich die Lagerbestände in Augenschein genommen und anhand der Listen eine erste vorsichtige Bewertung abgegeben, die nach dem Abgleich durch die kroatischen Finanzbeamten keine wesentliche Diskrepanz zu den Büchern aufwies.

Beim Mittagessen mit Ivanić hatte sich der rotgesichtige und leicht übergewichtige, hochgewachsene Mittvierziger namens Bernhard Heeker als Gourmet und Weinkenner geoutet, der Istrien auf der Speisekarte noch nicht für sich entdeckt hatte. Er kritisierte, dass die Pasta mit dem Sommertrüffel von einer Sahnesoße erstickt wurde, der Trüffel selbst geraspelt und nicht gehobelt worden war, was zwar das Volumen der Knolle erhöhte, dafür aber das Aroma vernichtete. Außerdem hatte ein schlauer Koch synthetisches Trüffelöl als Geschmacksverstärker darübergegossen, das ihm die nächsten Stunden aufstoßen werde. Hingegen gefiel ihm das Glas istrischer Malvasia, von dem er sich entgegen seiner Vorsätze sogar nachschenken ließ. Ivanić sagte, er bevorzuge die Weine Dalmatiens, vor allem die körperreichen, tanninhaltigen Roten Dingač und Plavac mali.

»Übrigens«, sagte Heeker plötzlich. »Weshalb lagern die eigentlich Wein im Tresorraum?«

»Welchen Wein?«, fragte Ivanić.

»Beim Rundgang ist mir ein überschaubarer Stapel Holzkistchen auf einer Palette ins Auge gefallen. Ribolla Gialla aus dem Friaul«, sagte Heeker. »Mir ist er zu trocken und zu lebhaft im Geschmack. Aber das Logo kenne ich aus Südtirol. Ein Buntspecht an seinem Nistkasten. Gewürztraminer ist mehr nach meinem Geschmack.«

»Zu aromatisch«, sagte Ivanić und unterbrach sich. Er runzelte die Stirn und zögerte einen Augenblick, bevor er zum Telefon griff und seine Chefin anrief, die sich selbst so wenig wie den Geschäftsführern der Aurum d.o.o. während des Verhörs eine Pause gönnte. Ihre Stimme klang anfangs ärgerlich, aufgrund einer derartigen Lappalie gestört zu werden. Gemeinhin werde Wein in Kellern gelagert, sagte sie spitz. Erst nachdem Goran Ivanić gemeint hatte, dass man aber nur seltenste und außergewöhnlich wertvolle Tropfen im Tresor aufbewahrte, lenkte sie ein.

Als er mit Heeker zur Aurum zurückkehrte, lag das Ergebnis bereits vor. Der Gutachter der Bundesbank überprüfte die Vierhundert-Feinunzen-Barren anhand der Stempel und Prägezeichen mit der aus Italien vorliegenden Liste. Sie machten knapp die Hälfte des Raubgoldes aus.

»Du glaubst also wirklich, dass Galimberti seinen Chef hintergangen hat?«, fragte Živa Ravno.

»Ich bin fest davon überzeugt, dass Spechtenhauser dem Anwalt den Auftrag gegeben hat, seinen letzten Coup von Unterberger, Cassara und deren Männer ausführen zu lassen. Warte bitte einen Augenblick.« Laurenti hatte das Mobiltelefon kurz von der Schulter genommen, als er vor der Schranke der Zahlstelle der Autobahnabfahrt hielt und in seiner Hosentasche nach Münzen kramte; als er auf dem Zubringer zum Flughafen war, konnte er das Gespräch fortsetzen. »Unterberger und Cassara hatten nicht die geringste Ahnung, wer der wirkliche Auftraggeber war. Spechtenhauser hat die Sache üppig vorfinanziert. Alle bisher Verhafteten trugen große Summen Bargeld mit sich. Die erste Rate vermutlich. Jeder um die fünfzigtausend. Als der Transporttermin feststand, wurde Galimberti übermütig. Erledigte er Spechtenhauser, wäre er es, der abkassierte.«

»Weil kein anderer davon wissen konnte«, stimmte Živa zu.

»Das würde ich nicht beschwören. Galimberti hat vorher diesen Agim eingeweiht, allein konnte er eine solche Menge Gold unmöglich in Geld umwandeln. Nach Spechtenhausers Tod war ein Machtvakuum in der Firma abzusehen, das Agim nutzen sollte, bevor die Erben sich einarbeiteten. Es geht schließlich nicht um Kleingeld.«

»Denkbar ist das. Und weiter?«

»Unterberger brachte das C4 am Flugzeug an und verschwand darauf mit seiner Truppe im Trainingslager in Eraclea Mare. Er wusste nicht, wer der Besitzer der Reims-Cessna war. Sonst hätte er vermutlich sofort mit Spechtenhauser verhandelt, den er von früher kannte. Dessen Tochter Magda ist aus allen Wolken gefallen, als sie von der Sache erfuhr. Ich bin mir sicher, sie wird ihm auch künftig Briefe ins Gefängnis schicken.«

»Wo aber ist der zweite Teil der Raubgolds?«, fragte Živa.

»Unterberger wird es wissen, und dann hat auch Malannino seinen Erfolg.«

»Meine Leute gehen die Bilder von den Grenzübergängen seit Freitag durch.«

»Es reicht, wenn sie den Montag überprüfen. Xenia hat die Ware noch Sonntagnacht gesehen. Tu mir aber bitte einen Gefallen, Živa: Solltet ihr es finden, dann lass mich es bitte als Ersten wissen. Und lass dir etwas in Sachen Igor Agim einfallen. Wann sehen wir uns wieder?«

»Bei der Sachlage wird sich eine Dienstreise kaum vermeiden lassen.«

Als Laurenti den Hangar betrat, vor dem zu seiner Überraschung auch Xenias Scooter stand, sah er an dem aus Biertischen zusammengestellten Konferenztisch die Kommissarin und Untersuchungsrichter Battista Malannino sich gegenübersitzen. Den Gesichtern nach zu schließen war die Stimmung alles andere als entspannt. Um sie herum hatten sich andere Beamte der Sonderkommission versammelt. Das Fernsehgerät auf einem Rolltischchen übertrug die Abendnachrichten der RAI, die an erster Stelle die spektakuläre Festnahme eines Rechtsanwalts aus Südtirol vermeldeten, dessen Namen zwar nicht genannt wurde, der aber der Drahtzieher des Raubüberfalls auf der A4 gewesen sei.

Die Meldung hatte die Weltnachrichten auf die hinteren

Ränge verwiesen: die Anklageerhebung des UN-Kriegsverbrechertribunals in Den Haag gegen Ratko Mladić wegen Völkermord und Verbrechen gegen die Menschlichkeit; die syrische Miltäroffensive in Dschisr asch-Schugur, bei der über hundert Demonstranten dem Sperrfeuer der Regierungstruppen zum Opfer gefallen waren, während Tausende Syrer sich auf der Flucht in die Türkei befanden, wo Ministerpräsident Erdogan bei den Wahlen knapp die Zweidrittelmehrheit verfehlte; das Ergebnis des italienischen Referendums, mit dem der Anfang vom Ende des Regierungschefs eingeläutet wurde, weil eine deutliche Mehrheit die vorgesehene Privatisierung der Wasserversorgung ablehnte wie auch die Wiedereinführung der Kernergie und ein Gesetz, das den Premier vor Nachstellungen der Justiz schützen sollte.

»Dank der beispielhaften Zusammenarbeit unserer Ermittler im Nordosten des Landes mit der Staatsanwaltschaft konnte heute Nachmittag ein Mann festgenommen werden, der als Drahtzieher sowohl des Mordes an einem ehemaligen Senator und einflussreichen Unternehmer verdächtigt wird als auch des Goldraubs auf der A4 am vergangenen Freitag«, sagte Polizeipräsidentin Marisa Quagliarello, die den mittleren Platz des Tischs im Konferenzraum der Questura belegte und eingerahmt war von Staatsanwalt Lorusso zu ihrer Linken sowie Commissario Laurenti, der etwas abgerückt zu ihrer Rechten saß und dessen Blick zum Fenster hinausschweifte. Vier uniformierte Beamte standen vor der Trikolore, der Europaflagge und dem Banner der Stadt Triest und bildeten den fernsehwirksamen Hintergrund.

»Die rasche Lösung war aufgrund des unermüdlichen Einsatzes aller möglich, die Tag und Nacht durchgearbeitet haben«, stimmte der Staatsanwalt ein, nachdem er sich wichtigtuerisch aufgerichtet und eine Lesebrille auf die Nase geschoben hatte, die Laurenti bisher noch nie an ihm gesehen hatte. »Der aus Südtirol stammende und hier ansässige Unternehmer Franz Xaver Spechtenhauser ist durch einen Sprengsatz C4 an seinem Flugzeug ums Leben gekommen. Er war auch der rechtmäßige Eigentümer des geraubten Goldes. Nur wenige Menschen wussten von dem Transport, der Täter konnte nur aus seinem engsten Umfeld stammen. In diesem Fall handelt es sich um seinen langjährigen Firmenanwalt, der verdächtigt wird, den Raub organisiert zu haben, indem er sich zahlreicher früherer Mandanten bediente. Die entsprechenden Akten werden wir schnellstmöglich der Sonderkommission übergeben, die dann vermutlich aufgelöst werden kann.«

»Und wo ist das Gold, guter Mann?«, knurrte Malannino schlechtgelaunt und warf Laurenti einen wütenden Blick zu. Xenia Zannier unterdrückte jegliche Mimik.

»Ich selbst habe die Ermittlungen der Mordkommision koordiniert.« Lorusso steckte sich vor der Kamera die Lorbeeren an. Wollte er jetzt doch Karriere machen oder nur ein gutes Bild bei seiner Frau abgeben? »Die Steuerfahndung ist bereits damit beschäftigt, die finanziellen Verstrickungen der Unternehmungen des Ermordeten wie auch der Anwaltssozietät des Verdächtigen offenzulegen.«

Laurenti konnte sich nur mit Mühe dazu zwingen, die Augen nicht zu verdrehen; der Staatsanwalt hatte den Befehl noch nicht einmal zu Papier gebracht und vom zuständigen Untersuchungrichter genehmigen lassen.

Der Nachrichtensprecher fasste die Details zusammen, während eine Luftaufnahme Triests über den Bildschirm flimmerte, dann vom Bild des Toten abgelöst wurde, dem Aufnahmen von den Tatorten auf der Autobahn folgten. Der Untersuchungsrichter griff nach der Fernbedienung, doch zögerte er einen Augenblick, bevor er das Gerät abschaltete, da Laurenti im Hinausgehen von einem Reporter nach seiner Meinung gefragt wurde.

»Der Fall macht deutlich, dass der Übergang von vorbildlichem bürgerlichen Leben zur Schwerkriminalität ein schmaler Grat ist«, kommentierte der Commissario trocken und ging aus dem Blickfeld der Kamera.

»Staatsanwalt Lorusso ist auch Autor erfolgreicher Kriminalromane«, sagte der Sprecher, bevor er zur nächsten Meldung überging.

»Mit Ihrer Kollegin aus Grado habe ich das Hühnchen bereits gerupft, Commissario«, sagte der Untersuchungsrichter und warf den anderen Beamten, die um den Tisch herumstanden, einen furiosen Blick zu, worauf diese an ihre Schreibtische zurückkehrten. »Die mangelnde Kooperationsbereitschaft von gleich zwei untergeordneten Dienststellen hat unsere Ermittlungen unnötig verzögert. Wenn nicht sogar gefährdet. Den Bericht für das Ministerium habe ich bereits diktiert und darin ein Disziplinarverfahren beantragt.«

»Danke schön, Herr Untersuchungsrichter«, sagte Laurenti. »Ein wirklich weiser Schritt. Ordnung und Disziplin kann man nie genug haben. Ich hoffe, Sie haben darin festgehalten, dass Commissario Zannier Ihnen zwei Hauptverdächtige auf dem Silbertablett serviert hat und ich Mimmo Oberdan.«

»Und vom Gold keine Spur. Keiner der drei hat bisher damit rausgerückt, wo die Beute ist. Sechzig Millionen, Commissario!«

»Wer sagt das? Ich sehe, Sie stochern im Nebel. Knapp die Hälfte davon liegt am Bestimmungsort unversehrt im Tresorraum, Malannino. Als wäre sie nie gestohlen worden.« Laurentis Antwort war ein Tiefschlag, den er sichtlich genoss.

»Wo?«, brüllte der Untersuchungsrichter mit hochrotem Gesicht und sprang auf. Der Stuhl fiel hinter ihm mit lautem Knall zu Boden. Die Beamten im Hangar schauten neugierig herüber. »Wo ist dieses verdammte Gold?«, schrie Malannino.

»Kein Schrei ohne Not«, kommentierte Laurenti unbeeindruckt, lehnte sich zurück und verschränkte die Hände hinter dem Kopf.

»Wo, habe ich gefragt.«

»Im Tresorraum der Aurum d.o.o. in Vodnjan.«

»Ich warne Sie, Commissario. Keine Scherze.«

»Es ist kein Scherz, Richter. Die kroatischen Kollegen haben es vor drei Stunden gefunden.«

»Und weshalb wissen Sie das und nicht ich?« Malannino stapfte einmal um den Tisch herum.

»Ermittlungsarbeit in einem Mordfall, Malannino.«

»Sie kooperieren nicht, Commissario. Und Sie stecken Ihre Nase hinter meinem Rücken in meinen Fall. Dem organisierten Verbrechen wird man nur Herr, wenn …«

»Worüber regen Sie sich eigentlich auf, Herr Untersuchungsrichter?«, unterbrach ihn Xenia milde. »Wir arbeiten doch alle nur für Sie.«

»Und wo ist dann der zweite Teil?«

»Finden Sie ihn«, fauchte Laurenti. »Das wissen die beiden, die Sie dank des couragierten Einsatzes der Kollegin in Gewahrsam haben. Aber wie geht es eigentlich Mimmo Oberdan?«

»Fragen Sie ihn doch selbst.« Wütend zeigte Malannino auf den Gefangenentransporter.

»Wartest du auf mich, Xenia?«, fragte Laurenti lächelnd, als er sich erhob, um dem Erzengel einen Besuch abzustatten.

»Mein Gott, du hast mich ja ewig warten lassen«, beschwerte sich Kommissarin Xenia Ylenia Zannier. Sechs Stummel ihrer Selbstgedrehten lagen im Aschenbecher auf dem Tischchen vor der einfachen Bar an der Hauptstraße, die Ronchi dei Legionari wie eine Operationsnarbe durchzog.

»Malannino mag Verdienste haben, so viel er mag, aber mit den Dickschädeln aus unserer Gegend hat er seine liebe Not. Ich habe ein bisschen vermittelt.«

»Ich dachte, er platzt jeden Moment, so wie er sich aufgeregt hat. Als ich mit ihm in Rom zu tun hatte, ist er immer besonnen und zuvorkommend gewesen.«

»Fern von zu Hause ist die Welt feindlich.«

»Meinst du, er beantragt wirklich ein Disziplinarverfahren gegen uns beide?«

»Drohgebärden, die mich kaltlassen«, sagte Laurenti. »Der Staatsanwalt hat sich zwar die Lorbeeren angesteckt, aber er kann mir schon deshalb nicht in den Rücken fallen, weil er die Details nicht kennt. Die Anklage schafft er allein nicht. Die Polizeipräsidentin hat auch eine gute Figur gemacht. Und du, Xenia, hast ein außerordentliches Resultat vorzuweisen und beste Verbindungen ins Ministerium. Jetzt muss der Ermittlungsrichter Ergebnisse liefern, und Schlagzeilen kann er damit nicht mehr machen. Die Sache ist gelaufen. Die Grenzen der Macht. Deswegen ist er sauer.«

»Ganz wie Spechtenhauser.« Xenia entspannte sich langsam.

Endlich bemühte sich der Kellner, aus dem Lokal zu kommen und die Bestellung aufzunehmen. Er machte große Augen, als er den Commissario erkannte, den er soeben erst in den Nachrichten im Fernseher über dem Tresen gesehen hatte, dessen Ton so laut gestellt war, dass man ihn noch vor der Bar hören konnte. Der einzige Spumante, den die Kneipe führte, stammte von Spechtenhausers Weingut im Collio. Laurenti bestellte einen trockenen Weißwein vom Karst und Xenia einen Negroni.

»Und dein Freund Mimmo? Hat er geredet«, fragte die Kommissarin.

»Als er mich gesehen hat, sind ihm die Tränen in die Augen gestiegen, dann hat er wie ein Wahnsinniger geschrien, ich möge ihn da rausholen. Malannino sei ein Folterknecht. Mimmo hat sich in die Hosen gemacht, weil er meinte, er stünde da wie ein Verräter, der Einstein und den Direktor ans

Messer geliefert hat. Ich musste ihm erst einmal lange klarmachen, dass er nichts zu befürchten hat, weil die Einzelheiten jetzt täglich von den Medien durchgekaut werden. Nach einer Weile hat er geheult, dass er ein armer Mann sei, weil er die zweite Rate seines ehrlich verdienten Gelds nie im Leben mehr bekommen würde. Alles umsonst. Und dann ist er wie zu erwarten rasch eingeknickt. Er würde ja auspacken, hat er geschluchzt, wenn Malannino ihm nur ein bisschen entgegenkomme. Der Rest war ein Kinderspiel, ich habe die beiden miteinander verkuppelt und Mimmo versprochen, ihn im Knast zu besuchen und eine Flasche Wein für ihn hineinzuschmuggeln. Ich hatte den Eindruck, dass er regelrecht erleichtert war. Malannino wendet offenbar sehr eigenartige Verhörmethoden an.«

»Und wenn Mimmo auspackt, tun auch Unterberger und Cassara gut daran, zu kooperieren.«

»Cassara auf jeden Fall. Unterberger aber wird ein Mord angelastet.«

»Deswegen wird er Galimberti ans Messer liefern.«

»Wie lautete noch der Titel deiner Magisterarbeit, Xenia?«, fragte Laurenti und gab dem Kellner ein Zeichen, zwei weitere Drinks zu bringen.

»Im eigenen Schatten.«

»Und wie ging er weiter?«

»Wechsel von Politikeraussagen seit der Korruptionsverfahren nach 1992.«

»Genau.« Der Commissario lachte und ergänzte ihn. »Voraussagen, versprechen, dementieren, provozieren, leugnen, zugeben, versprechen, dementieren.«

Er hatte die voluminöse Arbeit damals als Erster zu lesen bekommen, sie war wie zur Beweisführung vor Gericht aufgebaut, was Xenias Professor damals kritisierte, ihn als Polizisten aber in den Bann gezogen hatte. Nur die Statistiken, von denen das Werk wimmelte, hatte Laurenti überblättert, außer einem Schaubild, das Versprechen, Dementis und Eingeständnisse als korrelierende Kurven darstellte. Sie verliefen wie die Beziehung zwischen Einstufungen ganzer Länder durch Ratingagenturen, der Konjunkturentwicklung und dem Goldpreis – und hätten auf die europäischen Nachbarn im gleichen Maß angelegt werden können. Eine Riesengaunerei und Stoff für eine Doktorarbeit.